Parents malgré eux

*

Le chirurgien sans mémoire

*

L'homme de sa vie

KARIN BAINE

Parents malgré eux

Traduction française de
MATHILDE SEGAS

BLANCHE

HARLEQUIN

Collection : Blanche

Titre original :
HEALED BY THEIR UNEXPECTED FAMILY

HARPERCOLLINS FRANCE
83-85, boulevard Vincent-Auriol, 75646 PARIS CEDEX 13
Service Lectrices — Tél. : 01 45 82 47 47

www.harlequin.fr

ISBN 978-2-2804-3921-3 — ISSN 0223-5056

1.

— C'est donc vous, la femme avec qui je dois faire un enfant ? Ravi de vous revoir.

— Bonjour, monsieur Garrett.

Kayla O'Connell serra la main de l'homme que son frère, Liam, et son mari, Tom, avaient choisi pour concevoir leur bébé.

Une simple transaction commerciale selon eux. Pas aussi simple pourtant pour elle, dont les jambes flageolaient à cette simple poignée de main.

Elle aurait vraiment préféré un étranger. Rencontrer Jamie au mariage de leurs frères avait été suffisant pour lui faire perdre tous ses moyens.

— Oh ! je vous en prie, Kayla. Appelez-moi Jamie.

Son sourire nonchalant et sexy la fascinait, mais son charme indéniable la rendait nerveuse. Il lui rappelait trop l'aimable façade sous laquelle ses parents dissimulaient les péchés, nombreux, qu'ils commettaient derrière les portes closes de leur maison.

De toute évidence, Jamie avait conscience du trouble qu'il provoquait en elle et s'amusait de ce qu'elle s'empourpre dès qu'il l'approchait.

Et comme c'était le frère de Tom, aucune chance de lui échapper.

— Merci d'être venu.

— Vous savez bien que je ferais tout ce que vous me

demandez. Vous n'avez qu'un mot à dire, fit-il avec un sourire entendu.

Cette proposition à peine voilée fit courir des frissons de désir en elle et elle dut faire appel à toute sa volonté pour ne pas céder sur-le-champ à la tentation.

— Nous ne faisons pas cela pour moi, mais pour nos frères. C'est à eux que nous devons penser.

Jamie desserra le nœud de sa cravate bleu marine rayée argent et défit le premier bouton de sa chemise, révélant un petit triangle de peau. Kayla, incapable de détourner les yeux, laissa son imagination fébrile transposer aussitôt la scène dans une chambre plutôt que dans le café londonien bondé où ils s'étaient donné rendez-vous.

Ce projet d'être mère de substitution la travaillait plus qu'elle n'aurait cru, si elle en était à fantasmer sur le donneur, un homme qu'en d'autres circonstances elle aurait fui comme la peste. Depuis un certain temps, elle faisait preuve de prudence dans ses relations, choisissant des hommes affables qui, s'ils ne l'excitaient guère, ne risquaient pas de lui faire de mal. C'était une réaction naturelle après avoir été maltraitée, par ses parents d'abord, puis par son ex-petit ami, Paul, qui avait cru pouvoir la contrôler. Heureusement, grâce au soutien de son frère, elle en avait pris conscience à temps et avait quitté Paul. Pourtant, cela avait été un choc, d'être retombée avec une telle facilité dans l'attitude soumise qu'elle avait utilisée pour échapper aux abus de ses parents.

Depuis, elle gardait ses distances avec la gent masculine et, n'ayant aucune envie de fonder une famille, elle envisageait même de rester célibataire. D'où son malaise en présence de Jamie. Bien que très attirée par lui, elle avait tout de suite reconnu en lui le genre d'homme qui vous brisait le cœur. Son frère l'en avait d'ailleurs avertie.

— Bien sûr, mais cela n'empêche pas de passer un bon moment ensemble, n'est-ce pas ?

Il prit sa main par-dessus la table et la caressa de son

pouce. Elle en resta abasourdie, et trop stupéfaite pour répondre sans se compromettre.

L'arrivée de la jeune serveuse la tira d'embarras. La jeune femme, qui semblait totalement fascinée par Jamie, s'attarda plus que nécessaire à leur table, jusqu'à ce que Jamie la remercie d'un sourire et qu'elle s'éloigne en gloussant.

Il y avait dans ses yeux bruns un éclat insolent devant lequel, Kayla l'aurait juré, la plupart des femmes devaient se pâmer et ce, bien qu'il ne soit pas non plus du genre à s'installer en couple. C'était d'ailleurs une des raisons pour lesquelles il avait accepté le pacte. Ce qui ramena Kayla au présent.

— Tom m'a dit que vous étiez médecin généraliste, associé dans un cabinet, que vous aviez élevé votre frère après le décès de vos parents et que vous n'aviez aucune intention de vous occuper du bébé après sa naissance.

Malgré le souvenir de sa peau si chaude contre la sienne au mariage, et le fait que, focalisé uniquement sur elle, il ait ignoré toutes les autres femmes, elle tenait à s'assurer qu'il avait un cerveau en plus de sa beauté et qu'il n'envisageait pas de traîner autour d'elle, une fois sa part du contrat remplie.

— Ce n'est pas aussi radical que ça en a l'air. Je suis heureux d'aider les jeunes mariés à fonder une famille, mais n'ai aucun désir de devenir père moi-même. Par contre, je serai ravi de jouer les tontons gâteau. Cela vous pose-t-il un problème ?

La tête penchée sur le côté, il l'observait, sourcils levés. Malgré le fourmillement d'excitation que déclencha son œillade sexy, elle ne comptait pas se laisser déstabiliser aussi facilement. Oui, elle avait un problème avec ça.

Cette rencontre n'était peut-être pas une si bonne idée. Elle avait voulu discuter avec lui de ce qu'ils attendaient de l'arrangement. En ce qui concernait Jamie, rien, apparemment. Il donnerait son sperme et se contenterait d'une brève apparition lors des anniversaires ou fêtes de famille.

Difficile de le lui reprocher puisque c'était exactement le niveau d'engagement qu'elle-même envisageait d'avoir dans la vie du bébé. Elle serait mère porteuse, un simple incubateur pour cet enfant, parce que l'idée même de fonder une famille la terrorisait. La tyrannie exercée sur son frère et elle par leurs parents lui avait fait prendre conscience de ce qui pouvait être infligé à un enfant, et elle ne se sentait pas capable d'assumer une telle responsabilité. Liam et Tom étaient deux hommes merveilleux, ce serait une chance pour un enfant de les avoir pour parents.

— Pas du tout. Simple vérification, dit-elle, impatiente que les autres les rejoignent enfin, en sirotant son thé.

Elle s'efforça d'oublier le trouble que Jamie avait fait naître en elle lors de leur première rencontre – ce qu'il n'avait pas manqué de remarquer avec beaucoup de satisfaction en flirtant outrageusement avec elle jusqu'à ce qu'elle lui demande d'arrêter. La requête l'avait apparemment beaucoup amusé, lui qui était peu habitué sûrement à ce qu'une femme le repousse. En revanche, la réaction de son corps à ses avances l'avait quelque peu déstabilisée, d'autant qu'il n'était vraiment pas son type d'homme, à supposer qu'elle en ait un puisque aucun n'était digne de confiance à ses yeux.

Fort heureusement leurs frères respectifs, tout à leur bonheur, n'avaient absolument pas eu conscience des échanges torrides entre eux.

— Je n'aurais jamais cru que mon petit frère serait le premier à se marier et à fonder une famille, dit Jamie en secouant la tête.

Il eut un sourire attendri, son affection était évidente.

— Ça a été un beau mariage.

Les fiancés n'avaient reculé devant aucune dépense pour partager ce merveilleux moment avec leurs amis. Après avoir prononcé leurs vœux à l'Observatoire royal de Greenwich et porté des toasts au champagne dans la cour, sur la ligne du méridien séparant les hémisphères Est et Ouest, ils avaient, avec leurs invités, rejoint l'Octagon Room pour dîner sous les étoiles. Puis ceux qui tenaient encore debout avaient poursuivi la fête dans un hôtel proche où des chambres avaient été réservées. Une journée magnifique de bout en bout.

— Incroyable. Je redoutais que ce ne soit un peu… ringard, encore que d'autres auraient sûrement qualifié cela de romantique, fit-il en se penchant vers elle.

Elle se revit avec lui, se perdant dans la contemplation des étoiles dans le télescope. Ils avaient été si proches !

Ils avaient passé la journée ensemble, mais, à cet instant précis, elle avait pris conscience de sa virilité. Ses cheveux, parfaitement lisses en début de journée, avaient retrouvé leurs boucles naturelles et une ombre de barbe commençait à naître sur ses joues. Après s'être débarrassé de sa veste de smoking, il avait défait son nœud papillon, qui pendait à son cou. Elle aurait facilement pu l'attirer à elle et l'embrasser – un baiser sans nul doute passionné. Dieu merci, Tom et Liam avaient choisi cet instant pour annoncer que la fête continuerait dans l'hôtel voisin.

— La nourriture était délicieuse.

— Certes, mais la première danse reste quand même mon meilleur souvenir.

De toute évidence, il n'entendait pas la laisser oublier ce moment particulièrement intime.

En effet, sur l'insistance des mariés, il l'avait entraînée sur la piste et ces trois ou quatre minutes dans ses bras, son corps serré contre le sien, avaient été magiques. Quand il lui avait demandé à l'oreille si elle accepterait de monter avec lui dans sa chambre, elle avait bien failli accepter. Mais si ses hormones étaient prêtes à le rejoindre dans son lit, sa tête et son cœur blessé l'avaient retenue et, sitôt la danse terminée, elle s'était éloignée en lui enjoignant de cesser de flirter avec elle.

— Tom et Liam sont vraiment très amoureux. Ils feront de merveilleux parents.

Jamie soupira, se résignant peut-être à son refus d'évoquer le souvenir de leur danse.

— Dites-moi, Kayla, pourquoi avoir accepté d'être mère porteuse pour eux ? Vous êtes sage-femme, n'est-ce pas ? Ce n'est pourtant pas une situation que vous devez encourager ?

Se renversant contre le dossier de sa chaise, il croisa ses longues jambes aux chevilles dans l'attente de sa réponse. Elle apprécia le changement de sujet de conversation.

— En fait, j'ai renoncé à mon poste de sage-femme pour devenir accompagnante périnatale afin d'apporter plus de soutien à mes futures mamans. Mon but n'est pas de connaître les circonstances de leur grossesse, mais de les aider dans leur choix. Le bonheur des parents et des enfants constitue ma seule préoccupation. Tout comme dans le cas qui nous intéresse.

Il était prévu qu'elle habiterait chez les mariés pendant la durée de la grossesse, pour leur permettre d'y participer pleinement, puis elle leur donnerait le bébé après l'accouchement pour qu'ils forment leur belle petite famille – une chose que Liam et elle n'avaient jamais connue.

— Cela vous pose-t-il un problème ?

La sexualité de son frère était un sujet sensible et, bien qu'elle soit plus jeune que lui, elle se montrait extrêmement protectrice à son égard.

C'était d'ailleurs la réaction de leurs parents lorsque Liam avait fait son *coming out* et révélé son homosexualité qui l'avait finalement décidée à quitter cet environnement toxique et leur petit village d'Irlande du Nord pour s'installer à Londres avec lui.

Jamie reposa sa tasse sur la table et leva les deux mains.

— Pas du tout.

— Bien, nous sommes donc sur la même longueur d'onde.

Ce bébé allait avoir les traits de ses deux parents et elle tenait à ce qu'aucun gène douteux ne gâche le paysage.

— Je ne ferais pas cela pour n'importe qui. Je n'ai jamais fait de dons à la banque locale du sperme. Tom m'a demandé mon aide parce que le fait que je sois le donneur lui garantit une réelle connexion biologique avec l'enfant, tout comme Liam puisque vous fournirez l'ovule.

— Je fais cela pour des raisons personnelles.

Liam méritait d'être heureux et, si elle n'avait pas pu l'aider par le passé, elle trouvait là un moyen de se rattraper. Mais Jamie n'avait pas besoin d'en savoir autant.

— Oh ? Vous ne faites donc pas cela par pur altruisme, comme moi ?

Il se moquait d'elle parce qu'elle prenait la chose très au sérieux – contrairement à lui. Elle aurait préféré un homme sensible, fiable et stable, pour cette aventure.

— Si vous vouliez seulement avoir un enfant, il vous suffisait d'accepter mon offre à l'hôtel.

Cet homme qui, d'un simple clin d'œil, embrasait son corps de désir ne correspondait vraiment pas à la description qu'on lui en avait faite.

D'après le portrait élogieux qu'on lui avait dressé avant leur rencontre, elle s'attendait à une figure paternelle sérieuse et très mûre pour son âge, puisqu'il avait élevé Tom comme son propre fils avant de le conduire à l'autel. Les relations stables ne l'intéressaient apparemment pas, ce qu'elle avait mis sur le compte d'un emploi du temps surchargé. Maintenant qu'elle le connaissait mieux, elle ne voyait en lui qu'un play-boy désinvolte qui n'avait pas hésité à lui faire des propositions malhonnêtes. Elle se promettait d'ailleurs d'en toucher un mot à son frère pour s'assurer qu'il ne revenait pas sur son choix.

— J'avoue que cela m'a traversé l'esprit, s'entendit-elle répondre avant de pouvoir se retenir.

Elle piqua du nez dans sa tasse de thé pour ne pas s'empêtrer plus avant devant son sourire grivois.

Après avoir passé son enfance à être la fille parfaite pour ne pas provoquer la colère de ses parents, elle avait entamé sa vie d'adulte sous le joug d'un petit ami qu'elle avait en vain cherché à satisfaire. Elle en avait désormais assez et ne voulait pas d'un autre homme dans sa vie. Ah, si seulement son corps avait accepté d'en tenir compte.

— Dans ce cas, ne serait-il pas plus simple d'éviter toutes ces procédures médicales importunes et de faire les choses à l'ancienne ?

Aussitôt, des images explicites du corps nu de Jamie contre le sien sur fond de draps emmêlés envahirent son esprit et l'attirance qu'elle avait niée lors de leur première rencontre revint la hanter avec plus de force encore. Devant les yeux bruns de Jamie, brillants de malice et de promesses, elle fut tentée de le prendre au mot. Ni lui ni elle ne recherchait le grand amour, et le désir entre eux était indéniable.

— Quelque chose me dit que les sentiments ne joueraient pas un grand rôle dans ce scénario. Il ne s'agirait que d'une relation sexuelle, dit-elle.

Prétendre que cette liaison secrète serait uniquement au bénéfice de leurs frères aurait été un mensonge.

Déglutissant avec difficulté, elle s'efforça de reprendre ses esprits.

— Cela serait-il vraiment si désagréable ? demanda-t-il, son regard la pétrifiant sur sa chaise.

— Rien ne dit que nous pourrions concevoir de cette façon, répondit-elle, peinant à trouver des excuses plausibles alors que sa tête bouillonnait des nombreuses possibilités qui s'offraient à eux.

La méthode de conception proposée par Jamie semblait tellement plus agréable que celle prévue qu'elle redoutait de céder.

— Il ne s'agit pas d'une proposition ponctuelle. Je suis prêt à beaucoup m'investir pour que cela marche, fit-il d'une voix si basse qu'elle résonna au creux de l'estomac de Kayla et même bien plus bas…

— Je, euh…

Impossible de trouver ses mots. Son cerveau refusait de coopérer. Cela faisait longtemps qu'elle n'avait pas fait l'amour, qui plus était avec un homme qui lui faisait autant d'effet.

Malgré sa volonté de garder ses distances avec la gent masculine, elle n'avait plus qu'une envie : lui prendre la main et l'entraîner vers l'hôtel le plus proche. Et pas pour le bébé. Uniquement pour son propre plaisir. Ce qui n'était pas du tout prévu au contrat.

Jamie n'arrivait pas à le croire ! Kayla envisageait sérieusement d'accepter la proposition indécente qu'il avait osé lui faire. Quelque chose chez elle l'intriguait et lui donnait envie de la pousser dans ses retranchements. Dès qu'il avait posé les yeux sur elle, au mariage, il avait deviné qu'elle était la sœur dont Liam parlait si affectueusement. Cette jolie blonde, les épaules nues dans sa robe fleurie, devait être la femme qui aimait tant les animaux qu'elle refusait de les manger et adorait la méditation autant que prendre soin de ses chakras. De loin, elle lui avait paru calme et sereine, collant ainsi parfaitement à la description qu'on lui avait faite d'elle. Jusqu'à ce qu'elle s'adresse à lui. Là, au lieu de la sage-femme décontractée et spirituelle qu'on lui avait décrite, il avait découvert un volcan réprimé et blessé. Mais seulement avec lui. À distance, il l'avait vue charmer tout le monde de sa vivacité insouciante et s'était amusé de sa réaction à son approche. Sa peau pâle virait immédiatement au cramoisi et elle s'éloignait dès que possible. Il aurait pu s'en offusquer s'il n'avait remarqué les coups d'œil furtifs qu'elle lui jetait régulièrement. Son intérêt évident pour lui avait eu un effet pervers sur son propre comportement. Il se montrait rarement aussi… acerbe.

Maintenant qu'elle semblait plus réceptive à l'idée

d'une aventure avec lui, il se sentait pousser des ailes. L'air entre eux était tellement chargé d'électricité que, s'ils se retrouvaient dans un lit, les draps s'embraseraient, il en était certain.

— Vous savez, j'habite tout près et ma voiture est garée juste devant…, fit-il lorsqu'il eut terminé son café.

C'était fou, mais la lueur de désir qu'il avait surprise dans ses yeux ne mentait pas, pas plus que sa façon inconsciente de se passer la langue sur les lèvres ou de jouer avec ses cheveux indisciplinés. Autant de signes de son désir pour lui. Sans parler du fait qu'elle ne lui avait pas répondu avec véhémence qu'elle n'était pas le genre de femmes à accepter une partie de jambes en l'air en plein après-midi avec un homme qu'elle connaissait à peine.

— Jamie, je… Euh…

Alors qu'il s'attendait à ce qu'elle l'envoie promener, il la vit reposer sa tasse d'une main tremblante et se baisser pour attraper son sac comme si elle envisageait sérieusement de le suivre. Aussitôt, il récupéra sa veste sur le dossier de la chaise et plongea la main dans la poche pour localiser ses clés de voiture. Jamais encore il n'avait agi de façon aussi directe et spontanée.

— Je suis tellement content que vous soyez encore là tous les deux !

La voix teintée d'accent irlandais de Liam les fit sursauter comme deux adolescents pris en faute.

— En fait, nous partions, dit Jamie en tendant la main à Kayla.

Mais, au regard hésitant qu'elle lui jeta, l'occasion était passée. Pour aujourd'hui.

— Vous ne pouvez pas partir comme ça ! Je viens juste d'arriver et Tom n'est plus très loin. Nous voulons connaître les dernières nouvelles et vous raconter comment ça se passe pour la clinique au Vietnam.

Sans attendre d'y être invité, Liam tira une chaise et s'assit. Le couple s'était énormément investi dans un projet de centre de soins dans une zone défavorisée, au Vietnam donc, et il aurait été malvenu de leur part de ne pas l'écouter.

Kayla n'osait même plus regarder Jamie, et il n'eut donc pas d'autre choix que de se rasseoir et de réprimer l'excitation qui avait grandi en lui jusqu'à ce que son beau-frère s'immisce dans la fête.

Son propre frère les rejoignit quelques minutes plus tard.

— Désolé pour le retard, dit-il. C'était la pagaille, comme d'habitude, et une panne de signalisation nous a bloqués à Victoria Station. Qu'est-ce que j'ai raté ?

Il donna une brève accolade à son frère et embrassa Kayla avant de s'asseoir à côté de son mari.

— Rien, malheureusement, déclara Jamie en grommelant.

Comment ne pas être en rogne alors que ces deux-là avaient gâché l'ambiance ? Kayla lui jeta un regard noir.

— Parfait. Kayla pensait que ce serait une bonne idée de se rencontrer pour discuter des doutes éventuels que nous pourrions avoir sur la procédure. Y a-t-il quelque chose que nous devrions savoir ?

— Non, répondit Jamie après un silence. Nous sommes prêts. Où devons-nous signer ?

Sa réponse réjouit les deux hommes, qui se prirent par la main.

— Kayla, c'est toi qui vas faire le gros du travail. Maintenant que tu as pu en parler avec Jamie, es-tu toujours d'accord pour entamer la procédure ?

Liam, ignorant évidemment la proposition de Jamie, avait l'air inquiet de la décision de sa sœur.

Depuis sa réaction grincheuse, toute trace d'attirance sexuelle s'était évaporée entre eux.

— Jamie a bien précisé qu'il ne comptait pas s'investir plus que nécessaire dans le projet, une fois qu'il aura rempli son verre en plastique. Vous devriez peut-être mettre cela par écrit au cas où il changerait d'avis.

Waouh ! Il espérait que seule la frustration sexuelle

expliquait une telle agressivité. Si elle le prenait vraiment pour quelqu'un d'aussi méprisant, capable de jouer un sale tour à son frère, elle le connaissait bien mal. Il avait passé sa vie d'adulte à élever et à prendre soin de son frère, raison pour laquelle il n'avait aucune intention de se marier et d'avoir des enfants à lui dans un futur proche. Maintenant que Tom était marié et sur le point de fonder une famille, Jamie se sentait libéré de toute responsabilité et il ne trouvait pas égoïste d'avoir envie de profiter un peu de sa vie.

Pourquoi Kayla portait-elle un jugement aussi négatif sur lui ? Après tout, le mieux était de ne pas y attacher d'importance.

Sitôt sa partie du contrat remplie, il prendrait ses distances, la conscience tranquille, et ne la reverrait plus.

Autant qu'elle continue à le mépriser. Il ne tenait pas à s'impliquer avec une femme qui attendait plus d'une simple aventure qu'il n'était prêt à offrir. Il avait déjà connu cela et n'était pas pressé de renouveler l'expérience.

2.

Trois mois s'étaient écoulés depuis le terrible appel de Jamie, qui résonnait encore aux oreilles de Kayla.

« Kayla, je suis désolé. Il y a eu un terrible accident. Tom et Liam… Ils n'ont pas survécu. »

Son monde s'était brusquement effondré au moment où elle aurait eu tout lieu de se réjouir de sa grossesse. Elle était en effet tombée enceinte au premier essai, grâce à la clinique de fertilité et non à une partie de jambes en l'air avec Jamie. Ce jour-là, sauvée par l'arrivée de son frère qui l'avait empêchée de faire une bêtise, elle avait repris ses esprits et évité tout nouveau contact avec Jamie.

Les garçons s'étaient envolés pour le Vietnam afin de régler les derniers détails de leur projet. Tom étant architecte et Liam entrepreneur, ils avaient mis leurs expériences respectives à profit pour édifier un centre médical dans une zone défavorisée qu'ils avaient visitée quelques années auparavant. Ce devait être leur « lune de bébé », leur dernier voyage avant l'accouchement. Mais le destin en avait décidé autrement. De fortes pluies avaient provoqué de grosses inondations dans le secteur où ils se trouvaient, Tom et Liam avaient été emportés par un glissement de terrain.

L'accouchement était prévu dans quelques semaines et Kayla ne savait pas encore comment elle allait se débrouiller toute seule.

— Kayla, laissez-moi entrer.

Oh ! et comme si cela ne suffisait pas, Jamie s'était brusquement mis à la harceler, débarquant à toute heure et cherchant à la convaincre qu'il visait le titre de Meilleur Père de l'année. Un revirement complet par rapport à ses précédentes visites durant la grossesse où il se contentait de discuter avec son frère sans se soucier du bébé, ce qu'elle préférait de beaucoup. Sa vie était déjà assez compliquée comme ça, à se faire à l'idée qu'elle serait bientôt mère, sans avoir en plus à s'inquiéter de Jamie et des sentiments indésirables qu'il éveillait encore en elle.

— Cela m'est égal, que vous soyez le père de cet enfant. Vous êtes un étranger pour moi et je n'ai aucune intention de vous laisser interférer avec ma vie.

Elle referma brusquement la porte avant d'éclater en sanglots. Quel gâchis !

Elle caressa son énorme ventre.

— Je suis tellement désolée, mon pauvre bébé. Nous voulions tous le meilleur pour toi.

Cet enfant aurait dû avoir des parents heureux en couple et un avenir prometteur. Au lieu de cela, il hériterait d'une mère indigne d'être aimée et d'un play-boy de père peu enclin à assumer son rôle parental. Comment allait-elle élever cet enfant comme il le méritait alors qu'elle-même n'avait pas eu de modèles dignes de ce nom ?

Ses larmes se remirent à couler, tombant sur le foulard en soie qu'elle avait autour du cou – un cadeau de Liam pour son dernier anniversaire. Il l'avait choisi pour le motif – une libellule, le totem personnel de Kayla et un symbole puissant de changement et de lumière dans de nombreuses cultures. Pour Liam, cet insecte incarnait le début de leur nouvelle vie et la renaissance de leur famille.

Aujourd'hui, ce foulard rappelait à Kayla tout ce qu'elle avait perdu. Elle l'ôta et le drapa autour de la photo de Liam et Tom, le jour du mariage. Leurs sourires irradiaient de bonheur, ils étaient pleins d'espoir pour l'avenir, ignorant évidemment qu'ils ne leur restaient que quelques mois à vivre.

— J'ai autant le droit d'être là que vous, fit la voix de Jamie derrière la porte, ce qui réveilla sa colère.

Sa présence constante l'empêchait de réfléchir à des choses plus importantes, la perspective de devenir mère célibataire, par exemple.

— Comment êtes-vous entré ? demanda-t-elle en le voyant brusquement traverser le salon comme s'il était chez lui.

Il agita le porte-clés en feutre qu'elle avait confectionné pour Tom lors de leur emménagement.

— C'est aussi ma maison, vous vous souvenez ? Vous n'êtes pas la seule à avoir perdu un frère, et il serait temps que vous cessiez de m'éviter. Nous avons de nombreuses décisions à prendre.

Comme, d'après leurs testaments, Tom et Liam leur avaient tout laissé, elle ne pouvait l'empêcher d'entrer sauf à vendre l'appartement, ce qui était hors de question pour l'instant.

Il se laissa tomber sur le canapé. Avait-il l'intention d'y passer la nuit ? Quelle pensée horrible ! N'ayant d'autre solution que de faire contre mauvaise fortune bon cœur, elle s'assit dans le fauteuil – avec beaucoup moins de légèreté que lui.

— Je croyais que vous ne vouliez rien avoir à faire avec ce bébé, dit-elle.

Lui avait le choix, contrairement à elle. Quoi qu'il arrive, elle devrait mettre cet enfant au monde et devenir sa mère.

— Quand il ne s'agissait que de donner mon sperme pour permettre à mon frère de devenir père. Seul le bonheur de Tom m'importait. Tom n'est plus là maintenant et ce bébé va avoir besoin qu'on veille sur lui.

— Je m'en chargerai. Je suis sa *mère*.

C'était elle qui avait subi toute la procédure d'insémination artificielle et porté cet enfant pendant tous ces mois.

Elle dont le corps avait irrémédiablement changé. Alors que lui s'était contenté de fournir quelques petits nageurs.

— Et moi le père, au cas où vous l'auriez oublié.

— Je n'ai pas oublié et je vous offre l'opportunité de prendre vos distances, comme vous en aviez l'intention.

Elle ne tenait pas à élever cet enfant seule, mais cela valait mieux que de passer le reste de sa vie auprès de cet homme.

Elle avait échappé à l'emprise de ses parents, ce n'était pas pour retomber entre les pattes d'un homme qu'elle connaissait à peine. Le décès récent de son frère l'avait certes fragilisée, mais elle ne permettrait à personne d'en profiter.

Jamie se leva et la domina un instant de toute sa hauteur. En costume tiré à quatre épingles et cravate, sa tenue de travail sans doute, il était impressionnant, surtout comparé à elle et ses leggings de maternité chaque jour un peu plus larges, son immense T-shirt en jersey stretch gris foncé.

Puis il s'avança d'un pas si décidé qu'elle en eut la bouche sèche et se pencha vers elle.

— Aucune chance, lui dit-il à l'oreille.

Elle sentit son souffle chaud lui balayer la joue et ses poils se dresser sur ses bras tandis qu'il s'éloignait déjà en direction de la cuisine.

Après avoir repris ses esprits, elle lui emboîta le pas et resta pétrifiée sur le pas de la porte en le voyant ouvrir tous les placards sans se soucier du fait qu'elle vivait dans cette maison. Qu'il ait hérité d'une partie des lieux ne lui donnait pas le droit de se comporter ainsi et n'arrangeait certainement pas leurs relations pour le moins tendues.

— Il n'y a donc aucune nourriture mangeable ici ? fit-il en fourrageant dans le réfrigérateur, le nez froncé.

— Il n'y a *que* de la nourriture mangeable, et certainement plus saine que les plats transformés que vous affectionnez probablement.

Liam et Tom avaient partagé ses goûts en matière culinaire, mais Jamie ne semblait pas du genre à se nourrir de salade et de carottes.

— Vive un bon hamburger, lança-t-il, corroborant, en digne descendant des hommes des cavernes, son goût pour la viande rouge.

Bien que mince, il était solidement bâti, ses vêtements ajustés le confirmaient. Un corps qui avait besoin de protéines pour le soutenir. Mais elle l'imaginait plus fendre l'eau d'une piscine, frimant en maillot de bain moulant, que soulever de la fonte.

— Nous allons devoir faire quelques courses ou je vais mourir de faim.

Clignant des yeux, elle effaça de son esprit l'image de Jamie à demi nu pour faire face à la version habillée qui la contemplait, sourire ironique aux lèvres, comme s'il lisait dans ses pensées. Une bouffée de chaleur la submergea, qu'elle mit sur le compte de l'énervement devant cet envahisseur qui se permettait de fouiller dans ses placards.

— Vous… Vous n'habitez pas ici. Le contenu de mes placards ne vous regarde pas, dit-elle en passant derrière lui pour claquer chacune des portes qu'il avait ouvertes.

— Écoutez, Kayla. J'avais accepté de n'être qu'un père biologique quand Tom était là pour élever son enfant. En disparaissant, il m'a passé le témoin et je ne compte pas rester les bras croisés à vous regarder élever mon bébé avec vos théories farfelues de hippie.

Satisfait, il s'appuya contre le plan de travail, l'air parfaitement détendu, alors qu'elle frôlait l'implosion. *Son* bébé. Théories de *hippie*. D'une phrase, il venait de ridiculiser ses compétences maternelles, comme si le fait d'être végétarienne et de méditer pour soulager son stress était grotesque, alors que c'était pour elle un moyen de reprendre le contrôle de sa vie.

Elle ouvrit la bouche et la referma avant de prononcer des paroles indignes d'une femme comme elle.

— Premièrement, dit-elle une fois calmée, d'une voix plus forte que prévu qu'elle s'empressa de baisser d'un ton de peur qu'il ne l'accuse en plus d'hystérie, ce bébé n'est pas un témoin. C'est un être humain qui grandit en moi. Donc, je me passe de votre avis. Je suis sa mère.

— Et moi son père.

Cet homme était agaçant au possible.

Compte jusqu'à dix, Kayla, et ne pense même pas à lui jeter cette poêle à frire à la tête.

Soudain, se détachant du plan de travail, il vint vers elle, la faisant reculer. Elle cherchait toujours à éviter les confrontations ; les éclats de voix réveillaient en elle de mauvais souvenirs d'enfance.

Jamie avait le don de la faire sortir de ses gonds. Tom avait pourtant eu une véritable adoration pour son frère, parlant de lui en termes si élogieux qu'elle s'était attendue à rencontrer un saint. En ce qui la concernait, elle le considérait plutôt comme une véritable nuisance.

D'autant qu'ils savaient tous les deux qu'elle avait été sur le point de le suivre pour une partie de jambes en l'air débridée, et que seule l'arrivée de son frère l'en avait empêchée.

— Écoutez, Kayla. Je ne suis pas venu pour me battre. Je veux juste m'assurer que vous et le bébé restez en bonne santé. C'est le dernier lien qui me reste avec mon frère, et ma seule famille.

C'était un touchant cri du cœur, mais il n'était pas pour autant question de le laisser diriger sa vie.

— Et qu'envisagez-vous de faire ? Me faire suivre un régime alimentaire conforme à vos critères ? Je ne suis pas le genre de femme à me soumettre à votre volonté.

— Waouh !

— Quoi ? Aucune femme ne vous a jamais tenu tête ?

Évidemment, avec son métier et son physique, il avait certainement l'habitude d'être obéi au doigt et à l'œil.

Il éclata de rire, déclenchant une série de réactions inattendues en elle, au creux de son ventre notamment.

— Je trouve juste le fonctionnement de votre esprit intéressant.

— Liam et Tom vous ont peut-être laissé la moitié de cette maison, mais vous n'avez aucun droit sur mon corps.

À peine eut-elle fini sa phrase que des images de la bouche et des mains de Jamie courant sur son corps lui traversèrent l'esprit, la perturbant plus que de raison.

Décidément, la grossesse avait des effets pervers sur elle, d'autant qu'elle ne se souvenait pas avoir jamais ressenti de telles émotions avec ses anciens petits amis, ce qui expliquait probablement l'échec de ces relations.

Jusque-là, le sexe n'avait pas été important pour elle, elle était incapable de laisser un inconnu prendre le contrôle de son corps. Et voilà qu'aujourd'hui quelques paroles arrogantes de la part d'un homme qui avait le don de l'énerver semaient la pagaille dans sa tête.

En tout cas, elle allait devoir trouver un moyen de se débarrasser de lui, pour que le bébé et elle puissent vivre leur vie comme ils l'entendaient.

— Techniquement, comme vous êtes enceinte de mon enfant, votre corps m'intéresse au plus haut point.

Et pas seulement pour le bébé, reconnut Jamie par-devers lui.

Petite et toute en courbes, même enceinte Kayla n'était pas vraiment son type de femme. Ses cheveux couleur miel cascadaient en boucles désordonnées sur ses épaules, à l'avenant de son style vestimentaire – plusieurs couches superposées de vêtements vintage mal assortis que la plupart des gens auraient destinés à la poubelle.

Il y avait également une totale incompatibilité entre eux sur le plan personnalité, comme en attestait le présent échange. C'était une vraie emmerdeuse dont il se serait bien passé. Pourtant, depuis le décès de Tom et Liam, il avait été incapable de garder ses distances. Le chagrin n'expliquait pas tout et il espérait bien que ce soudain intérêt s'évanouirait dès la naissance du bébé. Parce que toute autre conclusion était vouée au désastre.

— Vous n'avez aucun droit sur mon corps, répondit-elle en croisant les bras sur sa poitrine épanouie qu'il évita de regarder.

— Pareil pour moi. Alors je vous saurais gré de cesser de me dévisager comme si j'étais un appétissant morceau de viande.

— Je ne vous regardais pas ! dit-elle, cramoisie.

Il brancha la bouilloire et sortit un mug du placard.

— Que les choses soient claires, Kayla. Mon seul intérêt concerne le bébé que vous portez.

— Le mien aussi.

Ayant retrouvé ses esprits, elle s'approcha de lui, suffisamment près pour qu'il perçoive un effluve de son parfum floral – qu'elle avait probablement composé elle-même avec des marguerites et des boutons-d'or, par une nuit de pleine lune.

Elle ouvrit le placard et en sortit un mug bancal en faïence bleue, de toute évidence fait main, qu'elle posa sur le comptoir.

— J'imagine que tout est déjà prévu pour l'accouchement. Nos frères n'étaient pas du genre à s'en remettre au hasard.

Même si elle lui paraissait plutôt du genre à laisser la nature suivre son cours.

— Je compte accoucher naturellement, ici.

Bon sang, il aurait dû s'en douter.

— Aucune chance.

— Quoi ? C'est ce que Tom, Liam et moi voulions. Vous ne pouvez pas juste débarquer ici et…

— Et quoi ? Vouloir ce qu'il y a de mieux pour ce bébé ? C'est-à-dire venir au monde dans un hôpital avec tous les soins médicaux à disposition si nécessaire ?

Elle n'en croyait pas ses oreilles. Ils avaient prévu une

arrivée dans ce monde aussi paisible que possible pour le bébé et voilà que Jamie envisageait un accouchement aussi bruyant, perturbant et bouleversant qui soit dans un environnement hospitalier. Pas question d'accepter, ni de laisser quiconque lui dicter sa loi.

— Au cas où vous l'auriez oublié, j'ai été sage-femme et, croyez-moi, je sais la différence que peut faire, pour une mère et son enfant, une naissance paisible à la maison, entourée de visages familiers, enveloppée d'amour, plutôt que de machines et d'une équipe médicale débordée. C'est d'ailleurs la raison pour laquelle j'ai changé de métier.

Accepter les règles établies par la direction de l'hôpital lorsque les naissances contrariaient leurs agendas lui avait été très difficile. Elle avait rapidement compris qu'elle préférait se consacrer à une seule mère à la fois plutôt que de travailler à la chaîne sans réel contact avec les familles.

— Dans ce cas, vous savez que toute grossesse comporte des risques. Les complications survenues lors d'un accouchement à la maison ne peuvent être soignées aussi efficacement que dans un hôpital.

— Je suis qualifiée pour prendre les décisions qui justifieraient un transfert à l'hôpital.

— Alors expliquez-moi, vous avez l'intention d'accoucher nue et seule au milieu d'un champ ? demanda-t-il de ce ton supérieur qu'utilisaient les membres du corps médical en cas de désaccord.

— Vous avez le droit de ne pas apprécier mes méthodes, mais pas celui de vous en moquer.

— Difficile de ne pas faire autrement, murmura-t-il.

Elle prit une profonde inspiration. Cela se confirmait, aucun accouchement paisible ne serait possible en sa présence.

— Qu'y a-t-il de si répréhensible à vouloir rester chez soi à écouter de la musique et de laisser la nature remplir son office ?

— C'est égoïste.

— Non, il ne s'agit que d'une alternative à l'accouchement hospitalier. Les femmes accouchent ainsi depuis des siècles. Je saurai me débrouiller.

— Quoi ? Vous comptez accoucher toute seule ? Désolé, mais c'est complètement dingue. J'ai déjà perdu mon frère, je n'ai pas l'intention de vous laisser mettre la vie de mon bébé en danger pour satisfaire vos caprices de hippie. Les années soixante n'étaient pas aussi idylliques qu'il y paraît, vous savez. Le taux de mortalité était élevé à l'époque, pour ces raisons justement.

Respire. Inutile de lui voler dans les plumes.

De toute évidence, les dinosaures n'avaient pas tous disparu de la surface de la planète.

— Il y a ce qu'on appelle des amis – une notion qui ne doit pas vous être familière si c'est ainsi que vous traitez ceux que vous rencontrez. Une sage-femme m'assistera pendant le travail.

— Formidable, je me sens rassuré, vous serez deux à hurler à la lune en faisant brûler de l'encens.

D'où sortait-il de telles idées ? Il était médecin bon sang. Ses réactions semblaient avoir des motivations personnelles, comme s'il désapprouvait simplement son choix de vie sans vraiment la connaître.

Tout tournait autour de ses souhaits pour son bébé, la reléguant au simple rôle d'incubateur qui n'aurait pas dû avoir d'opinion personnelle.

— Je me moque de ce que vous pensez, Jamie. Il s'agit de mon espace de vie, de mon corps, de mon bébé et de mon accouchement. Vous n'y assisterez pas, inutile donc de vous inquiéter.

Le bébé percerait probablement sa première dent avant qu'elle lui annonce la naissance.

Jamais elle ne lui permettrait d'assister au moment le plus important de sa vie, à lui hurler des instructions et à la traiter de flemmarde comme son ancien prof d'éducation physique.

— Qui a dit que je ne serais pas là ?

— C'est mon premier enfant, et il n'arrivera pas avant plusieurs semaines. Il y a par conséquent peu de chances que vous soyez ici quand le travail commencera.

— Je vais augmenter mes chances.

— Comment cela ? demanda-t-elle avec un soupir.

Il l'épuisait. Sitôt qu'elle se serait débarrassée de lui, elle ferait une séance de méditation pour nettoyer ses chakras de toute la négativité qu'il avait laissée dans son sillage.

Elle écouterait peut-être ce CD de chants des baleines que les garçons lui avaient offert pour plaisanter – sa façon à elle de se moquer de ce père biologique.

— Je vais m'installer ici, dit-il avec un petit sourire narquois qui ne fit qu'accentuer l'impact de la bombe qu'il lâchait sur elle.

Comment n'avait-elle pas vu venir ce scénario contre lequel elle ne pouvait rien ?

3.

— Ce n'était pas du tout prévu. Il n'a jamais été question que cela se transforme en dictature, répondit Kayla avant de se mettre à pleurer.

Jamie, qui se réjouissait d'avoir eu le dernier mot, sentit son exaltation retomber instantanément.

Dieu savait qu'il n'était pas venu dans le but de la contrarier. Depuis la mort de son frère, il tenait à jouer un rôle dans la vie de ce bébé. Ils avaient tous les deux subis un deuil, et cela avait modifié leur relation. Confronté à ses nouvelles responsabilités, il avait changé, et Kayla faisait partie de ce nouveau chapitre de sa vie. La contrarier n'améliorerait certainement pas la situation.

— Pourquoi ne pas vous asseoir, dit-il en tirant un des tabourets du bar.

Maintenant qu'elle avait perdu son air buté, il prenait conscience de sa vulnérabilité. Il ne devait pas être facile pour son petit corps de porter une telle charge, alourdie de tous les rêves, de tous les espoirs de leurs frères.

— Arrêtez de me dire ce que je dois faire ! hurla-t-elle brusquement, le visage cramoisi, avant d'éclater en sanglots.

Ses plaintes résonnèrent dans la cuisine, touchant Jamie au cœur.

Lui qui ne voulait que le meilleur pour la mère et l'enfant, il ne faisait qu'ajouter à son stress.

Il recula donc, les deux mains levées comme pour pacifier un animal sauvage.

— J'essayais seulement de vous mettre à l'aise.

Il ne trouverait probablement pas de tensiomètre parmi les cristaux et autres bongos qui se mêlaient à son matériel professionnel. Il ferait donc mieux de courir jusqu'à sa voiture récupérer sa trousse médicale pour vérifier sa tension. À supposer qu'elle le laisse approcher.

— Taisez-vous, taisez-vous, taisez-vous ! cria-t-elle d'une voix qui monta crescendo avant de conclure en tapant du pied sur le sol.

Il aperçut avec horreur un filet de liquide qui coulait le long de ses leggings et formait une flaque sous elle.

— Ne paniquez pas, dit-il, je crois que vous venez de perdre les eaux.

Il s'approcha et passa un bras autour de ses épaules pour l'entraîner vers le salon.

— C'est trop tôt, répliqua-t-elle, de toute évidence sous le choc.

— Pas vraiment. Le bébé est viable. Inutile de paniquer. Où puis-je trouver quelque chose pour protéger le canapé ?

Elle avançait avec un dandinement encore plus prononcé, mais sans protester.

— Il y a des serviettes dans la commode en bois, là.

Il se dirigea vers l'endroit indiqué, séparé du reste du mobilier de la pièce. Un cercle de gros coussins délimitait une espèce de nid géant sur le sol, mais ce n'était pas le moment d'ironiser là-dessus. Retenant les questions et les plaisanteries qui lui brûlaient les lèvres, il attrapa deux serviettes gris délavé dans le meuble.

— Je vais prévenir la maternité de votre arrivée. Ma voiture n'est pas loin, je vais vous y conduire.

Il couvrit le canapé du mieux qu'il put pour qu'elle puisse s'installer le temps qu'il approche sa voiture devant la porte.

— Combien de fois faudra-t-il vous répéter que je veux accoucher chez moi ? Cherry est mon accompagnante périnatale. Appelez-la, ainsi que ma sage-femme. Leurs numéros sont dans mon sac.

Elle indiqua le sac posé au milieu du nid de coussins dans l'attente probable de cet instant.

— Je les appellerai, mais comme vous n'êtes pas à terme, je préférerais vous emmener à l'hôpital.

Il faisait de son mieux pour rester calme, mais redoutait de mener une bataille perdue d'avance.

— C'est votre faute. Vous avez tout gâché. Je ne vous permettrai pas de diriger les opérations.

Elle poussa un cri de douleur et se pencha en avant, les bras autour de son ventre.

— Des contractions ? demanda-t-il en s'accroupissant devant elle, sa montre à la main pour calculer leur fréquence.

Elle hocha la tête, le visage contracté par la souffrance. Il aurait aimé pouvoir prendre sa place, mais devait se contenter de lui tenir la main en attendant que la douleur s'atténue. Tout était de sa faute. Il avait eu tellement à cœur de participer à cet événement qu'il avait piétiné les sentiments de Kayla au point de déclencher le travail.

— Je vais appeler Cherry et prévenir la sage-femme que le travail a commencé.

C'était le moins qu'il pouvait faire. Comme il se levait pour aller récupérer les numéros de téléphone, elle lui attrapa la main – le premier signe qu'elle acceptait son aide même si c'était probablement seulement sous le coup de la peur.

— Vous resterez avec moi jusqu'à leur arrivée, n'est-ce pas ? demanda-t-elle.

— Si vous êtes d'accord, je resterai jusqu'à la naissance.

Ainsi, il pourrait faire ses propres observations et prendre des décisions en fonction de ce qui se passait. À la moindre inquiétude, il appellerait l'hôpital.

— Je ne veux pas que vous interfériez plus, Jamie. Appelez Cherry.

— Faisons un compromis. Je reste à distance, mais au moindre signe que les choses se gâtent, j'interviens.

— Très bien. Appelez Cherry, dit-elle de nouveau avec un sanglot suivi d'une nouvelle contraction.

Le bébé semblait pressé de rencontrer ses parents.

Kayla tentait d'oublier la douleur en se concentrant sur le beau bébé qu'elle aurait, une fois que tout serait fini. En vain. Elle avait pourtant assisté à des tas d'accouchements, mais la panique s'était emparée d'elle dès les premières crampes. Elle n'était pas prête à devenir mère.

— Je suis étonnée qu'aucune de mes patientes ne m'ait giflée quand je leur conseillais de respirer pendant le travail. C'est plus facile à dire qu'à faire.

Lorsqu'une nouvelle contraction arriva, elle serra très fort les doigts de Jamie. Aucune raison de l'épargner puisqu'il semblait si désireux de participer.

— Vous ne tenez pas plus à m'entendre dire que vous êtes courageuse, j'imagine ?

Son sourire se transforma en grimace tandis qu'elle resserrait l'étau sur ses doigts. Le regard de Kayla était suffisamment venimeux pour décourager ce genre de commentaires condescendants, même sur le ton de la plaisanterie.

La sonnerie de la porte sauva sa main, mais priva Kayla d'un exutoire à ses douleurs. Être seule était encore pire. En l'absence de Jamie, elle prit brusquement conscience qu'elle allait faire tout cela sans l'aide de Tom et Liam. Elle avait besoin de quelqu'un près d'elle, même s'il s'agissait de Jamie.

— Bonjour, ma chérie. Le moment est venu, on dirait ?

Une bouffée de gardénia annonça l'arrivée de Cherry et suffit à déclencher une nouvelle crise de larmes chez Kayla.

— Elle a des contractions toutes les quatre minutes. La sage-femme est en route, dit Jamie pour que Cherry puisse s'organiser.

Étonnant. Après avoir déclaré qu'il n'approuvait pas ces méthodes, voilà qu'il se retrouvait à y participer.

Cherry s'assit près de Kayla.

— Seigneur, nous ferions mieux de nous préparer. Jamie…

— Dr Garrett, corrigea-t-il.

Une faible tentative pour obtenir un peu d'autorité dans une situation où il n'en avait aucune.

Cherry, comme Kayla, ne se laissait pas facilement intimider.

— Je suis certaine que Kayla vous a expliqué que nous voulions conserver une atmosphère détendue, ici. Donc si cela ne vous ennuie pas, je vous appellerai Jamie. Maintenant, pourriez-vous aller nous préparer une tasse de thé pendant que j'aide Kayla à ôter ces vêtements mouillés ?

La crispation de ses mâchoires trahissait son désaccord, mais il obtempéra quand même pour leur laisser un peu d'intimité.

— J'imagine qu'il s'agit du père, dit Cherry en aidant Kayla à se déshabiller.

— Pas celui que j'avais envisagé d'avoir avec nous, mais il a insisté.

— Ce n'est pas plus mal puisque Tom et Liam ne sont plus là. Il fait partie de la famille.

Kayla parvint à enfiler la chemise de nuit en coton qu'elle avait choisie pour l'occasion. Elle pourrait toujours l'ôter si l'envie la prenait d'accoucher nue, que Jamie soit là ou pas.

— Toi et Debbie faites plus partie de ma famille que lui. Je le connais à peine.

— Donne-lui une chance, Kay. Vous êtes ensemble dans cette histoire. Sans compter qu'il est plutôt mignon. Je suis surprise que vous n'ayez pas conçu ce bébé de façon plus naturelle. Cela aurait sans doute été bien plus agréable.

— Cherry !

Elle ne jugea pas utile de préciser qu'ils avaient bien

failli en passer par là. Mais il était évident qu'ils ne pouvaient pas se retrouver dans la même pièce sans se quereller. S'ils avaient partagé le même lit, nul doute que cela aurait fait des étincelles. Ce qui expliquait peut-être pourquoi elle ne cessait d'y penser.

— Quoi ? Je peux encore apprécier un joli petit lot même s'il n'est pas tout à fait mon genre.

— Ta femme ne serait sûrement pas d'accord, répondit Kayla.

Ses deux meilleures amies étaient mariées, et heureuses en mariage, mais Kayla se sentait bizarrement très possessive vis-à-vis de cet homme qui n'était pas le sien et ne le serait probablement jamais.

— Je suis sûre du contraire.

— Il est très différent de son frère. Jamie est grossier, ennuyeux… Un vrai dinosaure.

— Je doute qu'un dinosaure ait accepté de donner un enfant à son frère homosexuel.

Elle se montrait bien trop logique pour Kayla qui s'estimait en droit de détester le père de son bébé. Elle ne comptait plus le nombre de femmes qu'elle avait vues maudire l'homme responsable de leurs douleurs pendant l'accouchement et elle ne faisait pas exception. De plus, il n'était ni Liam ni Tom.

— De quel côté es-tu ? Je croyais qu'une accompagnante périnatale était censée m'aider à garder mon calme et me donner toujours raison ?

— Pas exactement.

— Aagh !

Une violente contraction plia son corps en deux et lui fit oublier tout le reste.

— Respire profondément. Rappelle-toi qu'il y a une bonne raison à ces douleurs. Ton corps accomplit le travail le plus important du monde pour toi et se prépare à expulser le bébé.

Kayla ferma les yeux pour visualiser la petite chose

responsable de tout cela et la joie qu'elle aurait à le tenir dans ses bras. Elle serra la main de Cherry jusqu'à ce que la douleur s'atténue.

— Désolée, Kay. À partir de maintenant, j'enfile mon bonnet d'accompagnante périnatale et j'arrête de te taquiner.

— Pas totalement quand même. C'est pour ta franchise que je te voulais près de moi.

Les larmes lui montèrent aux yeux en se rappelant tous les plans qu'elle avait élaborés avec les deux papas. Tom et Liam avaient été aussi excités qu'elle à la perspective de cette naissance, et avoir Cherry à leurs côtés représentait la cerise sur le gâteau. Une grande et belle famille. Aujourd'hui, il ne restait plus que Cherry.

— Le thé est prêt, ou du moins ce qui s'apparente au thé dans cette maison, dit Jamie en revenant avec un plateau.

Évidemment. Ses tisanes ne lui plaisaient pas. Il préférait sûrement des thés très forts et pleins de caféine, avec du lait et du sucre. Dommage pour lui !

— Votre négativité n'a pas sa place ici, Jamie. Cette naissance va être une expérience positive et cela inclut mes tisanes.

Elle prit la tasse de tisane à la framboise et attendit sa réaction.

— C'est exact et vous devez vous reposer entre chaque contraction, Kayla. Buvez votre thé et fermez les yeux. Vous allez avoir besoin de toutes vos forces.

Cherry tapota les coussins derrière son dos et Kayla obéit. De par sa propre expérience professionnelle, elle savait que le travail pouvait être long et difficile. Mais la délivrance récompensait tous les efforts même si elle entraînait de lourdes conséquences pour les mères. Compte tenu de la durée très variable du processus, il était conseillé de profiter au maximum des périodes calmes.

Une autre contraction secoua Kayla, chassant toute idée de détente. Elles semblaient s'accélérer. Dire qu'elle s'était inquiétée de devoir attendre des heures avant que le travail ne commence.

Derrière Cherry, Jamie fronçait les sourcils.

— L'espacement entre les contractions n'est plus que de trois minutes. Où est cette sage-femme ?

— Elle a probablement pensé avoir un peu de temps devant elle, vu que c'est le premier bébé de Kayla. Je suis sûre qu'elle ne va plus tarder.

La réponse calme de Cherry empêcha Kayla de paniquer plus encore. Il était normal d'avoir peur avant l'accouchement et elle n'avait certainement pas besoin de ce stress supplémentaire.

— Le bébé non plus, répondit Jamie d'un ton accusateur.

— Je vais l'appeler. Jamie, pouvez-vous rester avec Kayla jusqu'à mon retour ?

Sans commentaire, il s'installa près de Kayla.

— Comment vous sentez-vous ? demanda-t-il.

— À votre avis ?

Elle ne s'était jamais sentie aussi mal de toute sa vie.

Il passa outre son regard noir et son ton agressif.

— Je voulais juste savoir si je pouvais vous aider à adopter une position plus confortable.

D'accord. Il pouvait peut-être se rendre utile.

— Mon dos me tue. Je ne sais pas comment les femmes supportent cela pendant des heures, parfois même des jours. Je voudrais que ce soit déjà fini.

— À cette allure, votre vœu risque bien de se réaliser. Appuyez-vous là-dessus, dit-il en approchant un ottoman marron. Vous vous sentirez peut-être mieux.

En toute honnêteté, elle dut reconnaître qu'elle était soulagée de l'avoir près d'elle. Son amie Cherry était là pour la soutenir, mais si la sage-femme n'arrivait pas, l'expertise médicale de Jamie se révélerait sûrement précieuse. Il ferait tout ce qui était en son pouvoir pour que le bébé ne subisse aucun dommage.

La pression augmentait et elle avait envie de pleurer.

Bien que ce soit un heureux événement, elle se sentait fatiguée et souffrait beaucoup. Elle aurait aimé que son grand frère soit là pour lui tenir la main et la rassurer, comme il l'avait toujours fait.

Jamie l'aida à se mettre à genoux. Kayla porta tout le poids de son corps sur ses bras appuyés contre le pouf pour atténuer la douleur. Une pression dans son dos la soulagea et elle comprit que c'était Jamie qui lui massait le bas de la colonne vertébrale sans qu'elle ne lui ait rien demandé.

La contraction dura plus longtemps, cette fois. Kayla gémit – un râle qui montait du fond de ses entrailles et qui lui donna l'impression d'être un animal en train de mettre bas.

— C'est ça, Kayla. Celle-ci est presque terminée.

La voix calme et réconfortante de Jamie n'avait rien de condescendant. Il l'encourageait et lui remontait le moral, il lui donnait le sentiment que, malgré ses doutes, elle allait y arriver.

Quand la contraction s'apaisa, il aida Kayla à se rasseoir et elle ferma les yeux, appelant le sommeil de ses vœux. Jamie repoussa les mèches humides sur son front. La fraîcheur de sa main la soulagea et elle appuya dessus pour la maintenir là.

— C'est bon, n'est-ce pas ?

Elle n'eut pas besoin d'ouvrir les yeux pour deviner qu'il souriait d'un air satisfait de voir sa présence finalement appréciée, malgré tout.

— Hum, hum.

— Au retour de Cherry, j'irai vous chercher une compresse fraîche.

À cet instant, elle entendit celle-ci prendre congé au téléphone.

— Kayla…

Au ton de voix hésitant de son amie, Kayla ouvrit brusquement les yeux d'un air alarmé.

— Je ne veux pas t'inquiéter, dit Cherry en tapotant

son épaule, mais la sage-femme a eu un petit accident de voiture en chemin. Elle va bien, mais risque d'être retardée.

Concentre-toi sur ta respiration. Un, deux, trois...

Jamie se leva et elle le regarda arpenter la pièce d'un air inquiet en se frottant les tempes, faisant de son mieux pour ne pas exploser.

Quatre, cinq, six...

— Que fait-on maintenant ?

— Elle a appelé une ambulance pour toi. Tout dépend du temps qu'ils vont mettre à arriver.

La couleur blême n'allait pas du tout au visage de Cherry. Pourtant, ce n'était pas sa faute, ni celle de Kayla. Personne n'aurait pu prédire cela. Sauf Jamie.

— Je peux te conduire à l'hôpital, si c'est ce que tu veux, dit-il, les yeux suppliants.

Il ne songeait qu'au bébé, elle le comprenait, mais elle allait faire passer sa propre tranquillité d'esprit avant la sienne.

— Non. Je veux accoucher chez moi.

Elle parla d'une voix aussi calme que possible pour qu'il comprenne qu'elle prenait cette décision les idées claires. Même sans calmants et sage-femme, elle allait accoucher comme elle le voulait.

Au lieu de se disputer avec elle, il se tourna vers Cherry.

— Avez-vous déjà pratiqué un accouchement ? lui demanda-t-il.

— Non. J'en ai vu beaucoup, mais mon travail n'est pas d'interférer avec les sages-femmes ou les médecins.

— Je veux juste savoir à quoi m'attendre si l'ambulance n'arrive pas à temps.

Kayla, contrairement à lui, préférait ne pas y penser, même si elle comprenait qu'il fallait en passer par là.

— Tout indique que le bébé se porte bien jusque-là. Il n'y a donc aucune raison pour que l'accouchement se passe mal.

Si elle avait rencontré le moindre problème pendant

sa grossesse, elle aurait été la première à s'en remettre aux médecins.

— Espérons-le, répondit-il d'un ton sarcastique. Ce n'est qu'une question de vie ou de mort, après tout.

Son commentaire plana un moment au-dessus d'eux.

— Et vous, Jamie ? Avez-vous déjà pratiqué un accouchement ? s'enquit Cherry dont la présence servait de tampon entre les deux autres.

— Il y a longtemps et il s'agissait d'une urgence. Je n'ai pas eu le choix.

— Vous êtes médecin et je suis sage-femme. Je suis certaine… que nous pourrons nous en sortir.

Elle termina à peine sa phrase, le souffle coupé par la violence d'une nouvelle contraction.

— Bien. La poussée est forte, signe que nous sommes proches, dit Cherry.

Elle-même utilisait ces phrases positives pour apaiser les parturientes, mais, en l'occurrence, rien n'aurait pu arrêter les sanglots qui accompagnaient maintenant les dernières étapes de l'accouchement.

Elle serra très fort la main qui tenait la sienne, mais fut déçue de constater que c'était celle de Cherry et non de Jamie, qu'elle vit se diriger vers la porte. Son cœur se serra. S'il la quittait maintenant, il n'y avait aucune chance qu'ils puissent un jour travailler de concert pour élever cet enfant. Cela demandait de s'investir, pas de taper du pied jusqu'à obtenir ce qu'on voulait. Elle n'avait peut-être pas sauté de joie à l'idée qu'il s'implique dans la vie de l'enfant, mais il avait gagné sa place auprès d'elle. S'il la voulait toujours.

La douleur à la base de son dos atteignit un degré insoutenable et elle ne put retenir un gémissement. Cherry l'aida à se mettre à genoux.

— Où est parti Jamie ? lança-t-elle. J'ai besoin de lui.

Soudain, tout ce qui l'entourait disparut. Elle se retrouva dans une espèce de transe et s'abandonna à mère nature jusqu'à ce qu'un linge humide soit appliqué sur la peau brûlante de son front et lui procure un apaisement bienvenu.

— Je croyais que vous étiez parti, confia-t-elle d'une voix hachée entre deux profondes inspirations.

Il parut énervé qu'elle puisse penser cela, mais elle avait été surprise qu'il capitule aussi facilement devant sa décision. Elle serait plus rassurée s'il restait là, au cas où la sage-femme n'arriverait pas à temps.

— Je ne peux plus le supporter, dit-elle en sanglotant, souhaitant s'endormir très vite et se réveiller une fois tout terminé.

Mieux encore, se réveiller et réaliser que cette histoire de mère porteuse n'avait été qu'un rêve.

— Il est trop tard pour reculer, maintenant. Ne vous inquiétez pas, ce ne sera pas long.

Il disait et faisait exactement ce qu'il fallait – ce qui changeait agréablement de leur constante bataille pour être l'*alpha dog*. Jamie était parfait quand il n'essayait pas de tout régenter.

— Appuyons-la contre les coussins, ordonna Cherry, à quoi Jamie obéit sans rechigner.

— Je reprends ça, déclara-t-il en ôtant le linge sur son front. Je ne crois pas que ce soit d'une grande utilité.

À la place, il lui posa sa propre main sur le front.

— Ça fait du bien. Vous me faites du bien.

Il repoussa de nouveau les mèches de cheveux de son visage et, à son contact, elle faillit croire qu'elle parviendrait à dormir. Mais son corps ne tarda pas à la rappeler à la réalité.

Elle ressentait un fort tiraillement entre les jambes, ainsi qu'une puissante envie de se mettre en position accroupie.

— S'il vous plaît, aidez-moi à me redresser, dit-elle.

— Voulez-vous pousser ? demanda Jamie en se plaçant face à elle, prêt à délivrer le bébé.

— Kayla ne veut pas traumatiser l'enfant en le forçant à sortir. Cette naissance doit se passer naturellement.

Cherry ne faisait que répéter ce que Kayla aurait pu dire à ses patientes mais, en l'occurrence, Jamie avait raison. Le corps de Kayla réclamait qu'elle pousse.

— Je crois que je n'ai pas le choix, lâcha-t-elle.

— À la prochaine contraction, je veux que vous poussiez. Je vais devoir remonter votre chemise de nuit qui me gêne, d'accord ?

Elle ne risquait pas d'accoucher sans qu'il la voie, aussi hocha-t-elle la tête. Il était médecin et elle se sentait ridicule de ressentir de la gêne. Puis la douleur se chargea de lui rappeler qu'elle se moquait de tout, sauf d'en finir au plus vite.

— Nous allons y arriver, affirma Cherry en continuant à frotter son dos, prête à accepter toutes les décisions de Kayla.

Jamie et Cherry crièrent des encouragements quand elle entra dans la dernière étape, plus vite qu'aucun d'eux ne l'avait envisagé.

— Accrochez-vous à mes épaules et serrez autant que vous voulez, dit Jamie, lui arrachant un sourire.

— Je vais vous prendre au mot.

— C'est une proposition limitée au temps de l'accouchement, ajouta-t-il avec un sourire qui disparut quand elle poussa un nouveau cri.

— Où est cette ambulance ?

Il roula ses manches tandis qu'elle pesait de toutes ses forces sur ses larges épaules, l'utilisant comme levier pour encourager le bébé à sortir. En d'autres circonstances, un père accouchant lui-même son enfant aurait été une merveilleuse expérience, mais cela n'avait rien d'une situation normale. Pourtant la présence de Jamie l'aidait à se sentir moins seule.

— Ferme les yeux et visualise ton bébé en train de sortir, dit la voix calme de Cherry, un répit dans la tempête.

— Le bébé arrive. Je vois le haut de son crâne. Vous vous débrouillez très bien, Kayla. Notre bébé sera bientôt là.

Notre bébé…

Évidemment. Malgré sa conception inhabituelle, ce bébé était autant à lui qu'à elle.

La pièce vibrait d'animation dans l'attente du moment crucial. Elle y puisa l'énergie nécessaire pour pousser malgré la douleur.

— Kayla, arrête de pousser, demanda soudain Jamie. Cherry, je vais avoir besoin de votre aide.

— Jamie, que se passe-t-il ?

Kayla tenta de se redresser. L'atmosphère avait brusquement changé. Cherry et Jamie échangeaient des regards inquiets. Une violente nausée envahit Kayla à l'idée qu'elle avait peut-être mis la vie du bébé en danger en s'obstinant à accoucher chez elle.

— Le cordon ombilical est enroulé autour du cou du bébé, dit Jamie. Je dois le dégager et, pour cela, tu dois arrêter de pousser.

Elle avait rencontré ce genre de situation à de nombreuses reprises au cours de sa vie professionnelle et ne pouvait s'empêcher d'imaginer son bébé étouffant sous la pression.

— Kayla, halète maintenant. Inutile de paniquer. Jamie maîtrise la situation.

La respiration haletante enseignée par Cherry permit à Kayla de se retenir de pousser, permettant ainsi à Jamie de dégager le cou de l'enfant avant qu'il soit privé d'oxygène. Il ne permettrait jamais que quelque chose arrive à son enfant après avoir tant bataillé pour être à ses côtés.

— C'est fini, Kayla. Le cordon est déroulé. À la prochaine contraction, le bébé sortira.

La voix de Jamie exprimait tant de fierté en annonçant cette nouvelle ! Kayla sut que tout allait bien se passer.

Jamie avait du mal à réaliser qu'il était en train d'assister à l'accouchement de son propre enfant. Jamais il n'aurait imaginé une telle situation quand il avait promis à son frère de l'aider. Pourtant, pour rien au monde il n'aurait voulu manquer cela.

— C'est un garçon.

Son cri se mêla à ceux de Kayla tandis qu'il accueillait le petit corps glissant dans ses mains, et toute l'émotion du moment l'envahit. Il avait perdu son frère, mais Tom lui avait laissé un précieux cadeau.

— Comment va-t-il ? demanda Kayla d'une voix paniquée.

Jamie tendit l'enfant à Cherry qui le donna à sa mère pour le si primordial contact peau à peau.

— Il est magnifique. Félicitations à vous deux, maman et papa.

Jamie se sentait épuisé, alors que Kayla avait fait tout le travail. Ses yeux brillaient d'ailleurs de mille feux tandis qu'elle murmurait des paroles de bienvenue à son enfant. Jamie n'avait jamais rien vu d'aussi beau.

— Tu as fait un travail formidable, Kayla, dit-il en déposant un baiser sur sa joue avant de se pencher sur le bébé pour babiller à son tour.

— Toi aussi, reconnut-elle en lui adressant un sourire timide avant de détourner le regard.

Avec un peu de chance, ils avaient maintenant enterré la hache de guerre, une condition indispensable s'ils voulaient assumer ensemble le rôle de parents.

Les coups répétés contre la porte d'entrée mirent fin à ce joli portrait de famille.

— Ce sont sûrement les ambulanciers. Je m'en occupe, dit Cherry en se dirigeant vers la porte, les laissant seuls pour la première fois.

— On dirait qu'il a hérité de tes poumons, dit doucement Jamie alors que le bébé manifestait son mécontentement en hurlant.

— Hum. Je dirais plutôt qu'il a hérité le sale caractère de son papa, répondit-elle du tac au tac en contemplant le petit visage tout plissé entre ses bras.

Jamie sursauta en prenant conscience qu'il était effectivement devenu père. La mort de son frère avait changé la donne et annihilé son désir de vivre sa vie sans assumer la responsabilité d'une autre vie. La question restait de savoir quel rôle il allait pouvoir jouer dans l'éducation de son fils.

4.

— Est-ce que le papa aimerait couper le cordon ombilical ?

C'était une chose, d'élever son petit frère ou de donner son sperme sans intention de s'engager plus avant. Mais s'entendre appeler papa ramena brutalement Jamie à la réalité et à ses responsabilités vis-à-vis de cet enfant.

Hésitant, il se tourna vers Kayla.

— Je crois que tu as bien gagné ce droit, dit-elle, le visage rayonnant de bonheur en enveloppant son enfant dans une couverture en crochet multicolore.

Il n'en était pas aussi sûr. Alors qu'elle se révélait dans son rôle de mère, lui ne ressentait que doutes et incertitudes quant à sa position. Kayla l'avait d'ailleurs traité de play-boy au vu de son incapacité à s'impliquer, ce qui ne plaidait guère en sa faveur.

Pour autant, ce jugement ne lui semblait pas mérité. S'il donnait l'impression d'être le genre de type qui séduisait les femmes avant de les abandonner, son attitude n'était pas aussi insensible qu'elle paraissait. Tom et lui avaient cruellement souffert de l'indifférence de leurs parents. Leur père – un homme égoïste et dur – n'était vraiment pas taillé pour devenir père. Ce qu'il avait d'ailleurs largement prouvé en ne changeant absolument rien à sa vie. La présence de deux jeunes enfants à la maison n'allait certainement pas l'empêcher de continuer à se shooter à l'adrénaline et à jouir de la vie au grand air en toute solitude. Jamie avait toujours redouté d'avoir hérité de son égocentrisme.

Bien sûr, il avait élevé son frère de son mieux, mais il s'agissait de son frère et il n'avait pas eu le choix. Cela ne préjugeait en rien de ses capacités de père. D'autant que son attitude après le départ de Tom n'avait guère été propice à la vie de famille. Il n'était pas assez naïf pour croire que l'arrivée de ce bébé allait brusquement le transformer et le faire passer du statut de célibataire endurci à celui de père attentionné.

Seules de tragiques circonstances l'avaient placé dans cette situation, qui échappait à son contrôle. Évidemment, il se réjouissait d'avoir pu assister à l'accouchement, non seulement parce que cela lui avait permis d'apporter son aide dans une situation délicate, mais aussi parce qu'il espérait que cela modifierait un peu le jugement de Kayla à son égard. Il tenait à ce qu'elle le considère comme un compagnon de voyage, pas comme un obstacle sur sa route.

— Je suis vraiment content de vous voir, les gars, dit-il d'un ton léger à l'ambulancier qui lui tendait les ciseaux.

— Vous vous êtes pourtant très bien débrouillé sans nous, répondit l'homme en lui assénant une tape amicale dans le dos.

C'était Kayla, pas lui, le véritable héros de l'histoire. Forte de ses convictions, elle avait tenu bon et, grâce à sa ténacité, ni elle ni l'enfant ne souffrait des séquelles engendrées par les calmants généralement administrés dans les hôpitaux. Lui n'était pas certain qu'il aurait été capable de supporter la douleur sans supplier qu'on lui donne un analgésique.

L'accouchement l'avait fait transpirer et il rêvait d'une bonne douche.

— Nous allons maintenant examiner la mère et l'enfant pour nous assurer que tout va bien avant de partir, dit l'ambulancier, lui signifiant ainsi, avec diplomatie, de débarrasser le plancher, ce qui convenait parfaitement à Jamie.

— Bien sûr. Je sors un moment.

Kayla avait Cherry pour lui tenir compagnie et il espéra qu'elle ne remarquerait pas son absence.

Une fois dehors, l'air frais le ramena brusquement à la réalité. Sous le coup de l'émotion, il chancela et dut s'appuyer au mur pour retrouver son équilibre. Tout se mit soudain à tourner autour de lui et il se laissa glisser, dos au mur, jusqu'à s'asseoir, les jambes étendues devant lui. Il comprenait finalement pourquoi les hommes avaient en général besoin d'un bon remontant après la naissance de leur bébé. Surtout s'ils l'avaient eux-mêmes mis au monde.

Après quelques profondes inspirations, la crainte de s'évanouir se dissipa. Ce n'était pas tant l'accouchement en lui-même qui pesait sur lui que l'impact émotionnel de la situation. Il était devenu père. Il avait un fils. Kayla allait être parfaite. Il y avait tant de belles choses à fêter – une joie néanmoins atténuée par l'absence de Tom et Liam.

Jamie ne prit conscience qu'il pleurait qu'en voyant les larmes tomber au sol.

— Il est parfait.

Kayla ne parvenait pas à détacher le regard de son fils. Pour la première fois de sa vie, elle avait le sentiment d'avoir accompli quelque chose de bien. Elle avait conçu un petit être humain parfait. Pas toute seule naturellement, Jamie avait joué un rôle vital, tant avant que pendant la naissance, et elle lui devait beaucoup. Il avait fourni l'aide médicale nécessaire et le support moral indispensable. De toute évidence, il y avait plus chez lui qu'un beau visage à la langue bien pendue.

Pour le moment, son monde tournait autour du bébé, sa seule famille et son dernier lien avec Liam. Elle aurait seulement préféré qu'il soit là auprès d'elle.

— Tu as déjà réfléchi à un prénom ? demanda Cherry en aidant le bébé à se positionner pour sa première tétée.

— Je dois d'abord en discuter avec Jamie.

C'était la moindre des choses, de l'inclure dans la réflexion, même si elle entendait bien avoir le dernier mot en la matière. Donner un nom à l'enfant serait sa première décision importante, une responsabilité qu'elle ne prenait pas à la légère. Tout ce qu'elle ferait en tant que mère aurait des répercussions sur l'avenir de l'enfant. Chaque action de ses propres parents avait eu des conséquences négatives sur elle et elle ne comptait pas les imiter.

Tom et Liam avaient décidé d'attendre la naissance avant de chercher un prénom.

— Nous devons d'abord voir son visage avant de décider, insistait Liam.

Ils n'avaient même pas voulu connaître son sexe, préférant la surprise.

L'autre problème, et pas des moindres, était le choix du nom de famille.

Bien qu'ils aient joint leurs noms au moment de leur mariage, O'Connell-Garrett semblait un peu lourd à porter pour un enfant. Sans compter le risque que Jamie y voit la preuve qu'il était plus qu'un simple donneur de sperme.

Elle marchait sur des œufs.

— Nous allons vous laisser, maintenant, dit l'ambulancier. Vous vous portez tous les deux à merveille, mais n'oubliez pas : au moindre souci, direction l'hôpital.

Après avoir rassemblé leurs affaires, les ambulanciers prirent congé et, bien qu'elle ait décliné leur suggestion d'une visite à l'hôpital, elle se réjouissait qu'ils aient été là pour expulser le placenta et s'assurer que le bébé allait bien.

— Merci d'être venus, dit-elle. Et excusez-moi de ne pas vous raccompagner.

Elle avait les jambes flageolantes, et l'idée de se déplacer lui paraissait au-dessus de ses forces. Elle entendait bien passer la nuit sur son tas de coussins.

— Nous nous reverrons probablement dans quelques années.

Elle mit quelques secondes à comprendre la plaisanterie.

— Aucune chance, répondit-elle d'un ton catégorique. L'idée de recommencer l'expérience ne l'attirait vraiment pas.

— C'est ce qu'elles disent toutes, dit l'ambulancier, goguenard.

Sa coéquipière le poussa presque dehors en levant les yeux au ciel en signe d'excuse vis-à-vis de Kayla.

Après leur départ, la maison retrouva son calme. Mais un nouveau petit être exigeant allait maintenant monopoliser tout son temps et ses pensées, pour le reste de sa vie.

— Où est Jamie ? demanda-t-elle.

Il n'était quand même pas déjà parti ? Elle avait besoin de lui, de quelqu'un qui comprenne la perte qu'elle avait subie et le mélange d'émotions qui l'agitait maintenant que le bébé était né. Jamie était le seul à pouvoir comprendre et elle tenait à savoir s'il partageait son désarroi et sa peur.

— Je suis sûre qu'il ne va pas tarder. Mais j'ai l'impression que le bébé ne tète pas beaucoup. Il faudrait que tu changes de position.

Tandis que Cherry s'affairait autour d'elle, le bébé, clairement contrarié de ne pas obtenir plus de lait, poussa un cri. Son visage se plissa en une boule de colère cramoisie. Ses hurlements allèrent droit au cœur de Kayla, réveillant son instinct maternel et son désir de l'apaiser. Mais le bébé était tellement furieux que sa petite bouche ne parvenait pas à trouver le sein.

— Qui fait tout ce bruit ?

La vue de Jamie qui venait d'entrer dans la pièce remonta le moral de Kayla.

— Je n'arrive pas à le faire téter correctement.

Qu'elle soit incapable d'accomplir un acte aussi naturel ranima son sentiment de ne pas être à la hauteur. Et si elle ne parvenait pas à faire mieux que ses parents, et si elle gâchait la vie de son enfant ? Jamais elle ne pourrait supporter une telle responsabilité.

— Tu es bien placée pour savoir que cela prend du temps, dit Cherry, rassurante. Ne t'inquiète pas. Il ne va pas mourir de faim.

Kayla disait la même chose à ses propres patientes, ce qui ne l'empêcha pas de ressentir une profonde déception de ne pas réussir du premier coup. Nourrir au sein n'aurait pas dû lui poser de problème, puisqu'elle enseignait aux autres femmes comment le faire bien.

— Explique-lui ça, répondit-elle, chaque cri du bébé lui faisant l'effet d'un coup de poignard.

— Puis-je ? demanda Jamie en prenant le bébé.

— Je t'en prie.

Il ne pouvait pas faire pire qu'elle.

Il prit délicatement l'enfant et le tint dans le creux de son bras. Kayla remarqua alors ses yeux bordés de rouge. Il avait pleuré. Peut-être après avoir réalisé ce qui l'attendait. Elle fut choquée de découvrir que ses sarcasmes et ses taquineries perpétuels cachaient des sentiments, alors qu'il n'avait même pas versé une larme lors de l'enterrement de leurs frères, accueillant les proches et s'occupant de tout comme un robot.

En prenant conscience de sa fragilité, elle se demanda s'il ne s'était pas simplement montré fort pour la soutenir. Ce soir, il était sorti pour pleurer. Elle ne saurait jamais s'il s'agissait de larmes de fierté, de soulagement ou de chagrin vis-à-vis des circonstances dans lesquelles son fils avait vu le jour. En tout cas, l'image que Jamie donnait de lui ne reflétait pas complètement l'homme qu'il était.

— Tu dois ménager un peu ta mère. La journée a été longue et tout cela est très nouveau pour nous.

S'il y avait une chose plus adorable qu'un grand bonhomme berçant un petit bébé dans ses bras, elle était curieuse de la connaître.

Comme s'il était lui-même surpris par la situation, le

bébé se calma progressivement. Typiquement. Il allait devenir le fils à papa d'un homme dont les obligations auraient dû se terminer après qu'il avait déposé sa semence dans un gobelet.

Finalement, tout ce que racontait Tom sur la façon dont son frère l'avait élevé était peut-être vrai. Si Jamie avait des qualités de père, il pourrait peut-être lui apprendre des choses.

— Tu as besoin de moi, Kayla ? demanda Cherry qui l'observait d'un air inquiet.

Si Jamie n'avait pas été là, elle aurait probablement craqué et reconnu ses peurs. Mais, devant l'attitude de Jamie et la facilité avec laquelle il avait calmé le bébé, elle se redressa. Elle redoutait maintenant, malgré son expérience professionnelle, d'être démunie par manque de modèle parental. L'instinct maternel ne figurait peut-être pas dans ses gènes.

— J'aurais besoin d'aide pour m'installer pour la nuit.

— Comment vous êtes-vous arrangés pour dormir ?

— Je… Euh… Nous n'avons pas parlé de cela. Jamie venait juste d'arriver quand les contractions ont commencé.

Jamie retint un éclat de rire.

— Je soupçonne que Cherry voulait parler de toi et du bébé, dit-il.

— Oh…

— J'estime qu'il est encore beaucoup trop tôt pour penser déjà à cela, fit-il avec un clin d'œil.

Désapprouvant qu'il se moque ainsi d'une mère exténuée, elle ne lui répondit pas directement.

— Cherry, pourrais-tu m'aider à monter à l'étage ? Je crois que j'aimerais dormir dans mon lit. Je vais garder le bébé près de moi, cette nuit.

— Je pourrais d'abord te faire couler un bon bain, si Jamie ne voit pas d'inconvénient à faire un peu de baby-sitting.

— Pas du tout. Elle a bien mérité un bon bain.

Le fier papa continua à tourner dans la pièce, berçant l'enfant dans ses bras comme s'il avait fait cela toute sa vie.

— Tu es sûr ? Il aura peut-être besoin qu'on change sa couche.

La première était toujours sale et collante, et Kayla eut envie de le laisser gérer seul cette tâche. Ils étaient parents depuis cinq minutes et elle en faisait déjà une compétition. Une qu'il gagnait, haut la main.

— Je m'en occupe. Ne t'inquiète pas.

Il lui fit signe de sortir et commença à déplier la table à langer. Puis il attrapa les couches en éponge qu'elle avait prévues.

Elle se moquait de rater ce premier pas dans la vie de l'enfant – cela lui éviterait de briller une nouvelle fois par son incompétence.

Avec précaution, Kayla entra dans la baignoire et se laissa glisser avec volupté sous la mousse. Le bonheur !

— Tu crois que je pourrais rester là jusqu'à ce qu'il entre à l'université ?

— Tu risques d'être passablement plissée d'ici là, répondit Cherry en lui tendant un gant de toilette.

— Ça m'étonnerait que quelqu'un le remarque.

Kayla posa le gant sur son visage pour se couper du monde autour d'elle.

— Que se passe-t-il, Kay ? Tu étais si heureuse quand j'ai déposé l'enfant dans tes bras. Maintenant, tu te comportes comme si tu ne voulais plus le revoir. C'est l'amie qui te parle, là, pas la professionnelle.

La jalousie qu'elle ressentait vis-à-vis de Jamie était ridicule, mais il accueillait cet événement avec un tel détachement alors qu'elle se sentait dépassée et complètement désarmée devant ce nouveau rôle de mère.

— Jamie est tellement mieux que moi, dit-elle d'un ton boudeur derrière son gant.

— Sur quoi te bases-tu, pour dire cela ? Parce que le bébé a cessé de pleurer quand il a posé les yeux sur lui ? Bon sang, cet homme fascinerait n'importe qui.

Kayla arracha le gant de toilette de son visage pour fusiller Cherry du regard.

— Tu ne m'aides pas vraiment, là.

— C'est normal d'être fatiguée et émotive, Kayla. Accoucher est une rude tâche. Quant à donner le sein, tu ne dois pas te décourager. Mais tu n'as pas besoin que je te le rappelle.

Cherry fit couler du shampoing sur sa tête et lui lava les cheveux tout en remémorant à Kayla l'aide de Jamie pendant l'accouchement.

— Je vais t'aider à te mettre au lit, puis j'irai chercher le bébé pour que tu puisses lui donner le sein.

Le bain avait bien détendu Kayla qui, une fois dans son lit, n'eut plus qu'une envie : dormir. Mais les cris qui résonnaient en bas lui rappelèrent que dormir appartenait désormais au passé.

Finalement, Cherry n'eut pas à descendre. Jamie frappa à la porte ; le bébé dans ses bras manifestait bruyamment sa frustration.

— Entre, dit Kayla en espérant avoir meilleure apparence.

— Désolé de te déranger, mais je crois qu'il a vraiment faim.

Il lui tendit le bébé, qui continua à pleurnicher dans les bras de sa mère, augmentant encore son angoisse.

— Je vous laisse tranquilles, dit Jamie en se dirigeant vers la porte.

Kayla faillit lui demander de rester, même s'il ne pouvait lui être d'aucune utilité. Sa présence lui permettait de garder pied. Il était tout ce qui lui restait en matière de famille.

— Bien, voyons si nous pouvons aider ce petit bout de chou.

Cherry aida Kayla à positionner l'enfant, dont la bouche avide s'accrocha aussitôt à elle, lui arrachant un petit cri de douleur. Mais tout inconfort disparut instantanément quand il commença à téter goulûment.

— Ça y est ! Il y arrive, s'écria-t-elle en regardant le visage rouge de colère de son fils se détendre progressivement tandis qu'il se rassasiait.

— Bravo ! s'exclama joyeusement Cherry.

Les félicitations de son amie n'étaient pas nécessaires à Kayla pour ressentir la satisfaction d'avoir réussi quelque chose, mais c'était agréable d'avoir quelqu'un pour constater ses progrès. Si elle parvenait à nourrir son enfant, elle pouvait espérer devenir une meilleure mère que la sienne.

— Toc, toc.

Jamie, un plateau dans les mains, poussa la porte.

— Il mange, annonça aussitôt Kayla, toute fière de prouver qu'elle aussi pouvait être un bon parent.

Elle avait en effet remarqué que le bébé avait été lavé et changé, et qu'il sentait bon les produits qu'elle avait achetés pour son premier bain. Pourtant Jamie n'en avait pas parlé, de toute évidence il n'attendait pas de félicitations pour cela, contrairement à la plupart des hommes quand ils accomplissaient le moindre travail.

— Bravo à tous les deux. J'ai pensé que toi aussi tu aurais besoin de te sustenter, dit-il en posant le plateau de l'autre côté du lit.

Il tendit une tasse de thé à Cherry. Il y en avait une deuxième pour Kayla, ainsi qu'une assiette avec des toasts et du jambon. Jamais elle n'avait eu aussi faim de toute sa vie.

— Je te remercie, Jamie. C'est très gentil de ta part.

Mais elle dut attendre que l'enfant ait fini avant de savourer son en-cas.

— Je vais le prendre pendant que tu manges, déclara Jamie, qui la déchargea après avoir posé un linge sur son épaule.

— On dirait que tout est sous contrôle, dit Cherry. Y a-t-il autre chose que je puisse faire, Kayla ? Veux-tu que je dorme ici ?

Il aurait été si facile de dire oui, de garder son amie près d'elle aussi longtemps que possible pour la rassurer en cas de doute, mais Jamie ne devait pas s'imaginer qu'elle n'était pas à la hauteur.

— Non, ce ne sera pas nécessaire, répondit Jamie à sa place.

— Kayla ?

Les accompagnantes périnatales s'inquiétaient d'abord des désirs de la mère, même si leur rôle n'était pas de semer la discorde dans les couples. De sorte qu'il n'était pas surprenant que Cherry lui demande confirmation.

— Je crois que tout devrait bien se passer, cette nuit. Je suis sûre que la sage-femme passera nous voir demain. Si j'ai besoin de quoi que ce soit, je t'appelle.

Elle garderait son téléphone à portée de main, juste au cas où. Cherry et Debbie habitaient à moins de dix minutes.

— Nous nous en sortirons, dit Jamie. Merci, Cherry.

Nous ?

S'il s'imaginait que préparer du thé et quelques toasts allait lui permettre de s'immiscer de force dans sa vie, il se trompait lourdement. Elle comptait bien prendre seule toutes les décisions concernant le bébé ou la maison jusqu'à ce qu'elle ait suffisamment confiance en lui pour lui accorder un droit à la parole.

— Il n'est pas question que je parte et que je te laisse seule ici. Tu viens d'accoucher et tu es épuisée. De plus, je suis quand même le père et j'ai envie de passer un peu de temps avec mon fils, si tu es d'accord.

Jamie avait pourtant cru que Kayla et lui progressaient. Il avait fait de son mieux pour la convaincre qu'il pouvait lui être utile.

Ce qui ne signifiait pas que c'était facile pour lui. Il avait peut-être élevé son frère, mais ce dernier était déjà sevré et propre quand il l'avait récupéré. La couche qu'il avait changée lui avait presque donné la nausée, mais quel genre de père serait-il s'il n'était même pas capable de changer une couche tout seul ?

Cela étant, Kayla avait paru bien plus impressionnée par le petit en-cas qu'il lui avait préparé. Il ne doutait pas un instant que Tom et Liam auraient veillé sur elle, mais ils n'étaient plus là et ils ne lui auraient sûrement jamais pardonné de l'abandonner maintenant. Il allait devoir faire plus d'efforts pour se rapprocher d'elle et de son fils.

— Je… Euh…

— Cela me paraît une bonne idée, papa, dit Cherry. Vous pourrez l'aider cette nuit si Kayla a besoin d'aide. Appelle-moi, maman K.

Apparemment, Cherry était son alliée. Il regrettait un peu d'avoir dénigré son rôle.

Maman K ne semblait pas aussi dynamique que son nouveau surnom quand elle grogna un vague assentiment.

— Je vous raccompagne, Cherry. Toi et bébé, restez bien au chaud.

Jamie, devinant que Cherry lui aurait donné raison, ignora la grimace de Kayla. Il n'aurait jamais cru qu'il aurait envie de voir cela, mais brusquement l'image de la mère serrant son enfant dans ses bras s'imposa à lui comme une évidence et, bien que Kayla ne veuille pas de lui dans sa vie, son instinct naturel le poussait à les protéger.

C'était probablement mieux qu'ils ne soient pas allés dans une chambre d'hôtel, ce fameux après-midi au café. À présent qu'il l'avait vue donner naissance à son fils, un lien spécial s'était créé entre eux. Un lien qui dépassait tout le désir sexuel qu'elle pouvait lui avoir inspiré. Impossible pour lui désormais de coucher avec elle et de la rayer de sa vie si, par hasard, leur relation prenait un tour sérieux. Leur situation était déjà sérieuse. Son monde tournait dorénavant autour de Kayla et de l'enfant. Inutile donc de compliquer la situation en laissant son désir pour elle s'immiscer dans la dynamique de sa nouvelle famille. Il était père et cela signifiait mettre de côté ses propres désirs et besoins pour se concentrer sur ceux de son fils.

— Si vous avez besoin de quoi que ce soit, n'hésitez pas à m'appeler. Je sais qu'elle peut se montrer têtue, mais accrochez-vous. Elle a plus besoin de vous qu'elle ne l'admettra jamais.

Cela dit, Cherry le serra dans ses bras et l'embrassa sur la joue avant de disparaître dans la nuit.

Il remonta, l'adrénaline pulsant dans son sang malgré sa fatigue. Si ses pensées et sentiments étaient aussi enchevêtrés vis-à-vis de cette naissance, il ne pouvait imaginer ce que Kayla pouvait ressentir. Ce qu'elle ne risquait pas de partager avec lui. Un point sur lequel ils allaient devoir réfléchir si elle voulait qu'il lui apporte son soutien pour élever cet enfant.

Quand il pénétra doucement dans la chambre, il trouva la mère et l'enfant profondément endormis. Après avoir enlevé ses chaussures, il s'allongea sur le matelas, le bébé couché entre eux.

— Que fais-tu ? s'exclama Kayla en ouvrant brusquement les yeux.

— Je m'allonge. Je peux veiller sur le bébé pendant que tu te reposes un peu.

Il comprit soudain qu'il s'était couché sur son lit sans lui demander son avis. Être le père du bébé ne lui donnait pas le droit d'agir ainsi et, d'après le regard noir qu'elle lui adressait, c'était exactement ce qu'elle pensait.

— Je peux m'en aller si tu préfères ?

Il se redressa, sa tête n'avait même pas eu le temps de toucher l'oreiller.

Elle hésita un instant.

— Non, reste.

— Merci.

Il se rallongea sur le côté, la tête posée dans le creux de son bras pour pouvoir regarder son fils. Kayla adopta la même position.

— Je crois qu'il a hérité de ton teint, dit-il, s'émerveillant devant les cils blonds sur la peau pâle et la touffe de cheveux dorés.

— Tu trouves ?

— Absolument, répondit-il d'un ton sans appel qui lui arracha un sourire.

Kayla comme son frère Liam étaient blonds avec la peau claire tandis que lui et Tom étaient beaucoup plus sombres. Il avait l'habitude de plaisanter avec les deux garçons qui, côte à côte, rappelaient une caricature d'ange et de démon.

Même s'il se réjouissait que le garçon ait hérité les traits de sa mère, il espérait quand même lui trouver quelque ressemblance avec sa propre famille.

— J'espère que nous retrouverons en lui un peu de Tom et de Liam. Tu trouves cela stupide ? demanda Kayla.

— Pas du tout. C'est ce que je me disais aussi. Il aura peut-être cette touche de rouge dans les cheveux dont je me moquais chez Tom.

— Ou le charme de Liam.

— Nous entretiendrons leur souvenir quoi qu'il arrive, promit-il. Cet cnfant grandira en sachant combien ses oncles étaient formidables.

— Nous ne pouvons pas l'appeler « bébé » éternellement. Nous devons lui trouver un prénom, une identité.

— On pourrait l'appeler James Junior ? JJ en abrégé ?

Elle lui décocha un de ses regards noirs.

— Non.

— Plus sérieusement, crois-tu que nous devrions l'appeler comme nos frères ? William Thomas ?

Kayla plissa le nez.

— Ce ne serait pas bien pour lui. Et je me sentirais mal de l'appeler du nom de mon frère qui n'est plus là.

— Pourquoi pas un prénom en relation avec les choses qu'ils aimaient ?

— Pas question de nommer mon fils Rioja.

Leurs deux frères avaient adoré faire la fête, même s'ils s'étaient bien calmés en vue de leur futur rôle de parents.

— Je pensais plutôt à une musique ou un film.

— Ils étaient tous les deux passionnés de science-fiction. C'est d'ailleurs dans une convention qu'ils s'étaient rencontrés.

— C'est vrai, et ils aimaient les jeux de rôle. Je peux déjà imaginer les costumes qu'ils auraient conçus pour leur enfant.

Une ombre passa au-dessus d'eux, jetant un voile sur le soleil qui venait d'arriver dans leur vie. Il y avait fort à parier qu'il en serait toujours ainsi, chaque joie de leur fils teintée de regrets.

— Que penses-tu de Luke ? Je me souviens d'une soirée où ils discutaient des prénoms possibles et celui-ci leur avait plu.

— Luke, répéta-t-elle, prononçant le nom en regardant le bébé endormi. Je trouve que ça lui va bien.

Il savoura cette petite victoire et décida de garder la question du nom de famille pour plus tard.

— Ce sera donc bébé Luke, dit-il. Quand il sera assez grand, nous prendrons une photo de nous trois costumés, en souvenir de Tom et Liam.

— Si tu t'imagines que je vais porter un de ces collants moulants en prétendant qu'il s'agit d'une armure, tu te mets le doigt dans l'œil.

Il n'avait pas pensé à cela, mais l'image se grava aussitôt dans son esprit. Il se retint néanmoins de tout commentaire, de crainte de gâcher cet instant d'intimité.

— C'est moi qui porterai le collant, alors, ça nous donnera une bonne occasion de rire.

— Je suis impatiente de voir ça, fit-elle avec un petit gloussement.

Mais le rire céda bien vite la place au sérieux tandis qu'elle le regardait droit dans les yeux.

— Merci, Jamie, dit-elle.

— Pour quoi ?

— D'être là. Malgré toutes mes tentatives pour me débarrasser de toi. Je suis heureuse que tu ne m'aies pas écoutée.

— Cherry a dit que tu pouvais te montrer têtue.

— Seulement quand il s'agit d'une chose qui me tient à cœur. Je ne crois pas que cela soit répréhensible, dit-elle, un peu vexée.

— Pas du tout, mais personne ne cherche à te faire du mal non plus. Certains d'entre nous ne veulent que ce qu'il y a de mieux pour toi.

— Peut-être… pour cette fois. Ce qui ne signifie pas que tu t'en tireras aussi bien à l'avenir, répliqua-t-elle en guise d'avertissement pour qu'il respecte ses décisions.

Il ne risquait pas de l'oublier, mais ne s'excuserait pas pour autant s'il interférait parce qu'il l'estimait nécessaire. Comme ce soir.

— C'est noté.

Ils restèrent ainsi un moment, silencieux, écoutant la respiration de leur fils endormi. Jamie éprouva une bouffée de gratitude et d'admiration pour la femme qui lui faisait face. Il l'observa tandis qu'elle luttait contre le sommeil, ses yeux se fermant finalement. Elle devait être exténuée. Il se promit de la décharger autant que possible. C'était le moins qu'il puisse faire pour la remercier de la famille qu'elle lui offrait, et pour honorer son frère. Mais surtout pour lui permettre de faire partie de sa vie.

Il tendit la main et, du bout du doigt, caressa sa joue, frôlant à peine sa peau chaude.

— Merci, Kayla, dit-il.

Se penchant sur elle, en prenant soin de ne pas déranger Luke, il déposa un baiser là où son doigt s'était posé. Avec un petit soupir, elle se blottit plus fort contre l'oreiller, un sourire aux lèvres.

Pour un homme qui s'était juré de ne plus assumer de nouvelle responsabilité dans sa vie personnelle, il ne pouvait pas imaginer se trouver ailleurs que dans ce lit, auprès de Kayla et de son fils.

5.

Kayla flottait dans un demi-sommeil. Bien qu'ayant conscience de devoir ouvrir les yeux pour affronter la journée à venir et ses nouvelles responsabilités, un profond épuisement l'incitait à rester blottie au fond du lit. Sa fatigue était telle qu'elle avait même cru sentir la bouche de Jamie effleurant sa joue, légère comme une plume, pendant la nuit.

Même imaginaire, cette démonstration d'affection lui avait pourtant mis du baume au cœur, calmant un peu ses angoisses de ne pas être à la hauteur de la tâche et ce, malgré le fait qu'elle avait passé la majeure partie de la nuit à nourrir son fils. Ses seins gonflés et douloureux lui rappelaient d'ailleurs pourquoi elle devait se lever.

L'instinct maternel la poussa finalement à ouvrir les yeux pour découvrir le lit vide à côté d'elle. Paniquée, elle s'assit, cherchant le bébé autour d'elle.

— Luke ? Jamie ?

Ce dernier ne l'avait pas quittée de toute la nuit, s'éloignant seulement pour lui laisser un peu d'intimité pendant qu'elle nourrissait l'enfant, avant de se charger du changement de couches et de préparer du thé – une présence inestimable, mais qui ne lui donnait pas le droit d'emmener son enfant sans son autorisation.

Pieds nus, elle trottina sur le palier, puis descendit en l'appelant, l'angoisse étreignant son cœur.

— Jamie ? C'est toi qui as mon bébé ?

Il apparut au coin du salon.

— Il est ici. Il dort.

Kayla fut envahie d'une rage froide que rien ne put contenir, pas même le doigt de Jamie sur ses lèvres pour lui intimer silence.

— Comment oses-tu me faire une telle frayeur ? Tu n'avais aucun droit de l'emmener sans mon autorisation.

Son corps tremblait sous le coup de l'émotion. Elle n'aurait jamais dû s'endormir en le laissant avec le bébé. Luke était sa responsabilité et Jamie n'avait aucun droit de le prendre quand l'envie lui chantait.

Jamie la regardait, bouche bée, apparemment trop sidéré pour répondre. Mais Kayla était bien trop énervée pour se laisser attendrir par ses cheveux ébouriffés, sa chemise froissée et sa barbe naissante. Elle était la mère et, en tant que telle, c'était à elle de prendre soin de l'enfant.

— Je t'ai déjà demandé une fois de quitter ma maison. Ne me force pas à le répéter.

Sa menace sortit Jamie de sa paralysie.

— Kayla, calme-toi. Je l'ai descendu ici pour que tu puisses dormir tranquillement. Tu as passé la moitié de la nuit à le nourrir, dit-il sans faire référence à son propre manque de sommeil dont attestaient les larges cernes sombres sous ses yeux.

Mais cela n'eut aucun effet sur elle.

— C'est mon travail, de le nourrir.

Le bébé se réveilla soudain et poussa un cri aigu, au moment où elle prenait conscience de la poussée de lait qui trempait sa chemise – Dame nature se chargeait de lui rappeler ses obligations.

— Je ne le conteste pas, dit Jamie avec un soupir tandis qu'elle passait à côté de lui pour aller récupérer son fils. Mais tu n'es pas obligée de faire cela toute seule, Kayla.

— Si.

Liam avait disparu pour toujours et elle devait l'accepter. Il avait été sa planche de salut pendant toute son enfance, supportant les punitions à sa place et détournant l'attention négative de leurs parents. Sans lui, elle aurait peut-être cru qu'elle méritait tout ce qu'ils lui infligeaient.

Luke était désormais sa seule famille et elle devait se montrer forte pour lui.

Elle le sortit de son panier et déboutonna sa chemise de nuit pour le nourrir. Jamie se détourna. Elle aurait pu faire preuve d'un peu de discrétion, mais ici, elle était chez elle. Elle n'avait pas à se couvrir. Si cela ne lui plaisait pas, qu'il prenne la porte.

Au lieu de cela, il traversa le salon à grandes enjambées et se laissa tomber dans un fauteuil.

— Pourquoi faut-il toujours que tu cherches la bagarre ? Tu es la personne la plus exaspérante que je connaisse.

— Probablement parce que je ne me laisse pas faire, répondit-elle en caressant la tête de Luke.

Quel plaisir, de le voir téter avec avidité.

— Il ne s'agit pas d'une compétition, Kayla. Nous sommes tous les deux ses parents et nous devrions nous soutenir mutuellement. Je croyais que nous étions d'accord pour un partenariat.

Il se pencha en avant, tête baissée, les coudes posés sur ses genoux. Il avait l'air aussi éprouvé qu'elle, il n'y avait pas si longtemps. En fait, s'il n'avait pas été là pour lui donner un coup de main aux premières heures du jour, elle n'aurait probablement pas dormi du tout. Tout ce qu'elle pouvait lui reprocher était de faire de son mieux pour la soulager.

Et, malgré ses résistances, il était toujours là. Soit il attendait son heure pour prendre les commandes, soit il était sincère et ne souhaitait qu'être un père pour Luke, ce dont elle n'avait aucun droit de le priver.

— Liam et Tom auraient dû être là pour s'occuper de lui. À leur mort, j'ai accepté l'idée de l'élever seule. Tu n'as jamais fait partie de l'équation, Jamie, de ton propre choix.

— Ce qui n'est plus une option pour moi, comme je te

l'ai déjà expliqué. Nous allons devoir trouver une solution parce que je n'abandonnerai jamais mon fils.

Elle sentit les poils se dresser sur sa nuque. La traînerait-il devant les tribunaux pour demander la garde de l'enfant ?

— Que veux-tu exactement, Jamie ?

— Je veux m'installer ici avec vous, au moins pendant les premiers temps.

C'était tout ? Même si elle n'aimait pas l'idée de le voir s'incruster dans sa vie, cela valait mieux que de se retrouver devant un tribunal.

— Et ton travail ?

— J'ai droit à un congé de paternité et il me reste des vacances à prendre. Je m'arrangerai avec mes associés au cabinet.

— Si je donne mon accord, cela ne signifie pas que c'est toi qui commanderas ici.

— Loin de moi cette idée. Si le mari d'une de tes patientes proposait de l'aider plus, que répondrais-tu ?

Il avait trouvé son talon d'Achille, retourner ses propres arguments contre elle.

— Ce serait pour m'assurer que la mère peut se reposer.

— Que pourrions-nous faire pour que tu puisses dormir un peu plus ?

Pour l'instant, elle n'était rien d'autre qu'une usine à lait pour son rejeton. Elle avait l'impression qu'à peine finissait-il de téter qu'il fallait recommencer. Impossible de deviner s'il était repu ou non. Elle ne pourrait pas éternellement continuer ainsi. Le manque de sommeil finirait par avoir raison d'elle. Finalement, elle n'avait rien à perdre à suivre ses propres conseils vis-à-vis de ses patientes.

— Je pourrais tirer du lait, ce qui te permettrait de le nourrir de temps à autre, dit-elle, capitulant.

Jamie allait s'installer ici et assumer son rôle de père. Seul le temps lui permettrait de savoir si elle avait pris la bonne décision. Mais peut-être venait-elle d'inviter dans sa vie un homme qui en profiterait pour prendre le dessus et lui imposer sa volonté.

Quatre semaines s'étaient écoulées depuis la naissance de Luke et l'installation de Jamie, dont la vie était aussi chamboulée qu'il l'avait anticipé en enfilant le costume de père. Bien qu'il ait agi en toute connaissance de cause, il n'avait pas prévu de rester aussi longtemps avec Kayla. Bon sang, la plupart de ses relations n'avaient même pas duré aussi longtemps, la seule exception était celle avec Natalie qui lui avait prouvé qu'il était aussi égoïste que son père et ne se préoccupait que de ses propres sentiments.

Mais Kayla avait besoin de quelqu'un pour la soutenir. Les nuits sans sommeil et un bébé apparemment toujours affamé commençaient sérieusement à peser sur eux et, bien qu'ils vivent sous le même toit, ils ressemblaient à deux zombies se croisant sans même se reconnaître.

Cela aurait peut-être été plus facile s'ils avaient été mariés et avaient planifié ensemble de fonder une famille. Là, la situation leur était tombée dessus du jour au lendemain. Les bébés n'étaient pas des objets susceptibles d'être retournés au magasin.

Maintenant que son fils était là, Jamie l'aimait et aurait fait n'importe quoi pour lui. Mais ce n'était pas facile. D'autant plus qu'il devait constamment prouver à Kayla qu'il était un type bien, ce qui ne faisait qu'ajouter encore à son stress. Mais c'était probablement la même chose pour elle.

Elle ne lui avait pas demandé de s'installer dans sa vie, mais ils devaient à présent jouer le jeu. Ensemble. Une situation qu'elle avait un peu de mal à accepter. Seul l'épuisement l'avait poussée à faire des concessions, mais il comptait bien lui prouver qu'il n'était pas l'homme qu'elle avait cru lors de leur première rencontre.

— Et voilà, mon bonhomme. Tout propre de nouveau.

Il souleva le petit paquet frétillant qui sentait maintenant bien meilleur que quelques minutes plus tôt.

Au moment où il sortait de la nursery, Cherry quittait la chambre de Kayla.

— Eh ! Tout va bien ?

Il était aussi concerné par la mère que par l'enfant.

— Je crois qu'elle reprend du poil de la bête. J'espère que ce baby blues ne sera bientôt plus qu'un mauvais souvenir, mais, en attendant, nous devons garder un œil sur elle.

Il avait lui aussi remarqué combien Kayla était devenue sensible, ce qui pourtant n'avait rien d'anormal pour les nouvelles mamans bouleversées par leurs hormones en folie. Ajouté à cela un bébé exigeant et il n'était pas étonnant que la maternité n'ait jusque-là pas été une partie de plaisir. Il aurait été facile dans ces circonstances de déclarer forfait, sans un regard en arrière, comme son propre père l'avait fait. En fait, rester quand le rôle de parent était aussi exigeant donnait une idée de la force de la personne. Elle n'en avait pas conscience maintenant, mais Kayla était bien plus forte que son militaire de père. Ce qui faisait d'elle la meilleure mère possible pour Luke.

— Je la décharge d'un certain nombre de tétées, la nuit, dit-il, mais, paradoxalement, j'ai l'impression qu'elle m'en veut.

En obtenant qu'elle tire du lait pour qu'il puisse donner la tétée à Luke, il avait espéré la soulager, mais cela ne marchait pas ainsi. Il avait donc demandé à Cherry de venir la voir, puisqu'elle ne voulait pas lui parler à lui.

— Certaines mères se sentent coupables en laissant leur partenaire donner la tétée. La meilleure chose à faire est de tenir bon et peut-être de la sortir un peu de la maison si tu y arrives. De ramener un peu de normalité dans sa vie. Je viendrai la voir régulièrement.

Il la raccompagna jusqu'à la porte, se répétant ses paroles. Le problème était que la situation n'était pas non plus normale pour lui. Kayla et lui apprenaient tous les deux à fonder une famille.

Pour cela, ils devaient faire des choses ensemble, quelque chose qui les rapprocherait. Il allait devoir penser comme Kayla pour découvrir quoi.

— Un cours de massage pour bébé ?

Kayla n'aurait pas été plus sidérée si Jamie avait suggéré qu'ils se rendent à la mairie pour se marier.

— Je me suis dit que cela nous ferait peut-être beaucoup de bien, tant à Luke qu'à nous. C'est censé nous aider à nous rapprocher, en plus d'une foule d'autres bienfaits, dit-il en lui tendant une feuille imprimée, preuve de ses recherches.

— Je sais tout cela. Je suis juste surprise que tu le proposes. Je ne m'attendais pas à ce que tu sois fan de ce genre de bêtises hippies.

Il ne cessait de la surprendre, non seulement parce qu'il était toujours là, à changer les couches, à préparer les repas et à donner le biberon quand nécessaire, mais aussi parce qu'il semblait s'acquitter de ces tâches naturellement, en homme impliqué.

Pourtant, malgré cela, elle ne pouvait se résoudre à lui accorder sa confiance et à se réjouir de sa présence. Pour elle, il représentait son échec en tant que mère. D'ailleurs, Luke n'appréciait pas non plus d'être nourri au biberon.

— Cela ne peut pas nous faire de mal, et ça nous sortira un peu de la maison.

Vu qu'il était déjà en train d'attacher Luke sur le siège bébé, il ne lui laissait guère de choix.

— Ma compagnie est-elle donc si déplaisante ? demanda-t-elle.

Elle n'avait pas vraiment été elle-même depuis la naissance de Luke et cela ne risquait pas de changer. À partir de maintenant, chacune de ses décisions, sa vie tout entière tournerait autour du bébé.

— Non, mais nous devons faire découvrir le monde à ce petit bonhomme. Ceci est une bonne occasion pour nous de resserrer les liens familiaux.

Famille. Un mot, un concept qu'elle appelait de tout son cœur alors même qu'il la terrorisait. Elle aurait adoré avoir une famille à elle, mais son enfance l'avait rendue méfiante à cet égard. C'était plus qu'une question de biologie, c'était un sentiment d'appartenance, d'amour et de soutien, comme ce qu'elle avait partagé avec Liam et Tom.

Jamie donnait-il à ce mot la même définition qu'elle, ou n'était-ce pour lui qu'un simple mot comme un autre ?

Au lieu de se torturer l'esprit sur ce point, elle décida de se concentrer sur l'aspect « rapprochement » de ce cours, censé aider les parents à deviner les besoins de leur enfant.

— Je suis prête à essayer tout ce qui pourra m'aider à devenir une meilleure mère.

Cet aveu de vulnérabilité lui avait échappé, mais Jamie l'avait sûrement déjà constaté par lui-même.

Il arrêta de fourrer les affaires du bébé dans le sac pour la regarder.

— Pourquoi dis-tu une chose pareille ?

Elle s'activa autour de Luke, s'assurant qu'il était assez couvert.

— Il faut bien reconnaître que ma façon de lui donner la tétée n'a pas rencontré un franc succès, dit-elle.

Dans le cas contraire, elle n'aurait sûrement pas accepté aussi facilement que Jamie s'installe chez elle.

Il vint vers elle et posa les mains sur ses épaules. La douce pression rappela à Kayla qu'elle n'était pas seule. Quelqu'un était là pour elle, même s'il ne s'agissait pas de son frère chéri, la seule personne au monde à l'avoir vraiment aimée.

— Tu es une mère incroyable. Ne t'avise jamais de

penser le contraire. Tu t'es battue pour tout ce que tu estimais le meilleur pour Luke.

— Mais cela n'a pas toujours marché, n'est-ce pas ?

Elle pensait à sa décision d'accoucher chez elle, qui aurait pu très mal tourner, et aux tétées. La honte qu'elle ressentait l'empêchait de regarder Jamie. Elle n'était qu'un imposteur qui s'était fait passer pour un expert, alors qu'elle ignorait comment s'occuper de son propre bébé.

— Eh !

Il prit son visage entre ses mains et la força à le regarder. L'inquiétude et la sincérité qu'elle lut dans ses yeux la déconcertèrent. Inconsciemment, elle s'était attendue à ce qu'il jubile. À cet instant, elle n'avait qu'une envie, qu'il la serre contre lui et l'embrasse tendrement comme elle l'avait rêvé au cours des dernières semaines.

— Assez parlé de cela. Où est ma courageuse mère nourricière qui n'hésiterait pas à marcher sur des charbons ardents plutôt que de se laisser abattre ?

Elle aima l'image qu'il avait d'elle.

— Elle est là quelque part, sous des couches de vomi et de graisse.

Dire qu'elle n'était pas au mieux de sa forme était un euphémisme. Elle demandait toujours à ses patientes de ne pas se montrer trop dures envers elles-mêmes et de ne pas s'inquiéter de leurs vergetures ou prise de poids. Mais c'était un peu différent quand ces changements s'opéraient sur votre propre corps.

Bien que son apparence soit pour l'instant le cadet de ses soucis, elle ne se reconnaissait plus quand elle s'apercevait dans la glace, et le fait que Jamie soit témoin de son délabrement progressif n'aidait certainement pas à lui remonter le moral.

— Kayla, Kayla, Kayla. Qu'est-ce que je vais bien pouvoir faire de toi ?

Ce n'était qu'une question rhétorique, mais, ses mains

reposant toujours sur ses épaules, son esprit lui suggéra une ou deux choses qui lui auraient fait bien plaisir.

Un frisson de désir la parcourut et, une seconde, elle crut voir une lueur d'intérêt s'éveiller dans le regard de Jamie. Puis Luke poussa un cri pour se rappeler à leur bon souvenir et la réalité reprit ses droits. Comment un homme aurait-il pu s'intéresser à une femme aux cheveux sales, traînant dans les mêmes vêtements que la veille ?

Elle recula, soudain gênée et un peu honteuse de ses pensées. Tout cela à cause de ses hormones. Il avait raison. Sortir de la maison allait lui faire du bien.

— Ignore-moi. Voilà ce que tu devrais faire, fit-elle en soulevant le bébé dans son siège, ce qui lui arracha un gémissement.

Son fils pesait plus lourd qu'il ne paraissait.

— Plus facile à dire qu'à faire, fit Jamie dans sa barbe en lui prenant le siège des mains. Tu ne devrais pas forcer ainsi. Et inutile de protester.

En voyant avec quelle facilité il souleva le siège d'un seul bras musclé, elle garda le silence. Se retrouver dans une salle pleine de gens l'empêcherait de fantasmer sur le reste de son anatomie. Son état d'épuisement permanent l'empêchait de trop rêver sur lui, du moins quand elle était éveillée. Dans son sommeil par contre, ses rêves avaient pris une tournure nettement érotique qui les rendait difficiles à distinguer de la réalité. Surtout quand Jamie paradait à moitié nu dans la chambre, le matin.

— Le moment est venu pour nous d'introduire Luke dans le grand monde. Cours de massage, nous voilà.

Elle ne devait pas perdre de vue qu'ils faisaient cela d'abord pour leur fils. Que ce soit l'idée de Jamie ne changeait rien à leur relation. Ni le fait que son corps se mêle de lui rappeler qu'elle était plus qu'une simple maman. Derrière cette apparence se cachait aussi une femme au sang chaud.

6.

— Bonjour à tous, dit Jocelyn, la formatrice. Vous ne le savez peut-être pas, mais le massage des bébés est une tradition ancestrale. Il ne s'agit donc pas de la dernière mode branchée pour bobos.

Kayla jeta un coup d'œil à Jamie. Elle avait parfaitement conscience qu'il avait organisé cela pour elle, pas parce qu'il croyait à un quelconque bienfait pour eux.

Il regardait droit devant lui, mais un sourire amusé jouait au coin de ses lèvres.

— Nous sommes ici pour améliorer la santé et le bien-être de nos enfants. Le massage est connu pour favoriser le sommeil et améliorer la digestion. Mais, surtout, il procure une expérience relaxante tant pour l'enfant que pour les parents et réduit le stress. Alors, pour commencer, vous allez allonger votre bébé sur les serviettes de bain que vous avez apportées.

— Allons-y, dit Jamie en sortant les serviettes du sac et en les étalant sur le parquet devant lui, laissant à Kayla le soin d'ôter le pyjama décoré d'abeilles de Luke.

La pièce étant suffisamment chauffée, elle ne s'inquiéta pas qu'il prenne froid.

— Ne vous tracassez pas si le bébé a besoin de téter pendant le cours ou si vous devez changer sa couche. Ils restent notre priorité, alors faites ce que vous avez à faire pour qu'ils se sentent bien sans vous préoccuper du reste.

La femme faisait tout pour apaiser les craintes des

parents et Kayla fut heureuse de constater qu'elle n'était pas la seule à se sentir dépassée.

— Luke a été nourri et changé, mais comment savoir s'il va apprécier l'expérience ? demanda-t-elle à Jamie.

— Nous n'avons rien à perdre, répondit Jamie avec un haussement d'épaules fataliste.

Ainsi, elle était plus sceptique que lui quant aux effets de ce massage. Cette nouvelle expérience allait sûrement augmenter encore son niveau de stress.

— Très bien, mamans et papas. Nous allons commencer par les jambes. Mettez un peu d'huile dans la paume de vos mains, puis, une main après l'autre, enveloppez la jambe de votre enfant et descendez lentement en serrant légèrement.

Kayla s'exécuta sur les deux jambes.

— Bien. Maintenant, prenez un pied et faites-le doucement tourner dans un sens et dans l'autre. En même temps, avec votre pouce, caressez le cou-de-pied jusqu'aux orteils. Puis dessinez des cercles sous la plante des pieds. Enfin, prenez chaque orteil entre vos doigts et massez-le.

La peau de Luke était glissante, mais il semblait apprécier l'expérience. Quelques bébés protestaient pourtant autour d'eux, tandis que Jocelyn encourageait les mamans à les câliner pour les rassurer. Kayla ressentit un peu de fierté à réussir sans problème.

Jamie, agenouillé près d'eux, les observait, murmurant des encouragements autant à Luke qu'à Kayla, qui ne trouva pas juste de le laisser sur la touche alors que c'était son idée.

— À ton tour, dit-elle quand la formatrice leur demanda de répéter l'exercice avec les bras.

— Tu es sûre ?

Elle hocha la tête. Prenant sa place, il versa un peu d'huile dans ses mains. Pendant qu'il caressait les petits bras de son fils, elle ne quittait pas ses mains des yeux, elles étaient si grandes en comparaison, si fortes, et pourtant si tendres. Rien qu'à le regarder masser son enfant, elle sentait son niveau de stress baisser.

— Posez maintenant vos mains sur le torse du bébé, dit la formatrice, et, la paume bien à plat, caressez-le doucement en descendant.

Kayla était fascinée pas les mouvements lents de Jamie, par sa concentration. Il ne cherchait pas à l'impressionner. Il n'était qu'un père prenant soin de son enfant. Au cours des dernières semaines, elle avait pu apprécier son attitude autant que sa gentillesse à son égard. La question du nom de famille de leur enfant restait en suspens, mais plus elle côtoyait Jamie et plus elle se surprenait à envisager une place permanente pour lui auprès du bébé.

— Jamie, je crois…

Elle fut interrompue par Luke qui trouva l'instant bien choisi pour diriger un puissant jet d'urine vers le torse de Jamie.

— Luke ! Vraiment ?

Jamie ne pouvait rien faire, sinon endiguer le flot à l'aide d'une serviette et faire le deuil de son T-shirt blanc.

— Aucun doute. Il est vraiment détendu, dit Kayla en retenant un fou rire.

— Ravi que cela t'amuse, repartit Jamie d'un ton léger, son grand sourire prouvant que l'incident ne l'avait pas contrarié.

Kayla n'aurait pas désapprouvé qu'il ôte son T-shirt. Depuis qu'ils vivaient ensemble, elle ne comptait plus les occasions où elle l'avait vu torse nu, un spectacle agréable chaque matin, en contraste saisissant avec l'image qu'elle-même offrait en retour.

Elle lui tendit un paquet de lingettes pour bébé et une serviette propre.

— Essuie-toi pendant que je m'occupe de notre petit arroseur.

— Je parie que vous avez comploté cela ensemble

derrière mon dos, dit Jamie en les regardant d'un air faussement accusateur.

— Nous ne ferions jamais cela à papa, n'est-ce pas Luke ?

C'était la première fois qu'elle lui donnait son titre à haute voix et le monde ne s'était pas écroulé. En fait, sa présence la rassurait, elle devait le reconnaître. Elle n'était plus seule, en fin de compte.

Tandis qu'elle retournait doucement Luke pour lui faire un massage du dos, elle sentit la main de Jamie se poser sur son épaule.

— Tu ne sais pas ce que ça représente pour moi de t'entendre dire cela.

À son contact, un délicieux frisson la parcourut.

— Je me suis dit que nous devrions officialiser les choses, dit-elle. Il est grand temps de déclarer la naissance de Luke, tu ne crois pas ?

— Je suis tout à fait d'accord, répondit-il, les yeux humides.

Un acte aussi lourd de sens pour lui que pour elle.

Ils avaient atteint le point de non-retour. Une fois le nom de Jamie sur le certificat de naissance, il deviendrait partie intégrante de la vie de Luke. Et donc de la sienne.

Jamie marchait sur des nuages. Son fils avait baptisé son T-shirt, mais la sortie avait été beaucoup plus bénéfique qu'il n'aurait espéré. Lorsque Kayla l'avait appelé « papa » avant d'évoquer le certificat de naissance, son cœur, sous le choc, avait cessé de battre. Finalement, il avait atteint son but et s'était assuré une place dans la vie de Luke. Et, avec celle-ci, la responsabilité de son bien-être.

Mais, focalisé comme il l'avait été sur la nécessité de se faire accepter en tant que père de l'enfant auprès de Kayla, en avait-il bien soupesé toutes les implications ? Une fois son nom sur le certificat de naissance, il deviendrait officiellement père, un rôle qu'il avait passé sa vie à redouter, sans compter qu'il pouvait tirer un trait sur l'existence insouciante qu'il avait envisagée lorsque son frère avait pris son envol. Il n'avait pas vraiment réfléchi à son propre avenir sinon à son désir de rattraper le temps perdu. Dorénavant, sa vie tournerait autour de Kayla et de Luke. Restait à espérer que ce serait suffisant pour lui autant que pour eux.

— C'est quoi, ce bruit ? lança Kayla, le tirant de ses réflexions.

La cacophonie qui régnait dans le couloir risquait de réveiller Luke.

— Probablement les participants du cours suivant qui arrivent – un cours de yoga pour bébé. J'y ai jeté un coup d'œil, mais il faut d'abord que Luke grandisse un peu et que tu aies passé ton check-up des six semaines.

Trouver un cours qui convienne autant à Kayla et Luke qu'à lui n'avait pas été facile.

— Tu ferais du yoga avec nous ? demanda-t-elle d'un air incrédule qui le blessa.

Il venait d'accepter de s'engager pour le reste de sa vie à s'occuper de son fils et, en dépit de cela, elle demeurait sceptique à son égard. Pourtant, après un mois de cohabitation pendant lequel il s'était investi à fond dans cette famille, l'opinion qu'elle avait de lui aurait dû évoluer.

— Absolument. Je vais d'ailleurs me commander des collants de yoga spécialement pour l'occasion, déclara-t-il.

— Je suis impatiente de voir ça.

— Vraiment ?

La voir rougir le réconforta un peu. Peut-être lui avait-elle finalement accordé un peu plus d'attention qu'elle ne voulait l'admettre ?

— Je plaisante, dit-elle. Il fait très chaud ici, je trouve. Nous devrions peut-être sortir.

Plus elle s'activait autour de Luke, plus lui s'amusait.

— Et si nous restions au contraire ? suggéra-t-il. Je

pourrais me mettre en caleçon et tu pourrais m'admirer en train de faire le chien tête en bas. Qu'en penses-tu ?

Il ne l'avait plus taquinée depuis le mariage et il se rappelait maintenant pourquoi il aimait tant cela. Il adorait la voir perdre ses moyens, preuve peut-être qu'elle n'était pas totalement indifférente à son charme. Ce qui, en retour, expliquait sans doute pourquoi, inconsciemment, il avait tant voulu s'investir dans cette naissance.

Elle secoua la tête, mais ne rejeta pas l'idée.

Le temps qu'ils soient prêts à partir, le reste de leur classe avait déserté les lieux et les nouveaux commençaient à s'installer – un groupe beaucoup plus animé que le leur, du fait de l'âge plus élevé des enfants qui couraient dans tous les sens.

— À mon avis, ce cours est principalement destiné à épuiser ces gamins, en plus de leur apporter un calme intérieur.

Le chaos généré par les cris et les galopades leur donnait un aperçu un peu effrayant de ce que l'avenir leur réservait. Jamie lut la même prise de conscience dans les yeux écarquillés de Kayla.

— Croisons les doigts pour que ça fonctionne, dit-elle, les yeux fixés sur les parents épuisés qui tentaient de calmer leur progéniture.

Certains utilisaient même une rêne qui reliait l'enfant à leur poignet, s'assurant ainsi de les garder près d'eux. Autant prendre carrément une laisse rétractable pour chien, une pensée qu'il s'abstint de partager avec Kayla de peur qu'elle ne trouve pas cela drôle.

— Au moins, nous n'en avons qu'un à surveiller, fit-il en apercevant des jumeaux qui détalèrent dans une direction opposée sitôt les portes de la salle franchie, leurs têtes blondes apparaissant ici et là.

— Lena chérie, qu'est-ce que tu as dans ta bouche ? Laisse maman regarder.

La mère de Lena s'approcha prudemment avant de se

précipiter telle une lionne pour attraper l'objet dans la bouche de sa fille.

— Seigneur, il faut avoir des yeux derrière la tête pour surveiller ces deux-là, dit Kayla en observant les deux terreurs.

— Ouais. Je devrais peut-être aller lui proposer mon aide.

Comment s'occuper de deux bambins en même temps, et apparemment sans la moindre assistance ? Cela en valait certainement la peine, mais un coup de main s'avérait probablement appréciable, de temps en temps.

Il déposa le siège bébé près de Kayla et se dirigea vers la mère de famille en espérant qu'elle ne s'offusquerait pas de son offre.

Il en était à se demander s'il devait se présenter en tant que médecin ou que parent quand un grand boum résonna à l'autre bout de la pièce.

— Billy !

Tout le monde se précipita vers l'enfant qui gisait, immobile sur le sol. Jamie fit la grimace en réalisant que la tête de l'enfant avait brutalement heurté le plancher, avec assez de force pour stopper net toutes les conversations. Tous les témoins de la scène affichaient un air inquiet.

— Billy ? Au secours, il ne respire plus.

La mère affolée se tenait près de son enfant inconscient, tenant l'autre jumeau sous son bras. Elle voulut le soulever, mais Jamie s'interposa aussitôt.

— Ne le déplacez pas. Laissez-moi d'abord l'examiner.

Il pouvait lire la peur dans les yeux de cette mère paralysée et incapable de réagir.

— Jamie est médecin. Il sait ce qu'il fait, dit Kayla en faisant signe à la femme de s'écarter pour lui laisser la place.

— Billy ? Tu m'entends ? Je m'appelle Jamie et je suis médecin. Je voudrais que tu ouvres les yeux.

N'obtenant pas de réaction, il repoussa doucement la

tête de l'enfant en arrière, soulevant son menton au cas où il y aurait eu une lésion cervicale, pour dégager ses voies respiratoires. La poitrine de l'enfant ne bougeait pas et rien n'indiquait qu'il respirait. Jamie se tourna vers la mère.

— Je vais devoir pratiquer la respiration artificielle.

Il n'avait pas le temps de s'occuper de sa réaction angoissée, mais Kayla apaisa la maman en lui assurant que tout irait bien, avant de se tourner vers les spectateurs de la scène.

— S'il vous plaît, je crois qu'il vaudrait mieux que tout le monde sorte. Il est inutile d'effrayer les autres enfants.

Pendant ce temps, Jamie se mettait en position. Il pinça le nez de Billy entre ses doigts et ouvrit sa bouche. Puis il plaça ses propres lèvres autour de celles de l'enfant avant de souffler, surveillant la poitrine qui se soulevait. Quand il se redressa, il vit la poitrine redescendre. Après une inspiration, il recommença la manœuvre.

Il entendit Jocelyn, la formatrice, pousser tout le monde vers la sortie avant de revenir vers eux.

— J'ai appelé une ambulance, annonça-t-elle. Laissez-moi veiller sur ces deux petits pendant que vous vous concentrez sur Billy, dit-elle en prenant le siège de Luke et la main de Lena.

— Cela ne marche pas.

Les efforts de Jamie n'avaient pas réussi à relancer la respiration naturelle de l'enfant.

Spontanément, Kayla se laissa tomber près de Billy et plaça ses mains en bas de son sternum. Puis elle appuya en s'assurant qu'elle n'appliquait pas de pression sur les côtes.

Elle croisa le regard de Jamie. Les mots n'étaient pas nécessaires pour savoir qu'ils pensaient la même chose. Ils devaient sauver la vie de cet enfant. Cela aurait pu arriver à leur bébé.

Dès qu'il était devenu père, Jamie avait compris que cela influerait autant sur sa vie professionnelle que privée. Il allait désormais comparer chaque enfant au sien, se demander ce qu'il ferait dans les mêmes circonstances. Être père allait faire de lui un homme meilleur en même temps qu'un meilleur médecin.

— Aucun signe de vie, dit Kayla après un certain nombre de compressions.

— Préviens-moi quand tu veux que je prenne le relais, répondit-il, sachant combien c'était épuisant.

Quelle expérience Kayla avait-elle de cette procédure ? Bien que les accouchements ne soient plus aussi risqués que quelques décennies plus tôt, de grosses complications pouvaient survenir. En tout cas, à en juger par son attitude face à cette situation critique, elle possédait la force nécessaire.

Sur un plan plus personnel, il était agréable de trouver en elle un support aussi physique que mental – une expérience nouvelle qu'il appréciait, habitué qu'il était à jongler seul avec les difficultés.

Il n'avait jamais vraiment cherché de partenaire, convaincu que partager sa vie avec quelqu'un ne ferait qu'augmenter ses responsabilités et ses obligations. Avec Kayla, il commençait à prendre conscience que cela pouvait aussi présenter quelques bénéfices. Il n'était plus seul. Un lien se créait entre eux, dont ils pourraient discuter plus tard. Accepter une autre personne dans sa vie n'était peut-être pas aussi négatif qu'il l'avait cru. Il espérait que Kayla ressentirait la même chose pour ce qui était d'élever Luke.

Malgré ces pensées, il entendait les sanglots de la mère de Billy près de lui, le comptage de Kayla entre chaque compression et surtout les sirènes qui approchaient.

— Contrôle des signes de vie, dit-il.

Il s'efforça de chasser les bruits autour de lui pour se focaliser sur la poitrine de l'enfant. Lentement, celle-ci commença à monter et descendre toute seule. Jamie s'empressa alors de vérifier le pouls de Billy et, à son grand soulagement, sentit une petite palpitation sous ses doigts. L'émotion l'envahit, ils venaient de sauver une vie.

— Il respire ! s'écria Kayla en se tournant vers la mère éplorée.

Jamie et Kayla installèrent Billy en position latérale de sécurité tout en surveillant sa respiration.

— Maman est là, mon chéri.

La mère de l'enfant s'approcha, en larmes, et lui caressa doucement le front. Kayla passa un bras autour de ses épaules. Jamie constata qu'elle pleurait elle aussi, et lui-même n'en était pas loin.

— Les ambulanciers vont le prendre en charge et l'emmener à l'hôpital, prévint-il d'une voix rauque, la gorge sèche et douloureuse.

— Je suis sûr que tout ira bien, déclara Kayla. Nous appellerons l'hôpital tout à l'heure pour prendre de ses nouvelles.

— Je ne sais pas comment vous remercier. Je n'ose imaginer ce qui se serait passé si vous n'aviez pas été là…, dit la femme dont la voix se brisa sous le coup de l'émotion.

— Mais nous étions là et votre fils respire de nouveau. Tout va bien, affirma Jamie comme les ambulanciers franchissaient le seuil de la salle.

Il se leva, imité par Kayla, pour leur céder la place tout en les mettant au courant de l'état de Billy. Kayla et lui étaient tous les deux pressés de rejoindre leur propre fils, mais l'adrénaline courait encore dans leurs veines, les rendant un peu instables sur leurs jambes. Les autres parents étaient partis, et seule la formatrice restait, veillant sur Lena et Luke.

— J'ai pensé qu'il valait mieux renvoyer tout le monde à la maison.

— Vous avez bien fait. De toute façon, je ne crois pas qu'ils auraient été suffisamment détendus pour suivre un cours de yoga, après toutes ces émotions.

Lui-même allait avoir besoin d'un peu de temps pour retrouver un rythme cardiaque normal.

— Billy va bien. Nous avons réussi à relancer sa respiration. Ils vont quand même l'emmener à l'hôpital pour lui faire passer quelques examens, dit Kayla en prenant Luke dans ses bras.

Jamie allait devoir attendre son tour, mais il ressentait lui aussi le besoin de serrer son enfant contre lui pour s'assurer qu'il allait bien.

— Quel soulagement ! soupira la formatrice, la main sur sa poitrine. J'ai suivi quelques cours de secourisme, mais je suis contente que vous ayez été là.

Les ambulanciers passèrent devant eux en direction de la sortie, suivis de la mère de Billy.

— Merci à tous pour votre aide, déclara-t-elle. J'emmène Lena à l'hôpital. Mon mari me rejoindra là-bas.

— Prenez bien soin de vous, dit Kayla tandis qu'elle s'éloignait, Lena trottinant à sa suite, serrant dans sa main la sucette que Jocelyn lui avait donnée pour lui remonter le moral.

Les parents des jumeaux partageaient donc les responsabilités. Jamie prit conscience que Kayla et lui allaient devoir s'organiser pour la garde de leur enfant en fonction de leurs horaires de travail, même si Kayla envisageait certainement de prendre autant de congés maternité que possible.

— Je crois qu'une bonne tasse de thé bien fort et sucré s'impose, dit Jocelyn. Nous en avons tous besoin.

— Caféine et sucre pour contrer le choc. Ordre du médecin, lança Jamie en voyant Kayla sur le point de refuser.

Ensuite, ils regagneraient leur maison en famille en remerciant le ciel d'être ensemble.

7.

Avant de pouvoir s'asseoir pour analyser ce qui s'était passé au cours de yoga, Kayla avait dû nourrir, baigner et coucher Luke pour la nuit.

— C'est ce que j'appelle une journée de fou, dit-elle finalement en se laissant tomber sur le canapé à côté de Jamie.

Il venait juste de rentrer et se débarrassa de ses chaussures avant d'ouvrir les cartons de nourriture à emporter posés sur la table basse devant eux.

Ces derniers temps, l'alimentation saine prônée par Kayla avait cédé la place à des menus bien moins diététiques, le temps qu'ils trouvent leurs marques. Jamie avait pris la cuisine en charge, avec talent d'ailleurs, mais ce n'était pas ce qu'elle avait l'habitude de manger. Cela étant, après cette journée pleine d'émotions, il n'était pas question de se mettre aux fourneaux. Jamie avait donc passé commande au restaurant chinois voisin, ce dont elle se félicita en aspirant ses nouilles sautées végétariennes.

— Et effrayante. Je suis contente que Billy s'en tire à bon compte. Merci d'avoir téléphoné à l'hôpital pour prendre de ses nouvelles. Je n'aurais pas réussi à dormir sans cela.

— Moi non plus. Il semblerait que j'ai hérité les hormones du jeune papa.

Par contre, rien ne semblait affecter son appétit… Il

se resservit une énorme part d'une viande non identifiée baignant dans une sauce d'un rouge tout sauf naturel.

— Vraiment ? Tu avais pourtant l'air très détendu, imperturbable même.

La façon dont il avait pris en main la situation d'urgence, avec confiance et efficacité, avait permis à Kayla de tenir le coup et de l'affronter elle-même.

— Tu plaisantes ? Je ne me permettrais pas de prendre une situation de vie ou de mort à la légère. Simplement, j'avais un travail à faire. Cela étant, je te rappelle que c'est toi qui as pratiqué les compressions. Sans toi, il n'aurait peut-être pas repris connaissance.

— C'était un travail d'équipe. C'est juste que… Tu as l'air de t'en sortir tellement mieux en tant que père que moi en tant que mère.

— Qu'est-ce qui te permet de dire cela ? demanda-t-il en posant ses couverts pour la regarder, sourcils froncés.

— Tu as déjà vécu cela avec Tom et tu gères bien mieux que moi les couches sales et les repas.

S'il lui avait été difficile d'admettre cela, de reconnaître combien elle se sentait inutile comparée à lui, elle ne s'était pas attendue à ce qu'il éclate de rire.

— Tu crois vraiment ça ? Écoute, j'étais le grand frère de Tom, pas son père. Je lui préparais à manger et je l'emmenais à l'école, mais je ne me suis pas occupé de lui quand il était bébé. Je ne sais pas plus que toi comment élever un enfant. La première nuit avec Luke a été une sacrée épreuve. Il ne cessait de se vider. Ses vêtements étaient tellement souillés que j'ai dû les jeter. Puis je l'ai lavé et je lui ai enfilé un nouveau pyjama pour que tu ne penses pas que j'étais un complet incompétent. C'était important pour moi, que tu me juges apte à cette tâche, dit-il en la regardant de ses grands yeux bruns.

Ce fut son tour de rire, mais plus par incrédulité.

— Je me demande ce qui nous a poussés à nous torturer ainsi, en prétendant que nous savions ce que nous faisions.

— En ce qui me concerne, je redoutais que tu me jettes dehors si je ne me montrais pas à la hauteur.

Qu'il en soit arrivé à cette conclusion n'avait rien d'étonnant, vu l'hostilité qu'elle lui avait manifestée quant à son rôle auprès de Luke.

— Je suis désolée d'avoir été aussi déplaisante. Je sais ce que c'est, de vivre sous une menace perpétuelle.

Elle but un peu d'eau, la bouche sèche à la simple évocation de ses parents. Il méritait une explication sur son comportement, qui avait gâché ce qui était sans doute un des plus beaux moments de sa vie.

— Mes parents étaient extrêmement sévères. Je ne sais pas si Liam t'en avait parlé ?

Il secoua la tête.

— Non. Tout ce qu'il m'a dit, c'est qu'ils l'ont renié quand il leur a avoué son homosexualité. Comme il n'aimait pas parler d'eux, je n'ai pas insisté.

Un bon point en faveur de Jamie, qui ne possédait pas une once d'homophobie.

— Tu as eu raison.

— J'imagine donc que tu n'as plus de rapport avec eux non plus. D'ailleurs, ils ne sont pas venus à l'enterrement.

— Il y a longtemps que j'ai pris la décision de ne plus avoir le moindre contact avec eux. Mais ma conscience m'a titillée et je les ai appelés pour leur annoncer l'accident. Ils ont été très clairs sur le fait qu'ils ne se sentaient pas concernés.

Au souvenir de cette conversation, l'émotion la submergea et elle dut lutter pour ne pas laisser paraître son amertume. Ils avaient déclaré que la mort de leurs deux frères était une punition de Dieu pour leur « péché », mais Jamie n'avait pas à le savoir.

— Je suis désolé. Cela a dû être un moment difficile pour toi.

— Le pire de ma vie, dit-elle avec un sourire forcé.

— Sont-ils au courant, pour Luke ?

— Non. Je me suis juré ce jour-là que je ne leur reparlerais jamais. Et crois-moi, tu ne voudrais pas qu'ils s'approchent de Luke. Mon père dirigeait la maison d'une main de fer et ma mère d'une langue bien acérée. Nous étions terrifiés à l'idée de mal faire. C'est la raison pour laquelle j'étais aussi réticente à propos de ta présence. Je n'accepterai jamais que quelqu'un prenne de nouveau le contrôle de ma vie. Quand tu t'es imposé en réclamant le droit de t'occuper de ton fils, j'ai pris cela comme une menace.

— Je ne savais pas. Je suis désolé. La mort de Tom m'a fait l'effet d'une bombe, je cherchais seulement quelqu'un à qui me raccrocher. Je voulais retrouver une famille, dit-il en fixant ses mains.

Il pensait à son frère, c'était évident, et à toutes les choses qu'ils ne partageraient plus.

— C'est la raison pour laquelle j'ai accepté de porter leur enfant. Je n'imaginais pas rencontrer un jour un homme en qui j'aurais suffisamment confiance pour vouloir un enfant de lui. J'ai déjà fait l'erreur de sortir avec un homme qui a profité de mon passé pour me manipuler. Il m'a changé en une personne que je ne reconnaissais plus. Une femme faible, animée du seul désir de lui plaire au mépris de mes propres besoins.

Elle s'était montrée naïve. Ils l'avaient tous été. Un bébé représentait une sérieuse responsabilité, un engagement à vie, mais il ne résoudrait pas ses problèmes avec ses parents. C'était à elle de mettre tout cela derrière elle pour que son fils n'en paye pas le prix. Elle ne voulait pas qu'il grandisse en ayant peur de l'amour ou de partager la vie de quelqu'un parce que inconsciemment ce serait ce qu'elle lui aurait inculqué.

— Je suis désolé, Kayla, et je peux comprendre, dans une certaine mesure.

Il enfourna une bouchée de riz avec son mélange rouge, et Kayla dut patienter pour connaître son avis sur son absence tragique de vie amoureuse. D'après ce qu'elle avait entendu dire, Jamie Garrett ne manquait pas de femmes pour partager son lit. Ce qui expliquait en partie pourquoi elle restait dubitative quant à leur relation, même platonique. Quelle était l'utilité de créer une dynamique familiale avec lui s'il risquait de partir avec la première femme qui retiendrait son attention ? Cela étant, la manière dont il s'était engagé auprès de Luke ces derniers jours prouvait qu'il ne parlait pas en l'air.

Elle le regarda prendre une nouvelle bouchée. Contrairement à lui, elle était incapable d'avaler quoi que ce soit tant qu'elle n'en apprenait pas plus à son sujet.

— Je ne sais pas grand-chose sur ton passé, sinon que tes parents sont morts quand Tom était encore enfant.

Il comprit le message et reposa sa fourchette.

— Ce n'était pas de méchantes gens. Mon père était militaire, alors nous ne le voyions pas beaucoup. Pas même pendant ses congés, qu'il préférait passer au grand air à randonner. C'était un solitaire, vraiment pas taillé pour être père. Il s'est tué en faisant de l'escalade. Ma mère est morte cinq ans plus tard, d'une crise cardiaque. Tom avait onze ans.

— C'est horrible. Je suis vraiment désolée. Vous étiez si jeunes, tous les deux.

Perdre successivement tous ses proches dans des circonstances aussi tragiques était une terrible épreuve. La vie ne faisait vraiment pas de cadeaux. Kayla en avait eu un aperçu avec la perte de Liam, mais elle avait encore ses parents, aussi indignes fussent-ils, et pouvait se faire une idée de l'étendue du deuil de Jamie. Comment avait-il pu supporter tout cela et assumer la charge de son frère alors que lui-même était à peine adulte ? C'était très impressionnant.

— Je n'ai pas vraiment eu le temps de réfléchir sur chaque événement. À la mort de mon père, je suis devenu en quelque sorte l'homme de la maison, veillant sur Tom et me chargeant des factures. Du coup, quand ma mère nous a quittés à son tour, il m'a semblé naturel d'endosser le rôle de parent. Perdre Tom est le moment le plus dur de mon existence. Je ne sais pas si je m'en remettrai un jour.

Il abandonna sa fourchette, il avait manifestement perdu l'appétit. Elle s'en voulut d'avoir réveillé ces souvenirs douloureux.

— S'en remettre, ce n'est peut-être pas ce qu'on attend de nous. La mort change ceux qui restent, mais il est important qu'ils continuent leur chemin et vivent la vie que ceux qu'ils aimaient n'auront jamais.

Peut-être la présence de Luke lui faciliterait-elle les choses. Avec la responsabilité d'un enfant, elle n'avait pas d'autre choix que d'avancer, de se lever chaque matin. Son esprit aurait sans doute besoin d'un peu de temps pour tourner la page, mais elle était déterminée à essayer.

— Je me reproche de ne pas avoir été là quand Tom avait vraiment besoin de moi. J'étais peut-être trop excité à l'idée de me retrouver enfin libéré de toutes responsabilités pour réfléchir aux risques que Tom et Liam prenaient, là-bas. J'aurais dû les mettre en garde, leur faire prendre conscience des dangers au lieu de célébrer mon statut de célibataire. Tom était adulte depuis un moment, mais je n'ai jamais cessé de veiller sur lui jusqu'à son mariage avec Liam.

— Tu n'aurais rien pu faire, Jamie. Ils voulaient vivre une dernière aventure avant de fonder leur famille, et nous n'aurions pas pu les en empêcher. Ils ont eu un accident que personne ne pouvait prévoir.

Elle-même s'était reproché de n'avoir rien fait pour prévenir leur décès, avant de comprendre que se torturer de culpabilité ne les ramènerait pas.

— Je ne pensais qu'à moi, à cette époque. Les sentiments des autres ne m'intéressaient guère, pas même les tiens. Je suis désolé de m'être comporté comme un mufle au mariage. Découvrir que je pouvais encore plaire au sexe opposé, malgré mon âge avancé, m'avait quelque peu regonflé l'ego.

— Crois-moi, tu es loin d'être un vieillard, dit-elle, sans pourtant éprouver le besoin de lui avouer qu'il avait réveillé chez elle des émotions et des sensations qu'elle croyait mortes à jamais.

Sa rencontre tumultueuse avec Jamie lui avait fait prendre conscience que son corps n'était pas aussi mort qu'elle le croyait – une prise de conscience qui expliquait peut-être pourquoi elle avait accepté ce rôle de mère porteuse. En effet, attendre un enfant obligeait à se concentrer essentiellement sur le bébé et l'empêcherait donc de se lancer dans une relation vouée à l'échec. Un plan sans faille, jusqu'au décès de leurs frères qui avait ramené Jamie dans sa vie et, avec lui, cette attirance de plus en plus difficile à nier.

— Waouh, merci, dit-il en se passant la main dans les cheveux avec un air arrogant qui ne la trompa pas.

— Tu es bel homme, célibataire et médecin. Les femmes vont toutes te trouver irrésistible.

Malgré son air détendu, elle eut soudain chaud en reconnaissant par-devers elle qu'elle faisait partie du nombre.

— Que de compliments, ce soir ! Tu vas me faire rougir.

Mais c'était surtout elle qui rougissait comme une midinette. Elle tenta de la jouer décontractée en levant les yeux au ciel.

— Je parle sérieusement. Tu voudrais me faire croire que tu n'as jamais reçu d'avances de la part de femmes amoureuses, toutes ces années.

— Je n'ai pas dit cela.

Elle aurait juré que les joues de Jamie avaient un peu rosi. Elle ressentit un pincement de jalousie en imaginant ces femmes, toutes plus belles les unes que les autres, cherchant à séduire le père de son enfant.

— Pourtant tu n'as jamais cherché à te marier et à fonder ta propre famille. Pourquoi cela ?

— Je ne voulais pas que Tom se retrouve au second

plan comme nous l'avions été du vivant de mon père. Je fréquentais Natalie à l'époque, mais je n'étais pas prêt à m'engager à long terme. Finalement, elle a été blessée que le mariage ne soit pas à l'ordre du jour, alors que nous étions encore presque des gamins nous-mêmes. Depuis, j'ai pris conscience qu'une brève aventure ici ou là permettait d'éviter les drames. Je ne vivais pas comme un moine, mais, pendant quelque temps, j'ai vécu une espèce d'adolescence à retardement. Celle que je n'avais pas eue.

Il reconnaissait ainsi honnêtement avoir joué les séducteurs pendant une période. Pour elle, la question était de savoir quelle personnalité vivait maintenant près d'elle.

— Tu es donc de nouveau en mode parental. Mais que se passera-t-il quand tu rencontreras la femme de tes rêves ? Luke restera-t-il ta priorité ?

Elle ne voulait pas que son fils souffre si son père retombait dans ses travers ou s'il lui prenait l'envie de fonder sa propre famille.

— Je n'envisage pas d'avoir d'autres enfants, répondit-il avec un petit sourire. Et même si c'était le cas, je peux t'assurer que Luke passera toujours en premier.

Il affirma cela avec tant de sincérité et de conviction qu'elle le crut, non sans ressentir un peu d'amertume qu'il ne l'ait pas comptée, elle, dans ses priorités. Certes, ils n'étaient pas dans une relation sentimentale, pourtant, en tant que coparente, elle continuerait à faire partie de sa vie, ce qu'il ne jugeait pas digne d'être mentionné. Pourtant, elle-même s'était déjà habituée à l'avoir près d'elle ; il lui manquerait s'il rencontrait une femme et réduisait ses obligations parentales à quelques visites le week-end.

— Je commence à m'habituer à ta présence, dit-elle sur le ton de la confidence, au cas où il aurait encore des doutes à ce sujet.

— Bien.

Il soutint son regard un peu plus longtemps que nécessaire, jusqu'à ce qu'elle ait soudain très chaud à l'idée que son intérêt pour elle puisse dépasser le cadre de leur progéniture commune.

Elle fut la première à détourner les yeux, son imagination lui avait embrasé l'esprit. Jamie n'essayait pas de prendre le contrôle de sa vie, mais elle ne laisserait pas non plus ses émotions lui dicter ses actions.

— Je vais ranger tout ça…

— Je vais débarrasser…

Ils se penchèrent en même temps vers la table pour rassembler les restes du dîner et leurs mains se touchèrent. Pétrifiés, il leur fallut quelques secondes pour réagir et se détacher. Le cœur de Kayla palpitait si fort dans sa poitrine qu'elle avait du mal à respirer.

— Comme tu veux. Je vais me coucher. Inutile de veiller. Je prendrai le premier tour auprès de Luke, comme ça, tu pourras dormir un peu.

Ailleurs que dans ma chambre…

— Si tu insistes. La journée a été longue.

Pour une fois, il ne discuta pas comme à l'accoutumée, pour faire passer ses besoins à elle avant les siens. Peut-être était-il impatient de s'éloigner avant qu'elle ne fasse une scène ?

Elle n'épilogua pas sur ses réactions à son contact. Après avoir jeté un coup d'œil à Luke profondément endormi, elle récupéra sa chemise de nuit sous l'oreiller et s'enferma dans la salle de bains pour enfiler le court vêtement à bretelles qu'elle portait maintenant en remplacement de sa chemise de nuit en coton – un moyen comme un autre de se sentir à nouveau femme et non plus une simple machine à lait. Elle faillit presque se convaincre que ce n'était pas pour le bénéfice de Jamie.

Une fois ses dents propres et ses cheveux brossés, elle sortit de la salle de bains, ses vêtements sur les bras, et se retrouva face à Jamie, torse nu et en caleçon.

La pile de vêtements soigneusement pliés lui échappa devant le torse lisse et joliment musclé de Jamie.

— Désolé, je n'avais pas réalisé que tu étais là, dit-il l'air sincèrement contrit.

Pour autant, il ne recula pas pour la laisser passer. Son regard se posa sur ses épaules nues avant de descendre sur l'échancrure dessinée par la chemise de nuit noire et Kayla fut incapable de dissimuler sa réaction. Le bout de ses seins se durcit sous la soie fine, retenant plus encore son attention.

— J'ai terminé. C'est l'heure de dormir. Pour moi, je veux dire.

Sans le vouloir, elle avait évoqué l'endroit précis où ses propres pensées l'amenaient. Dans son lit.

— Bonne nuit, alors.

Comme s'il s'agissait d'un geste coutumier, il se pencha vers elle et déposa un baiser sur ses lèvres. Incapable de résister, elle se dressa sur la pointe de pieds pour le recevoir.

Yeux fermés, elle apprécia la caresse de sa bouche sur la sienne, en tout point semblable aux baisers de réconfort qu'elle recevait en rêve chaque nuit.

— Bonne nuit, répondit-elle quand il releva la tête, la forçant à ouvrir les paupières et à revenir sur terre.

Il ne bougea pas, ses yeux s'attardèrent sur ses lèvres, et l'atmosphère se modifia, soudain chargée de désirs. Pétrifiée sur place par son regard avide et ses propres attentes, elle mourait d'envie de l'attirer contre elle, mais se refréna de peur de gâcher leur pacte de non-agression.

— Je ferais mieux de ramasser ces vêtements, dit-elle enfin, en fixant sa bouche qui s'ajustait si bien à la sienne.

— Ouais, tu ferais mieux, répondit-il en passant un bras autour de sa taille et en la serrant brusquement contre lui.

Ses pieds ne touchaient plus terre.

Il l'embrassa alors brutalement, comme pour la punir de son pouvoir sur lui, tout en voulant beaucoup plus. Elle laissa échapper un soupir de contentement et son corps se fondit contre le sien. Il avait la main sur sa poitrine, si ferme et chaude sous ses doigts, et elle frissonna. En réponse, il la serra plus fort encore, caressant son dos d'une main possessive.

Elle s'accrocha à ses épaules quand il amplifia son baiser, sa langue jouant avec la sienne, luttant pour la dominer, une domination à laquelle, pour une fois, elle s'abandonna avec bonheur. Chaque fibre de son être aspirait à ce qu'il la possède, d'autant plus que son corps dur comme la pierre lui apportait la confirmation d'un désir partagé.

— Tu viens juste d'avoir un bébé, dit-il soudain d'une voix rauque.

— Ton bébé.

C'était tellement incroyable, alors qu'ils commençaient à peine à se connaître, qu'elle lui ait déjà donné un enfant. Un enfant qu'ils auraient pu concevoir naturellement si elle avait pu deviner une telle passion entre eux.

Malgré leur attirance réciproque, elle ne pouvait cependant contrer l'instinct qui l'empêchait de baisser totalement la garde. Rien n'avait changé dans sa tête, et leur relation restait difficile pour elle qui avait quelques difficultés à accorder sa confiance. Il était plus important pour son fils d'avoir un père que pour elle de se lancer dans une aventure débridée à l'issue incertaine.

Les pleurs de Luke, de l'autre côté du couloir, stoppèrent Jamie dont les lèvres s'attardaient sur la joue de Kayla. Il s'arrêta juste avant d'embrasser l'endroit si sensible, derrière l'oreille de Kayla, qui lui coupait les jambes. Physiquement, Jamie Garrett était l'homme parfait pour elle, mais seulement dans ses rêves.

— Je vais aller lui donner la tétée, dit-elle.

Il recula pour mettre un peu de distance entre eux, luttant pour retrouver son souffle et reprendre le contrôle de son corps. La tâche n'était pas facile alors que Kayla se tenait devant lui, les lèvres gonflées par les baisers ; la bretelle de sa chemise de nuit avait glissé, exposant sa peau pâle et si douce.

Depuis quelque temps, la tension montait entre eux.

Des regards qui traînaient, des querelles qui se raréfiaient, cédant la place à un respect mutuel, ces moments passés, allongés sur le lit à regarder leur fils dormir. Tout cela les avait conduits à ce baiser qui ne l'avait pas déçu. Mais le soulagement fut de courte durée. À présent qu'il avait goûté au fruit défendu, à ses lèvres pleines, au contact de son corps souple contre le sien, il voulait beaucoup plus. Il voulait tout. Reculer maintenant était comme vouloir remettre le bouchon d'une bouteille de champagne qui pétillait encore. Pourtant il n'avait pas le choix. Ni le corps de Kayla ni son âme n'étaient prêts pour cela. Lui-même doutait de l'être.

Après Natalie, il s'était juré de ne plus jamais permettre à une femme d'attendre plus d'une relation qu'il n'était disposé à y investir. En fait, c'était la force de Kayla qui l'avait attiré. Son entêtement à lui faire comprendre qu'elle n'avait pas besoin de lui agissait comme un aimant. Mais, en l'occurrence, entamer une relation avec la mère de son fils aurait équivalu à signer un engagement à vie, avec impossibilité de se dédire.

— Appelle-moi quand tu veux que je prenne le relais, dit-il.

Il ne tenait pas à ce qu'elle supporte seule les soins de Luke et les nuits sans sommeil, mais il allait peut-être faire une exception, ce soir. Il avait besoin de temps pour comprendre ce qui venait juste de se passer et pourquoi il avait pris l'initiative de ce baiser. La passion spontanée à laquelle ils avaient tous les deux succombé ne s'oubliait pas facilement.

Après tout ce qu'elle avait vécu, il ne voulait pas trahir la confiance que Kayla commençait à lui accorder en l'autorisant à vivre avec elle. Il n'avait jamais souhaité fonder de famille et, bien qu'il ait désormais un fils, il ne pouvait promettre à Kayla une relation qui dure pour toujours. Trop de gens avaient abusé d'elle au cours des années. Aujourd'hui, elle avait besoin d'un partenaire, pas d'une personne qui profiterait d'elle. Elle voulait être la meilleure mère pour Luke, et Jamie ne comptait pas interférer avec cela.

Il vivait seul depuis trop longtemps pour souhaiter brusquement partager son quotidien avec quelqu'un. Il commençait juste à accepter d'être devenu père, avec toutes les responsabilités que cela impliquait. Il ne se sentait pas capable de devenir le partenaire, le petit ami ou qui que ce soit que Kayla attendait pour l'aider à surmonter la méfiance engendrée en elle par ses parents.

Pas quand il en était encore à lutter contre ses propres démons.

8.

Kayla bâilla et s'étira, avec le sentiment d'avoir dormi tout son soûl. Un coup d'œil au réveil lui apprit qu'il était 7 h 30 – une vraie grasse matinée pour elle.

Non seulement elle se sentait vraiment reposée, mais, grâce à Jamie, ses rêves avaient été remplis de baisers volés et d'étreintes passionnées. Ils en viendraient probablement à reconnaître qu'ils avaient commis une erreur, mais le souvenir de ce bref instant érotique la mettait d'excellente humeur ; la journée commençait sous les meilleurs auspices.

Pour autant, pas question de s'emballer. Après une aussi longue période de chasteté, nul doute que Jamie avait simplement voulu s'assurer que son charme agissait toujours.

Elle s'étira de nouveau, un sourire paresseux aux lèvres. Jamie avait dû emmener Luke en bas pour la laisser dormir. Maintenant qu'elle ne cherchait plus de raison cachée derrière tous ses gestes, elle se rendait compte combien il se montrait attentionné.

Allongée sur le dos, contemplant le plafond, elle se demanda si elle était supposée rester là jusqu'à ce que le bébé la réclame. Jamie avait peut-être l'intention de la surprendre avec un petit déjeuner au lit. Elle roula sur le côté, prête à se rendormir, mais se redressa en détectant des mouvements dans la chambre, accompagnés de petits gazouillis de bébé.

Jetant un coup d'œil au lit de son fils, elle l'aperçut qui s'éveillait.

— Luke ? C'est l'heure, petit paresseux. Je me demande si ton père a dormi tard, lui aussi.

Pour toute réponse, Luke la fixa de ses grands yeux.

— Tu ressembles tellement à ton père. Ne lui répète pas ça, mais les filles vont te courir après quand tu seras grand.

Elle le prit dans ses bras et partagea un petit câlin avec lui. Ne manquait qu'une seule personne à cette scène familiale.

— Et si nous allions réveiller ton père ?

Luke dans le creux de son bras, elle tapa à la porte de sa chambre.

— Jamie ? Tu dors encore ?

N'obtenant pas de réponse, elle ouvrit doucement la porte et trouva le lit fait et les rideaux tirés.

— Il doit être en bas. Allons lui faire une surprise, dit-elle en faisant un baiser eskimo à son fils.

Une matinée en tout point parfaite.

Elle descendit sur la pointe des pieds, évitant la marche qui grinçait. Cela commençait à ressembler à une vraie maison familiale. Vivement que Luke soit assez grand pour jouer à cache-cache avec lui !

Elle allait enfin pouvoir partager les jeux d'enfants qui avaient été interdits sous le toit de ses parents, qui détestaient le bruit. Quand son frère et elle avaient la permission de jouer, ils devaient le faire en silence sous peine d'être punis. Bien que son frère se soit constamment rebellé contre ce régime, elle avait toujours essayé de respecter les règles pour ne pas mettre leurs parents en colère. Il avait fallu qu'elle change de pays pour se débarrasser de ce réflexe.

Son fils serait heureux et se sentirait en sécurité chez lui.

— Jamie, pourquoi n'emmènerions-nous pas Luke en promenade dans son landau ? fit-elle en pénétrant dans la cuisine où elle s'attendait à le trouver préparant le petit déjeuner.

Mais la cuisine était vide. Aucune vaisselle abandonnée ne trahissait son passage. Elle toucha la bouilloire. Froide. Puis elle aperçut le papier maintenu par un aimant que son frère Liam avait confectionné pour elle.

Je n'ai pas voulu vous réveiller.
Je suis allé travailler pour rattraper un peu mon retard avec la paperasse.
À plus tard.
J.

Cela lui coupa le souffle, et un énorme poids s'installa au creux de son ventre. La joyeuse sortie familiale serait pour une autre fois. Jamie avait filé en douce. Même pas un baiser sur sa note. Comme si rien ne s'était passé entre eux. Ou plutôt à cause de cela. Il se reprochait probablement cet instant d'égarement.

Même si elle avait conscience que bousculer leur relation aurait été une mauvaise idée, elle ne regrettait pas leur baiser. Mais, s'il en allait autrement pour Jamie, elle devait le savoir tout de suite. Ils ne pourraient pas créer de foyer stable pour Luke si son père évitait sa mère en permanence.

— Bon, mon petit bonhomme, il n'y a plus que toi et moi. Si ton père ne veut pas passer la journée avec nous, tant pis pour lui.

— Tout est parfait, madame Hills. Votre petit garçon est en pleine forme. Aucune raison de vous inquiéter.

Jamie, qui avait examiné le bébé, lui remit sa couche.

— Merci, docteur.

Ellie, l'infirmière, attrapa les vêtements de l'enfant pour le rhabiller, mais Jamie l'arrêta.

— Non, laissez. Je m'en occupe, dit-il. Je suis devenu expert en la matière.

Et, surtout, il n'avait rien de mieux à faire. L'équipe avait été surprise de son arrivée matinale et impromptue, d'autant qu'un médecin suppléant assurait son remplacement, et que son bureau était donc pris. Il avait néanmoins préféré proposer son aide à Ellie, qui s'occupait des consultations pédiatriques, plutôt que rentrer chez lui.

Bien que conscient de sa lâcheté, il avait éprouvé le besoin de sortir de la maison et de s'évader un peu du cocon que Kayla et lui avaient créé autour d'eux. Ce n'était pas la vraie vie, comme en témoignait cette séance de pelotage, la veille, à laquelle Kayla s'était abandonnée autant que lui. Au réveil, retrouver un semblant de vie normale lui avait semblé urgent. Et si les semaines qu'il venait de passer, enfermé avec Kayla, lui avaient brouillé les idées ? À vivre ainsi l'un sur l'autre, l'attirance, latente entre eux depuis le mariage, n'avait pu que s'intensifier. Mais ni lui ni elle n'était prêt pour une relation sérieuse, seule possibilité pourtant maintenant qu'ils étaient parents. Une simple aventure aurait terriblement compliqué la situation, surtout au moment de la rupture, alors qu'ils devaient prendre du temps et des décisions pour leur fils.

— Le Dr Garrett vient d'avoir un fils, dit Ellie à la patiente.

— Oh ! toutes mes félicitations.

— Merci.

S'il avait espéré se changer les idées en venant travailler, il s'était grandement trompé. Il se demandait en boucle ce que Kayla et Luke faisaient sans lui et détestait manquer un seul instant de la vie de son fils. Kayla avait-elle trouvé son petit mot ? Comment avait-elle réagi ?

Même si elle s'était probablement réjouie d'avoir la maison pour elle toute seule, elle n'avait sans doute pas apprécié qu'il disparaisse ainsi. Il aurait certainement été plus mature de discuter avec elle des événements de la veille, mais il ne se sentait pas encore prêt pour cela, tant il avait du mal à analyser ses sentiments. Il avait aimé l'embrasser et il en voulait plus. Si seulement ils avaient cédé à la tentation au mariage, ils se seraient épargné bien des problèmes.

— J'ignorais que vous étiez marié, docteur, dit Mme Hills.

Une remarque banale qu'il risquait d'entendre souvent dans les prochains jours jusqu'à ce que les gens comprennent que c'était un sujet tabou.

— Je ne le suis pas, répondit-il en lui tendant son bébé avec un sourire crispé, ignorant l'expression horrifiée d'Ellie.

Il ne voulait mettre personne mal à l'aise, mais n'entendait pas mentir non plus.

— Excusez-moi, cela ne me regarde pas. Les gens ne se marient plus beaucoup de nos jours…

Gênée, la femme tentait de rattraper le coup et Ellie lui sauva la partie.

— Merci pour votre aide, docteur. Je suis sûre que d'autres patientes vous réclament.

Ce n'était pas le cas, mais il accepta de bon gré cette porte de sortie.

— Aucun problème. Si vous avez encore besoin de moi, n'hésitez pas.

Son bureau étant occupé, il se dirigea vers la salle du personnel. À quand remontait la dernière fois où il avait pu boire une tasse de café sans être dérangé ? À peine installé dans un des fauteuils, ses pensées le ramenèrent à Luke et Kayla. Jamais elle n'aurait eu l'idée de faire une pause dans son rôle de maman, et lui-même n'avait aucune envie de s'y habituer. Malgré ses réserves, il avait enfilé sans effort le costume du papa protecteur dont la bienveillance s'étendait à toute la famille. Changer les couches ou donner le biberon le rapprochait de son fils, et il adorait ces merveilleux moments d'intimité avec Kayla, une fois Luke endormi.

Il n'avait jamais vécu avec personne, à l'exception de son frère, mais Kayla et lui s'étaient bâti une existence confortable et avaient construit une relation qu'aucun d'eux n'aurait jamais imaginée. Il adorait la famille qu'ils avaient constituée, passer du temps avec eux et avoir quelqu'un à qui parler en fin de journée.

Assis seul dans la salle du personnel, il trouva vite le silence écrasant. En fait, après seulement quelques heures de séparation, Kayla et Luke lui manquaient déjà. À cet instant, la réceptionniste de la clinique passa la tête à la porte.

— Docteur Garrett, dit-elle. Euh… Votre fils est là pour vous voir.

Comme Luke n'était certainement pas venu seul, Kayla l'accompagnait. La journée retrouvait soudain de belles couleurs.

— Il paraît que le Dr Garrett donne un coup de main aux consultations pédiatriques, aujourd'hui, dit sur le ton de la confidence la femme assise près de Kayla, en faisant sauter sa fille sur ses genoux. C'est vraiment un bel homme.

De toute évidence, elle frétillait d'impatience en attendant son tour, comme les autres mères de famille de la salle d'attente, qui toutes commentaient la nouvelle avec excitation.

— Je ne suis pas là pour…

— Ne vous méprenez pas. C'est un excellent médecin, qui prend son temps, et tout… Mais y ajouter le plaisir des yeux ne peut pas faire de mal, n'est-ce pas ? fit-elle avec un clin d'œil.

Kayla lui sourit en se réjouissant d'avance d'annoncer à Jamie que ses patientes le considéraient toutes comme un bel homme. Elle en retirait une certaine fierté, tout en se sentant prête à défendre son territoire. C'était le père de son enfant, et elle n'était pas certaine d'apprécier les regards des autres femmes. Mais, autant qu'elle sache, elle était la seule ici qu'il ait embrassée.

Elle avait pris un risque en débarquant ainsi sans prévenir, surtout après le départ matinal précipité de Jamie. Elle avait quitté la maison assez remontée, mais son humeur s'était améliorée après avoir réussi à hisser le landau dans le bus. Si Jamie ne voulait pas passer de temps avec elle, cela ne signifiait pas qu'il ne pouvait pas en passer avec son fils. S'il voulait emmener Luke au parc pendant l'après-midi, elle serait heureuse de profiter d'un moment de répit. Il n'avait pas prévu de travailler aujourd'hui, de toute façon. Ce n'était qu'un moyen de l'éviter. En tout cas, elle passait inaperçue dans cette salle d'attente, bien que la réceptionniste ait eu l'air surprise quand elle avait annoncé que le fils de Jamie voulait le voir.

Finalement, l'homme de ses pensées entra dans la salle d'attente et toutes les femmes, elle comprise, se redressèrent aussitôt sur leur chaise.

— Kayla ? Entre, dit-il tout sourire, l'air heureux de la voir.

Cela étant, il réservait probablement cette expression à toutes ses patientes.

Sous le regard déçu des autres femmes, elle le suivit.

— Je suis désolée de venir t'importuner ainsi à ton travail, fit-elle en poussant le landau le long du couloir, croisant des mamans qui, contrairement à elle, avaient toutes une bonne raison d'être là.

Elle avait fait preuve d'égoïsme en venant ainsi à l'improviste. C'était un homme occupé, un médecin.

— Ne sois pas bête. Je suis heureux de te voir.

Il s'arrêta et l'embrassa sur la joue.

Bon, rien à voir avec un vrai baiser, mais au moins il ne manifestait pas de dégoût envers elle. Quelle que soit la raison qui l'avait poussé à venir travailler, il avait l'air sincèrement heureux de sa visite. À moins que ce ne soit le petit passager du landau.

— J'ignorais que tu prévoyais de venir au bureau. Je croyais que tu avais encore quelques jours de congé.

— J'ai pris la décision sur un coup de tête, en fait. Veux-tu boire quelque chose ?

Elle prit alors conscience qu'ils se trouvaient dans une salle commune, pas dans son bureau personnel.

— Non, merci. Je me promenais avec Luke et j'ai eu envie de venir te faire coucou. Mais tu es très occupé. Nous nous verrons à la maison, ce soir.

— Ne pars pas. Honnêtement, je crois que je dérange plutôt qu'autre chose. Et si je vous accompagnais ? Où avais-tu prévu d'aller ?

Elle se dirigeait déjà vers la sortie et s'arrêta brusquement, incrédule.

— Au parc, voir les canards. Il fait beau, je voulais en profiter.

— Cela me paraît une excellente idée. Je vais prévenir de mon départ et je vous accompagne. Tu as mangé ?

— Nous avons pris le petit déjeuner, mais il sera bientôt midi et Luke me le rappellera, j'en suis certaine.

— On pourrait acheter de quoi pique-niquer ?

— Bonne idée.

Elle ne s'attendait certainement pas à cela, mais n'allait pas s'en plaindre. Passer la journée au parc avec Jamie et Luke était un bon moyen de recharger ses accus.

Rien n'aurait pu empêcher Jamie de pousser le landau ; il promena Luke dans tout le centre médical, fier de présenter son fils à tous ceux qu'il croisait.

Dans la salle d'attente, les regards curieux des patientes n'échappèrent pas à Kayla qui, dans un accès de mauvaise humeur, prit soin de bien tenir la poignée de la poussette. C'était sa famille et, quoi qu'il se passe entre elle et Jamie, ils resteraient les parents de Luke.

— On peut dire qu'il attire la foule, dit Jamie, une fois sur le trottoir, fier comme un paon, sourire jusqu'aux oreilles.

Inutile de booster plus encore son ego en soulignant que la véritable attraction était le beau médecin célibataire qui poussait le landau.

Elle soupira. Qu'il n'ait pas pris la peine de la présenter

aux personnes qu'ils avaient croisées l'attristait. En tout cas, cela n'apaisait pas ses craintes de n'être à ses yeux qu'une simple mère porteuse – une matrice pour le rejeton qu'il voulait bien partager avec tout le monde, sauf elle.

— Il y a un traiteur au coin de la rue qui offre pas mal de choix pour le déjeuner, dit-il. On va voir ce qu'il a aujourd'hui ?

— Avec plaisir.

Depuis que Jamie avait pris les rênes du landau, à peine avait-elle pu redresser le petit parasol pour protéger le visage de Luke du soleil.

Elle n'était pas jalouse de l'attention que Jamie accordait à leur fils ou du fait qu'il la cantonne dans un rôle subalterne. Son accès de mauvaise humeur venait de ce qu'une fois en public, ils ne donnaient pas l'image d'un véritable couple. Malgré les circonstances, elle voulait qu'ils forment une équipe soudée. Quand il avait proposé de les accompagner, elle avait eu une bouffée d'espoir à l'idée que leur baiser passionné n'avait peut-être pas été qu'un simple élan incontrôlé.

Jamie sortit d'un air triomphant du magasin en arborant un sac en papier – il s'agissait manifestement de plats triés sur le volet, pas de quelconques sandwichs pour le commun des mortels.

— Voilà pour le déjeuner. Maintenant, trouvons un coin sympa nous régaler.

Il se montrait tellement charmant et attentionné ! Comment rester longtemps en colère contre lui ?

Il n'improvisait pas ce pique-nique pour Luke ou sa horde de fans, mais uniquement pour elle et lui. Un après-midi de détente au soleil comme n'importe quel couple. Les nuages qui s'étaient lentement accumulés pour gâcher sa journée commencèrent à se dissiper jusqu'à ce que finalement, un grand sourire aussi lumineux que le soleil lui éclaire le visage.

Ils déambulèrent dans le parc. Des familles jouaient

au ballon, des couples se reposaient dans l'herbe verte, des gens promenaient leur chien.

— Et si on s'asseyait là ?

Jamie désigna un endroit ombragé sous un grand arbre, suffisamment à l'écart pour qu'elle puisse donner le sein à Luke.

— Parfait, répondit-elle en mettant le frein au landau pendant que Jamie ôtait sa veste pour l'étaler sur l'herbe.

— Franchement, inutile de salir ta veste pour moi, dit-elle.

Elle appréciait l'attention, mais tacher le tissu gris clair aurait été dommage.

— Tu ne voudrais quand même pas que je demande à la mère de mon enfant de s'asseoir dans l'herbe humide ? Je suis un gentleman. Maintenant, assieds-toi pendant que je déballe le déjeuner.

Elle capitula donc et s'installa pour nourrir Luke, le dos appuyé contre le tronc de l'arbre dont les branches les protégeaient du chaud soleil de l'après-midi.

Jamie prit place près d'elle sur la veste, puis enleva chaussures, chaussettes et cravate avant de déboutonner son col.

Elle l'observait, s'amusant de la vitesse avec laquelle il se délestait de son habit de médecin pour passer en mode détente.

— Pourquoi ne pas te mettre à l'aise ? fit-elle sur le ton de la plaisanterie.

— Si je le pouvais, je me débarrasserais également de la chemise et du pantalon pour ne garder que mon caleçon, fit-il avec un clin d'œil coquin.

L'image qui se forma dans l'esprit de Kayla lui donna soudain très chaud. C'était bien la peine de s'asseoir à l'ombre !

— Comme nous n'avons pas envie de payer une caution pour sortir papa de prison, je te recommande de garder tes vêtements pour l'instant.

Une fois Luke rassasié, elle rajusta son corsage.

— Dans ce cas, concentrons-nous sur la nourriture, d'autant que tu as besoin de toute ton énergie pour notre petit gourmand. Je vais le prendre pendant que tu te sers.

Elle tendit donc Luke à son père, qui entreprit de lui tapoter le dos pendant qu'elle disposait les différents paquets du traiteur. Elle opta pour une portion de couscous aux graines de grenade et fèves edamame, suivie d'une salade de pâtes aux tomates et basilic qui acheva de lui remplir l'estomac, si bien qu'elle refusa les samosas végétariens que Jamie lui proposa. Il aurait sûrement préféré mordre dans un bon hamburger, mais il avait fait de son mieux pour lui offrir ce festin, et elle lui en était reconnaissante.

Après un verre de jus d'orange pressée pour faire descendre le tout, elle s'allongea sur la veste.

— Je suis repue, annonça-t-elle.

Le sommeil la gagnait.

Elle se sentait bien, couchée près de Jamie et Luke, une sensation qu'elle n'avait pas ressentie depuis des années.

— J'aimerais pouvoir en dire autant, dit Jamie en rassemblant les emballages vides.

— Je suis sûre qu'il reste quelque chose.

Elle se redressa et plongea la main dans le sac d'où elle ressortit un paquet de morceaux de pomme et de la sauce au caramel.

— On dirait qu'il y a un bec sucré parmi nous.

— J'ai estimé que nous avions bien mérité ça, avoua-t-il en essayant d'ôter la cellophane, une tâche peu aisée avec Luke dans les bras.

— Je m'en charge, dit-elle.

Après avoir ouvert l'emballage, elle trempa un morceau de pomme dans la sauce collante et la tendit à Jamie.

Baissant la tête, il prit le morceau entre ses lèvres, qui frôlèrent les doigts de Kayla. Fascinée, elle le regarda mâcher la pomme, ce qui en soi n'avait rien d'une scène érotique, surtout dans un parc, mais qui lui fit pourtant autant d'effet. La langue de Jamie léchait maintenant lentement et délibérément les doigts de Kayla, sur lesquels subsistaient quelques traces de caramel. Il avait les yeux rivés aux siens, et elle comprit que, comme elle, il imaginait la même scène dans une chambre, la nourriture et le public en moins.

— Jamie…

Avant qu'elle ait pu s'interroger plus avant sur ce qui se passait entre eux, la scène fut brutalement interrompue. Un ballon de foot atterrit sur leur pique-nique, envoyant les restes voltiger et sonnant le glas de la veste de Jamie. Luke, qui commençait à sommeiller, fut réveillé en sursaut et poussa un cri de révolte. Jamie, lui, sauta sur ses pieds en jurant dans sa barbe.

— Désolé, fit un adolescent écarlate avant d'attraper le ballon et de décamper pour rejoindre ses copains.

— Faites attention la prochaine fois, cria Kayla, consciente que Luke aurait pu être blessé.

Si elle avait fait plus attention à ce qui se passait autour d'eux au lieu de fantasmer sur le père de son enfant, elle aurait vu le danger arriver. Furieuse contre elle-même, elle ramassa les emballages et les remit dans le sac papier avec plus de vigueur que nécessaire.

— Eh, personne n'a été blessé, dit Jamie, lui caressant le dos pour la calmer.

Il avait un don pour deviner ce qui la tracassait et faire ce qu'il fallait pour apaiser ses tensions, qui survenaient parfois inopinément alors qu'elle prenait du bon temps. Un souvenir de sa jeunesse sous la poigne de fer de ses parents et de la punition qui l'attendait si elle ne restait pas à sa place. Depuis le décès de son frère, Jamie était la seule personne capable de bloquer ces réminiscences pour lui permettre d'apprécier le moment présent.

Comme maintenant. Une fois de plus, sa présence avait un pouvoir lénifiant sur elle, l'empêchant d'imaginer le pire, d'élaborer un scénario qui l'aurait hantée toute la nuit.

Elle respira profondément pour faire retrouver un rythme normal à son pouls, puis Jamie, devinant probablement son besoin de tendresse, plaça Luke entre ses bras. Et de fait, respirer la bonne odeur du talc de bébé la renvoya dans un monde de douceur et de tendresse, dénué de cruauté.

— Nous sommes ici pour nous détendre, alors assieds-toi, dit Jamie en reprenant sa place sur la veste et en tapotant près de lui.

Elle accepta l'invitation et, déposant Luke entre eux, elle s'étendit. Les yeux fermés, elle retrouva son calme et, bientôt, s'endormit.

Les jeux d'enfants à proximité tirèrent Kayla de ses rêves. Ouvrant les yeux, elle chercha Luke et eut un instant de panique. La place à côté d'elle était vide. Puis ses yeux tombèrent sur Jamie endormi, Luke serré contre son torse.

Le cœur de Kayla enfla dans sa poitrine à la vue de cet homme magnifique dormant avec leur minuscule enfant. Elle roula sur le côté pour étudier son profil sans crainte d'être surprise. Quelques fils cuivrés couraient dans sa chevelure sombre. Elle adorait les longs cils noirs qui encadraient ses beaux yeux marron, fermés pour l'instant, son nez droit et fort, et ses lèvres pleines auxquelles elle avait si souvent rêvé.

Succombant à la tentation, elle se redressa et l'embrassa. À sa grande surprise, il lui rendit son baiser et, aussitôt, elle perdit pied.

Jamie ne dormait qu'à moitié, appréciant ce moment de tranquillité en compagnie des deux personnes qu'il aimait le plus au monde. Quand il sentit la douce pression sur ses lèvres, il reconnut Kayla à l'odeur citronnée de ses cheveux qui frôlèrent son visage. Il n'attendait que cela et répondit à son baiser avec toute la fougue de ses sentiments pour elle.

Tenant Luke d'une main, il glissa l'autre dans les cheveux de Kayla pour la maintenir là où il voulait. D'une langue timide, elle chercha la sienne, mais il n'était plus dans la retenue et sa bouche s'empara de la sienne avec force, le reste de son corps suivit. Quand elle gémit contre lui, il sut qu'il devait se calmer très vite s'il ne voulait pas être poursuivi pour attentat à la pudeur.

Il recula, la lâcha et la contempla. Les yeux embrumés de Kayla, ses lèvres gonflées et ses cheveux emmêlés témoignaient de l'intensité de leur brève étreinte. Son cœur battait la chamade dans sa poitrine, et il ne s'étonna pas que Luke commence à remuer.

— Waouh, fit-elle. Que s'est-il passé ?

— C'est toi qui as commencé, répondit-il avec un petit rire, faisant de son mieux pour détendre l'atmosphère.

Elle laissa échapper un soupir rêveur et se serra contre lui. La question tue de la suite des événements s'insinua entre eux, mais il refusa de s'y attarder. Pas maintenant, avec Kayla allongée contre lui, sa tête sur son bras, et son fils endormi sur son torse. Il ne permettrait pas à la vraie vie de saccager ce tableau de famille idyllique.

9.

Même si c'était tentant, Kayla ne pouvait pas rester ainsi, lovée contre le corps chaud de Jamie. Le soleil avait entamé sa descente et l'air se rafraîchissait vite ; Luke ne devait pas attraper froid.

— Nous devrions le remettre dans son landau, murmura-t-elle à contrecœur, réticente à l'idée de briser le charme du moment.

— Encore… Un… petit… bisou, dit Jamie en ponctuant chaque mot d'un baiser avant de titiller la lèvre de Kayla du bout de sa langue.

Elle aurait pu rester ainsi toute la journée. Mais Luke manifesta des signes d'impatience, lui rappelant ses devoirs. Elle se détacha donc de Jamie pour accorder son attention à son fils.

— Quand tu seras plus grand, tu pourras toi aussi jouer au football et donner à manger aux canards, déclara-t-elle en l'installant dans son landau.

— Ou nous pourrions aussi lui donner un petit frère ou une petite sœur pour l'occuper pendant que papa et maman s'embrasseraient tranquillement, dit doucement Jamie à son oreille, la main dans son dos.

Il plaisantait, elle le savait. Quelques minutes de tendresse ne constituaient certainement pas une demande en mariage.

— Tu dis ça maintenant. On en reparlera quand tu auras connu la poussée des dents et l'apprentissage de la propreté.

Malgré leur journée de rêve, elle n'était pas assez naïve pour croire que tout serait aussi rose à l'avenir. Ils en étaient encore au tout début de leur initiation de parents et ne formaient même pas un vrai couple. La situation était compliquée, d'où sa résistance à admettre son attirance pour lui. Maintenant qu'elle s'était dévoilée, qu'elle avait placé sa confiance en lui, ce serait tout ou rien.

— Deux choses que je suis impatient de vivre, répondit-il en la serrant contre lui.

Le cœur de Kayla bondit dans sa poitrine en imaginant leur vie ensemble.

Si tout continuait entre eux comme cela se passait depuis la naissance, pourquoi redouter de partager sa vie avec Jamie ? Jusque-là, il avait respecté son besoin d'indépendance tout en l'aidant du mieux possible. C'était un excellent père… qui embrassait merveilleusement bien. Elle brida vite son imagination, sans doute y avait-il d'autres situations où il montrerait tout autant de talent. Certaines choses se méritaient, et elle n'était pas encore prête à sauter le pas.

Quelques semaines plus tôt, elle refusait qu'il entre dans sa vie ou celle de Luke, et maintenant ils poussaient ensemble le landau. Si elle était prête à risquer son cœur et tout son monde en l'acceptant près d'eux, mieux valait que cela signifie quelque chose pour lui aussi.

Soudain une femme vint vers eux et se pencha vers le bébé, les forçant à s'arrêter.

— Oh qu'il est beau ! s'exclama-t-elle, admirative. Je suis sur le point de devenir grand-mère, vous savez. C'est ma fille là-bas.

Elle désigna une femme assise sur un banc, qui leur fit un petit signe de la main.

— Elle n'a pas l'air d'aller bien, dit Jamie.

Kayla avait elle aussi remarqué la pâleur de la femme qui se frottait le bas du dos des deux mains.

— Elle a peut-être marché un peu trop longtemps. À

moins que ce ne soit cette chaleur. Je lui ai conseillé de se reposer un peu avant de rentrer à la maison.

Kayla, incapable de continuer son chemin sans s'assurer de l'état de la femme, dirigea le landau vers le banc.

— Bonjour. Votre mère nous a dit que vous ne vous sentiez pas très bien. Pouvons-nous vous aider ? demanda-t-elle.

— Ça va aller, merci. Juste quelques douleurs, répondit la femme avec un sourire forcé, peu convaincant.

— J'ai de l'eau. Voulez-vous boire un peu ?

Jamie sortit la bouteille du sac.

— Avec plaisir. Je suis un peu déshydratée.

Elle accepta son aide et son sourire s'élargit quand il s'assit à côté d'elle.

— Nous pouvons appeler une ambulance si vous le souhaitez, dit Kayla en saisissant son téléphone.

— Je ne pense pas que ce soit nécessaire. Je me sentirai sûrement mieux dans quelques minutes.

— Je suis médecin au centre médical là-bas. Si vous vous sentez assez bien pour marcher jusque-là, je pourrais vous examiner.

Apparemment, Jamie ne croyait pas la femme plus que Kayla. Parviendrait-il à la convaincre de prendre un avis médical ?

— Erin, ce n'est pas une mauvaise idée, ma chérie. Laissc ce médecin t'examiner, puis nous appellerons Gary pour qu'il vienne nous chercher, dit sa mère accroupie près d'elle.

— Une sage-femme pourra s'occuper de vous si le travail a commencé.

La réflexion tira Erin de sa léthargie.

— Je peux marcher. Je n'ai pas eu de contractions, ni perdu les eaux, mais pas question d'accoucher sur un banc public.

Avec l'aide de Jamie et de sa mère, elle se remit debout.

— Vous pouvez vous appuyer sur la barre du landau, ça vous soutiendra, dit Kayla.

Une fois au cabinet médical, Jamie fit préparer une salle de soins pour Erin.

— Je vais voir si une des sages-femmes est disponible, dit-il avant de s'éclipser, laissant Erin et sa mère dans le box et Kayla sur le pas de la porte avec le landau.

Elle n'avait pas envisagé de terminer ainsi la journée et allait devoir penser à son fils après s'être assurée qu'Erin recevait toute l'aide nécessaire.

— Oh ! s'exclama soudain cette dernière, la main crispée sur son ventre.

— Le travail vient peut-être de commencer. La sage-femme pourra vous le confirmer dès son arrivée.

— Tu es entre de bonnes mains, ma chérie, affirma sa mère tandis qu'Erin se tortillait sur le siège. C'est très joli et moderne ici. Tu pourrais peut-être envisager de changer de médecin ?

Un flot de liquide vint soudain corroborer les soupçons de Kayla. Erin venait de perdre les eaux.

Comme Luke dormait profondément, elle entra dans la pièce.

— Ne vous inquiétez pas, quelqu'un se chargera de nettoyer. Puisque le travail a commencé, autant vous allonger sur le lit. Je vais vous prêter main-forte.

Kayla et la mère aidèrent Erin à s'installer, elle avait le visage tordu de douleur. La contraction était forte et se prolongeait. Kayla espéra que la sage-femme ne s'offusquerait pas de son intervention. Elle ne voulait pas marcher sur ses plates-bandes, mais devait s'assurer qu'Erin gardait son calme. Un premier bébé était une expérience spéciale et inoubliable pour une femme.

À cet instant, Jamie les rejoignit.

— OK. La mauvaise nouvelle est que la sage-femme et l'infirmière sont en visite. La bonne, c'est que Kayla ici présente est une sage-femme qualifiée.

— Erin vient de perdre les eaux. Tu vas devoir appeler une ambulance. Je ne pratique plus, tu te rappelles ? Je suis accompagnante périnatale, maintenant. J'assiste les patientes uniquement sur un plan émotionnel.

Elle voulait que les choses soient claires quant à ses attributions professionnelles. À Erin de décider si elle souhaitait qu'elle s'en mêle ou pas.

— Elle a pratiquement accouché seule de notre enfant, dit Jamie en chantant ses louanges, probablement pour se débarrasser du fardeau.

Il avait déjà apporté son aide dans un accouchement et, de toute évidence, ne tenait pas à renouveler l'expérience.

— Pas vraiment, dit Kayla.

— Je veux juste qu'on me garantisse que tout va bien, cria Erin.

Pendant une grossesse, l'inconnu ne faisait qu'augmenter le niveau de stress déjà élevé.

— J'en suis sûre. Je veux simplement m'assurer que tout le monde ici est prêt à m'aider, dit Kayla.

Ils hochèrent tous la tête.

— Et Luke ?

— Ma secrétaire va le garder. Toute l'équipe va rivaliser en matière de caresses.

Kayla capitula et se dirigea vers l'évier pour se laver les mains.

— Dr Garrett, je veux que vous assistiez à l'examen pour témoigner que j'ai bien respecté les procédures.

Il pourrait également la seconder sur le plan médical si nécessaire. C'était son cabinet, après tout.

— Entendu, mais je vais d'abord appeler une ambulance et prévenir toute l'équipe ici.

— Je ressens une forte pression vers le bas, c'est extrêmement douloureux.

— Dans ce cas, je vais devoir pratiquer un examen interne, si vous êtes d'accord.

Après que la patiente eut accepté, Kayla la couvrit d'un drap et l'aida à ôter ses sous-vêtements. Le problème lui apparut aussitôt.

— Très bien, Erin. Vous êtes complètement dilatée. J'aperçois déjà la tête.

Jamie revint à cet instant et saisit que le bébé n'attendrait pas l'arrivée de l'ambulance. Il rassembla rapidement tout l'équipement nécessaire pour la naissance imminente.

— Ce n'est pas possible. Je dois accoucher à l'hôpital. Gary devait être présent. Je n'ai pas la musique que j'avais choisie, ni mon sac avec mes affaires.

— Je sais, mais Junior est apparemment impatient de connaître sa maman. Ma chérie, demain à cette heure-ci, tu seras peut-être rentrée chez toi avec ton enfant.

Kayla pouvait comprendre son choc. Un accouchement précipité ne tenait pas compte des neuf mois que la mère avait passés à le planifier. Mais l'important était de s'assurer que l'enfant naissait sans dommage malgré tous les dangers qu'un accouchement précipité pouvait entraîner. Au moins, elle était dans un centre médical et non dans un parc.

Kayla n'eut même pas le temps d'administrer le moindre calmant. Après quelques poussées, le bébé sortit.

Le soulagement et la joie de Kayla disparurent rapidement quand elle constata la teinte verdâtre de la peau de l'enfant. Il respirait avec difficulté et son corps était flasque.

— Je crois qu'il a inhalé le méconium.

— Donne-moi le bébé. J'ai besoin d'un tube endotrachéal, cria-t-il aux infirmières rassemblées devant la porte du box.

L'inhalation du méconium par le fœtus pouvait en effet conduire à une détresse respiratoire en obstruant les voies aériennes et, en fonction de la quantité inhalée, entraîner des lésions pulmonaires, des pertes auditives, voire des dommages neurologiques. Dans certains cas très rares, il pouvait même causer la mort. Il était donc vital que le bébé respire.

— Que se passe-t-il ? Quel est le problème avec mon

bébé ? demandait Erin, en larmes, accrochée à la main de sa mère.

Kayla connaissait cette peur, pour l'avoir elle-même expérimentée quelques jours plus tôt. Elle devait informer la patiente de ce qui se passait, sans l'effrayer.

— Il a un peu de mal à respirer. Nous allons donc nettoyer ses voies aériennes. Mais l'ambulance ne va plus tarder et je suis certaine que l'équipe de l'hôpital est prête à vous accueillir et à prodiguer les traitements nécessaires.

Le bébé serait probablement admis dans un service de soins intensifs néonatals, où on lui donnerait des antibiotiques et une oxygénothérapie pour l'aider à se remettre.

Jamie inséra le tube flexible dans la trachée du bébé pour dégager ses voies respiratoires. Il continua d'aspirer jusqu'à ce qu'il n'y ait plus aucune trace visible de méconium dans les fluides aspirés. Il travaillait avec calme et efficacité et, en le voyant agir, il était difficile de croire que tout cela était nouveau pour lui.

Les ambulanciers arrivèrent enfin et prirent la relève, administrant de l'oxygène à l'enfant tout en l'installant avec sa mère dans l'ambulance.

Kayla et Jamie échangèrent un sourire soulagé de part et d'autre de la salle d'examen.

Ils formaient une bonne équipe. Par deux fois déjà, ils avaient travaillé de concert pour surmonter les complications d'un accouchement. Cela fit réfléchir Kayla aux possibilités pour l'avenir, surtout maintenant qu'elle avait pris conscience de toute l'aide qu'elle pouvait apporter grâce à son travail de sage-femme.

— Tu aimes ça, n'est-ce pas ?

Pendant que Jamie soutenait Luke dans la baignoire, Kayla versait de l'eau sur la tête de son fils pour enlever les dernières traces de shampoing. L'heure du bain était devenue un rituel, un instant précieux de la journée qu'ils aimaient partager.

— D'ici peu, nous lui lirons des histoires pour l'endormir.

Elle sortit son fils de l'eau et l'enveloppa dans une serviette moelleuse, lui arrachant quelques gazouillis de contentement.

Une scène domestique que Jamie n'aurait jamais imaginé partager à nouveau. Et particulièrement appréciable après l'après-midi éprouvant qu'ils avaient connu.

— J'ai hâte, dit-il. Je sais que je ne suis pas censé rester ici plus longtemps que nécessaire, mais j'aimerais continuer à partager ce genre de choses.

Grâce à Kayla et Luke, une nouvelle chance lui était offerte d'avoir une famille. Comme si un nouveau monde s'ouvrait à lui.

— Bien sûr. Et inutile de formaliser tout cela. Je trouve que nous nous débrouillons très bien ainsi.

Elle ponctua sa déclaration d'un baiser sur ses lèvres, ce qui ne le rassura pas complètement pour autant.

Leur relation avait certes évolué, mais ils n'en étaient qu'aux prémices et, s'il n'envisageait pas d'engagement pour l'instant, il aurait aimé connaître sa position exacte auprès de Luke.

Une fois celui-ci couché pour la nuit, il se pencha vers lui.

— Bonne nuit, mon fils, dit-il en l'embrassant sur le front.

Pouvoir prononcer ces mots l'émut plus qu'il n'aurait cru et, la gorge serrée, il s'interrogea une nouvelle fois sur l'attitude de son père, peu intéressé par sa progéniture. Puis il pensa à son frère, si impatient de fonder une famille et privé à jamais du bonheur de la paternité. Il éprouva alors une bouffée de reconnaissance d'avoir reçu un tel cadeau.

Les événements de la journée lui avaient rappelé combien la vie était fragile et précieuse. Ni lui ni Kayla n'avaient pu empêcher la mort de leurs frères, mais s'ils pouvaient sauver une vie alors leurs formations et leurs efforts n'auraient pas été vains.

— Je donnerais cher pour que Tom et Liam soient ici pour voir cela, dit-il, passablement déprimé.

— Moi aussi.

Pour lui remonter le moral, elle le serra dans ses bras. Puis elle le relâcha – une étreinte bien trop brève au goût de Jamie – pour vérifier que le babyphone était bien branché avant de déposer à son tour un baiser sur le front de Luke.

— Bonne nuit, mon chéri.

Ce ne fut qu'une fois hors de la chambre, la porte refermée, qu'elle poussa un profond soupir, comme si elle s'autorisait enfin à souffler.

— Viens. Je crois que nous avons bien mérité un peu de repos.

Il attrapa sa main et l'entraîna vers le salon où il la fit asseoir sur le canapé avant de lui ôter ses chaussures.

Puis il se débarrassa des siennes et s'étala sur toute la longueur du canapé, entraînant Kayla qui se retrouva allongée contre lui.

— Cela fait du bien, murmura-t-elle en se blottissant dans ses bras.

— Après une journée aussi bien remplie, il est agréable de rentrer chez soi et de se détendre.

Si cela n'avait tenu qu'à lui, il aurait terminé tous les jours de cette façon. S'il ne voulait pas brusquer Kayla, il ne voyait pas non plus de raison de perdre du temps. Ils partageaient le même objectif : veiller sur leur fils.

L'accident de leurs frères lui avait fait prend conscience, si nécessaire, que rien n'était acquis. Son seul but désormais était de devenir le meilleur partenaire pour Kayla et le meilleur père pour Luke. Pour ce faire, il devait s'installer sur place de façon permanente.

— Je n'avais pas envisagé de reprendre le travail ainsi, ça, c'est sûr, dit-elle en reculant légèrement la tête pour le regarder en face.

— Non, mais je suis heureux que tu aies été là.

— Moi aussi.

— Tu as su rassurer Erin. La convaincre que nous savions ce que nous faisions et que tout irait bien pour le bébé. Te regarder travailler est impressionnant.

Elle lui donna une tape sur l'épaule pour refuser le compliment, c'était lui qui avait sauvé la vie de l'enfant.

— Tu me prends pour le genre de fille qui se pâme sous les compliments du toubib ?

— Pourquoi ? Tu n'es pas comme cela ? demanda-t-il, moqueur, en se rapprochant, ses yeux s'attardant sur ses lèvres.

— Cela dépend du médecin.

— Kayla, je veux que tu saches que je me montrerai toujours honnête avec toi.

Impossible pour lui d'imaginer lui mentir, et sonner ainsi le glas de leur relation. Après tout ce qu'elle avait traversé, il s'estimait heureux qu'elle l'accepte dans sa vie ; il ne se risquerait pas à en profiter.

— C'est la chose la plus gentille qu'on m'ait jamais dite, dit-elle, une lueur amusée au fond des yeux.

— Vraiment ? Dans ce cas, en voici une autre. Je n'ai jamais été plus heureux de ma vie qu'avec toi et Luke, ces derniers jours.

Elle devait savoir qu'il ne prenait pas la situation à la légère. Il comprenait son besoin de se protéger. Lui-même avait érigé des barrières autour de son cœur pour se prévenir de toute relation à long terme. Mais ses barrières commençaient à s'effriter. Il était tombé amoureux de Kayla, et ses sentiments ne risquaient pas de changer simplement parce qu'il redoutait de s'engager.

Les yeux de Kayla se remplirent de larmes.

— Tais-toi et embrasse-moi, dit-elle tout bas.

Il sourit devant cette façon détournée de lui dire qu'elle ressentait la même chose. Dans le cas contraire, elle aurait aussitôt mis les choses au clair.

Elle n'était pas du genre à jouer avec les sentiments. Pour elle, c'était tout ou rien, ce qui convenait parfaitement à Jamie qui voulait absolument tout ce qu'elle avait à lui offrir.

Il prit possession de sa bouche, son corps épousant parfaitement le sien, et lui glissa une main dans le dos. Elle frissonna à son contact et posa la paume à plat contre son torse.

À chaque nouveau baiser, chaque nouvelle caresse, son corps durcissait, voulant plus et pourtant satisfait de ce qu'il recevait. Si, généralement, un baiser entre adultes ne signifiait pas grand-chose, dans le cas présent, il représentait beaucoup. Il avait bien sûr connu des aventures d'un soir, simples parenthèses physiques pour apaiser la tension sexuelle, mais aucune n'avait été aussi intime que ce qu'il expérimentait maintenant.

Ils n'avaient pas encore ôté leurs vêtements qu'il visualisait déjà leur avenir ensemble. Pourtant, il ne voulait rien précipiter, pressentant que s'ils se donnaient l'un à l'autre, ce serait pour la vie. Le moment devait donc être bien choisi et pour les bonnes raisons. Pas question de tout gâcher dans la précipitation.

Lentement, et non sans quelques frustrations, il recula. Kayla sembla comprendre la raison de son retrait et poussa un gros soupir avant de poser la tête sur son torse.

Sans un mot, il lui caressa les cheveux jusqu'à ce que sa respiration devienne profonde et régulière. Pendant ce temps, il s'efforçait d'analyser ce qu'il ressentait. Une évidence s'imposa à lui. Il préférait être là et éveillé avec Kayla que seul, dans son lit. La vie de célibataire qu'il avait attendue avec tant d'impatience appartenait désormais au passé. Il tenait dans ses bras tout ce qu'il voulait dans sa vie.

10.

— Je rentrerai à la maison sitôt que je pourrai m'échapper, dit Jamie en déposant un baiser sur les lèvres de Kayla.

Ils s'étaient endormis sur le canapé et il avait bien failli ne pas se réveiller, d'autant que Luke avait lui aussi décidé de faire la grasse matinée.

Malgré l'inconfort, elle n'avait jamais aussi bien dormi que blottie contre Jamie. Pourvu que ce soit la première fois d'une longue série.

— Parfait. Je serai là.

L'attente allait être longue jusqu'à son retour, mais le souvenir de ses baisers l'aiderait à patienter. Grâce à lui, elle se sentait de nouveau libre, débarrassée de ses complexes. Jusque-là, elle n'avait eu qu'à se féliciter de lui avoir accordé sa confiance. Il n'avait pas fait pression pour obtenir d'elle plus que des baisers, malgré l'évidence qu'ils aspiraient tous les deux à plus.

Il l'embrassa de nouveau et, au lieu de se relever, se laissa délibérément tomber sur le canapé, la couvrant de son corps mais amortissant sa chute pour ne pas l'écraser. Elle gloussa de plaisir puis il prit sa bouche en un baiser passionné.

— Je resterai bien là toute la journée, mais l'un de nous doit aller travailler.

S'ils continuaient ainsi à s'embrasser, ils finiraient par franchir une étape pour laquelle elle n'était pas encore prête, tant physiquement que mentalement. Puisqu'ils vivaient déjà ensemble et qu'ils avaient un enfant, ils pouvaient prendre leur temps avant d'aborder la dimension physique de leur relation. La majeure partie de sa vie s'était passée à être une fille parfaite, puis une sœur éplorée et enfin une mère dépassée par la tâche. Elle ne voulait pas glisser trop vite vers le rôle de petite amie et perdre à nouveau son identité.

Elle souhaitait seulement pouvoir être elle-même pour une fois, sans s'inquiéter de savoir si cela suffisait.

Jamie poussa un profond soupir avant de se détacher d'elle.

— À plus, fit-il.

Sa voix rauque excita Kayla, la perspective d'une nouvelle session prolongée sur le canapé la fit frissonner d'impatience.

Si quelques baisers constituaient le moment le plus érotique de sa vie, son imagination et sa libido lui suggéraient les effets que l'évolution de leur relation aurait sur elle.

Mais à quel prix ?

Ses sentiments n'étaient pas les seuls à considérer. Elle avait un fils désormais. Si les choses tournaient mal, recommencer à zéro comme la fois précédente serait autrement plus difficile. Liam n'était plus là pour l'aider à recoller les morceaux, à reprendre pied. Sans compter que Jamie était le père de Luke, il ne disparaîtrait pas de sa vie. Il lui avait raconté comment se passaient ses relations avec les autres femmes et ne lui avait jamais promis qu'il en irait autrement avec elle. Restait donc pour elle à décider si la place qu'il prenait progressivement dans son cœur valait la peine de continuer, au risque d'y perdre son âme.

— On dirait que les occupations ne t'ont pas manqué, ces derniers jours, dit Cherry en déposant deux tasses de tisane sur la table.

Bien qu'invitée, elle s'était chargée de préparer les boissons pendant que Kayla nourrissait son bébé.

Cette dernière lui avait raconté les événements survenus au cabinet médical de Jamie, passant toutefois leurs ébats romantiques sous silence.

— Oui. J'avais oublié le rush d'adrénaline que provoque ce genre d'urgence. Quel bonheur de savoir qu'on a pu aider une mère et son enfant dans une situation difficile.

Ces derniers temps, son travail était devenu plus passif, un rôle de conseillère essentiellement, et même si elle en retirait de nombreuses satisfactions, sa participation de la veille lui avait fait reconsidérer son évolution professionnelle.

— Quelque chose me dit que ton travail te manque, dit Cherry en sirotant sa tisane.

Kayla n'était pas du genre à rester oisive longtemps. Au début, elle avait eu un peu de mal à gérer son nouveau statut de mère, mais le moment était venu de reprendre le cours de sa vie.

— C'est plus que cela. À présent que je suis mère, j'ai envie d'apporter mon aide à celles qui n'ont pas autant de chance que moi : Jamie et toi, vous m'avez beaucoup aidée pendant mon accouchement. Il y a tant de gens que je pourrais aider à mon tour avec mon expérience et mes qualifications.

La journée de la veille lui avait fait prendre conscience de ce qu'elle pourrait accomplir en étant au bon endroit, au bon moment. Même si elle appréciait les bonheurs de la maternité, il n'était pas question pour elle de rester enfermée chez elle. Le monde ne tournait pas autour de Jamie Garrett, mieux valait s'en souvenir.

Depuis qu'elle avait quitté ses parents, elle avait toujours travaillé pour vivre, sans compter sur personne, et elle n'allait certainement pas commencer maintenant. Partager une maison et un enfant avec Jamie ne signifiait pas qu'elle allait lui offrir le contrôle de sa vie en même temps que son cœur.

— À quoi penses-tu ? Il se prépare quelque chose ?

Comme toujours, elle pouvait compter sur Cherry, qui ne la jugeait jamais, ne lui disait pas ce qu'elle devait faire. Dans ces circonstances, ses parents l'auraient sûrement, en toute hypocrisie, fermement incitée à rester chez elle et à se consacrer à son bébé. Jamais ils n'auraient admis être de mauvais parents. Pour eux, ils avaient seulement de mauvais enfants.

Et ils se seraient sûrement évanouis en apprenant qu'elle était mère célibataire, et qu'elle avait une aventure avec l'homme qui l'avait mise enceinte. Cette pensée lui arracha un sourire, elle imaginait leurs têtes en apprenant les circonstances de la naissance de Luke. C'était le genre de chose que Liam se serait délecté de leur annoncer, pour se venger de leur attitude tyrannique.

— J'ai réfléchi au projet de Liam et Tom au Vietnam. Ils ont travaillé dur pour fonder cette communauté et installer leur clinique. J'ai envie d'aller passer quelque temps là-bas, pour donner un coup de main et voir exactement ce qu'ils ont créé.

Cela la rapprocherait de son frère. Elle pourrait même visiter leurs tombes et leur dire enfin au revoir. Ils auraient aimé cela, surtout si elle emmenait Luke.

— Je suis sûre qu'ils ne refuseraient pas l'aide d'une personne qualifiée. Tu as réfléchi à ce que tu ferais de ton bonhomme ? demanda Cherry.

— Je ne pense pas que ce serait un problème, de l'emmener. Comme je le nourris toujours au sein, c'est même assez logique.

Ce ne serait pas un milieu de travail normal, où venir avec son bébé pouvait être vu d'un mauvais œil. D'ailleurs, cela rassurerait certainement les autres mères sur ses compétences.

— Qu'en pense Jamie ?

Cherry lui rappelait ainsi, de manière peu subtile, qu'elle

n'était pas seule à décider. Mais elle n'avait pas l'intention de disparaître pour toujours.

— Je ne lui ai encore rien dit. Je comptais lui en parler ce soir, fit-elle en voyant son amie hausser les sourcils.

— Hum, hum. Tu me raconteras comment cela s'est passé.

— Comment cela ? demanda-t-elle, sur la défensive, devant le ton sarcastique de Cherry.

— À mon avis, Jamie n'est pas le genre de père qui te laissera emmener son enfant à l'autre bout de la terre sans réagir.

Pourquoi tout le monde considérait-il qu'elle avait besoin de permission pour vivre sa vie ?

— Peut-être ne le connais-tu pas aussi bien que moi ?

— En effet. J'imagine que cette lumière sur ton visage, ces derniers temps, n'a rien à voir avec une réaction hormonale post-accouchement, mais plutôt avec ton nouveau colocataire.

Aucune chance que Kayla puisse garder le secret.

— Les choses ont… évolué entre nous.

— Je le savais !

Yeux grands ouverts, bouche bée, Cherry se pencha, avide de détails croustillants, vers Kayla.

— Nous nous sommes seulement embrassés, mais je crois que cela pourrait déboucher sur quelque chose de sérieux.

Ils n'en avaient pas vraiment parlé, mais aucun d'eux n'aurait voulu mettre l'avenir de Luke en péril pour un simple flirt.

— C'est formidable. Je suis si contente pour vous deux, et je suis certaine que Tom et Liam le seraient aussi.

La main de Cherry sur la sienne et le souvenir de son frère firent monter les larmes aux yeux de Kayla.

La situation aurait sans doute beaucoup stimulé le sens de l'humour de son frère et la nature romantique de Tom. Ces deux-là se seraient sans doute attribué tout le mérite de cette rencontre. Et il était vrai que, sans eux, et sans Luke, jamais elle n'aurait réalisé à quel point Jamie était un homme et un père merveilleux. Sauf que, pour fuir ses sentiments envers lui, elle avait l'intention d'emmener son fils, sa seule famille, à l'endroit même où son frère avait perdu la vie.

— Je ne sortirais pas tout de suite le champagne, si j'étais toi. Je ne suis pas prête à me lancer dans une relation avec un homme qui n'a aucune envie de s'engager. Il n'a même pas évoqué l'idée de s'installer ici de façon permanente.

S'il lui avait montré quelques signes qu'elle comptait plus pour lui que Natalie ou une autre de ses ex-conquêtes, elle aurait pu envisager d'essayer. Mais, dans la situation actuelle, elle avait trop à perdre sur un simple coup de dé.

— Ne l'écarte pas définitivement. Parles-en avec lui. Je sais que tu as souffert par le passé, mais ce pourrait être le début d'une belle histoire pour vous deux.

— J'aimerais te croire, Cherry, dit-elle avec un soupir.

Malheureusement, la vie lui avait appris à ses dépens qu'il ne fallait pas s'attendre à des miracles.

Plus que jamais, Jamie se félicitait d'avoir opté pour la médecine générale plutôt que le rythme effréné des urgences. La vie d'un médecin ne s'arrêtait pas souvent à 17 heures, du lundi au vendredi, mais offrait quand même quelques temps calmes quand il n'était pas d'astreinte. En y réfléchissant, il n'aurait pas dû se précipiter ainsi pour reprendre le travail mais, au contraire, profiter au maximum de son congé paternité pour passer du temps avec sa famille. Mais il était trop tard maintenant pour reculer. Il avait pris cette décision sous un coup de tête, parce qu'il redoutait de trop se rapprocher de Kayla. Pourtant, c'était chez lui, avec sa famille, qu'il voulait être, et nulle part ailleurs.

Il utilisa sa clé pour rentrer, prenant soin de ne pas faire de bruit au cas où Luke serait déjà endormi.

— Salut, dit-il quand Kayla passa la tête dans l'encadrement de la porte.

— Le dîner est prêt, annonça-t-elle avec un sourire.

— Voilà ce que j'appelle un accueil chaleureux.

À quand remontait la dernière fois que quelqu'un avait cuisiné pour lui ? Lorsque son frère était venu vivre avec lui, il avait endossé le rôle de chef et, après le départ de Tom, ayant retrouvé son statut de célibataire, il avait continué. Et cela ne le dérangeait pas. Mais le geste de Kayla, ce soir, lui montra combien il était agréable d'avoir quelqu'un qui prenne soin de lui, pour une fois. Cela prouvait aussi qu'elle maîtrisait la situation, puisqu'elle était capable de s'occuper de son fils tout en préparant le repas – ce à quoi il ne s'était pas attendu.

— Qu'ai-je fait pour mériter cela ? demanda-t-il après avoir accroché sa veste.

Dans la salle à manger, rien ne manquait. Apparemment, elle avait mis les petits plats dans les grands.

La table était mise pour deux avec des bols de pâtes aux légumes.

Il lui était reconnaissant de s'être donné autant de mal pour lui. En l'occurrence, le meilleur chemin pour le cœur d'un homme était sans conteste via son estomac. Il n'aurait pas cru pouvoir l'aimer plus, mais cette surprise augmentait encore son attachement à elle.

Cette pensée le frappa si fort qu'il faillit tomber de sa chaise. Il l'aimait. Et pas superficiellement. Il l'aimait à ne pas être capable de penser à autre chose, à ne plus pouvoir vivre sans elle. Au début, il avait cru s'être simplement habitué à sa présence. Mais, après cette courte séparation d'une journée, il se rendait compte que c'était beaucoup plus profond que cela. Il voulait passer chaque seconde de sa vie avec elle, à élever leur fils ou à l'embrasser comme s'ils étaient adolescents.

— J'ai pensé que ce serait sympa, de s'asseoir pour dîner ensemble après ta journée de travail. Luke commence à trouver ses marques, les choses deviennent plus faciles.

Elle avait en effet l'air plus détendue et il remarqua qu'elle avait accordé plus de soin à sa coiffure et à ses vêtements. Elle ressemblait plus à la Kayla confiante et sûre d'elle de leur première rencontre.

— C'est gentil, merci. Tu n'avais pas à faire cela, mais je t'en suis vraiment reconnaissant.

Il mangea un peu de pâtes à la crème et comprit qu'ici, avec elle et Luke, il avait atteint le paradis. Il ne voulait rien de plus, il était un homme particulièrement chanceux.

— Je ne te promets pas cela tous les soirs, une fois que j'aurai repris le travail, dit quand même Kayla en picorant son plat.

S'être donné la peine de cuisiner l'avait-il refroidie quant à leur relation ?

— Évidemment. Nous cuisinerons à tour de rôle. Je suis déjà heureux d'avoir de la compagnie. D'habitude, je dînais seul devant la télévision. C'est donc déjà un grand pas vers le mieux.

— Je suis contente que cela te plaise, dit-elle avec un sourire un peu gêné.

Puis elle posa son couteau et sa fourchette, comme si elle avait quelque chose de désagréable dans la bouche. S'il n'avait pas déjà fini son assiette, cela lui aurait peut-être coupé l'appétit. De toute évidence, elle allait aborder un sujet beaucoup plus sérieux que les tâches ménagères.

— Que se passe-t-il ? demanda-t-il bien qu'il n'ait aucune envie de le savoir.

Pour sa part, il aurait préféré continuer la soirée sur cette lancée.

En posant la question, il allait devoir apprendre ce qui la taraudait et son rêve de famille risquait bien de tomber en morceaux devant lui.

— J'envisage de reprendre le travail, dit-elle en se mordillant la lèvre.

Le croyait-elle du genre à estimer que la place d'une femme était dans la cuisine ?

— Excellente idée.

— Ça ne t'ennuie pas ?

— Pas du tout. Pourquoi cela m'ennuierait-il ? C'est ta décision, ta vie. Je suis sûr que nous pourrons trouver un arrangement pour Luke, en fonction de nos agendas.

— En fait, je comptais l'emmener au travail.

Il prit une minute pour réfléchir à cette nouvelle donnée. Pourquoi pas ? En tant qu'accompagnante périnatale, elle travaillait à son compte et, même si elle était d'astreinte vis-à-vis de ses patientes, cela ne l'empêchait pas d'emmener Luke. Cela valait même mieux que de le laisser avec une étrangère dans une crèche.

— Je serai là de toute façon pour veiller sur lui et je le surveillerai quand tu seras appelée au travail pendant la nuit.

Il ne voulait pas qu'elle l'exclue de nouveau.

— En fait, je voudrais reprendre mon poste de sage-femme.

Ce qui n'avait rien d'étonnant, après l'avoir vue à l'œuvre. Mais il aurait préféré qu'elle lui annonce toutes les nouvelles en même temps plutôt que de les distiller l'une après l'autre.

— Comment feras-tu avec Luke ? Y a-t-il des crèches pour les enfants du personnel de l'hôpital ? Devras-tu repasser des certificats de compétence après avoir arrêté si longtemps ?

Dans ce dernier cas, il l'aiderait, tant moralement que financièrement, jusqu'à ce qu'elle obtienne ce qu'elle voulait.

— Ce ne sera pas nécessaire là où je veux pratiquer. J'envisage d'aller travailler dans la clinique que Tom et Liam ont créée au Vietnam et d'emmener Luke avec moi.

Le coup de tonnerre l'assomma littéralement. Kayla le quittait et emportait Luke avec elle.

En lâchant sa bombe, Kayla s'efforçait de se concentrer sur l'excitation de cette nouvelle aventure plutôt que sur la tristesse de quitter Jamie. Elle voulait continuer l'œuvre de Tom et Liam et devenir une personne dont son fils serait fier.

— Il n'en est pas question.

La voix de Jamie était aussi calme que menaçante, très différente de sa voix habituelle.

— Pardon ?

Aussitôt, sa peau la démangea ; Jamie n'était plus le partenaire dévoué qu'elle avait connu, il agissait désormais en homme autoritaire dictant sa volonté. Un souvenir lui revint, Paul lui disant qu'elle ne sortirait pas avec ses amis si elle l'aimait. Puis son père, postillonnant en lui hurlant dessus parce qu'elle avait exprimé son intérêt pour une école de danse.

— Je suis désolé, Kayla, mais il n'est pas question que tu emmènes mon fils à l'étranger. À l'endroit même où mon frère est mort. Je n'aurais jamais cru que tu pourrais te montrer aussi cruelle.

Le regard dur qu'il avait eu quand elle avait évoqué son projet avait fait place à une expression de douleur. Il ne pensait qu'à lui en l'accusant ainsi. Pas à ce qu'elle voulait, elle, ou au bien qu'elle pourrait faire là où cela comptait. En fait, la seule chose qu'il retenait, c'était qu'elle emmenait son fils. Pas qu'elle partait. De toute évidence, elle s'était fait des idées sur la signification de leurs baisers.

— Si c'est ce que tu penses de moi, il ne pourra rien y avoir entre nous.

Elle aurait dû s'en douter. C'était trop beau pour être vrai. Elle aurait repoussé ses avances, si elle avait su que les choses se termineraient ainsi entre eux. À cause de ses parents, elle n'attirait que les gens qui pensaient pouvoir profiter d'elle. Sauf que, cette fois, elle devait penser à Luke. C'était sa priorité, et il serait plus en sécurité avec elle que coincé dans une maison malsaine comme celle dans laquelle elle avait grandi. Pas question pour elle d'attendre que Jamie étende sa domination sur elle, puis sur Luke.

— Je vis dans le monde réel, plein de dangers pour un nouveau-né sans en ajouter encore en l'emmenant dans un pays étranger.

— Tu penses vraiment que je mettrais mon fils en danger ?

Elle n'en croyait pas ses oreilles. Il se montrait ridicule. Elle avait pris soin de faire des recherches pour s'assurer qu'elle pouvait voyager avec un bébé en toute sécurité. Non, Jamie cherchait seulement à lui imposer sa volonté.

— C'est exactement ce que tu veux faire.

Il se leva et commença à arpenter la pièce. Déterminée à ne pas se laisser intimider, elle l'imita et se redressa de toute sa hauteur face à lui.

— Luke est mon fils. Liam était mon frère. C'est à moi de prendre cette décision.

Son indépendance signifiait plus pour elle qu'une aventure avec lui, vouée dès le départ à l'échec. Elle avait accepté le rôle de mère porteuse parce qu'elle ne pensait pas possible de concevoir un jour un bébé dans une vraie relation. Et elle constatait qu'elle ne s'était pas trompée. Sa plus grosse erreur avait été de mettre le nom de Jamie sur le certificat de naissance.

— Tout ne tourne pas autour de toi, Kayla. Luke est aussi mon fils et, au cas où tu l'aurais oublié, j'ai également perdu mon frère. Ce qui explique pourquoi je ne te laisserai jamais risquer la vie de mon fils dans ce pays.

Elle crispa les poings devant les mots qu'il employait. Dieu merci, Jamie n'avait aucun pouvoir sur elle autre que son emprise sur son cœur. Mais maintenant qu'elle découvrait son vrai visage, elle souffrirait moins à le perdre.

— Si je n'avais pas déjà pris la décision de partir, ton attitude m'aurait convaincue que tout ceci n'était pas une bonne idée. J'ai besoin de m'éloigner pour me rappeler qui je suis. Je ne suis plus cette femme qui se ratatinait quand quelqu'un élevait la voix.

Il éclata de rire, un rire sombre, sinistre qui la fit frissonner.

— Kayla, je ne suis pas comme tes parents. Tu comptes pour moi, c'est la raison pour laquelle je ne veux pas que tu partes.

Elle aurait voulu le croire et elle l'aurait pu, jusqu'à ces dernières minutes. Mais ses barrières s'étaient relevées, et elle ne se laisserait pas manipuler par ses mensonges.

— Je suis désolée, Jamie, mais ma décision est prise. Nous ne partons pas pour toujours, mais, ne te fais aucune illusion, nous partons.

— Pas si je peux l'empêcher, dit-il, le visage fermé.

Elle n'aima pas la menace sous-jacente et la tension soudaine entre eux.

— Comment cela ?

— En tant que père de Luke, j'ai des droits et je me battrai pour les faire respecter, si tu m'y obliges.

Ce qu'elle redoutait le plus allait se produire. Il allait la trahir de la façon la plus horrible, en utilisant la confiance qu'elle avait placée en lui en le portant sur le certificat de naissance, pour contrôler la vie de son fils.

— Tu y seras obligé parce que je ne renoncerai jamais à mon fils. Il est tout ce qui me reste au monde.

Elle détestait le son de sa voix étranglée parce qu'elle retenait ses larmes. C'était un signe de faiblesse qu'elle ne pouvait se permettre, car il s'en servirait aussitôt contre elle.

— Sois raisonnable, Kayla.

Il vint vers elle, bras tendus, mais elle refusa qu'il la touche alors que tout n'avait été que mensonge entre eux.

En fait, Jamie n'avait eu qu'un but. Se rapprocher de son fils et l'utiliser, elle, pour parvenir à ses fins. Elle avait été si faible, si désespérée de trouver quelqu'un qui l'aime et qui remplisse le vide laissé par la mort de Liam, qu'elle avait baissé sa garde en espérant fonder une famille avec Jamie. Maintenant qu'elle connaissait la vérité, elle devait se battre pour sauver ce qui pouvait encore l'être.

— C'est toi qui ne te montres pas raisonnable, Jamie. Tout ce que je veux, c'est emmener Luke dans cet endroit qui signifiait tant aux yeux de ses oncles, les hommes qui auraient dû l'élever. Sans eux, il n'existerait même pas. Tu ne voulais même pas de lui, tu te souviens ?

— Comment oses-tu dire cela ? À l'époque, il n'était pas né. Depuis sa naissance, j'ai été présent à chaque étape de sa vie pour vous deux.

— Jusqu'à aujourd'hui.

— Tout ce que je te demande, c'est de réfléchir à ce que tu veux nous faire, à Luke et à moi, en te lançant dans cette aventure farfelue.

Il était redevenu l'homme arrogant qu'elle avait connu au mariage. C'était le véritable visage de Jamie Garrett, son rôle de conjoint solidaire avait été une farce pour gagner sa confiance. Il n'avait pas cherché à connaître ses plans ou les mesures de sécurité qu'elle comptait prendre pour protéger Luke. Pour lui, sa parole valait force de loi et il ne voulait rien entendre. Dans ce cas, pourquoi l'accepterait-elle chez elle ?

— Sors de ma maison, Jamie, dit-elle d'une voix forte, si peu habituelle chez elle qu'elle retenait l'attention.

— Excuse-moi.

Il ne bougea pas.

— J'ai dit sors de chez moi.

Elle se dirigea vers la porte, prit le sac et le manteau de Jamie au passage et, ouvrant la porte d'entrée, les déposa sur le seuil.

— Kayla, s'il te plaît.

Il l'avait suivie, mais restait là, planté devant elle.

— Tu pourras récupérer le reste de tes affaires demain. Je les mettrai dans un carton.

Bras croisés, mâchoires serrées, elle ne comptait pas revenir sur sa décision.

Elle voulait qu'il parte pour ne plus subir son influence, pour que ses sentiments pour lui ne pèsent pas sur sa conscience jusqu'à la faire douter du bien-fondé de sa décision.

— Nous avons déjà eu cette discussion à propos de la maison. Elle m'appartient pour moitié.

C'était sa dernière tentative pour la persuader de le laisser rester, mais rien ne pouvait la faire changer d'avis. Elle avait trop à perdre.

— Dans ce cas, fais-moi un procès. Quand tu auras discuté de tes droits avec ton avocat, fais-le-moi savoir. Au revoir, Jamie.

Elle tenait la porte grande ouverte, refusant de reculer.

— Kayla… Tu sais que je ne veux pas en arriver là.

— Bonne nuit, Jamie.

Il poussa un profond soupir et secoua la tête avant de franchir le seuil. Elle claqua la porte derrière lui, ne voulant pas le voir se baisser pour ramasser ses affaires, ni qu'il aperçoive les larmes sur ses joues.

C'était la chose la plus difficile qu'elle ait jamais faite et seule la pensée de son fils lui en avait donné la force. Elle était la mère de Luke et elle le protégerait envers et contre tout.

Même si cela devait lui coûter l'amour de sa vie.

11.

— Où sont les résultats du bilan sanguin de Mme Henshaw ? Cela fait des semaines que nous les attendons. C'est inadmissible. Appelez le laboratoire.

De retour au travail, Jamie se mettait au courant des patients traités en son absence par son remplaçant.

— Qu'est-ce qui vous arrive, ce matin ? Le petit vous a empêché de dormir, cette nuit ? demanda sa secrétaire sans se laisser démonter.

Jamie releva les yeux de son ordinateur.

— Pardon, vous disiez ?

Son esprit était tellement concentré sur Kayla, Luke et le gâchis de la veille, qu'il n'avait rien entendu.

— Vous n'avez pas l'air dans votre assiette, alors je vous demandais si le bébé vous avait empêché de dormir.

C'était une façon diplomatique de lui faire remarquer qu'il était grognon. Son personnel et ses patients n'avaient pas à supporter son humeur. Le seul à blâmer, c'était lui et sa réaction à l'annonce de Kayla. En conséquence de quoi, il avait passé la nuit, seul dans son lit, à se ronger d'avoir démoli la meilleure chose qui lui soit jamais arrivée.

— Euh… Quelque chose comme cela.

Il devait se débarrasser de sa secrétaire avant qu'elle ne pose plus de questions et comprenne quel idiot il était.

Il était tout à fait naturel que Kayla ait envie d'aller voir le projet mis en place par Tom et Liam au Vietnam. N'importe quelle personne saine d'esprit aurait été fière de voir qu'elle voulait faire plus que du tourisme et mettre ses compétences professionnelles à profit. Au fond de lui, il savait également qu'elle s'assurerait que Luke ne courrait aucun danger.

Mais quand elle avait parlé de ce voyage il avait paniqué, envisageant aussitôt tous les problèmes que pouvaient rencontrer les deux personnes qu'il aimait le plus au monde.

À bien y réfléchir, il n'y avait rien d'étonnant à ce qu'elle l'ait mis dehors. Il ne lui avait posé aucune question sur le voyage et n'avait soulevé que les points négatifs. Et lui dire qu'il se battrait pour obtenir la garde de l'enfant avait scellé le sort de leur relation. Quelle stupidité ! Lâchée avant qu'il ait pris la peine d'y réfléchir. Il aurait aimé effacer cette parole malheureuse, mais l'occasion ne lui en serait sans doute jamais donnée. Il serait déjà heureux de ne pas trouver toutes ses affaires éparpillées dans le jardin quand il passerait les récupérer, dans la soirée.

— Bien. Je vais aller me renseigner à propos de ces résultats alors, dit la secrétaire avant de sortir précipitamment du bureau.

— Bonne idée.

Pour être honnête, il avait déjà oublié sa présence. Rien ne retenait son attention pour l'instant. Il avait perdu le goût de tout parce que, sans Kayla et Luke, rien ne comptait.

Sa main se posa sur le téléphone. Il voulait entendre sa voix, prendre des nouvelles de Luke, s'excuser de sa réaction disproportionnée, la veille. Sauf qu'il savait que la peur qu'il leur arrive quelque chose ne le quitterait jamais. Comment résoudre ce dilemme ?

Une discussion avec Kayla s'imposait, sans qu'elle se mette aussitôt sur la défensive à cause de ses parents. Qu'elle ait pu le comparer à eux lui était insupportable. Malheureusement, il était trop tard pour lui avouer qu'il l'aimait. Jamais elle ne le croirait maintenant, à cause du mauvais timing. Il lui fallait trouver un moyen de la convaincre.

— Si je comprends bien, cela s'est mal passé ? demanda Cherry qui avait appelé à l'aube.

Le reniflement de Kayla au bout du fil répondit à sa question.

— C'est le moins que l'on puisse dire. S'il te plaît, ne me dis pas que tu m'avais prévenue.

Elle avait passé la nuit à se reprocher d'avoir été assez stupide pour faire confiance à Jamie, pour s'amouracher de lui et lui avoir accordé une place aussi grande dans sa vie et dans celle de Luke.

— Oh ! Kayla. Je ne dirais jamais cela. Simplement, je ne voulais pas que tu souffres autant.

Dieu merci, son amie ne pouvait pas la voir. Un seul coup d'œil à ses yeux rouges et gonflés, et elle serait allée dire ses quatre vérités à Jamie.

— Eh bien, c'est fait, maintenant. Jamie jure qu'il va se battre pour obtenir la garde de Luke si je l'emmène au bout du monde.

À ces mots, la tristesse qui l'habitait depuis la dispute manqua l'étouffer. Comprendre que cela sonnait le glas de leur relation lui brisait le cœur.

Elle ne l'avait jamais admis, mais elle était tombée amoureuse de Jamie et souffrait d'autant plus de l'avoir perdu. Pourtant il serait toujours dans sa vie puisqu'il était le père de Luke et, à chaque fois qu'elle le verrait, elle se rappellerait ce qui s'était passé entre eux.

— Il n'y a plus aucun espoir ?

La sympathie de Cherry alla droit au cœur de Kayla qui pleura de plus belle, luttant pour retenir les sanglots qui montaient du plus profond de son être.

— Non, dit-elle d'une voix étranglée. Des choses ont été dites, impossibles à oublier.

— Quel dommage. Je savais qu'il n'aimerait pas l'idée de ce voyage, mais j'espérais que vous pourriez en discuter. Vous faites un si beau couple.

— Dieu merci, nous n'avons pas été assez stupides

pour nous marier, ou j'aurais vraiment été dans de sales draps. Non. C'est mieux ainsi, de se quitter avant que cela ne devienne trop compliqué.

— Et pour le voyage ?

— Oh ! ça ne change rien. Je partirai avec ou sans l'accord de Jamie.

La détermination qu'elle avait acquise en déménageant à Londres sécha aussitôt ses larmes. Elle allait trouver un moyen de partir avec Luke. Même si elle devait s'enfuir en douce pendant la nuit. Personne ne l'empêcherait de vivre sa vie à sa guise.

Après avoir raccroché, elle se précipita à l'étage pour chercher Luke.

— Bonjour, mon petit cœur, dit-elle en le soulevant pour sa tétée du matin.

Mais son fils ne réagit pas, une attitude plutôt inhabituelle chez lui, et elle devina aussitôt que quelque chose n'allait pas.

— Luke ? Réveille-toi.

Elle souffla doucement sur son visage sans obtenir de réaction. Il respirait normalement, mais ses joues étaient rouges et son front brûlant. Avoir de la fièvre à cet âge pouvait générer de gros problèmes.

Elle le coucha sur son lit et le déshabilla pour tenter de faire baisser sa température. Mais elle ne voulait prendre aucun risque. Calculant mentalement le temps qu'il lui faudrait pour l'emmener au centre médical et l'estimant trop long, elle attrapa le téléphone. Appeler une ambulance semblait un peu exagéré pour une simple hausse de température. Une seule personne à sa connaissance pouvait lui apporter son aide. Elle devait ravaler sa fierté et faire passer la santé de son fils avant son cœur blessé.

En entendant la voix de Kayla au bout du fil, Jamie avait presque craqué et supplié qu'elle lui accorde son pardon.

Seule la peur qu'il avait perçue dans sa voix, puis la raison de l'appel, l'avait retenu. Sans perdre une seconde, il avait sauté dans sa voiture.

— Comment va-t-il ? demanda-t-il en arrivant, le souffle court, à la maison.

Kayla l'attendait à la porte, Luke dans ses bras. Elle était pâle, à l'exception de ses yeux rouges, et il lui fallut faire appel à toute sa volonté pour ne pas la serrer contre lui.

— Je me suis peut-être inquiétée pour rien, mais je ne veux pas prendre de risque. Il ne réagit pas et son front est brûlant.

— Tu as eu raison. Il vaut mieux être prudent. Merci de m'avoir appelé.

Elle aurait pu téléphoner à Cherry ou à son médecin personnel, mais elle l'avait choisi, lui. Rien n'était peut-être perdu entre eux.

— Où veux-tu que je me mette pour l'examiner ?

— Dans la chambre. Je suis désolée de t'avoir dérangé au travail, mais je me suis dit que toi, tu comprendrais mon inquiétude, dit-elle avec un sourire timide.

— Évidemment. Quant au travail, je ne suis supposé reprendre que la semaine prochaine ; pour le moment, je les gêne plus qu'autre chose et ils étaient ravis de se débarrasser de moi.

Elle posa le bébé sur le lit. Elle avait eu raison de le déshabiller pour faire baisser sa température qui, si on n'y prenait garde, pouvait entraîner des lésions cérébrales.

— Sa température est toujours élevée.

— Elle a baissé par rapport à tout à l'heure, dit-elle.

— Bien. Je vais examiner ses oreilles, dit-il en sortant son otoscope. Elles sont très enflammées. Je crois qu'il fait une otite.

— Mon pauvre petit chaton.

Elle s'assit sur le lit et fit de son mieux pour réconforter son fils qui protestait contre l'auscultation.

— Je vais aller chercher des gouttes pour calmer

l'inflammation. Il aura peut-être besoin d'antibiotiques si cela ne suffit pas.

Ils pourraient se détendre tous les deux, une fois que la température aurait baissé. Puisqu'un semblant de communication semblait restauré entre eux, il y avait peut-être là une opportunité de la convaincre qu'il n'était pas le monstre qu'elle croyait. En tout cas, il ferait tout ce qui était en son pouvoir pour le lui prouver.

Au retour de Jamie, Kayla s'était calmée. Malgré leur dispute, elle était heureuse de l'avoir près d'elle. Au fond de son cœur, elle savait qu'il n'était pas comme ses parents. Elle n'avait fait que chercher une excuse pour le rejeter de sa vie avant qu'il ne lui brise le cœur. Sauf qu'après son départ elle n'avait ressenti que de la douleur. Aucun soulagement.

— Accepterais-tu que je reste jusqu'à ce qu'il aille mieux ? demanda-t-il après avoir mis des gouttes dans les oreilles de Luke et lui avoir administré du paracétamol sous forme liquide.

— Oui, bien sûr.

En enlevant son manteau, il regarda, hésitant, le lit où elle était étendue à côté de son fils.

— Tu peux venir, mais enlève tes chaussures, fit-elle avec un petit sourire.

— Merci.

Il ôta aussitôt ses chaussures, sa cravate et ouvrit le col de sa chemise, et elle se souvint avec une incroyable acuité de leur journée dans le parc.

— Je n'ai pas l'intention de changer d'avis sur mon voyage, Jamie.

— Je n'en attendais pas moins de toi, dit-il en s'allongeant.

— Ce qui vient de se passer prouve qu'il peut être malade n'importe où, et nous trouverons les mêmes médicaments là-bas. C'est le but même de ce centre médical.

Les maladies infantiles faisaient partie de la vie, et ils n'aideraient pas Luke en l'élevant dans un cocon. Être le fils de Jamie Garrett ne signifiait pas qu'il jouirait d'un régime de faveur.

— Je sais.

Qu'il n'argumente pas ne faisait que renforcer la détermination qu'elle sentait en elle.

— Tu n'as pas à me dire comment vivre ma vie, Jamie. Je ne veux pas que Luke ait la même sorte de parents que moi.

Cela effaça le sourire de Jamie. Elle s'attendit alors à voir son autre visage. Mr Hide.

— Tu crois honnêtement que je suis comme tes parents ? demanda-t-il simplement après s'être assis. Que je préférerais que tu obéisses à mes ordres sans discuter mes décisions ?

Elle se remémora leurs précédentes disputes, généralement à son initiative parce qu'elle luttait contre son attirance pour lui sans pouvoir y résister. Il avait toujours eu l'air d'apprécier qu'elle défende ses positions.

— Non, répondit-elle.

— Non, en effet. Je t'aime, Kayla. J'aime Luke. La seule chose que tu peux me reprocher, c'est de vouloir vous protéger. Je sais que j'ai mal réagi, hier soir, mais cela ne cachait aucun sombre motif.

La tête de Kayla tournait à cent à l'heure. Les mots rebondissaient dans son esprit. Elle ferma les yeux pour tenter de les ralentir.

Il l'aimait. C'était la raison pour laquelle elle redoutait tant de l'inviter dans sa vie. Aimer Jamie revenait à lui donner un pouvoir sur elle, sur son cœur, en espérant qu'il n'en profiterait pas.

C'était à elle de décider si elle lui accordait ou non une deuxième chance.

— Je… Je t'aime aussi, Jamie, mais je vais quand même partir avec Luke.

Il lui fallut tout son courage pour dire cela et lui avouer sa faiblesse.

— Je m'y attendais. C'est la raison pour laquelle j'ai apporté cela.

Il sortit une pochette en carton de sa poche et la lui tendit. Dedans, elle trouva des tickets avec leurs noms dessus.

— C'est quoi ?

— Des coupons de compagnie aérienne, pour nous trois. Je ne savais pas quand et pour combien de temps tu comptais partir. Tu peux les utiliser quand tu veux. J'espère que cela te convient.

— Euh… Oui. Tu viendrais aussi ?

— Si tu veux de moi. Je ne t'empêcherai jamais de faire ce que tu as envie de faire. Je t'aiderai au contraire. Ceci pourrait être nos premières vacances familiales.

— J'adorerais cela.

Son geste prouvait qu'elle n'avait plus besoin de nier ses sentiments, puisqu'il l'aimait et voulait rester près d'elle.

— Attends. On a vraiment trouvé un point d'accord ?

— Oui, mais ne t'y habitue pas trop vite. Si je ne suis pas d'accord avec quelque chose, je n'hésiterai pas à te le dire.

— J'y compte bien. On dit que la réconciliation ensuite est toujours le meilleur moment.

Il se pencha par-dessus leur bébé endormi, un regard canaille au fond des yeux.

— Vraiment ? Dans ce cas, nous avons pas mal de choses à rattraper, répondit-elle en avançant à sa rencontre.

— Suis-je pardonné, alors ?

— Tais-toi et embrasse-moi, Jamie Garrett.

— Je considère cela comme un oui, murmura-t-il, ses lèvres contre les siennes avant de lui montrer précisément pourquoi elle devait lui pardonner.

Ses baisers justifiaient à eux seuls qu'elle risque son cœur.

Elle avait tout ce qu'elle désirait auprès d'elle, dans cette chambre. Sa famille. Ce n'était peut-être pas celle qu'elle avait prévue, mais elle savait que Liam et Tom auraient été fiers d'eux. Luke avait deux parents qui l'aimaient, et c'était tout ce qui comptait. Qu'ils soient en plus amoureux ne gâchait rien.

Épilogue

Deux semaines plus tard

— Les billets sont pris. J'ai trouvé un remplaçant jusqu'à mon retour. C'est peut-être un peu prématuré puisque le voyage n'aura lieu qu'en fin d'année, mais je voulais m'assurer qu'il n'y aurait pas de problèmes. Ai-je oublié quelque chose ?

— Je ne crois pas. Et dans le cas contraire, nous avons du temps devant nous pour y remédier. Détends-toi, Jamie.

Kayla ne put s'empêcher de rire devant son enthousiasme maintenant qu'ils partaient en famille pour le Vietnam.

Tous ses doutes sur la réelle motivation de Jamie s'étaient envolés. Il prenait très au sérieux son rôle d'aide médical auprès de l'équipe du centre médical.

Depuis qu'il l'avait surprise avec ses billets d'avion, elle vivait un rêve. L'otite de Luke n'était plus qu'un mauvais souvenir, et elle avait accepté que Jamie s'installe de façon permanente chez elle afin de lui prouver qu'elle le considérait autant comme un père que comme un partenaire.

Il dormait dans sa chambre à lui et n'avait pas insisté pour partager son lit. En fait, c'était elle qui souffrait le plus quand il la quittait après quelques baisers pour se retirer dans sa chambre.

— Je le ferai, une fois que j'aurai mis ce bout de chou dans son lit.

Il emporta son fils jusqu'à la nurserie, où il dormait

apparemment bien. En bons jeunes parents, ils avaient été un peu inquiets de le laisser dormir seul, mais le babyphone était là pour les prévenir en cas de problème.

Au retour de Jamie, alors qu'il lui déposait un simple baiser sur les lèvres, Kayla comprit qu'elle allait devoir faire le premier pas parce qu'il ne prendrait jamais l'initiative de partager son lit.

— Ne pars pas, Jamie.

Elle n'avait pas dit cela avec autant de confiance et de sensualité qu'elle l'aurait voulu.

— Tu es sûre ? demanda-t-il, les sourcils levés, de toute évidence surpris de l'invitation.

— Je suis sûre.

Elle caressa le lit à côté d'elle.

— Je ne veux pas que tu te sentes obligée de le faire…, dit-il en s'allongeant sur la couverture, assez près pour qu'elle sente la chaleur de son souffle sur son visage.

— Je ne me sens pas obligée. Mais… cela fait très longtemps pour moi.

Maintenant qu'elle avait franchi l'obstacle, elle s'inquiétait. Elle avait eu un bébé, son corps avait changé, sans parler des vergetures. Tout fonctionnerait-il normalement… en bas ?

— Nous allons y aller doucement, dit-il en ponctuant ses mots de ses fameux baisers languides, capables de lui faire oublier jusqu'à son nom.

Puis il passa la main sous sa chemise de nuit et elle frissonna d'anticipation quand elle la sentit remonter le long de sa cuisse avant de se faufiler entre ses jambes. Doucement, il s'assura qu'elle était prête. En fait, elle n'avait jamais été plus prête de toute son existence. Elle le désirait de tout son être. Quand il commença à la caresser, elle posa la tête sur l'oreiller, jouissant de la sensation de redécouvrir son propre corps.

Ouvrant les yeux, elle le vit glisser vers le bas du lit.

— Que…

— Chut, dit-il, un éclat malicieux au fond des yeux, tandis qu'il écartait ses jambes, révélant ses intentions.

Elle eut le souffle coupé avant même qu'il ne la touche. Il commença par déposer des baisers le long de ses cuisses, et elle s'entendit gémir. Puis sa langue écarta ses lèvres et une vague d'excitation l'envahit. Cette caresse intime fit découvrir à Kayla un plaisir comme elle n'en avait jamais connu, jusqu'à ce qu'il enfonce sa langue en elle, portant son extase à de nouveaux sommets. Elle flottait sur un nuage, peu pressée pour une fois de reprendre le contrôle de son corps.

Rien ne pouvait la retenir et, avec expertise, Jamie l'amena encore et encore au bord de l'orgasme, jusqu'à ce qu'elle atteigne le septième ciel dans un festival de sensations.

Le souffle court, elle eut un peu de mal à recouvrer ses esprits et prit alors conscience qu'elle avait été la seule à jouir.

— Et toi, Jamie ? Ce ne serait pas juste de te laisser ainsi.

Il l'embrassa sur le bout du nez.

— Ne t'inquiète pas pour moi. Nous avons toute la vie devant nous pour apprendre à nous connaître, si tu peux me supporter.

— C'est un peu l'idée que je me fais du paradis.

Ce n'était pas une demande en mariage conventionnelle, mais, après tout, ils n'avaient jamais formé une famille conventionnelle.

Et Kayla n'en aurait pas voulu d'autre.

DIANNE DRAKE

Le chirurgien sans mémoire

Traduction française de
VIRGINIE CANTIN

BLANCHE

HARLEQUIN

Titre original :
FALLING FOR HER ARMY DOC

1.

Elle était magnifique, dans la lumière du matin. Tous les jours, à cette heure-ci, il la contemplait. Elle se promenait dans le jardin, s'asseyait quelques minutes sur le muret de pierre qui entourait le parterre fleuri, puis regagnait l'immeuble.

Une fois, il s'était demandé ce qui lui pesait tant. Elle avait ce regard qu'il lui semblait vaguement avoir déjà vu chez beaucoup de ses patients, mais qu'il avait sans doute oublié. Lizzie – c'est ainsi qu'elle s'appelait – lui souriait toujours et le saluait poliment, mais il y avait quelque chose de triste derrière ce sourire.

Mais qu'en savait-il, au fond, lui qui avait dû examiner une photo trouvée dans ses affaires pour se rappeler qu'il était fiancé ? Étrange, comme ses souvenirs d'elle avant son accident étaient flous. Nancy était un visage à peine reconnaissable dans un monde dont il ne se rappelait presque rien. Et, franchement, il ne savait même pas comment et pourquoi il s'était fiancé avec elle. Elle n'avait pas l'air d'être son genre – trop sophistiquée, trop extravertie.

Lizzie, elle, lui paraissait parfaite. Belle. Intelligente. De plus, elle semblait en harmonie avec tout ce qui l'entourait.

Alors que lui arrivait-il ? Avait-il à ce point changé que le type de femme qui l'attirait jadis ne l'attirait plus ? Préférait-il désormais les femmes comme… Lizzie ?

Le Dr Mateo Sanchez resta debout à la fenêtre de l'hôpital jusqu'à ce que Lizzie quitte le jardin, puis il tira les stores et retourna au lit. Il n'avait pas beaucoup le choix ici, en tant que patient. Se reposer, regarder la télévision, se reposer encore. Recevoir des soins…

C'était son quatrième hôpital depuis qu'il était revenu de la zone de combat, et il ne faisait aucun progrès. On lui cachait ce qu'il voulait savoir, et ce qu'il ne voulait pas savoir resurgissait toujours au moment où il s'y attendait le moins.

Les médecins le priaient de se montrer patient, affirmant qu'il réussirait à recouvrer une partie de sa mémoire. Mais il voulait un planning, un calendrier sur son mur où il pourrait cocher les jours qui le séparaient de la guérison.

Il se leva et toucha la petite cicatrice, sur sa tête. C'était quoi, au juste, normal ? Pour l'instant, il l'ignorait. Il n'avait rien à quoi se raccrocher, ni personne pour lui en vouloir. Après avoir découvert son amnésie, Nancy avait préféré sortir de sa vie discrètement.

En fait, il l'avait d'abord prise pour une infirmière venue à son chevet. Elle lui donnait de l'eau, remontait ses oreillers, lui apportait ses repas…

Cela avait duré une semaine avant qu'elle avoue enfin qu'elle n'était pas son infirmière, mais sa fiancée. Malheureusement, au lieu du brillant chirurgien qui aurait pu lui offrir une belle maison, de belles voitures et tout ce qu'il lui avait promis, elle devait désormais s'occuper d'un homme malade, incapable d'exercer son métier. Une semaine plus tard encore, elle était partie, après avoir admis qu'elle ne se sentait pas capable de jouer les gardes-malades.

Mateo connaissait les circonstances de son accident, mais il ignorait l'essentiel. En tant que chirurgien, il avait besoin de connaître parfaitement l'état de ses patients, jusqu'aux détails les plus insignifiants à première vue. Ça s'appelait être minutieux. Mais pour lui-même…

« Vous donner les réponses que vous cherchez pourrait imprimer de faux souvenirs », disait toujours Randy, son neurologue. Et il avait raison, bien sûr. Cela, il s'en souvenait, en plus des connaissances médicales de base – celles qu'il avait acquises au début de sa carrière. En revanche, pour ce qui était des compétences plus spécifiques, c'était le noir complet…

Il leva les yeux et vit Lizzie debout dans l'entrée de sa porte, qui l'observait.

— Bonjour…

Elle exerçait dans cet hôpital, mais elle n'était pas son médecin. De plus, elle n'était pas neurologue et n'avait donc aucune raison d'être ici.

— Je vous ai vu me regarder et je me demandais si vous aimeriez venir avec moi un peu plus tard, pour respirer un peu d'air frais, faire un tour ?

— Qui m'a prescrit cela ? lança-t-il d'un air soupçonneux.

— Vous n'êtes pas prisonnier ici, vous savez. Et votre médecin pense que ça pourrait être une bonne idée. Que ça pourrait améliorer…

Elle marqua une pause.

— Dites-le ! Mon humeur, c'est ça ?

— D'après le personnel du matin, vous n'êtes pas toujours un patient très docile.

— Pourquoi le serais-je ? Je n'ai rien à espérer, ici.

— En effet, Mateo, rien n'est jamais garanti. Mais chaque jour apporte son petit progrès…

— Vous trouvez ? Pour ma part, voyez-vous, je me demande pourquoi je subis tous ces traitements et accepte d'avaler cette nourriture infâme, pour des résultats aussi nuls !

Elle fit quelques pas dans la chambre, puis alla ouvrir les stores.

— Pouvez-vous me dire tout ce que cela m'apportera, dans ma vie future ?

— Peut-être rien. Peut-être tout.

— Pas d'approximations, Lizzie. Soyez aussi précise que je dois l'être chaque fois que je réponds aux questions de vos collègues. Vous souvenez-vous de votre nom ? Où êtes-vous ? Quel jour sommes-nous ? Qui est l'actuel président ?

— C'est le protocole standard, Mateo. Vous le savez bien.

Elle se retourna pour lui faire face.

— Mais vous compliquez tout inutilement.

— Alors pourquoi vous occupez-vous de moi ? Vous n'êtes pas mon médecin, pourtant.

— Mon père était chirurgien militaire, comme vous. Disons que je rends un peu de ce que j'ai reçu…

— A-t-il combattu ?

— Trop souvent.

— Et ça l'a changé, dit Mateo, soudain sérieux.

— Peut-être, mais il n'en a jamais parlé.

— Oui, ce n'est pas un sujet de conversation très agréable. Il y a les blessures que l'on peut guérir, et les autres… Dans mon service, le flux était tel que nous parions toujours au plus pressé. C'était sans doute mieux ainsi.

Il ferma les yeux, assailli par les images de ses nombreux patients. Il tentait de les chasser, mais elles revenaient toujours, comme si elles faisaient partie de lui.

— Vous êtes fille unique ? demanda-t-il.

Lizzie acquiesça.

— Ma mère ne supportait pas la vie militaire, trop solitaire pour elle. Quand j'avais cinq ans, elle était partie, et je suis restée seule avec mon père.

— Ça n'a pas dû être facile d'être papa célibataire dans ces circonstances. Moi, en tout cas, je n'aurais pas voulu traîner un enfant avec moi quand j'étais en activité…

— Il ne s'est jamais plaint. Du moins, pas devant moi. Ma vie me paraissait… normale.

— Alors que moi, je ne cesse de me plaindre, murmura Mateo d'un ton amer.

En Allemagne, après sa première intervention chirurgicale, il avait cru que son amnésie serait permanente. Trop occupé à se remettre de l'opération, il ne s'était pas impliqué dans la rééducation. Ce n'est que lorsqu'il avait été transféré à Boston qu'il avait participé, mais pas autant qu'il l'aurait fallu. Ensuite, quand on l'avait amené dans cet établissement californien réservé aux blessés de guerre, il s'était réellement rendu compte de l'étendue des dégâts…

Comment était-ce possible ? C'est la question qu'il ne cessait de se poser. Il était devenu l'un de ces pauvres malheureux qu'il avait l'habitude de soigner, *avant*. Un chirurgien sans mémoire. Un homme sans passé.

— Non. Vous êtes un survivant qui utilise ce qu'il a à sa disposition pour retrouver les morceaux de lui-même qu'il a perdus. Ou du moins, c'est ce que vous pourriez être si vous n'aviez pas baissé les bras…

— Baissé les bras ?

Peut-être avait-elle raison, mais savait-elle à quel point il était frustrant de chercher à raviver des souvenirs qui se dérobaient ? Et encore, il avait eu de la chance ! Physiquement, il allait bien et son opération s'était bien passée. Mais il n'arrivait pas à répondre à cette simple question : qui était-il, vraiment ?

Soudain, Mateo sentit la fatigue l'envahir. Il n'était même pas encore midi et il avait besoin d'une sieste. Ou plutôt, d'une distraction.

— Cette promenade, ce soir… Finalement, je ne suis pas contre. Si vous pouvez me trouver de vrais vêtements…

Lizzie laissa échapper un rire cristallin.

— Je devrais vous dire que vous pouvez garder votre pyjama d'hôpital, mais je vais voir ce que je peux faire, promit-elle en quittant la chambre.

Même s'il n'avait pas envie de la voir partir, il avait besoin d'être seul. Il avait besoin de temps pour mesurer l'ampleur du désastre et de la déception qu'il causait à sa mère, qui avait travaillé dur pour lui payer ses études de médecine. Tous ces efforts réduits à néant, songea-t-il en regardant ses mains paralysées par l'arthrite.

La liste de ceux qu'il avait déçus était certainement

longue, mais par chance il ne s'en souvenait pas. La seule chose importante, pour l'instant, était de se rappeler qu'il était le Dr Mateo Sanchez, un médecin souffrant d'amnésie rétrograde.

Lizzie ne voulait pas s'engager. Non seulement cela était voué à l'échec, mais cela ne faisait pas non plus le bonheur. Les êtres qu'elle avait le plus aimés ne s'étaient pas beaucoup engagés envers elle : sa mère était partie quand elle avait à peine cinq ans. Quant à son père… Eh bien, son père était chirurgien militaire, et cela lui prenait beaucoup d'énergie. Bien qu'il ait toujours affirmé vouloir passer plus de temps avec elle, cela ne s'était pas produit.

Ensuite, il y avait eu son mari, Brad. Médecin lui aussi, il n'avait pas accepté qu'elle ne veuille pas être neurochirurgien comme lui. À ses yeux, être généraliste était presque un échec, et il ne manquait pas de lui montrer à quel point elle l'avait déçu.

Mais Lizzie avait fait semblant de l'ignorer et avait poursuivi son chemin, sans s'impliquer plus que nécessaire, convaincue que cela était inutile.

S'impliquerait-elle avec Mateo ? Pourquoi l'inviter à faire une promenade, sinon ? Ils n'étaient pas amis. Elle n'était même pas son médecin. De toute façon, elle partait bientôt en vacances, alors pourquoi ne pas s'accorder quelques instants de détente ? Pour une fois ? Il ne s'agissait que d'une promenade, après tout.

En voyant Mateo s'avancer vers elle, elle fut frappée par sa démarche ferme, volontaire. Il était grand – bien bâti, tout en muscles. Il avait l'habitude de prendre soin de lui, cela se voyait, et son physique ne devait rien au hasard. Pourtant, il ne fallait pas s'y tromper : derrière ce corps sain se cachait un homme défait, qui avait cessé de se battre.

Ces derniers temps, beaucoup de réunions matinales

de l'équipe de soignants commençaient par la question suivante : « Qu'est-ce qu'on fait pour Mateo ? »

La majorité voulait qu'il parte. Même son propre médecin avait jeté l'éponge, mais Lizzie voulait lui donner encore une chance, car il le méritait. Même si la neurologie n'était pas sa spécialité, elle savait que certains types de traumatismes cérébraux étaient très longs à guérir.

Mais les lits ici coûtaient cher. La liste d'attente était longue et, même si les anciens combattants y figuraient en tête, ils n'étaient pas assurés de rester, surtout s'ils agissaient comme Mateo.

Il n'était jamais méchant, jamais franchement désagréable, même s'il était toujours sur le fil du rasoir. Mais hélas, il refusait de faire des efforts, ce qui le desservait beaucoup, et c'est ce qu'elle devait à tout prix lui faire comprendre.

En effet, il était sérieusement question de le transférer ailleurs. Il le savait, et ça n'avait pas l'air de l'inquiéter ou, si c'était le cas, il le cachait bien. Alors pourquoi défendait-elle un homme qui semblait se moquer de tout ?

— Eh bien, ces vêtements vous vont très bien ! lança-t-elle lorsqu'il l'eut rejointe.

Il s'inclina devant elle sous les applaudissements de quelques infirmières qui passaient.

— C'est bon de se sentir à nouveau comme un être humain.

— Vous pouvez aller dans le jardin quand vous voulez, Mateo. Vous n'avez qu'à demander et quelqu'un vous accompagnera.

— Mais aujourd'hui j'ai la chance d'être accompagné par le plus beau médecin de cet hôpital !

— Gardez vos flatteries pour quelqu'un d'autre, Mateo. Tout ce qui m'intéresse, c'est de pouvoir noter dans votre dossier que vous vous êtes montré coopératif, aujourd'hui… pour une fois !

Lizzie poussa un fauteuil roulant dans sa direction.

— Vous savez que je peux marcher, dit-il.

— Bien sûr, mais… C'est la politique de l'hôpital. Si j'emmène un patient dehors, il doit se déplacer en fauteuil roulant, sinon je risque des ennuis. En d'autres termes, soit vous obéissez, soit vous retournez dans votre chambre…

— Obéir ? Plus facile à dire qu'à faire… surtout quand on est traité comme un invalide !

— N'est-ce pas ainsi que vous vous considérez vous-même ? demanda-t-elle, cruelle. Nous avons conçu un beau programme de soins pour vous, que nous avons passé beaucoup de temps à peaufiner. L'avez-vous déjà suivi, ne serait-ce qu'une seule fois ? Des promenades quotidiennes dans le jardin, peut-être ? Des séances d'entraînement au gymnase ? Je parie que vous l'avez jeté dès que vous l'avez reçu !

— Peut-être. Je ne m'en souviens pas…

— Vous ne vous en sortirez pas avec ce type d'excuse. L'amnésie rétrograde ne concerne que les faits anciens, pas ceux survenus depuis l'accident. Vous avez du mal à vous rappeler la période postérieure à votre chirurgie du cerveau, mais avec un peu d'efforts cela s'améliorera avec le temps. Vous êtes en bon état général et vous serez bientôt guéri, à condition d'y travailler…

— Vous voulez dire que bientôt je saurai de nouveau comment on opère une hernie ?

— Tout est imprimé là-dedans, dit-elle en se touchant le front. À moins que vous n'ayez manqué votre cours ce jour-là, les acquis cognitifs ne sont normalement pas perdus. Mais la mémoire des événements, en revanche, peut disparaître. Ce qui est important, pour l'instant, c'est ce martèlement que vous avez ressenti…

— Est-ce là votre diagnostic… professionnel ?

Pourquoi diable faisait-il cela ? Il n'aimait pas se montrer méprisant, mais c'était plus fort que lui. Lizzie voulait seulement l'aider. Il l'avait entendu murmurer qu'elle était la seule à le défendre. Tous les autres praticiens voulaient le transférer dans un autre établissement.

— C'est ainsi que *vous* avez décrit vos maux de tête lors de votre première admission. Mais vous vous en souvenez, Mateo, je le sais. Si vous croyez qu'il vous suffit de sourire à vos médecins pour qu'ils ne remarquent pas que vous ne faites aucun effort pour guérir, vous vous trompez ! Je suis attentive au moindre détail. Je manquerais à mes devoirs si je ne le faisais pas.

— Vraiment, Lizzie ? coupa-t-il d'une voix sourde. Je veux dire, même si je me souviens des procédures chirurgicales, soyons honnêtes : qui voudrait se faire opérer de l'appendicite par un chirurgien qui ne se rappelle même pas le type de suture qu'il préfère ?

Lizzie rit et approcha le fauteuil roulant de lui.

— Parfois, je me demande si quelqu'un ne devrait pas affiner votre diagnostic et vous déclarer atteint d'amnésie rétrograde avec un symptôme secondaire de dramatisation excessive. Vous êtes un vrai défi pour vos médecins, Mateo, cela ne fait aucun doute. Et, juste entre nous, une appendicectomie cicatrise mieux avec des points intradermiques résorbables. Mais, s'il s'agit d'une laparoscopie, quelques points de suture au fil résorbable et de la colle chirurgicale suffisent.

— Comment le savez-vous ?

— J'ai fait quelques points de suture, jadis.

Il avait peut-être des trous de mémoire et ne se rappelait pas le genre de femmes qui l'attiraient, mais Lizzie Peterson lui plaisait, cela ne faisait aucun doute. Jolie, vive, intelligente, et très sérieuse, c'était une jeune femme séduisante.

Pourtant, il ne pouvait pas s'imaginer avec quelqu'un comme elle. Mais, ces derniers temps, il n'arrivait pas à s'imaginer avec qui que ce soit, y compris son ex-fiancée.

— Je ne veux pas aller dans le jardin, dit-il soudain.

— Eh bien, comme vous voudrez, Mateo. Mais un jour

ou l'autre, il vous faudra affronter le monde extérieur, vous comprenez. Vous ne pourrez pas y échapper indéfiniment.

Elle commença à s'éloigner, mais quand elle se retourna pour lui dire un dernier mot, elle le vit assis dans le fauteuil roulant, prêt à partir.

— Est-ce que je peux laisser ce fauteuil ici et essayer de marcher ? lança-t-il.

— Non. À l'hôpital, certains malades, dont vous faites partie, doivent se déplacer en fauteuil roulant, et je tiens à respecter les règles de cet établissement. Vous aussi, non ?

— Oui, répondit-il, résigné.

Dès qu'ils eurent passé la porte, Mateo se leva et abandonna son fauteuil roulant, ce qui était totalement contraire aux règles.

— Est-ce que ce patient te donne du fil à retordre ? demanda discrètement Janis Lawton à Lizzie, en s'arrêtant pour lui donner une bouteille d'eau.

Janis était le chef du service de chirurgie de l'hôpital Makalapua Pointe. C'était elle qui commandait, elle qui établissait les règles et s'assurait qu'on ne les enfreignait pas. Et elle, aussi, qui voulait transférer Mateo s'il ne se montrait pas coopératif.

— Je sais que les infirmières ont des problèmes avec lui, ajouta-t-elle en suivant du regard Mateo, qui avait franchi la passerelle et se dirigeait vers l'étang. Hélas, il est le plus souvent si engageant et si charmant qu'on ne peut rien lui refuser. Mais s'il continue à dédaigner les traitements, j'aurai du mal à justifier sa présence ici, surtout avec une liste d'attente aussi longue.

— Mais il a besoin d'aide, Janis ! Pense à ce que tu ferais si tu ne pouvais plus exercer la chirurgie…

— J'y pense, Lizzie. Tout le temps. Et c'est pourquoi je continue d'accorder à Mateo le bénéfice du doute. Je comprends exactement ce qu'il lui arrive. Le sol se dérobe sous ses pieds…

Elle leva la main droite, montrant à Lizzie une énorme cicatrice.

— Cela a failli m'arriver. Il m'a fallu un an de rééducation pour me remettre au travail et au début… j'ai réagi comme Mateo. Mais en tant que directrice de cet hôpital, je dois garder le cap. Hélas, Mateo n'a pas l'air de me prendre au sérieux. Peut-être que tu pourrais…

Lizzie leva la main en guise de protestation.

— C'est une promenade du soir, Janis, rien de plus. Il n'y a pas d'ordre du jour et, si je peux l'éviter, je préfère ne pas parler de l'hôpital.

Mateo ne savait plus qui il était, tout comme son père, jadis. Plus ses souvenirs lui échappaient, plus il se montrait réticent à suivre ses traitements et, bien que la maladie d'Alzheimer n'eût rien à voir avec l'amnésie, elle se rappelait le regard qu'elle avait si souvent vu sur le visage de son père quand elle observait Mateo. Un regard perdu. Qu'un tel drame arrive à un chirurgien aussi doué que Mateo était tout simplement révoltant…

— Tu ne le compares pas avec ton père, n'est-ce pas ? demanda Janis.

Lizzie eut un rire triste.

— Bien sûr que non ! Je sais faire la différence entre les deux cas, crois-moi. Mon père avait perdu la raison, tandis que Mateo a perdu la mémoire… provisoirement.

Elle regarda Mateo qui l'attendait, assis sur le mur de pierre.

— Tu te rends compte qu'il est censé se déplacer en fauteuil roulant, n'est-ce pas ? insista Janis.

— Oui, mais il n'aime pas être traité comme un invalide… Pourquoi le forcer à obéir à une règle qui ne devrait pas s'appliquer à lui ?

— Sache que ton ami serait peut-être mieux dans un autre établissement, et…

— C'est le quatrième établissement qu'il fréquente, Janis. Il n'a plus le choix.

— Moi non plus, répliqua-t-elle, les yeux toujours fixés sur Mateo. En plus, tu es sur le point de partir en congé pour un moment…

En effet, elle avait demandé à s'absenter quelques semaines pour mettre de l'ordre dans sa vie.

Voulait-elle rester ici, où tant de tristes souvenirs continuaient de l'assaillir ? Son travail à l'hôpital lui plaisait-il toujours ? Ce n'était pas la carrière dont elle avait rêvé. Elle aimait l'idée d'intégrer l'équipe d'une petite clinique, quelque part. De traiter des patients qui ne disposaient peut-être pas des meilleurs soins médicaux. Pourrait-elle réellement décrocher un tel poste ? Ou avait-elle déjà trouvé sa place, professionnellement ?

Bien sûr, une crise d'identité se mêlait à ce questionnement professionnel, mais elle travaillait tant qu'elle n'avait pas le temps de peser le pour et le contre – rester ou partir ? Pendant ces deux semaines de vacances, elle pourrait se vider l'esprit, se détendre, considérer sa propre vie de manière objective. Elle avait beaucoup de choses à régler et elle était impatiente de commencer.

Tout le monde devait faire des choix, et jusqu'à présent elle avait fait les siens en fonction des autres. Que voulait son mari ? De quoi son père avait-il besoin ? Pourtant, la question était de savoir ce dont, elle, Elizabeth Peterson, avait besoin. Que se serait-il passé si elle avait fait un choix différent, il y a un an ?

Pour commencer, son père serait peut-être encore en vie. Elle n'arrivait pas à se sortir cette idée de la tête. Mais peut-être était-il temps de régler définitivement la question de la culpabilité qui la rongeait depuis trop longtemps.

— Je croyais qu'on allait marcher ? dit soudain Mateo en s'approchant d'elle, une fois Janis rentrée à l'intérieur.

— Étiez-vous vraiment obligé de quitter votre fauteuil

roulant devant Janis ? s'enquit Lizzie en prenant la main que Mateo lui tendait.

— Qu'est-ce que ça peut faire ? Je suis catalogué, et on a déjà décidé de mon sort sans même me demander mon avis, alors…

Sentir la peau douce de sa main contre la sienne fit courir un frisson dans tout con corps. Elle n'avait jamais connu ça avec Brad. Leur mariage avait commencé à battre de l'aile dès le premier mois. Ils faisaient l'amour durant la demi-heure qu'il avait de libre, tous les jeudis soir, et toute démonstration d'affection en public était proscrite. La plupart du temps, ils faisaient chambre à part, parce qu'il prétendait que son sommeil l'empêchait de travailler dans son lit…

Peu après l'arrivée de Mateo à l'hôpital, elle s'était demandé comment il se comporterait, s'ils étaient ensemble ? Sûrement pas comme Brad. Ce dernier se souciait de lui-même avant de se soucier d'elle, et elle n'avait pas supporté d'être négligée par celui qui était censé l'aimer.

Après leur séparation, elle s'était juré de ne plus jamais commettre cette erreur.

Mais était-ce vraiment ce qu'elle voulait ? Passer sa vie seule ? Se consacrer à son travail ? Pourquoi une seule erreur devait-elle décider du reste de sa vie ?

Encore une question à laquelle elle devrait réfléchir pendant ses congés : si elle rencontrait la bonne personne, pourrait-elle s'engager dans une nouvelle relation ?

Quand elle ferma les yeux pour lutter contre la migraine qui s'annonçait, ce fut l'image de Mateo qu'elle vit. Le sang se mit à battre un peu plus fort à ses tempes, et son cœur s'accéléra.

2.

— Je ne connais pas le nom de la plupart des fleurs. Les violettes et les blanches sont…

— … Des orchidées, répondit Lizzie.

— Je sais ce que sont les orchidées.

Mateo en cueillit une qu'il lui offrit.

— Il y a probablement une règle interdisant de cueillir les fleurs, mais celle-ci sera si jolie dans vos cheveux !

Elle la glissa derrière son oreille droite.

— Une fleur derrière l'oreille droite signifie qu'on est disponible. Derrière l'oreille gauche, qu'on est pris.

— Comment se fait-il qu'une femme comme vous soit libre ? demanda-t-il en s'asseyant à côté d'elle, sur le muret de pierre qui entourait le jardin.

Derrière eux, de belles fleurs multicolores égayaient un petit étang dont la surface brillait comme un miroir. À l'arrière-plan, s'étendait l'océan.

— Parce que c'est mon choix, répondit-elle simplement. J'ai déjà vécu un échec et je ne veux pas recommencer la même erreur.

— À ce point ?

— Disons que sur une échelle de un à dix, il manquerait quelques degrés pour le décrire. Et vous, avez-vous été…

— J'ai été fiancé brièvement, m'a-t-on dit. Je n'en ai aucun souvenir, à part quelques flashs, et ils ne sont pas très flatteurs. La jeune femme n'était pas mon genre, d'après mes vagues souvenirs.

— Peut-être que votre blessure à la tête a modifié vos goûts. Cela arrive parfois en cas de lésions cérébrales. On sait que les gens sont très différents, après. Le destin pourrait vous donner une seconde chance…

— Vous ne pouvez pas avoir une conversation normale, n'est-ce pas ? Vous ramenez tout à votre travail.

— Parce que j'aime mon travail.

— Vous ne faites rien d'autre, Lizzie. Vous arrivez tôt, vous partez tard et vous avalez un sandwich entre les deux. J'ai suivi ce rythme en Afghanistan. Il est tellement épuisant qu'il finit par avoir raison de vous.

— Mais il ne s'agit pas de moi, Mateo.

— Leçon de première année de médecine : prendre soin d'un patient, c'est aussi prendre soin de soi. Même si certains de mes patients sortaient si vite de l'hôpital qu'ils n'avaient pas le temps de faire ma connaissance, je faisais en sorte que chacun d'entre eux sache qu'il était entre de bonnes mains. Mais vous… On sent une fatigue profonde derrière votre bonne humeur, et dans vos yeux. Et puis, il y a autre chose, aussi…

— C'est juste une accumulation de soucis. Des décisions difficiles à prendre. La mort de mon père. Des espoirs déçus, murmura-t-elle avec un faible sourire. Vous êtes très perspicace pour un homme qui se prétend amnésique.

— Parler franchement, être honnête… Cela fait partie de moi depuis toujours, Lizzie. Ce sont des qualités précieuses, quand on est sur le champ de bataille et qu'il faut prendre des décisions rapides, dont dépend la vie d'autres personnes…

— C'était difficile… de travailler dans ces conditions ?

— N'est-ce pas ce que faisait votre père ?

Elle secoua la tête.

— Il était gradé et affecté à l'hôpital d'une base militaire. Il accueillait les blessés opérés par des chirurgiens comme vous.

— Ce serait drôle que nos chemins se soient déjà croisés quelque part, vous ne trouvez pas ?

— Mon père a toujours séparé vie professionnelle et vie privée. Si nos chemins s'étaient croisés, cela aurait pu être dans cette petite pâtisserie de la Robsonstrasse, en Rhénanie-Palatinat. Nous vivions dans un appartement à un pâté de maisons de là, et j'adorais me lever tôt et aller chercher un beignet, ou même une tarte aux framboises.

— Le gâteau aux prunes a toujours été mon préféré. Un peu sucré, un peu acidulé…

— Alors, vous fréquentiez cet endroit, vous aussi ? lança Lizzie avec un sourire.

— Quand j'avais le temps. Je ne séjournais que brièvement en Allemagne, mais j'avais goûté au gâteau aux prunes dès ma première visite, et la pâtisserie était toujours mon premier arrêt.

— Le monde est petit, dit Lizzie. C'est presque comme un conte de fées dans lequel la princesse rencontre son prince de la manière la plus improbable, malgré les obstacles qui les séparent.

— Et comment se termine l'histoire ? demanda-t-il. Est-ce qu'ils vivent heureux et ont beaucoup d'enfants, ou est-ce que chacun mange son gâteau seul dans son coin ?

— Disons que… Leurs chemins se croisent à la boulangerie… Et c'est le coup de foudre, bien sûr. Mais comme le héros de mon histoire est un prince soldat, leur liaison est éphémère. Passionnée, mais brève.

— Et… Ils s'embrassent ?

— La princesse est jeune et inexpérimentée, et n'a jamais embrassé un homme auparavant. Ses amourettes avec les garçons du village n'ont rien à voir avec ce qu'elle ressent pour cet homme.

Oui, les baisers de Mateo seraient ceux d'un homme, un vrai, et elle se surprit à imaginer le goût qu'ils auraient sur ses lèvres.

— Est-il son premier grand amour ?

Lizzie acquiesça.

— Oui, mais le prince soldat est affecté ailleurs et leurs chemins se séparent. Elle a le cœur brisé. Mais l'amour finit par l'emporter, et ils se retrouvent…

Mateo approcha sa main de la sienne posée sur le petit muret. À peine l'eut-il effleurée qu'elle se leva et se tourna vers la plage.

— Nous venions ici quand j'étais enfant, et il n'y avait pas beaucoup de tourisme à l'époque. Cet endroit a beaucoup changé.

— Y a-t-il un endroit où vous vous sentez chez vous, Lizzie ?

Elle secoua la tête.

— Pas vraiment. Et vous ?

— Nous avons longtemps vécu dans un petit village près de Guadalajara. Ensuite, après notre arrivée aux États-Unis, nous avons déménagé là où ma mère trouvait du travail.

— Est-elle encore vivante ?

— Elle a des problèmes de santé et ne peut plus voyager. Mais nous bavardons presque tous les jours, et elle apprend à chatter sur une tablette.

— Sait-elle que vous avez été blessé ?

Mateo secoua la tête.

— Je lui ai déjà rendu la vie difficile, alors à quoi bon en rajouter inutilement ?

— Vous avez raison. Quand je vois ce que mon père a traversé avec son Alzheimer, je pense que c'est la bonne solution.

— Mais revenons plutôt à cette promenade…

Il aurait fait un bon médecin, elle en était certaine. Et elle fut touchée par son attitude bienveillante envers sa mère. Ce n'était plus le Mateo qui refusait ses traitements ou qui s'enfermait dans sa chambre, mais quelqu'un d'entièrement différent. Quelqu'un qu'elle n'attendait pas mais qu'elle était heureuse d'avoir rencontré.

— Si on va par ici, on tombera sur un petit marchand de glace, et si on va de l'autre côté, vers la Cabane…

— La Cabane ?

— Un endroit festif, bruyant, où l'on danse et où l'on boit, et fréquenté par les touristes. Un endroit où je ne devrais pas vous emmener.

— C'est exactement pour ça que c'est moi qui vous y emmène.

— Vous avez droit à deux verres, Mateo. De la bière, de préférence. Vous ne prenez pas de médicaments interdisant l'alcool, mais…

— Je me demandais quand le médecin reviendrait.

— Il n'a jamais disparu.

— Je crois que si, pourtant, dit-il avec un sourire.

La soirée se prolongeait, et Lizzie avait vraiment envie de rentrer chez elle pour se reposer. Mais maintenant qu'il était là, elle voulait qu'il en profite un peu. Elle l'observa à la dérobée – son regard sombre, son torse musclé, et ses mains grandes, mais douces, des mains de chirurgien. Que ressentirait-elle si elles se promenaient sur son corps ? s'interrogea-t-elle, tandis qu'il la repérait parmi la foule et la rejoignait.

— Je vous ai vue me regarder, dit-il, alors que deux jeunes femmes, au bar, ne le quittaient pas des yeux.

Comment leur en vouloir ? songea Lizzie. Il était l'homme le plus séduisant du bar.

— Je m'assurais juste que vous ne faisiez pas quelque chose de gênant qui me coûterait mon travail.

— Mais vous n'êtes pas en service.

— Et vous, vous êtes toujours un patient de l'hôpital.

— Mais je ne suis pas *votre* patient, Lizzie, et cela fait toute la différence.

Il saisit une bière fraîche sur le plateau d'un serveur et la tendit à Lizzie.

— Vous autorisez-vous parfois à vous amuser ?

— Et vous, à renoncer à faire la fête ? rétorqua-t-elle.

Il leva son verre pour trinquer avec elle, mais elle éloigna le sien.

— Vous êtes une jolie femme, Lizzie. Et vous êtes intelligente. Mais si j'étais votre médecin, je vous prescrirais plus de plaisir dans la vie…

— Alors heureusement que vous n'êtes pas mon médecin, n'est-ce pas ?

Mateo but une gorgée de bière et se pencha vers elle.

— Vous ne pouvez pas lâcher prise, on dirait…

— Il ne s'agit pas de lâcher prise, Mateo, mais de prendre soin de vous, puisque c'est moi qui vous ai amené ici.

Quand il tendit la main pour chasser une mèche de cheveux de son visage, elle fut tentée de se dérober, mais se ravisa.

— Je n'ai pas l'intention de vous faire du mal, Lizzie, ni de nuire à votre réputation, affirma-t-il. Je sais combien il est difficile d'obtenir ce qu'on veut et de le garder.

Jamais il ne lui avait parlé avec autant de sérieux, mais elle savait au fond d'elle-même que c'était le vrai Mateo Sanchez qui s'exprimait. Un Mateo qu'elle appréciait de plus en plus. Et lui, que pensait-il vraiment d'elle ?

— Merci, dit-elle simplement, tandis qu'un délicieux frisson courait dans tout son corps.

Elle songea à lui dire que son travail ici n'était peut-être pas tout à fait ce qu'elle voulait, qu'elle hésitait à rester. Mais cela ne le concernait pas.

— Soyez raisonnable et tout ira bien pour nous deux.

— Tout dans ma vie a été raisonnable, Lizzie. Je ne me souviens peut-être pas de tout, mais je sais que j'étais comme vous – toujours trop sérieux, toujours trop impliqué.

— Et maintenant ?

— C'est la question, n'est-ce pas ? Je ne sais plus comment assembler les pièces du puzzle.

Et elle le soupçonnait de redouter ce qu'il pourrait découvrir une fois le puzzle reconstitué.

— Parfois, les pièces ne s'assemblent pas toujours comme on voudrait.

— J'aurai toute une vie pour les mélanger de nouveau…

Il tendit la main pour lui caresser la joue, et cette fois elle ne se déroba pas. Mais elle devait rester prudente. Mateo était un homme sans mémoire, elle une femme à la dérive. Entre eux, cela ne pourrait pas fonctionner…

— Vous ne sauriez pas si je sais nager, par hasard ? lança-t-il, changeant brusquement de sujet. Comme je suis dans l'armée, je suppose que j'ai des compétences de base, mais croyez-vous que je puisse monter sur une de ces planches de surf ?

— Je pourrais vous jeter à l'eau pour le découvrir.

— Vous n'êtes pas un médecin très sympathique, docteur Peterson.

Elle rit.

— Enfin, vous le comprenez…

— Ce que je comprends, c'est que vous êtes une femme très secrète, qui dissimule certains aspects de sa personnalité. Et c'est précisément ces aspects que je veux découvrir…

— Eh bien, bonne chance ! dit-elle en lui serrant l'épaule. Et pour en revenir à la natation, pourquoi ne pas remettre cela à plus tard, après mon retour de vacances, si vous êtes encore là…

— C'est une menace voilée ?

— Pas du tout, juste une proposition pour voir comment vous vous débrouillez dans l'eau.

— Ça pourrait me motiver à revoir mon comportement à l'hôpital…

— Vous pourriez aussi vous motiver tout seul. À vous de choisir, Mateo.

Mateo rit, puis reprit soudain son sérieux.

— Que se passera-t-il si mon vrai moi resurgit, Lizzie, et que je n'aime pas la personne que je suis ?

— Donnez-vous un peu de temps. Peut-être que vous vous sous-estimez. Quoi qu'il en soit, vous êtes conscient que des changements peuvent se produire, et c'est la première étape. Gardez toujours cela à l'esprit et tout ira bien. Je veux dire, nous nous perdons tous de vue à un moment ou à un autre, avec ou sans amnésie. Je crois que vous êtes plus en phase avec vous-même que vous ne voulez bien l'admettre. Comme je l'ai dit, il n'y a pas d'urgence. Maintenant, si vous voulez venir dans l'eau avec moi, c'est jusqu'à la cheville ou rien.

— J'aurais pu entrer dans la Navy, vous savez, ce qui veut dire que je suis un très bon nageur, déclara-t-il en retirant ses tongs pour s'avancer dans l'eau.

— Mais vous étiez chirurgien militaire, stationné dans un hôpital de campagne, en Afghanistan. Pas de baignade, là-bas.

Elle lui prit la main, même s'il était en parfaite condition physique, et ils s'avancèrent jusqu'à ce qu'ils aient de l'eau jusqu'aux genoux.

— Ce n'était peut-être pas glamour, l'Afghanistan, mais vous avez sauvé des vies.

— Je n'ai que des souvenirs partiels, dit-il en entraînant Lizzie un peu plus loin dans l'eau.

— Vous avez trop bu, grommela Lizzie, contrariée.

Après leur bain dans l'océan, Mateo avait décidé de retourner au bar pour se joindre aux fêtards.

— Je vais vous faire rentrer par la porte arrière du Makalapua. Si nous passons par la porte avant et que Janis nous surprend, je risque de perdre mon boulot.

En fait, cela n'arriverait pas. Les patients n'étaient pas prisonniers, et ce que Mateo avait fait, même si c'était déconseillé, n'était pas interdit, et encore moins passible de sanctions. Il n'était pas malade physiquement et ne prenait aucun médicament interdisant de consommer de l'alcool.

Lizzie se rappela l'époque où son père était hospitalisé ici, et où elle l'emmenait boire un verre à la Cabane. Il adorait ça. Quand il était lucide, il prétendait que ça l'aidait à se sentir comme tout le monde. Mais il n'était pas sur le point d'être transféré dans un autre établissement, comme Mateo.

Pourtant, ce dernier n'avait aucune raison de se donner en spectacle, ce qu'il avait pourtant fait après trois bières artisanales, en dansant sur les tables avec une serveuse.

Lizzie l'avait quitté du regard le temps de se commander une autre limonade, et quand elle s'était retournée il était en train de faire tout ce qu'un trauma crânien ne doit pas faire. Il avait fallu deux fortes vahinés pour le faire descendre de la table, et à ce moment-là il était si instable qu'il n'avait même pas été capable de marcher quelques pas sans tituber…

— Je ne suis pas ivre, juste un peu éméché, et j'assumerai la responsabilité de mes actes, dit-il en se laissant tomber dans le fauteuil roulant qu'un des clients de la Cabane était allé récupérer pour Lizzie à l'hôpital.

— Vous avez dépassé les bornes et je ne vais pas me mettre dans le pétrin parce que vous êtes incapable de vous contrôler ! gronda-t-elle.

— Ce qui veut dire que vous allez me dénoncer ?

— Non, mais je vais faire une note dans votre dossier. Vous êtes sur la sellette, Mateo, vous le savez bien. Selon l'humeur de Janis quand elle lira mon rapport, il y a de fortes chances qu'elle vous fasse transférer. Vous connaissez la politique de l'établissement.

— Oui… Un mois pour prouver que je veux travailler, huit semaines pour montrer les progrès accomplis. Le fait de danser n'en est pas un, à votre avis ?

— J'ai voulu vous faire plaisir en vous laissant passer un peu de temps loin de l'hôpital, mais vous avez abusé de ma gentillesse. Expliquez-moi donc en quoi le fait de danser sur une table avec une serveuse constitue un progrès ?

— Ne seriez-vous pas un peu jalouse, Lizzie ? Je vous aurais bien demandé de danser avec moi, mais vous auriez refusé. Alors…

En effet. Mais était-elle jalouse ? Non pas de l'autre femme, mais parce que Mateo avait saisi cette occasion pour s'amuser un peu, alors qu'elle ne songeait qu'à son travail ? Et si le « petit soldat de papa » comme l'appelait son père, ignorait ce qu'était le plaisir ?

Lizzie poussa le fauteuil roulant de Mateo dans le hall, puis traversa la cuisine, la salle de physiothérapie. Lorsqu'ils arrivèrent dans le couloir qui menait à sa chambre, Lizzie s'arrêta, regarda autour d'elle, puis poussa son fauteuil et le laissa rouler.

Il fallut plusieurs secondes à Mateo pour comprendre qu'elle ne le retenait pas, et lorsqu'il saisit les roues du fauteuil, il se trouvait au milieu du couloir, trop étourdi pour avancer jusqu'à sa chambre.

— Pourquoi me faites-vous ça ?

— Je me suis posé la même question tout à l'heure à votre sujet, dit-elle en s'approchant de lui.

— Peut-être qu'il y a un problème avec mon amygdale ou même mon cortex cingulaire antérieur, qui relaie les signaux neuronaux entre les hémisphères droit et gauche et contrôlent les impulsions ?

— Votre cerveau va bien. Le caillot de sang a été retiré avec succès. Aucun œdème n'est présent. Pas de tumeur. Pas d'ombres suspectes. Vous n'avez aucune excuse…

Devant la porte de sa chambre, Mateo tenta de l'ouvrir, mais dut s'y reprendre à deux fois pour manœuvrer le fauteuil roulant.

— Je regrette de vous avoir causé des ennuis, dit-il, en s'arrêtant à côté du lit.

— Vraiment ? Vous ne travaillez pas, vous ne coopérez pas avec les infirmières, vous refusez le plus souvent d'aller à vos séances de thérapie cognitive et lorsque vous y allez vous ne restez pas longtemps. Vous vous êtes remis d'un traumatisme crânien et vous luttez contre l'amnésie rétrograde, Mateo, au cas où vous l'auriez oublié ! Je sais que vous vous trouvez dans une situation difficile. Vous avez l'air rétabli, mais pas assez normal pour retourner à votre ancienne vie.

— Mon ancienne vie ? répéta-t-il, furieux. Vous voulez dire, la vie pendant laquelle je suis passé en un clin d'œil du statut de chirurgien à celui de patient ? Est-ce cela que vous appelez une situation difficile ? Et ne me dites pas que je suis en train de traverser les cinq étapes du deuil, ni que je suis resté bloqué à celle de la colère, parce que je le sais très bien. Ce que j'ignore, en revanche, c'est ce qui m'est arrivé, ou pourquoi, ou ce que je faisais avant l'accident, ou même l'année dernière. Alors je dirais que c'est bien plus qu'une situation difficile…

Il secoua la tête, mais ne la regarda pas, avant de poursuivre.

— Je suis désolé de vous avoir causé des ennuis. Ce n'était pas mon intention. Être un mauvais patient n'est pas mon intention non plus. Mais quand on ne sait plus qui on est, des choses étranges se produisent dans notre esprit. J'ai beaucoup de souvenirs, Lizzie, et j'en suis heureux, mais quand je suis confronté à une question que je devrais connaître et que c'est le vide…

— Cela vous fait peur ?

— Cela me terrorise.

— J'ai vécu trois ans avec mon père et je l'ai vu traverser ce genre d'épreuves. Sa vie lui a été enlevée par bribes, jusqu'à ce qu'il ne reste plus que de vagues souvenirs – et il en était parfaitement conscient. Il n'a pas eu la possibilité de repartir de zéro dans une vie qui, même si ce n'était pas la sienne, valait encore la peine d'être vécue. Vous, en revanche, pouvez encore aller de l'avant et envisager l'avenir…

Elle s'approcha de lui et posa une main rassurante sur son épaule.

— Il faut coopérer avec vos médecins, Mateo, au lieu de travailler contre eux. Je suis prête à parier que vous étiez très différent avant l'accident.

— Je vous le dirais si je le savais, répondit-il avec tristesse. Je suis désolé pour votre père, Lizzie. Il méritait mieux… J'ai la tête qui tourne et tout ce que je veux, c'est dormir, mais je vais avoir besoin d'aide pour me lever…

Aussitôt alertée, Lizzie sortit une petite lampe de sa poche et se pencha vers lui pour examiner ses yeux.

— Regardez en l'air… Maintenant, en bas… À droite… À gauche…

Quand elle ne vit rien d'inquiétant, elle tendit la main à Mateo pour l'aider à se lever. Il vacilla, puis se laissa tomber dans ses bras.

— M'accorderez-vous cette danse ? demanda-t-il, sans même tenter de se redresser.

Elle sourit malgré elle en le guidant jusqu'au lit. Quand il fut assis, elle l'aida à soulever ses jambes, puis lui retira ses tongs.

— Je vais demander à une infirmière de venir vous aider à vous changer, et…

Elle n'eut pas le temps de finir sa phrase que déjà Mateo dormait à poings fermés.

3.

— Non, ce n'est pas ta faute, dit Janis en remettant à Lizzie un verre tiki rempli d'une boisson hawaïenne à base de banane, d'ananas et de lait de coco.

Lizzie prit une gorgée et, étonnamment, elle se sentit aussitôt un peu mieux, même si cela ne soulagea pas totalement son mal de tête.

— Ce n'est pourtant pas la première fois que j'emmenais un patient en promenade.

— C'est pour cela que nous avons construit l'hôpital à cet endroit, expliqua Janis, assise sur une chaise en osier, en face de Lizzie.

Elles étaient installées sur la terrasse du bureau de Janis, où soufflait une douce brise tropicale.

— Je sais, pour profiter du beau paysage. Et des jardins, parce que nous voulons que nos patients se sentent au paradis. Et je crois vraiment qu'une vue comme celle-ci peut guérir bien des maux. Certains de nos patients amnésiques sont encore capables d'apprécier la beauté…

— Parfois, tu es trop gentille, répliqua Janis. Ce n'est pas forcément une mauvaise chose pour nos patients, mais dans le cas de Mateo je ne suis pas sûre que ce soit la bonne attitude. C'est un homme fort, doté d'une volonté de fer, mais en ce moment cette volonté lui joue des tours. Je pense qu'il essaye de se retrouver. De reprendre pied quelque part. Malgré tout, j'estime que quelque chose ne va pas, chez lui.

— Tu crois qu'il essaye de profiter de moi ? En espérant que je puisse lui épargner un effort quelconque, lui éviter de se prendre en charge ?

— C'est possible. Certains de nos patients se comportent parfois comme cela.

— Pourtant, il me semble plutôt inoffensif. Et ce n'est pas comme si quelque chose allait se passer entre nous.

— Sois prudente avec Mateo. Je ne l'ai pas encore tout à fait cerné.

— Il ne s'est rien passé, assura Lizzie. Nous nous croisons depuis plusieurs semaines et ce soir… C'était juste une promenade, Janis, rien de plus. À part le fait qu'il a bu de l'alcool, tout s'est bien passé.

— Tout, sauf que tu as écouté tes sentiments et qu'il s'en est servi contre toi. Fais attention, Lizzie. J'ai déjà connu ce genre de situation, et ça ne se passe jamais bien. Tu vaux mieux que ça.

Janis avait raison. Elle valait mieux que ça, mais elle n'était pas sûre d'être capable de refuser une nouvelle promenade avec Mateo s'il le lui proposait. Pourquoi ? Parce qu'il l'attirait ? Parce qu'elle appréciait sa véritable personnalité, qui s'était révélée pour la première fois ce soir ? Parce qu'elle était en pleine crise et que Mateo lui offrait une distraction bienvenue ?

— Pourquoi n'avances-tu pas un peu ton départ en vacances ? suggéra Janis. Fiche le camp d'ici. Oublie-nous, oublie tes patients et, surtout, oublie Mateo !

— Il n'y a personne pour me remplacer.

— Ton suppléant arrive demain matin. Nous le mettrons directement au travail. Peu importe la manière dont tu choisis de passer tes jours de congé, Lizzie, ils commencent demain ! J'ai besoin que tu ailles mieux et, bien que je n'aie pas à me plaindre de ton travail, tu as l'air un peu distante, ces derniers temps. Prends le temps… de régler ça.

Oublier Mateo ? Plus facile à dire qu'à faire. Mais

avec un peu de chance, et deux semaines de repos devant elle, elle pourrait y parvenir, et remettre un peu d'ordre dans sa vie.

Il était peut-être enfin temps de s'installer vraiment, de s'occuper un peu de sa maison et de commencer à travailler sur certains des plans qu'elle avait conçus quand elle avait emménagé ici.

— Je t'appellerai dans quelques jours pour te dire comment ça se passe, promit-elle à Janis en se dirigeant vers la porte. Et peut-être que je ferai une fête. Un *luau* végétarien, par exemple.

— Avec beaucoup de punch au rhum, puisqu'il n'y aura pas de cochon à la broche ?

Lizzie sourit.

— Ça me paraît être une bonne idée. Et si tu es débordée, dis-le-moi. Je reviendrai.

— Je t'interdis de remettre les pieds dans cet hôpital jusqu'à la fin de tes congés. Compris ?

— Et si on se retrouvait à la Cabane tous les soirs et que tu me racontais tous les ragots ? suggéra Lizzie.

— Je te conseillerais plutôt d'y aller seule pour y rencontrer un homme. De préférence un beau surfeur blond. Ça fait combien de temps que…

— Trop longtemps, coupa Lizzie.

— Alors trouve-toi un surfeur ! Et s'il a un frère aîné, pense à moi !

Lizzie avait trente-quatre ans et Janis vingt de plus, mais avec ses cheveux blonds et son corps parfaitement musclé, c'était elle que les hommes regardaient.

— Je croyais que tu les préférais plus jeunes ? ironisa Lizzie.

— À mon âge, je ne peux pas me montrer trop difficile, répondit Janis en souriant. Bon, prends soin de toi. Et donne-moi des nouvelles.

— D'accord ! lança Lizzie en s'éloignant.

Avant de quitter l'hôpital, elle fit un détour par la chambre de Mateo.

— La bonne nouvelle, c'est que je peux commencer mes vacances plus tôt, lui apprit-elle. Alors, je suis venue vous dire au revoir et bonne chance.

— Quoi ? Plus de rendez-vous à la Cabane ?

— Le premier a été un fiasco total. Alors je ne suis pas sûre de vouloir réitérer l'expérience…

— Mais vous n'avez pas vu le vrai Mateo Sanchez ! Quand il émergera, lui accorderez-vous une seconde chance ?

Lizzie éclata de rire.

— Je parie que vous êtes un vrai don Juan. Un seul regard de vos yeux sombres et…

— Vous aimez mes yeux ?

Elle tenta de se rattraper.

— Les yeux servent avant tout à voir. Et cela est bien utile pour se rendre compte qu'on a été manipulé.

— Je n'ai pas cherché à vous manipuler, Lizzie.

— Peu importe, conclut-elle avec un geste d'impatience. Je pars en vacances maintenant et, si vous n'êtes plus ici quand je reviendrai, je vous souhaite bonne chance pour la suite.

Brusquement, il se leva et la prit dans ses bras avant qu'elle puisse protester, puis lui souleva le menton avec le pouce et plongea ses yeux dans les siens. Au bout de ce qui lui parut une éternité, il s'écarta d'elle.

— Il ne faut pas faire ça, chuchota-t-il. J'en ai follement envie, mais je n'aurais jamais dû commencer. Je suis désolé.

— Moi aussi, balbutia-t-elle, avant de tourner les talons et de s'enfuir comme si elle avait le diable aux trousses.

Mateo ne savait pas quoi penser. Ce qu'il avait fait était stupide et contraire à la politique de l'hôpital. S'il avait eu un patient comme lui-même, il se serait montré bien moins tolérant que Janis et Randy. Tout bien considéré, ces derniers avaient réagi très calmement. Ou était-ce le calme avant la tempête ?

Lizzie n'était pas là pour le défendre et elle lui manquait. Pas seulement parce qu'il lui faisait confiance, mais parce qu'il l'appréciait. Hélas, s'engager dans une relation n'était pas à l'ordre du jour, pour lui. Sa priorité était de redonner du sens à sa vie et d'envisager la suite.

— Je n'avais rien prévu de tout cela, dit-il à haute voix en regardant par la fenêtre.

Il voulait passer cinq ans dans l'armée, puis trouver un poste de chirurgien quelque part dans une région montagneuse. Ou peut-être près des canyons, ou du désert. Pour être honnête, il n'était pas certain de ce qu'il voulait, mais cela n'avait plus d'importance, maintenant.

— Vous n'avez pas participé à votre atelier de thérapie cognitive, lança Randy Jenkins depuis le seuil de la porte.

C'était un homme de petite taille avec des lunettes épaisses, vêtu d'un pantalon et d'une chemise bleue sous sa blouse blanche. On aurait dit qu'il n'avait pas souri depuis une décennie.

— Et pouvez-vous me dire exactement ce que cela m'aurait apporté ? rétorqua Mateo en se tournant vers lui.

— Vous donner une idée de votre état actuel, puisque vous ne pouvez pas vous remémorer votre état passé.

— Mon état actuel, c'est de regarder défiler par la fenêtre une vie qui n'est pas la mienne.

— Voulez-vous aller mieux, docteur ?

Mateo secoua la tête avec colère.

— Ce que je veux, c'est ce que je ne peux pas avoir. Et que vous ne pouvez pas réparer.

— Mais il y a d'autres choses à faire dans la vie que d'être chirurgien, vous savez.

— Et que suggérez-vous que je précise dans mon CV ? Chirurgien amnésique cherche emploi ?

Ce n'était pas la faute de Randy s'il se sentait aussi

désemparé. Il le savait bien. Ce n'était la faute de personne. Mais il avait si peur de l'avenir ! Comment l'aborder, sans souvenirs du passé ?

— Écoutez, Mateo, je vais demander à mon assistante de chercher des programmes de formation qui pourraient vous intéresser…

— Des programmes de formation ? Vous ne comprenez donc pas ? Je suis chirurgien…

— Plus maintenant. J'ai parlé de votre cas à l'ordre des médecins et… votre autorisation d'exercer sera provisoirement suspendue, en attendant votre rétablissement complet. Il fallait que je fasse cette démarche sous peine de perdre ma propre licence.

Il avait travaillé si dur pour obtenir cette autorisation ! Et voilà que maintenant on allait la lui retirer.

— Ne vous inquiétez pas, vous retrouverez sûrement un poste en médecine, reprit Randy. Mais pour l'instant, il faut coopérer…

Hélas, pour coopérer, il fallait accepter la situation dans laquelle il se trouvait, or il n'était pas encore prêt pour ça.

Deux jours s'étaient écoulés, et Lizzie se sentait déjà mieux. Elle avait emballé quelques affaires de son père, une tâche qu'elle remettait à plus tard depuis trop longtemps. Alors qu'elle se dirigeait vers la petite plage devant sa maison, une goyave et une boisson au fruit de la Passion à la main, elle songea qu'elle devait maintenant réfléchir à la suite et décider si elle devait rester ici ou se construire une nouvelle vie ailleurs.

Son plan initial avait été de rentrer chez elle, dans le nord de l'État de New York, mais elle s'était peu à peu attachée à la petite parcelle de terre qu'elle possédait sur l'île d'Oahu. Sa maison était grande, mais pas trop, et offrait une magnifique vue sur l'océan. Son père avait planté des fleurs dans le jardin, et elle avait le cœur serré à l'idée d'abandonner ce qui lui avait procuré tant de joie dans les derniers jours de son existence.

Quant à son travail, il lui plaisait, et elle adorait travailler avec Janis, mais en ce moment tout semblait… en panne. Peut-être parce que, son père parti, elle se sentait très seule, ou parce que sa fatigue avait pris le dessus.

S'allongeant sur un transat, Lizzie posa son verre sur une petite table incrustée de coquillages que son père avait ramassés et laissa dériver son regard vers les vagues. Elle possédait une plage. Une jolie plage, dont la vue l'apaisait.

— C'est une belle vue, dit une voix familière, derrière elle.

Elle sursauta et découvrit Mateo, à quelques mètres de là, un sac de voyage sur l'épaule.

— Comment avez-vous su où me trouver ?

— Je suis allé à la Cabane et j'ai demandé où vous habitiez.

— Vous avez quitté l'hôpital ? s'exclama-t-elle, incrédule.

Il haussa les épaules.

— Randy Jenkins a recommandé mon transfert ce matin et votre amie Janis ne s'y est pas opposée. Alors me voici…

— Vous êtes en route pour un autre établissement ?

Mateo hocha la tête.

— On veut me renvoyer dans l'hôpital californien que j'ai quitté pour venir ici. Je n'y ai fait aucun progrès hier, donc je n'en ferai aucun demain…

— Mais… Que comptez-vous faire, alors ?

— Je n'en sais rien. Quand on m'a informé que mon transfert aurait lieu dans quelques jours, j'ai préféré prendre les devants.

— Ce qui veut dire que vous êtes SDF ? Ou avez-vous une maison quelque part ?

— Je n'ai plus de maison, en effet. Je l'ai vendue quand je suis entré dans l'armée et j'ai utilisé l'argent pour acheter un logement à ma mère. Cet appartement se trouve au

Mexique, dont je ne suis pas citoyen. Pour bénéficier des soins médicaux réservés aux anciens combattants, je dois vivre aux États-Unis. Ce qui veut dire que jusqu'à ce que je quitte Hawaï, je dormirai sur la plage. Mais avant de m'en aller je voulais vous remercier d'avoir tenté de m'aider. J'ai apprécié vos efforts, docteur Elizabeth Peterson, même s'ils ont été vains.

— Mais… Ne pourriez-vous pas vivre chez votre mère quelque temps ?

— Je pourrais, mais elle ne sait toujours pas ce qui m'est arrivé et je préfère le lui cacher aussi longtemps que possible.

— Je comprends, mais combien de temps croyez-vous que cette mascarade pourra durer ?

— Pour être honnête, je ne sais pas. Je n'y ai pas encore réfléchi.

L'instinct de Lizzie lui criait de ne pas s'impliquer, que Mateo n'était pas son problème. Mais elle se sentait de plus en plus tentée de lui proposer une solution, même provisoire.

Elle repensa à ce jour où son père s'était enfui, il y avait un an de cela. Si seulement quelqu'un l'avait trouvé à temps ! Et, même si Mateo n'était pas du tout dans le même état, les conséquences pourraient être dramatiques, pour lui aussi. Alors, tout en déglutissant avec peine et en chassant toutes les raisons qu'elle avait de ne pas le faire, elle le fit quand même.

— Écoutez, il y a une *ohana* en face de la maison. C'est petit, mais personne ne l'utilise, et vous pourriez y rester quelques jours, le temps d'y voir plus clair…

— Je ne veux surtout pas vous offenser, ni vous contrarier en déclinant votre offre, répondit-il. Je ne suis pas venu chercher de l'aide, mais je vous suis reconnaissant de me l'offrir. Donc, oui, j'apprécierais de pouvoir occuper votre *ohana*. Si cela est trop compliqué pour vous, mettez-moi à la porte. Vous méritez mieux qu'un bon à rien comme moi…

— Je suppose que vous ne savez pas cuisiner ? lança-t-elle dans un rire.

— Aucune idée. Mais si vous voulez bien d'un chirurgien amnésique comme commis…

Au cours des deux derniers jours, il n'y avait eu aucune admission, et aucune sortie non plus. Une mort de moins à enregistrer, un corps mutilé de moins à rapatrier, c'était toujours bien.

Passer son temps à jouer aux cartes avec son meilleur ami Freddy n'était pas nécessairement ce dont il avait envie, mais il n'y avait rien d'autre à faire. Et c'était toujours intéressant de voir Freddy tricher. Mais il ne voyait pas tout, même s'il remarquait que son adversaire échangeait parfois une carte contre une autre.

Le problème, c'est qu'il ne pouvait rien prouver, Freddy étant aussi doué pour jouer aux cartes qu'il l'était pour dispenser des soins. Il avait pour ambition, une fois rentré au pays, de terminer ses études de médecine et de s'associer avec Mateo.

Mais ce soir Freddy faisait les cent pas dans le hall en attendant quelqu'un. Bientôt, l'activité doublerait, et les soldats les moins blessés laisseraient la place à ceux qui étaient plus durement touchés.

Parfois, ils se mettaient en rang pour l'équipe médicale qui se précipitait vers la porte, poussant un brancard portant la dernière victime.

— Arrête ! cria Mateo à son ami. Ne fais pas ça ! Parce que si tu continues, ils vont arriver. Arrête, tu m'entends ?

Mais Freddy continuait à faire les cent pas, à attendre…

Non, pas ce soir. Mateo voulait passer trois nuits d'affilée sans subir de perte.

— Une nuit de plus. Juste une nuit…

Lizzie contournait la maison pour aller porter des serviettes et du linge à Mateo, qui s'était excusé pour aller faire une sieste, lorsqu'elle entendit des bruits à l'intérieur de l'*ohana*.

Elle tendit l'oreille. Mateo faisait un cauchemar, mais elle décida de ne pas le réveiller. S'il luttait contre ses démons dans son sommeil, c'est qu'il en avait besoin. De plus, il était ici en tant qu'ami, pas en tant que patient, et elle devait oublier son rôle de médecin.

Mais elle était inquiète, car elle connaissait la fin de l'histoire. Le meilleur ami de Mateo avait été tué dans le raid qui l'avait blessé. Mateo avait été extrait du carnage et emmené à l'hôpital de force, après avoir tenté de sauver son ami. Hélas, il n'y avait plus rien à faire…

Lizzie n'était pas neurologue, mais elle se demandait si ce deuil profond et enfoui n'aggravait pas son état. La blessure à la tête était sans doute la cause de son amnésie, mais le fait de ne pas avoir pu sauver son ami avait dû contribuer à renforcer ses symptômes. Elle non plus n'avait pas pu sauver son père, et la culpabilité la consumait encore aujourd'hui.

— Bien dormi ? demanda-t-elle comme Mateo entrait dans la cuisine vêtu d'un short cargo et d'un T-shirt.

— Le lit est confortable, mais je ne me sens pas reposé. Je suppose que j'ai davantage de sommeil à rattraper que je ne le pensais.

— Les collègues de Makalapua n'étaient pas très contents d'apprendre que vous vous étiez réfugié chez moi. Ils ont dû renvoyer l'ambulance qu'ils avaient commandée pour vous… Apparemment, vous en êtes sorti alors que le chauffeur s'arrêtait pour aborder la route principale, puis vous avez disparu…

— Ils auraient dû m'administrer un sédatif au lieu de se contenter de m'attacher, surtout après m'avoir fait part de leur intention de m'envoyer là où j'avais clairement déclaré ne pas vouloir aller.

— Vous faites toujours partie de l'armée, Mateo, même si vous êtes inactif pour le moment. Cela signifie que vos supérieurs prennent des décisions et…

— Ce n'est pas de mon ressort, je sais. Je leur appartiens jusqu'à ce qu'ils me libèrent.

— Écoutez… Laissez-moi voir si je peux trouver une solution avec Janis. On peut peut-être vous faire transférer ailleurs. Peut-être dans un autre hôpital privé.

— Je devrais plutôt aller me promener sur la plage. Il fait beau. Si je m'y installe, peut-être que quelqu'un aura pitié de moi et me donnera un repas de temps en temps.

— Vous n'allez pas vivre sur la plage, Mateo ! Restez ici pour l'instant, et attendons de voir ce que donnent mes recherches.

— Mais les militaires… Ils savent où je suis ? questionna-t-il.

— Bien sûr que oui. Je les ai appelés parce que vous n'êtes pas libre de vos obligations et qu'ils devaient savoir. Comme je vous l'ai déjà dit, je respecte les règles. Mais ils ne vont pas venir vous chercher, Mateo. Du moins, pas encore. Je leur ai dit que vous iriez en consultation externe dans quelques jours.

— Croyez-vous que je vais le faire ?

— Oui, si vous voulez rester ici. C'est votre dernière chance. Après ça, l'armée vous reprendra, et ils seront les seuls à décider de votre avenir.

Il s'assit sur le canapé et se détendit.

— Ces dernières semaines, personne ne m'a demandé mon avis. Vous êtes la première à m'avoir prévenu de ce qui arriverait, et je vous en remercie.

— Mais… Vous m'avez dit que votre mère ne connaissait pas votre état actuel ? Pourquoi ?

Il secoua la tête.

— Elle a un diabète avancé. De l'arthrite. Moins elle

en sait, mieux c'est. Je l'appelle tous les jours et, dès que je serai libre de voyager, j'irai la voir. Mais je ne veux pas la stresser. Elle mérite une vie meilleure que celle qu'elle a eue jusqu'ici et je ne vais pas l'en priver.

— Ce qui fait de vous un très bon fils.

— Je me souviens de l'époque où ma mère est devenue citoyenne américaine. Elle avait étudié pendant des semaines, travaillé dur pour apprendre l'histoire, la langue, et je pense que le jour où elle a prêté serment a été l'un des plus beaux de sa vie. Se construire une nouvelle vie n'est pas facile, et elle l'a fait pour moi.

— Et vous ?

— J'étais trop jeune pour réaliser tous les sacrifices auxquels elle consentait. Aujourd'hui, je ne veux pas qu'elle s'inquiète pour moi. Elle vit heureuse au Mexique, près de sa sœur, et elle fière de son fils, le médecin…

À ces mots, son regard s'assombrit, et Lizzie décida d'écourter cette conversation.

Ne penser qu'à l'instant présent ne lui ressemblait pas. Du moins est-ce ce qu'il croyait. En consultant son calendrier, il remarqua qu'il avait pris des notes et fait des plans pour l'avenir. Des mois à l'avance. Sans doute ce trait de sa personnalité avait-il disparu, car il était désormais sans domicile fixe et ne semblait pas particulièrement inquiet à ce sujet.

Était-ce parce qu'il savait qu'il pouvait compter sur l'aide de Lizzie ?

Mateo contempla son sandwich aux crevettes à demi mangé et se demanda s'il aimait les crustacés. S'il avait été allergique, sa gorge aurait déjà enflé. Or tout allait bien.

Inconsciemment, il leva la main vers son cou.

— Ça va ? s'enquit Lizzie.

Elle était assise en face de lui, ses beaux cheveux roux tombant sur ses épaules, ses yeux bruns piquetés d'or brillant à la lueur de la bougie à la citronnelle posée sur la table. Elle le gratifia d'un large sourire.

— Je me demandais si j'avais des allergies.

— D'après votre dossier militaire, non.

— Vous en savez vraiment plus sur moi que je n'en sais moi-même, n'est-ce pas ?

— Vous comprenez pourquoi je ne vous dis pas tout ce que je sais, n'est-ce pas ?

— Oui. Pour ne pas m'encombrer l'esprit de faux souvenirs et faciliter ma guérison. Mais le fait d'être assis ici avec quelqu'un qui me connaît si bien alors qu'elle est presque une étrangère est… déconcertant.

Lizzie tendit la main pour la poser sur la sienne.

— J'imagine, en effet, mais cela ne va pas durer, faites-moi confiance.

Il regarda sa main pendant un instant – une peau de porcelaine, lisse et pâle.

— Pouvez-vous me dire si je peux espérer recouvrer la mémoire un jour ?

Elle retira sa main.

— Hélas, je ne peux rien prédire, Mateo. J'aimerais pouvoir vous donner une réponse définitive, mais le cerveau est imprévisible. Votre état peut demeurer stationnaire ou s'améliorer. Perdre des fragments de vous-même – ou, comme je dis souvent, vivre dans le brouillard – doit être difficile. Je le constate, je le comprends, mais je ne le vis pas moi-même.

Il sourit.

— J'aimerais pouvoir en dire autant. J'apprécie votre hospitalité, Lizzie, mais vous n'êtes pas responsable de moi. Je promets de me montrer plus raisonnable et coopératif ici qu'à l'hôpital. Dites-moi quoi faire et je le ferai.

Elle le regarda d'un air surpris.

— Pourquoi ne pas avoir compris cela à l'hôpital ?

— Ces quatre murs, ce lit et cette petite fenêtre sur

le monde m'ont fait peur, Lizzie. Je me suis imaginé que désormais ma vie se limiterait à cela.

— Quand cesserez-vous donc de fuir, Mateo ? Vous avez quitté l'Allemagne, l'établissement pour anciens combattants de Boston, la Californie, et maintenant l'hôpital. Et aussi…

Elle prit une bouchée de son sandwich, puis se tut.

— Vous alliez dire votre fiancée, n'est-ce pas ?

— Vous vous souvenez d'elle ?

— Vaguement. Ça a dû être une relation brève, parce qu'elle ne m'a pas laissé beaucoup de souvenirs. Sauf, peut-être… qu'elle ne voulait pas vivre avec un amnésique, n'est-ce pas ?

— En fait, je ne connais pas toute l'histoire. C'était dans votre dossier, mais comme vous n'étiez pas mon patient, je ne l'ai pas lu…

Elle mentait, il en était certain. Pour le protéger. Sentant la migraine le gagner, il se leva brusquement, jeta quelques billets sur la table et s'éloigna.

— Excusez-moi…

Il se dirigea vers la plage, puis s'assit sur le sable, ferma les yeux et essaya de se vider la tête.

Pour l'instant, il se fichait de ce que Lizzie lui cachait. Tout ce qui l'intéressait, c'était de contrôler la douleur qui montait en lui.

Ces derniers temps, ça n'avait pas été facile. Pas facile du tout.

Malgré son désir de rejoindre Mateo, Lizzie décida de le laisser seul. Ces sautes d'humeur étaient normales, dans son état. S'il avait besoin de son aide, il était libre de la solliciter – ou pas.

Il ne revint à la maison qu'une heure plus tard. Elle comprit tout de suite à quel point il se sentait perdu, mais elle devina, derrière son masque douloureux, toute la complexité de sa personnalité. Mateo était bien là, mais il était comme enfermé en lui-même.

— Je vais aller nager, puis je reviendrai me détendre sur la terrasse. Vous pouvez vous joindre à moi ou rester ici et lire un livre, ou regarder un film, si vous préférez.

— Vous n'avez pas à vous sentir responsable de moi, Lizzie. Je peux prendre soin de moi.

— Vous avez l'air fatigué, et j'ai pensé qu'une baignade vous ferait du bien.

Il avait l'air plus que fatigué. Il avait l'air défait. À terre. Il ressemblait à un homme qui se battait de toutes ses forces pour reprendre le contrôle de sa vie. Même si elle n'en avait pas le droit, elle ne pouvait s'empêcher de s'inquiéter pour lui. Quelque chose chez Mateo la touchait, l'attirait irrésistiblement.

Elle monta se changer à l'étage, puis se dirigea vers la plage, laissant Mateo devant un documentaire idiot à la télévision.

Dommage, pensa-t-elle en trempant son orteil dans les vagues. Cette baignade nocturne lui aurait sûrement plu. Et à elle aussi.

Sur la plage, Mateo admirait Lizzie. Elle était éblouissante, dans ce maillot de bain tout simple. Elle essayait de le cacher, mais sa beauté ne pouvait pas être cachée, pas plus sa beauté extérieure que sa beauté intérieure…

Accepter de vivre chez elle quelque temps représentait un risque, il en avait conscience. Mais il voulait apprendre à la connaître et, bien qu'il n'ait pas vraiment eu l'intention de s'installer ici, il n'avait pas eu le cœur de refuser son offre, y voyant comme un signe du destin.

Soudain, il eut envie de la rejoindre, mais il ne voulait pas s'imposer. Dans son état, il n'avait pas le droit de penser ou de désirer quoi que ce soit. Mais regarder Lizzie lui donnait de l'espoir et lui insufflait une énergie nouvelle qu'il n'avait jamais ressentie jusqu'alors. Peut-être la présence de la jeune femme déclencherait-elle en lui une réaction qui lui permettrait d'aller de l'avant, de progresser ?

Hélas, c'était encore trop tôt. Même s'il mourait d'envie de céder à l'élan qui le poussait vers elle, il fallait résister.

En soupirant, Mateo ferma les yeux. Mais tout ce qu'il voyait, c'était Lizzie. Son visage. Son regard. Sa tristesse. Sa compassion. Elle avait le pouvoir de changer un homme. Le pouvoir de le changer, peut-être.

Depuis qu'elle était entrée dans sa chambre, à l'hôpital, et s'était assise dans le fauteuil en face de lui sans dire un mot, il n'avait cessé de penser à elle. Elle souriait en le regardant, et au bout d'un moment, c'était lui qui avait brisé le silence.

— Pourquoi faites-vous ça ? lui avait-il demandé.

— Parfois, on en apprend davantage en observant qu'en parlant, lui avait-elle répondu.

— Et qu'avez-vous appris en m'observant ?

— Que vous ne serez pas un patient facile pour vos médecins.

Mateo avait ri. C'étaient des paroles prophétiques. Il n'était pas un bon malade, pas plus aujourd'hui qu'hier. Et il avait suffi à Lizzie de le regarder pour le savoir.

— Il y a un raccourci pour rentrer à la maison, dit Lizzie en venant s'asseoir à côté de lui sur un rocher.

— Je ne vous pas entendue arriver.

— J'avais l'habitude de m'asseoir ici quand mon père allait mal. Je cherchais des réponses et, même s'il n'y en avait pas, je repartais toujours avec un sentiment de calme.

— Je ne suis pas sûr de pouvoir en dire autant, mais la vue est incroyable. J'ai toujours vécu dans des endroits bondés, bruyants…

— Ce sont des conditions de vie difficiles, commenta Lizzie.

— Oui. Nous en choisissons certaines, mais d'autres nous sont imposées, vous savez, dit-il d'un air pensif.

Il se leva.

— En tout cas, cette journée a été longue et pleine de péripéties, alors je voudrais essayer de dormir un peu. Je vous raccompagne ?

Lizzie sourit, puis se leva et prit son bras.

— J'ai toujours aimé les hommes galants. Je ne savais pas qu'ils existaient en dehors des livres de contes de fées.

— Considérez-moi comme un pauvre prince à votre disposition, répondit-il en s'inclinant devant elle.

— Pauvre ? répéta-t-elle, alors qu'ils se mettaient en chemin. J'ai vu l'état de vos finances quand vous avez été admis. Vous n'êtes pas riche, mais vous n'êtes certainement pas pauvre.

— Pauvre d'esprit, peut-être ?

Lizzie éclata de rire.

— J'en doute. Je pense que vous avez beaucoup d'esprit, mais qu'en ce moment il se cache…

Mateo la testait, comme il l'avait fait à l'hôpital avec tous ceux qui l'avaient approché. Mais cette fois c'était différent, car il évoluait dans le monde réel, ce qui lui demandait d'importants efforts d'adaptation.

Il s'y habituerait, elle en était certaine, mais ce ne serait pas à ses dépens. Elle avait trop donné à son père pendant trop longtemps, l'empêchant de progresser par lui-même et lui compliquant la tâche au lieu de l'aider.

Avec Mateo, elle se comporterait différemment. Son combat n'était pas le sien. Pour que celui-ci aille mieux, qu'il redonne un sens à sa vie, il fallait qu'il avance seul, pas à pas.

Elle serait présente en tant qu'observatrice bienveillante et lui tendrait la main, mais son rôle s'arrêterait là.

4.

Elle fut réveillée par une délicieuse odeur. De café et… y avait-il quelque chose dans la poêle ? Lizzie aurait bien aimé se prélasser au lit un peu plus longtemps, simplement pour profiter de cette belle matinée – et, surtout, parce que aujourd'hui elle pouvait se permettre ce luxe. Elle était en vacances, après tout. Elle pouvait se reposer, lire, dormir, faire tout ce qu'elle voulait.

Mais l'horloge de son téléphone indiquait presque 11 heures, ce qui signifiait qu'elle avait déjà passé la majeure partie de la matinée au lit. Elle se sentait incroyablement bien et elle se rendit soudain compte à quel point elle avait pris de mauvaises habitudes en ne dormant jamais plus d'une heure ou deux d'affilée.

Elle se leva. Elle voulait voir Mateo, aussi, pour lui demander ce qu'il avait prévu pour la journée. Après une douche rapide, elle descendit et le vit, une tasse de café à la main.

— Il n'y avait pas de lait, alors il faudra le boire noir. Mais j'ai cueilli une papaye bien mûre sur l'arbre, dehors…

— Vous vous souvenez de ce qu'est un papayer ? s'étonna-t-elle.

— Ma mère en faisait de la sauce à déguster avec les tacos au poisson. Et du gâteau. J'adorais ça.

— J'imagine, oui, dit-elle en prenant une gorgée de café. Vous savez cuisiner ?

Il sourit.

— Je sais préparer les tacos au poisson, mais ils ne sont pas très bons pour la santé. *Tacos, enchiladas, tamales, burritos*… Tous ces plats sont délicieux, mais quand on s'entraîne tous les jours comme je le faisais avant, il ne faut pas en abuser si l'on ne veut pas voir augmenter son tour de taille.

Il se tapota le ventre.

— Pour l'instant, tout va bien. Oh ! j'ai fait des muffins, si ça vous intéresse. Sans sucre et sans beurre.

— Vous êtes un vrai cuisinier, alors ?

— Disons que je me débrouille. Une des infirmières en Afghanistan faisait un café horrible, alors j'ai décidé de m'en charger moi-même sous peine de devoir y renoncer, car le sien me rongeait l'estomac.

— Alors, quel est votre programme pour aujourd'hui ? demanda-t-elle, s'attendant à ce qu'il n'en ait aucun.

Mais l'expression de son visage lui indiqua le contraire.

— Acheter des vêtements. Je n'ai rien, à part ce que je porte sur moi et qui m'a été prêté par l'hôpital. Et il me faut des chaussures, aussi.

— Allons faire du shopping, alors ! lança-t-elle d'un ton enjoué.

— Je crois que je fais partie de ces hommes qui détestent le shopping.

— Pas d'excuses ! Moi, j'adore ça, alors préparez-vous à une longue séance.

— Ma mère adorait faire du shopping et m'obligeait à marcher derrière elle en portant son sac à main. C'était humiliant, surtout pour un petit garçon qu'on traitait de fils à maman, mais ça m'a aidé. J'ai commencé à faire de l'exercice pour avoir davantage de force, ce qui m'a été bien utile pour éloigner les petites brutes de l'école.

Il sourit.

— Je n'aimais pas vraiment me battre, mais personne ne l'a jamais su.

— Je ne vous demanderai pas de porter mon sac à main ; à moins que vous insistiez…

Lizzie prit une autre gorgée de café et arqua ses sourcils.

— Il est délicieux. Je suis contente que vous n'ayez pas oublié comment on prépare du bon café. Comme ça, vous pourrez le faire tous les matins.

Elle regarda le muffin qu'il lui tendait et demanda :

— Il est à la papaye, je suppose ?

— J'ai appris à profiter de ce que la nature nous donne et à en être reconnaissant.

— Tant que vous ne grimpez pas à l'arbre pour cueillir les fruits, ça me convient. Mais si vous désobéissez…

— Ne vous inquiétez pas. Je ne me souviens peut-être pas de grand-chose, mais je me souviens que les blessures à la tête et l'escalade des papayers ne font pas bon ménage. Alors, ce shopping ?

— Ce n'est pas très loin. Si vous êtes prêt pour une promenade, c'est à un peu plus d'un kilomètre.

Elle était vêtue d'une jupe hawaïenne mi-longue, à motif fleuri jaune et blanc, portée avec un débardeur blanc à bretelles qui révélait un peu de son ventre. Un chapeau de paille souple, des lunettes de soleil surdimensionnées et des sandales complétaient sa tenue.

Normalement, quand elle n'était pas en service, elle se promenait en short éponge et en T-shirt mais, pour sortir avec Mateo, elle avait eu envie de se faire belle. Il y a longtemps qu'elle ne s'était pas sentie aussi bien qu'aujourd'hui !

— En fait, il y a plusieurs magasins, donc vous aurez le choix… Quel genre de vêtements voulez-vous ?

— Un bermuda de plage. Un imprimé tropical, léger, un peu ample, et un T-shirt sans manches. Peut-être un short cargo et quelques chemises en coton, aussi, et un pantalon kaki en toile, avec une chemise blanche.

— Mais ce sont des vêtements de surfeur, ça ! Vous faites du surf ?

— Je n'en ai aucune idée. Vous voulez m'apprendre ?

— Votre dernier médecin vous a conseillé d'éviter ce genre d'activités pendant au moins quatre mois. Ça ne fait pas quatre mois que…

— C'est une bonne chose que mon dernier médecin n'ait plus son mot à dire et que ma nouvelle amie soit prête à m'enseigner quelques mouvements simples et peu dangereux. Si elle sait surfer, bien sûr…

— Oh oui, elle sait surfer et elle est même très douée pour ça ! répliqua-t-elle.

L'idée de surfer avec Mateo provoqua en elle une petite bouffée d'excitation.

— Dans ce cas, à vous de décider de mon look. Mais je ne porterai pas de rouge.

— Pourquoi pas ? Avec votre peau mate…

Il secoua la tête.

— J'en ai trop porté. Pas de rouge.

— Du bleu, alors ? Ça vous va bien.

— Vous, c'est le jaune, votre couleur.

— Ainsi, vous êtes le type d'homme à remarquer ce genre de détail chez une femme ? Parce que d'après mon expérience…

— Quelle expérience ?

— Eh bien… Dans mon cas, pas grand-chose, ces derniers temps.

Elle n'était pas sortie avec un homme depuis des années, pour être honnête. Mais inutile d'accabler Mateo avec ses problèmes. Il en avait déjà bien assez avec les siens !

— Tout miser sur le travail n'est pas bon pour la santé, vous êtes bien placée pour le savoir, dit-il.

— Vous avez raison…

Elle était travailleuse, sérieuse, dévouée et passionnée par sa carrière, mais elle n'avait jamais investi les aspects plus personnels de sa vie, par manque de temps, mais aussi de réel intérêt.

Elle lui fit signe de la suivre jusqu'à la route qui passait devant la maison. Elle habitait un peu à l'extérieur de Lā'ie, à l'extrémité nord de l'île, dans un quartier excentré, mais très vivant.

Beaucoup de gens à l'hôpital faisaient la navette entre Honolulu ou l'une des plus grandes villes du sud, comme Kāne'ohe, mais elle aimait vivre ici. Elle avait quitté New York pour cela et ne l'avait jamais regretté.

Pourrait-elle retourner vivre dans une grande ville ? S'il le fallait vraiment, pourquoi pas, le voulait-elle ? Sûrement pas !

— Nous allons voir avant tout des magasins de surf. Il y a quelques boutiques spécialisées dans les vêtements plus traditionnels, et des magasins de chaussures. Il n'y a que l'embarras du choix ! Mais avant cela, il faut que je fasse un saut à l'hôpital pour signer quelques papiers. Vous pourrez m'accompagner, ou attendre dehors si vous préférez.

Alors qu'ils marchaient sur la route étroite, dépassés par des gens à vélo ou en scooter, il eut soudain envie d'en savoir plus.

— Vous parlez souvent de votre père, mais pas de votre mère. Que lui est-il arrivé ?

— Elle s'est désintéressée de notre vie, puis de mon père, et nous a quittés quand j'avais environ cinq ans. Elle est morte quelques années plus tard.

— Elle n'a donc jamais eu l'occasion de se racheter ?

— Elle aurait pu. Mais elle n'a pas voulu.

— Et votre père…

— Avant de tomber malade, cela ne l'intéressait pas. Et ensuite, il ne se souvenait plus du tout d'elle.

— Ça n'a pas dû être facile pour vous de prendre soin de votre père comme vous l'avez fait.

— En effet, mais je me suis occupée de lui comme il

s'était occupé de moi dans mon enfance. Je ne pouvais pas l'envoyer dans une maison de repos.

— Ce n'est pas à cause de lui que vous êtes là ?

— Si. L'hôpital propose un excellent parcours de soins pour les malades d'Alzheimer, et cela lui a fait beaucoup de bien. De plus, il aimait cette maison, surtout son jardin. Alors qu'il perdait chaque jour un peu plus la mémoire, seules ses fleurs avaient le pouvoir de lui procurer du plaisir. Quand je regarde le jardin aujourd'hui, j'ai l'impression qu'il est encore là. Il me manque. Nous avons eu une vie difficile, mais il a toujours fait face. Il n'était pas fait pour jouer les pères célibataires, et pourtant…

— Depuis combien de temps est-il parti ?

Mateo s'empara de sa main et elle ne la retira pas. C'était agréable de sentir son toucher, d'avoir quelqu'un qui s'intéressait à elle… Du moins pour un petit moment. Sa main était douce, et elle frémit en imaginant ce qu'elle ressentirait si elle caressait sa peau…

Arrête de rêver !

— Un an, maintenant. Le monde a encore perdu un excellent chirurgien…

Elle remarqua que Mateo commençait à être essoufflé, alors elle ralentit le rythme.

— Vous avez besoin de faire une pause ? demanda-t-elle en s'arrêtant dans l'allée qui menait à la porte d'entrée de l'hôpital.

— Non, dit Mateo. Je vais bien, mais je ne suis pas ravi d'être de retour ici.

Il s'assit sur une grosse pierre de lave et croisa les bras sur la poitrine.

— Allez faire ce que vous avez à faire, j'attendrai ici.

Il désigna un petit magasin, en contrebas. Plusieurs portants avaient été installés devant la vitrine, sur le trottoir.

— Ou alors, j'irai là-bas pour choisir les vêtements les plus affreux qu'on puisse imaginer.

— J'en ai pour une dizaine de minutes, dit-elle en s'éloignant. À tout à l'heure…

— Je ne savais pas que tu passerais, dit Janis en s'approchant de Lizzie pour la saluer. Et comment va Mateo ?

— Bien. Nous allons lui acheter quelques vêtements.

— Ce qui m'inquiète, c'est qu'il vit avec toi, Lizzie. Ce n'est pas une bonne idée. Les dépendances se créent, dans ces conditions. Tu auras peut-être du mal à te séparer de lui le moment venu.

— C'était ça ou le laisser dormir sur la plage. Et il a insisté sur le fait qu'il ne reviendrait pas ici et qu'il n'irait pas non plus en Californie. Alors… Qu'est-ce que j'étais censée faire ? Il n'est pas encore prêt à affronter le monde seul.

Elle jeta un regard furtif dehors et vit Mateo en conversation avec des passants. Il semblait parfaitement à l'aise.

— Il n'est pas censé vivre avec l'un de ses médecins, dit Randy Jenkins, qui avait rejoint Janis.

— Je ne suis pas son médecin, je ne l'ai jamais été et je ne le serai jamais. Et puis, il est dans l'*ohana*, pas dans ma maison ! précisa Lizzie, presque sur la défensive.

— C'est ton choix, Lizzie, dit Janis. Fais ce que tu veux, mais ne t'implique pas trop. Je ne veux pas te voir souffrir dans le cas où tes sentiments pour lui ne seraient pas… réciproques. Tu es vulnérable en ce moment, tout comme lui, et je ne veux pas qu'il te fasse souffrir.

— Il n'est pas comme tu le crois ! protesta Lizzie.

— Sois prudente, c'est tout. Et empêche-le de pratiquer la médecine. Il n'y est pas autorisé jusqu'à nouvel ordre et, s'il commet des erreurs, cela pourrait se retourner contre toi…

Jetant un nouveau coup d'œil par la fenêtre, Lizzie vit

Mateo prendre le pouls d'un jeune garçon qui ne devait pas avoir plus de sept ou huit ans.

— Plus facile à dire qu'à faire..., murmura-t-elle avant de signer les papiers que Janis lui tendait et de prendre congé de ses amis.

5.

Il n'avait pas eu l'intention de pratiquer la médecine sauvage, mais il n'avait pas pu s'en empêcher. Le souvenir de la carrière qui lui avait été enlevée ne cessait de lui rappeler ce qu'il était jadis, et ce qu'il était devenu. Rien. Personne. Un homme sans mémoire vivant avec une femme qu'il connaissait à peine.

— Il n'y a pas de fracture, dit-il à la mère du petit garçon. Juste une entorse. Vous pourriez aller passer une radio, mais je vous conseille plutôt d'immobiliser le bras quelques semaines et de le porter en écharpe.

Il savait encore faire la différence entre une entorse et une fracture. Il n'aurait pas dû poser de diagnostic, mais cela lui était venu naturellement. À croire que la médecine était sa vocation…

Il se leva en voyant approcher Lizzie qui, à en juger par l'expression de son visage, n'était pas très heureuse de ce qu'il venait de faire.

— Je suppose que vous allez me dire que je ne devrais pas pratiquer la médecine, lança-t-il avant même qu'elle ne l'ait rejoint.

— En effet. En plus, vous n'avez aucun matériel et…

— Avec un hôpital à quelques mètres, cela n'est pas un problème. Et vous savez ce qu'on dit : médecin un jour, médecin toujours…

— Ne tentez pas le diable, Mateo. Vous êtes dans

l'enceinte de l'hôpital et vous avez de la chance que Janis se montre tolérante.

— Message reçu ! dit-il en lui souriant et en l'entraînant vers le petit magasin qu'il avait repéré un peu plus tôt.

— Pourquoi vous êtes-vous engagé dans l'armée ? demanda-t-elle.

— Honnêtement ? Je ne sais pas. Quelque chose m'a attiré, mais je ne sais pas quoi, soupira Mateo. Je ne sais plus…

Lizzie prit une chemise bleue fleurie sur un portant et la lui tendit.

— Laissez-vous un peu de temps, dit-elle.

— Ça tombe bien, j'ai beaucoup de temps, n'est-ce pas ?

Il remit la chemise en place.

— Je préférerais un T-shirt.

— Essayez-en une, au moins, insista Lizzie en lui en présentant une autre, verte avec des fleurs d'hibiscus blanches.

Soudain, il sentit l'anxiété le gagner. Trop de couleurs, trop de gens, trop de stimulation. Tous les regards étaient tournés vers lui. Des plaies. Du sang. Des blessés. Trop de blessés. Il était censé tous les sauver, mais c'était impossible…

— Mateo ? dit Lizzie en secouant doucement son bras. Où étiez-vous ?

Il cligna des yeux, la regarda sans comprendre. Puis, tout à coup, il réalisa qu'il venait de revivre un épisode de son passé, comme cela lui arrivait parfois quand il était réveillé. Les cauchemars l'assaillaient dans son sommeil.

— Dans un lieu que j'espère ne jamais revoir.

— Venez faire un tour sur la plage, suggéra-t-elle en posant une main réconfortante sur son bras. Cela vous changera les idées.

Ce n'était pas comme si elle ne lui faisait pas confiance pour retrouver son chemin. Mateo en était tout à fait capable et, s'il voulait rentrer à la maison, il y parviendrait sans problème. Mais cela faisait plusieurs heures qu'il était parti et elle commençait à s'inquiéter. Naturellement, elle pensa à son père et au jour où il s'était perdu.

Aujourd'hui encore, il lui arrivait de faire des cauchemars et de revoir son père, assis dans le sous-bois près de Kipu Falls, seul, attendant que la mort l'emporte. Peut-être que c'était son choix – ou simplement son destin…

Elle prit une profonde inspiration pour chasser ces mauvais souvenirs et se concentra sur son visiteur.

— C'est une offre intéressante, dit-elle à Kahawai, l'un des riches propriétaires de la région, mais je suis bien où je suis et j'aime ce que je fais.

Même à ses propres oreilles, ces paroles ne lui parurent pas convaincantes.

Kahawai lui proposait depuis plusieurs mois d'ouvrir une petite clinique et était venu la voir pour lui présenter un local.

— C'est une bonne opportunité, insista-t-il, pour les habitants du quartier comme pour vous.

— Mais je n'ai jamais pratiqué la médecine générale dans une petite clinique, expliqua-t-elle. J'ai toujours pu m'appuyer sur une structure hospitalière.

C'était son prétexte pour refuser son offre, sa raison de ne pas passer à autre chose. Et, bien qu'elle en ait discuté par le passé avec son père, être indépendante l'effrayait. Elle n'était pas sûre d'avoir assez confiance en elle. Pas maintenant, en tout cas.

En la voyant chercher du regard Mateo sur la plage, Kahawai lui glissa :

— Il sera de retour en temps voulu. Ce médecin sans mémoire… Est-ce qu'il représente quelque chose pour vous ?

— Il a une mémoire, protesta-t-elle, mais il a subi un traumatisme qu'il essaye de surmonter.

— Et il va vivre avec vous jusqu'à ce qu'il soit guéri ?

— Il ne vit pas avec moi, mais dans mon *ohana*. Ce n'est pas la même chose.

Kahawai se leva pour prendre congé.

— Eh bien, quoi qu'il en soit, mon offre tient toujours. Et si votre colocataire veut travailler avec vous, j'aurai aussi une place pour lui. J'ai cru comprendre qu'il était un grand chirurgien, avant son accident…

Une fois seule, Lizzie eut soudain envie d'aller chercher Mateo sur la plage. Mais, en passant devant l'*ohana*, elle le découvrit, debout sur le pas de la porte, en train de regarder la nuit tomber sur l'océan. Il lui fit signe d'approcher.

— On dirait que vous êtes pressée…

Elle le rejoignit et, quand il glissa un bras autour de sa taille et l'attira à lui, elle le laissa faire.

— J'allais juste faire une petite promenade, balbutia-t-elle, troublée à l'extrême.

Il fallait qu'elle parte. Qu'elle s'éloigne de lui tant qu'elle le pouvait. Parce que plus leur intimité grandissait, plus elle prenait conscience que Mateo était l'homme qui pourrait tout changer dans sa vie si elle l'y invitait. Oui, elle aurait dû s'enfuir, mais ses jambes étaient trop faibles et la nuit l'enveloppait, douce et chaude…

Soudain, Mateo se pencha vers elle et l'embrassa. Son baiser, d'abord timide, se fit de plus en plus profond. Quand il glissa les doigts dans ses cheveux, elle frissonna.

— Tu as froid ? demanda-t-il, son souffle chaud caressant son cou.

Lizzie pencha la tête pour le regarder. Il était grand, beaucoup plus grand qu'elle, et ses épaules étaient larges… Elle ne l'avait pas remarqué à l'hôpital, cependant, maintenant qu'elle l'examinait non plus en tant que médecin mais en tant que femme, elle le trouvait très beau. Très fort, aussi.

— Non, c'est juste que… je n'ai pas l'habitude, murmura-t-elle.

Mateo la poussa doucement contre le chambranle de la porte. L'instant d'après, il la serrait plus fort contre lui, ses yeux sombres plongés dans les siens.

— De quoi n'as-tu pas l'habitude ? demanda-t-il.

— Toi… moi… Tout cela. Je me suis abstenue, ces derniers temps.

— Pourquoi ?

— Parce que je ne voulais pas m'attacher, et que je n'ai rencontré personne qui m'en ait donné envie. Et puis la routine a pris le dessus.

— Peut-être que tu pourrais changer de routine…

Au moment où ses lèvres touchèrent les siennes, il la sentit se pencher en arrière et frémir contre lui. Mais, avant que la raison ne prenne le dessus, il approfondit son baiser et perdit le contrôle…

Ses émotions remontaient peu à peu à la surface, et il eut soudain peur de révéler des facettes de lui-même qu'il avait lui-même oubliées, peur de l'avenir, peur de perdre Lizzie qui, tôt ou tard, sortirait de sa vie…

Il recula brusquement.

— Eh bien, voici une chose que tu n'as pas oubliée, murmura Lizzie en passant les doigts sur ses lèvres rouges et gonflées.

— Cela t'a plu ?

— Oui, c'était… très bien, répondit-elle, presque timidement.

Le sourire qu'elle lui offrit lui prouva qu'elle était sincère. Hélas, de son côté, il n'avait plus rien à donner. Ni à prendre.

Il était assis sur la terrasse, sirotant un jus de fruits, regardant la nuit autour de lui. Quant à elle, elle était tellement bouleversée qu'elle avait bien du mal à préparer un *mahi-mahi*, un plat pourtant très simple.

Il l'avait embrassée, et elle avait adoré cela.

Lizzie laissa échapper un soupir. Son mariage avec Brad avait été un désastre absolu, et même si c'était déjà loin, elle n'était pas sûre d'être prête pour une nouvelle relation. L'échec de son couple ne l'avait pas vraiment surprise. Il y avait eu des indices. Ces textos qu'il envoyait en cachette. D'autres femmes. Une autre vie…

Mais même si elle s'engageait avec Mateo, comment gérer son amnésie ? Devrait-elle toujours le surveiller, comme elle l'avait fait pour son père ?

Elle avait déjà vécu cela et, honnêtement, elle n'était pas sûre d'avoir le courage de recommencer.

D'un autre côté, que se passerait-il s'il redevenait lui-même et qu'il n'était plus l'homme qu'elle connaissait ? Elle était déjà tombée amoureuse d'un homme qui s'était révélé être quelqu'un d'autre… Pour son plus grand malheur.

— Docteur Lizzie ! cria soudain quelqu'un par la fenêtre de sa cuisine. Venez vite ! Je crois qu'il est mort.

Sortant aussitôt de sa rêverie, Lizzie attrapa instinctivement sa sacoche médicale et se précipita en courant à la suite d'un jeune homme. Sur la plage, l'un de ses amis était étendu sur le sable, inconscient.

Elle s'agenouilla près de lui et découvrit Mateo qui, en face d'elle, posait ses doigts sur le cou de l'homme pour vérifier son pouls. Elle prit la tension du patient, puis secoua la tête d'un air sinistre.

— Rien…, dit Mateo.

— Que s'est-il passé ?

— On faisait du surf. Il y a de très bonnes marées par ici. Et il est tombé de sa planche. Je ne sais pas ce qui s'est passé après…

— Est-il ivre ? demanda Mateo.

— Nous avons bu quelques bières. Rien de grave.

— Quelques bières et une planche de surf peuvent tuer. Quel est son nom ?

— Teddy. Teddy Chandler.

— Teddy, tu m'entends ? cria Mateo, en enfonçant son pouce au milieu de sa poitrine.

Ce frottement sternal était une technique utilisée pour évaluer le niveau de conscience d'une personne qui ne répondait pas aux commandes vocales. Dans le cas de Teddy, il n'y eut pas de réaction.

— Appelez une ambulance ! ordonna Mateo, tandis que Lizzie commençait les manœuvres de RCR.

Alors qu'elle faisait les compressions, Mateo prit une intraveineuse dans son sac et l'inséra dans le bras droit de Teddy, juste en dessous du coude. Il y attacha une poche de physio, mais rien d'autre.

— L'épinéphrine pourrait causer de graves lésions cérébrales, dit-il, plus à lui-même qu'à Lizzie.

— Tu te souviens de ça ?

— Oui. Certaines études affirment que l'adrénaline est contre-indiquée en cas d'arrêt cardiaque.

Lizzie cessa ses compressions thoraciques un instant, mais Teddy ne respirait toujours pas.

Mateo dégagea ses voies respiratoires en inclinant sa tête en arrière et en levant son menton, puis il lui pinça le nez et couvrit sa bouche de la sienne pour lui insuffler deux respirations d'une seconde.

Il ne se passait toujours rien.

Lors de la deuxième série de compressions, Teddy vomit et cracha de l'eau de mer, puis il revint à lui. Il tenta de s'asseoir, mais Mateo le maintint au sol.

— Nous allons te conduire à l'hôpital, annonça Lizzie. De l'eau salée s'est accumulée dans tes poumons, obligeant ton cœur à travailler plus fort, ce qui peut l'endommager. Tu dois te faire examiner.

— Ça va faire mal ? demanda Teddy.

Mateo regarda Lizzie et sourit.

— Probablement, répondit-il, mais c'est ce qui arrive quand on boit trop et qu'on se croit en état de surfer. Tu as eu de la chance que nous soyons tout près. Ça ne se passe pas toujours si bien.

Lizzie se leva. Impressionnée par les qualités professionnelles de Mateo, elle se demanda pour la première fois s'il ne serait pas opportun de lui chercher à l'avenir un poste en médecine.

Il y avait sûrement une place pour lui – si possible dans un endroit où il ne représenterait pas une tentation pour elle. Car, en dépit de toutes ses réserves, Mateo la tentait comme aucun autre homme avant lui…

Lizzie l'entendit crier à travers sa fenêtre ouverte. Encore un de ses cauchemars… Elle aurait désespérément voulu l'aider, mais elle ne pouvait pas. Ses cauchemars l'entraînaient dans un voyage qu'il devait faire seul. Les réponses dont il avait besoin étaient là. Mais c'était à lui de les trouver, pas à elle de les révéler.

Elle aurait tant voulu croire à sa guérison et le rassurer ! Alors qu'elle posait sa tête sur son oreiller et fermait les yeux, une image s'imposa à son esprit : celui d'un homme qui se noyait. Mateo ! Oui, il se noyait et elle ne pouvait pas l'atteindre, de la même façon qu'elle n'avait pas pu atteindre son père à la fin de sa vie. Elle l'avait laissé tomber, tout comme elle laissait tomber Mateo aujourd'hui. Pourrait-elle jamais réparer sa faute ?

6.

— Ça va ? demanda Mateo.

Il s'inquiétait pour Lizzie. Elle n'avait pas dit un mot depuis plus d'une heure. Assise dans le sable, les yeux fixés sur l'océan, elle ressemblait à une statue.

— J'ai récupéré la sauce du *mahi-mahi* brûlé d'hier soir, mais tu n'as pas beaucoup de provisions dans ton garde-manger, alors je ne sais pas avec quoi l'accommoder.

— Je mange rarement à la maison. Quand papa était en meilleure forme, il adorait cuisiner, mais à partir du moment où j'ai pris la relève, nous nous sommes nourris très simplement.

Mateo passa son bras autour de l'épaule de Lizzie et contempla à son tour l'océan. C'était presque une nuit parfaite. Le ciel était clair, l'eau calme.

— Quand j'étais enfant, nous allions parfois nager au lac Chapala ou même sur la côte de Manzanillo. J'étais trop jeune pour me rendre compte que nous étions trop pauvres pour loger dans des hôtels ou manger dans des bons restaurants. Pour moi, c'était un plaisir d'aller me baigner. Alors nous nous entassions dans la voiture – ma mère, ma tante, ma grand-mère, ma grand-mère et sa sœur – avec un pique-nique et nous passions la journée à jouer dans l'eau. Une fois, un des enfants d'un hôtel m'a traité de *pobre niño* – pauvre enfant. Je ne comprenais pas ce qu'il voulait dire, mais je sentais que ce n'était pas un compliment. Après ça, nous ne sommes plus retournés dans cet endroit et ma mère n'a jamais expliqué pourquoi. Puis nous avons déménagé en Californie et tout a été oublié. Mais la tristesse de son regard ce jour-là m'a brisé le cœur…

— Les enfants peuvent se montrer cruels, dit-elle. C'est pour ça que tu es devenu médecin ? Pour te venger de ce garçon qui t'avait méprisé ?

— En fait, nous vivions dans un petit appartement contigu au cabinet d'un médecin. Il me laissait entrer et lire certains de ses livres. Je ne comprenais rien, mais dès l'âge de neuf ans j'avais trouvé ma vocation. Quand il a pris sa retraite, il m'a donné ses ouvrages, et j'ai commencé à étudier. Et toi ?

— J'ai toujours parlé de médecine avec mon père et quand j'ai eu l'âge de choisir une carrière, la médecine s'est imposée. Je la connaissais, je l'aimais et surtout je savais ce que cela impliquait au quotidien. Il n'y a donc jamais eu aucun doute.

— Je suis passé par les phases pompier, cow-boy et astronaute, mais toujours en lien avec la médecine. Pendant un moment, je me suis même imaginé faire des visites à domicile à cheval.

— J'ai une amie infirmière qui travaille dans les montagnes de l'Est, où les routes sont impraticables. Elle se déplace à cheval, en effet.

— Si elle a besoin d'un assistant, je suis preneur !

Comme il regardait de nouveau l'océan, Mateo vit un jeune enfant qui essayait de nager vers le rivage, et luttait seul contre les vagues. N'écoutant que son instinct, Mateo se précipita, plongea et atteignit la fillette juste au moment où elle était sur le point de sombrer. La serrant contre sa poitrine, il la tint ainsi jusqu'à ce que ses pleurs se calment, puis il la ramena sur le rivage, où plusieurs personnes s'étaient rassemblées pour observer le sauvetage.

Lizzie étendit une couverture pour y allonger la petite fille et laissa Mateo s'assurer qu'elle n'était pas blessée.

C'est alors que la patrouille de plage arriva avec la mère de l'enfant, qui se laissa tomber auprès d'elle, en pleurs.

— Elle va bien, dit Mateo. Je suis médecin et je l'ai examinée. Elle a eu plus de peur que de mal, mais si vous préférez vous pouvez l'emmener à l'hôpital…

— Merci, je crois que ça va aller. Susie est autiste. Elle est intelligente, mais parfois elle ne fait pas attention. Il suffit d'une minute d'inattention…

— Je comprends.

— Vous lui avez sauvé la vie, docteur. Merci infiniment…

Une fois la mère et l'enfant parties, Lizzie rejoignit Mateo et lui prit le bras.

— Je ne l'ai même pas vue, Mateo. Nous regardions dans la même direction et je ne l'ai pas vue.

— Je n'étais pas sûr non plus. C'était une réaction instinctive.

Lizzie posa sur lui un regard admiratif.

— J'ai l'impression d'avoir vu un miracle se produire.

— Ce n'était pas un miracle, Lizzie. J'étais dans mon élément, c'est tout. Après tout, j'ai étudié des années pour en arriver là. Après mon accident, mes médecins étaient tout excités de découvrir que je savais encore peler une banane, alors que ce que je voulais, c'était me rappeler comment on réalise unc endartériectomie carotidienne, et savoir déterminer la taille de l'incision à faire dans le muscle sterno-cléido-mastoïdien. Je sais qu'une erreur peut provoquer un accident vasculaire cérébral, selon le pourcentage d'obstruction, mais je ne peux toujours pas passer en revue les différentes étapes de l'intervention sans trébucher. Quel type de scalpel utiliser ? Ou clamper ? Quel impact mes gestes auront-ils sur la qualité de vie de mon patient ? Tout est là, mais…

Il se tapota la tête.

— Tant de choses en moi ont changé, Lizzie…

— La vie nous réserve à tous des épreuves, Mateo,

et je peux t'aider à traverser celle-ci. J'en suis certaine. Sache que je t'apprécie beaucoup, malgré toi.

Quand il pencha son visage vers le sien, elle lutta de toutes ses forces pour ne pas se laisser aller entre ses bras, mais son souffle contre ses lèvres eut raison de ses résistances, et elle le laissa l'attraper par la nuque pour lui donner le plus passionné des baisers.

— Tu n'arriveras à rien tout seul, Mateo.

— J'ai toujours été seul.

— Pas vraiment. Tu as une mère. Je comprends que tu ne veuilles pas l'accabler, mais elle connaît bien ton histoire, et peut-être que lui tendre la main serait bon pour vous deux.

C'était l'heure du petit déjeuner, et Lizzie était assise sur la plage, en train de manger un bol de fruits. Elle avait passé la nuit dans sa chambre ; il était resté dans l'*ohana*. Qui avait fait ce choix ? Elle n'en était pas sûre, pour être honnête. Cette mise à distance était peut-être mutuelle. Et elle était sans doute bénéfique, même si Lizzie n'avait pu retenir un soupir de dépit quand il l'avait raccompagnée jusqu'à sa porte, puis s'était dirigé vers l'*ohana* sans même déposer un baiser sur sa joue.

Il secoua la tête.

— Je ne veux pas que les gens m'approchent de trop près.

— Même pas moi ? N'esquive pas la question, s'il te plaît.

Après une longue pause, Mateo répondit :

— Si.

— Alors tu peux compter sur moi.

— Mais je ne veux pas que tu t'impliques trop…

Lizzie se pencha et ôta le sable de ses jambes.

— Si c'est le cas, tu me le diras. Écoute, je vais déjeuner à la Cabane, si tu veux m'accompagner, libre à toi…

— Comment refuser une telle proposition ? répondit-il en lui offrant son plus beau sourire.

Il n'était pas d'humeur à voir autant de monde si tôt dans la journée. En fait, il avait espéré passer du temps tranquille sur la plage avec Lizzie, à écouter les vagues déferler sur le rivage, simplement…

Tant d'images défilaient dans sa tête qu'il avait du mal à distinguer le vrai du faux.

Mais Lizzie, elle, était bien réelle. Et leur baiser de la veille aussi mais, là encore, il ne savait pas très bien quoi penser, ni comment réagir, même s'il mourait d'envie de recommencer.

La Cabane était bondée, comme toujours, alors Lizzie alla s'asseoir sur une bûche, sous un arbre banian.

— T'arrive-t-il souvent de te détendre ? demanda-t-il. En dehors de tes vacances, sais-tu prendre le temps de faire quelque chose pour toi ? Quelque chose que tu aimes ?

— Je surfe. Pas autant que je le voudrais, mais au moins une fois par semaine, ou plus, si je peux. Et toi ?

— J'ai longtemps joué de la guitare dans un petit groupe. J'ai aussi peint… Rien de bien impressionnant. Je n'ai pas ce genre de talent. Mais j'ai fait des graffitis. J'aime beaucoup le *street art*…

Elle fit signe au serveur, qui se frayait un chemin à travers la foule grandissante.

— Je prendrai des saucisses portugaises et du riz blanc, jus de *lilikoi* et *malasadas*. C'est comme un beignet frit, expliqua-t-elle à Mateo.

— La même chose pour moi, s'il vous plaît.

Ils s'installèrent face à la mer pour déguster leur plat.

— Parle-moi de ton installation aux États-Unis, demanda Lizzie. C'était traumatisant ? Avec mon père, nous avons beaucoup bougé, mais c'était la routine…

— Après notre arrivée aux États-Unis, comme je ne

parlais pas un mot d'anglais, je traînais dans une petite épicerie pendant des heures, à écouter les conversations pour essayer de comprendre. Et je posais des questions à tout le monde. Mes cours venaient de commencer, et j'avais besoin de progresser vite. Le patron a fini par m'embaucher pour faire le ménage et remplir les étagères. Il me payait très peu, mais il m'a appris à parler correctement l'anglais. Ce n'est pas facile quand les premiers mots que l'on apprend sont des noms de légumes, mais à ce jour je peux prononcer « rutabaga » mieux que quiconque.

— Tu en as déjà mangé ?

— Non, quelle horreur ! s'écria-t-il avec une grimace.

— Enfin, nous sommes d'accord sur quelque chose.

— Nous pourrions nous mettre d'accord sur autre chose, si tu veux.

— Sur quoi donc ?

— Sur le fait qu'aujourd'hui est un jour parfait pour marcher le long du rivage, et peut-être même pour aller patauger. Mais pas seul.

— Je suis tout à fait d'accord ! lança Lizzie en se levant. Allons-y !

Elle aimait marcher le long du rivage à toute heure du jour ou de la nuit. C'était un endroit calme, paisible. Parfois, quand son père dormait, elle s'éclipsait pendant quelques minutes pour aller toucher l'eau, ou simplement profiter de la beauté de la nuit.

C'était le seul moment de la journée où elle se sentait maîtresse des événements, où elle appréciait la routine. En rentrant du travail, elle s'asseyait avec son père dans le jardin pendant qu'il s'occupait des fleurs, ce qu'il avait continué de faire même quand sa mémoire avait pratiquement disparu. Puis elle préparait son dîner, l'aidait à se déshabiller et le mettait au lit.

La plupart des nuits, elle s'asseyait dans le couloir, près

de la porte de sa chambre, jusqu'à ce qu'il soit endormi. Parfois cela fonctionnait, parfois non. Alors, il se levait et errait dans la maison, ou sortait dans la nuit. Certaines personnes avaient suggéré à Lizzie de l'enfermer dans sa chambre, mais elle s'y était refusée jusqu'au bout.

— Et maintenant ? demanda-t-elle à Mateo, alors qu'ils s'arrêtaient et qu'il se penchait pour retirer ses sandales.

— Tu veux venir nager avec moi ?

Oh oui, elle le voulait ! Mais après ce baiser, elle craignait que toute activité commune n'entraîne des conséquences bien plus graves qu'elle ne l'avait pensé. Il l'attirait, c'était indéniable, mais elle avait également très peur de s'impliquer dans une relation avec lui.

— Et si je ne veux pas ? lança-t-elle avec un sourire mutin, espérant en secret qu'il la traînerait dans l'eau.

Oui, elle aimait cette idée. Être capturée, portée, conquise… Mais c'était du pur fantasme, bien sûr.

— Je suis assez fort pour te porter, tu sais !

— Non, tu n'as pas le droit de soulever quoi que ce soit pendant encore quelques semaines, répondit-elle.

Elle regretta aussitôt ces paroles car il rétorqua du tac au tac :

— Tu n'es pas mon médecin, tu te souviens ?

Elle sourit, vaincue, puis se dirigea vers l'eau, mais Mateo la devança, lui saisit la main et la tira vers les vagues.

Elle lui éclaboussa le visage, puis entreprit de s'éloigner de lui, mais il la rattrapa, et tous deux commencèrent à longer la plage, dans l'eau jusqu'aux genoux.

— Je veux me retrouver, Lizzie, et je ne peux pas le faire seul. Mais ça me fait peur de penser que je pourrais t'entraîner dans mes errements…

— Je t'accompagnerai aussi loin que je le voudrai, mais pas plus, Mateo. Il y a des limites que je ne franchirai pas.

— Je cherchais juste un endroit où passer quelques nuits, et maintenant ça se met à ressembler à une colocation en bonne et due forme…

— Il n'y a rien de mal à s'engager. Tous les jours nous faisons des choix, et certains se transforment en engagement.

— Et l'homme qui dort dans ton *ohana* ? Te sens-tu engagée vis-à-vis de lui ?

— Oui, mais je ne sais pas encore exactement de quelle manière. Nous pouvons tout de même commencer par ceci : tu t'engages à faire la cuisine et moi le ménage. Et tu peux t'occuper des fleurs puisque je n'ai pas la main verte.

— Et tout ça fait partie de mon parcours de soins ?

— Ça s'appelle l'apprentissage de la discipline.

— Je dirais plutôt que c'est de l'esclavage !

— Si tu veux, dit-elle en souriant. Au fait, je me demandais… Es-tu un bon mécanicien ?

Il demeura perplexe un instant, puis fronça les sourcils. Elle l'observa tandis qu'il réfléchissait, puis l'entendit soupirer de soulagement.

— Oui, j'avais une… Bel-Air de 1957. Décapotable. Rouge.

Il ferma les yeux, luttant visiblement pour recouvrer la mémoire. Cette fois, il sourit de satisfaction.

— Quand je l'ai dénichée, elle était en piteux état dans un vieil entrepôt. Le propriétaire me l'a cédée volontiers.

Soudain, il ouvrit les yeux et s'écria, tout excité :

— Je me souviens de tout, Lizzie, comme si c'était hier ! J'ai passé un marché avec le vieux McMichaels : je fermais l'entrepôt à clé tous les soirs pour qu'il puisse rentrer plus tôt chez lui et retrouver sa femme et ses enfants. Si je voulais m'enfermer et travailler sur la voiture, cela ne le dérangeait pas ; et si j'arrivais à vendre la voiture, je devrais lui céder la moitié de mes gains. Sauf que je n'ai jamais vendu la voiture. Je pense qu'elle est toujours dans son entrepôt. Il m'a promis de me la garder jusqu'à ce que je revienne la chercher. Elle fonctionne parfaitement et c'est la seule voiture que j'aie jamais eue.

Il la regarda, une expression perplexe sur le visage.

— Je ne m'en étais pas souvenu jusqu'ici, Lizzie. Pourquoi aurais-je oublié cette histoire ?

— Même les experts ne peuvent pas expliquer le fonctionnement du cerveau. Et n'oublie pas que plus la date de l'accident et de l'opération s'éloigne, plus c'est facile de se remémorer certains événements passés.

— C'est très mystérieux, en effet. Parfois, quand j'étais chirurgien, je voyais une lésion cérébrale si grave que je ne pensais pas qu'il y avait un espoir de guérison, or elle avait lieu assez rapidement. D'autres fois, en revanche…

Il ferma une nouvelle fois les yeux. Puis secoua la tête.

— Il voulait une aspirine. C'est pour ça qu'il était venu, ce jour-là. Mais il est mort avant que je puisse la lui donner…

Il ouvrit les yeux et la dévisagea avant de reprendre :

— Je détestais les traumatismes crâniens. Ils réservent toujours des surprises.

— As-tu traité beaucoup de patients atteints de lésions cérébrales ?

— Trop. Je suis… *J'étais* chirurgien général. Je n'avais rien à faire en neurochirurgie. Mais parfois, on ne pouvait pas faire venir un neurochirurgien pour une raison ou une autre.

Il laissa échapper un profond soupir et ajouta :

— Et regarde où j'en suis, aujourd'hui ! La vie nous joue parfois des mauvais tours, n'est-ce pas ?

Se tournant lentement, il la fixa droit dans les yeux.

— Mais tu le sais déjà, n'est-ce pas ?

— Que veux-tu dire ?

— Ton père. C'était un brillant chirurgien, selon tes dires. Le savait-il, Lizzie ? Savait-il ce qui lui arrivait ?

— Au début. Et il s'est défendu, comme toi. Avec ténacité et résistance. Mais au fur et à mesure que sa maladie progressait, la conscience de ce qui lui arrivait disparaissait. C'était le pire, je crois. Je voyais cet homme perdre ce qui avait fait sa vie. Il aurait mérité de conserver quelques souvenirs, mais je ne pouvais rien faire d'autre que lui parler des grandes choses qu'il avait accomplies. Les photos ne signifiaient plus rien pour lui…

Elle essuya une larme.

— Ce n'est pas juste, Mateo. Mais, contrairement à mon père, tu as de l'espoir.

Il l'attira dans ses bras et la tint bien serrée contre lui.

— Je suis désolé que tu aies eu à traverser cela, Lizzie. Ça n'a pas dû être facile, et il n'y a rien d'autre à dire, sauf que j'aurais aimé que ce soit différent pour toi.

— Comme tu l'as dit, la vie peut nous jouer de bien mauvais tours.

— Pourquoi l'as-tu amené ici ? C'était juste à cause des fleurs ?

— C'était pour qu'il puisse se faire soigner par une praticienne du nom de Malana Palakiko qui utilise la luminothérapie, l'acupuncture et les herbes naturelles. La médecine traditionnelle avait échoué et comme rien d'autre ne fonctionnait… Elle est l'une des meilleures pour traiter diverses formes de démence. Bien qu'elle ne puisse pas guérir la maladie d'Alzheimer, elle aide ses patients à se sentir mieux. Papa adorait la voir. Même si je savais que son pronostic était sombre, je voulais que sa qualité de vie soit la meilleure possible et je pense que Malana a réussi cela. Elle était si… gentille. Si patiente. Si compréhensive…

— Et ses médecins de l'hôpital ?

— Quand un cas est désespéré, ils aident davantage les proches que le patient lui-même. Mais je crois que j'aurais pu faire davantage pour lui.

— Quelque chose me dit que tu es trop dure avec toi-même.

— Ou pas assez. Je savais que je serais responsable de lui et j'étais prête à faire des sacrifices. Mais je refusais de me faire aider. Si j'avais écouté…

Sa voix se brisa.

— Est-ce pour ça que tu veux m'aider, Lizzie ? Pour compenser ce que tu crois ne pas avoir fait pour ton père ?

Cette idée ne lui était jamais venue à l'esprit, et elle en fut si effrayée qu'elle lâcha la main de Mateo.

— C'est ton impression ?

— Je n'en suis pas sûr, pour être tout à fait honnête. Je sais que ton intention est bienveillante, mais…

— Mais elle pourrait aussi être égoïste, c'est ça ?

— Tout le monde n'est pas aussi généreux et serviable que toi. Il y a toujours un bénéfice à aider les autres, ne serait-ce que celui de se sentir mieux soi-même.

— Je ne suis pas comme ça, Mateo. Je ne sais pas ce qu'il faut faire pour gagner ta confiance, mais je n'ai aucune arrière-pensée. Ma vie est beaucoup plus simple que ça.

— Il n'y a rien de simple chez toi, Lizzie. Rien du tout. C'est peut-être pour ça que tu me plais… et que je t'aime tant. Tu es compliquée, mais sans ruse, et c'est un mélange intéressant.

— Intéressant à quel point de vue ?

— À tout point de vue, répondit-il en inclinant la tête pour l'embrasser.

Même dans la semi-obscurité, il pouvait voir sa tristesse. Ou plutôt, la sentir. Il comprenait la mélancolie qui la gagnait souvent à la tombée du jour. Il avait ressenti la même chose en Afghanistan, en entendant les gémissements des patients et leurs cris dans la nuit. Hélas, il ne pouvait pas les soigner tous, ni les guérir…

Il en avait gardé une peur irrationnelle, presque enfantine, du noir. Pendant la journée, il pouvait se montrer très courageux, très combatif, et c'est ainsi qu'il réussissait à évacuer sa colère. Mais dès qu'il faisait sombre, sa pugnacité faisait place à l'angoisse.

— As-tu envie de retourner nager ? demanda-t-il à

Lizzie, espérant qu'un peu d'exercice la distrairait et chasserait ses idées noires.

— Je suis toujours d'humeur à nager…

Sans préambule, il lui arracha sa serviette qu'elle portait autour de la taille, la souleva dans ses bras et la jeta dans l'eau.

Elle coula l'espace d'une seconde et, quand elle remonta à la surface, elle saisit sa main et le fit plonger avec elle.

— Tu veux me noyer ! dit-il en riant.

Elle l'éclaboussa, puis replongea avant qu'il ne puisse riposter. Mais il était bon nageur. Filant sous les vagues, il la saisit par le bras et la ramena à la surface, puis l'éclaboussa comme elle l'avait fait avec lui.

— Attention, je suis fort à ce petit jeu, dit-il d'un air triomphant, avant de replonger sous l'eau.

Cette fois, quand il refit surface, il se trouvait à une vingtaine de mètres de distance et il ne la voyait plus.

— Lizzie ? Ce n'est pas drôle, Lizzie. Où es-tu ?

Pour toute réponse, elle l'attrapa par la cheville et le tira vers le bas, puis s'enfuit avant qu'il ait eu le temps de refaire surface. Mais il avait déjà anticipé ce geste. En silence, il piqua jusqu'au fond sablonneux de l'océan, puis agrippa son pied et la fit glisser sur lui. Complètement.

Il la maintint ainsi quelques instants et prit conscience qu'il appréciait non seulement ce jeu, mais aussi la sensation de son corps contre le sien. Alors il la relâcha, puis la suivit jusqu'à la surface. Ils émergèrent tous deux en crachant de l'eau et en riant.

— Attends que je te mette sur une planche de bodyboard ! lança-t-elle.

Elle repoussa ses cheveux mouillés et remarqua qu'il la dévisageait. D'un regard aigu, presque inquisiteur, un regard si intense qu'il la fit frissonner.

Mateo n'avait pas l'intention de la dévisager ainsi, mais elle était si belle qu'il ne pouvait pas s'en empêcher. Était-elle le genre de femme qui lui aurait plu, *avant* ? Il n'en avait aucune idée, mais au fond cela n'avait pas d'importance. Ce qui comptait, c'était l'instant présent et en cet instant Lizzie était la seule femme à occuper son esprit.

C'était bien là le problème, d'ailleurs. Peut-être son esprit lui dictait-il des choix différents, désormais. Quoi qu'il en soit, il refusait que Lizzie fasse les frais de ses doutes et de ses errements. En tant qu'amie, il appréciait sa volonté farouche de l'aider, de l'accompagner dans son long cheminement vers la mémoire retrouvée. Mais si elle devait devenir plus qu'une amie pour lui, les choses seraient différentes…

— Je ne sais pas si j'ai déjà fait du surf ou du bodyboard, mais le plus tôt sera le mieux ! déclara-t-il dans l'espoir de chasser les pensées troublantes qui l'avaient envahi.

En vain. Comme il plongeait et nageait sous l'eau jusqu'à la plage, il ne cessa de songer à ses sentiments pour Lizzie. Des sentiments bien plus profonds que ceux qu'il avait connus jusqu'alors, et impossibles à maîtriser.

Était-il en train de tomber amoureux ? Il avait beau tenter de se raisonner et de se persuader qu'il ne voulait pas ou n'avait pas besoin d'une relation amoureuse dans sa vie – surtout pas maintenant – cela ne faisait plus de doute…

Tout en nageant pour regagner le rivage, Lizzie se demanda pourquoi la distance pourtant modeste lui paraissait aussi longue. En tout cas, au moment où elle atteignit la plage, Mateo l'attendait, les pieds dans l'eau, trempé et plus sexy qu'aucun homme qu'il lui ait jamais été donné de rencontrer.

Qu'est-ce que je suis en train de faire ? s'interrogea-t-elle comme elle s'avançait dans sa direction. *Et pourquoi ?*

Pourquoi ? Parce qu'elle était attirée par lui, purement et simplement. C'était une adulte, et rien ne l'empêchait de céder à l'élan qui la poussait vers lui. Rien, sauf le bon sens. Un bon sens qui, en cet instant, semblait l'avoir abandonnée…

Tandis qu'elle passait devant lui, elle tourna la tête pour éviter la tentation, et les mots qu'elle n'avait pas l'intention de dire lui échappèrent.

— L'eau est vraiment ton élément, j'ai l'impression. Tu es très beau, quand tu nages.

— Je n'étais pas sûr que tu l'aies remarqué.

— Oh ! si ! Mais je n'ai pas réagi tout de suite. Mon père m'a toujours dit de garder mes émotions et mes impressions pour moi, car les gens ne voulaient pas les connaître. Quand je lui obéissais, il m'appelait son brave petit soldat, et c'était un grand éloge venant d'un homme aussi dur et intraitable que lui.

— Alors je suis flatté par ton compliment…

— N'importe quelle femme t'aurait dit la même chose, Mateo, murmura-t-elle en rougissant légèrement. Je suis comme les autres, tu sais. Peut-être un peu plus réservée, c'est tout.

Elle se pencha et effleura sa joue.

— C'est pour ça que notre… cohabitation pourrait déraper. Mais il y a pire dans la vie que d'être attirée par un homme séduisant, non ?

— Ou une femme séduisante…

Après seulement quelques jours, Lizzie commençait à apprécier une présence auprès d'elle. Ou était-ce la compagnie de Mateo qu'elle aimait ? Quoi qu'il en soit, elle s'était sentie si seule, ces derniers temps, qu'il lui était agréable d'entendre d'autres bruits que les siens dans sa maison. Surtout après ce baiser…

Il s'approcha d'elle.

— Et… Crois-tu qu'on puisse continuer ainsi ? Crois-tu qu'on puisse être attiré par quelqu'un et maîtriser la situation ?

— Je l'ignore, avoua-t-elle. Je ne suis pas certaine de

savoir ce que je veux que nous soyons : amis, partenaires, ou…

Elle ne finit pas sa phrase et regretta de s'être engagée dans cette conversation, comme si elle craignait que parler fasse basculer les sentiments, déjà ambigus, qu'elle nourrissait envers Mateo.

Car celui-ci se révélait un compagnon très agréable, qu'elle appréciait, et même davantage, et cela malgré ses lacunes et ses manques.

Mais pourrait-elle revivre ça ? C'était la question qu'elle devait se poser avant de franchir le pas. Parce qu'elle savait ce que c'était que de vivre avec quelqu'un dont la conscience était fragmentée. C'était difficile, parfois même décourageant, et les moments de bonheur étaient rares.

Cependant, le cas de Mateo était bien différent de celui de son père, et elle se demanda si elle parviendrait jamais à séparer les deux. Il y avait certes des similitudes dans leurs situations, mais elles n'étaient pas si nombreuses. Mateo était un homme bienveillant et chaleureux, contrairement à son père, même si elle avait salué les efforts auxquels ce dernier avait consentis pour changer.

Pourrait-elle un jour faire à Mateo une place dans ses pensées, dans son cœur, dans sa vie, sans que l'ombre de son père ne vienne menacer ce fragile équilibre ?

— Comme je l'ai déjà dit, Lizzie, reprit Mateo, tu peux me demander de partir quand tu veux. Tu n'as aucune explication à me donner.

— Je le sais bien…

Mais elle voulait qu'il soit là. Elle appréciait sa présence. Il l'aidait à surmonter ses propres difficultés sans jamais la juger ni poser trop de questions.

— Ce n'est pas ce que je veux.

— Ce qui signifie que tu es heureuse de m'avoir ici ?

— Oui, Mateo. C'est un peu inhabituel pour moi de dire cela, mais oui, j'aime te savoir près de moi.

Il sourit en la regardant se diriger vers la porte d'entrée.

Elle n'était pas facile à cerner, mais il appréciait sa compagnie, lui aussi. En fait, il se rendait compte que ses sentiments grandissaient de jour en jour. Lizzie avait beau être imprévisible, elle lui plaisait, tout simplement.

— Attendons de voir comment tout cela évolue, dit-il en se dirigeant vers l'*ohana*.

— Vous devriez y aller, Doc. Il est mal en point et il aura plus de chance avec vous.

— Cela n'est pas de mon ressort…

La sueur coulait sur son front, et pourtant il était glacé jusqu'aux os. En levant les yeux, il vit les deux infirmiers travailler frénétiquement et l'implorer du regard pour qu'il vienne leur prêter main-forte.

Il leur cria « Vous avez posé une perfusion ? » mais sa voix fut couverte par le vacarme des coups de feu, beaucoup plus proches qu'il ne l'aurait souhaité.

— Une perfusion ! répéta-t-il. Posez-lui une perfusion.

Ils avaient le matériel avec eux, et il serait plus facile pour eux de l'utiliser que pour lui de transporter sa mallette jusqu'à eux.

— Mettez-lui la perfusion, et je monte.

Ce qui signifiait que l'un d'entre eux devrait descendre, car la tour de guet était trop petite pour soutenir trois personnes, et encore moins quatre.

— La perfusion ! insista-t-il, en montrant la veine de son avant-bras gauche.

Finalement, l'un d'eux se pencha et cria.

— Ne montez pas, Doc. C'est trop risqué. On va vous l'amener, et vous pourrez…

Soudainement un coup de feu retentit, frappant le soldat à la poitrine.

— Qu'est-ce qu'on fait, Doc ? hurla l'un des hommes au sol. Dites-moi quoi faire !

Et, tout à coup, il s'effondra, suivi du second infirmier.

Ils étaient tous deux en train de mourir, réalisa Mateo, pris de frayeur.

— Je ne sais pas ! hurla-t-il. Je ne sais pas.

Lorsqu'il leva les yeux, il vit Freddy penché par-dessus la balustrade de la tour de guet, la poitrine ouverte. Freddy. Son ami. Son seul ami ici.

Mateo se réveilla dans un cri. Il était trempé de sueur, et ses mains tremblaient. Sa mémoire revenait, et il n'était pas sûr de vouloir laisser affluer ses souvenirs. Ce qui s'était passé cette nuit-là… Rien de tout cela n'était bon. Rien.

Agité, Mateo quitta le lit et se dirigea vers la fenêtre, qu'il ouvrit pour regarder les étoiles.

Ces images le hantaient sans relâche. D'autres, trop nombreuses, avaient disparu, mais celles-ci le tourmentaient nuit après nuit…

Certains souvenirs étaient censés être refoulés pour permettre aux gens de vivre, et celui-ci en faisait partie. Pourtant, il ne voulait pas partir.

En entendant les cris de Mateo déchirer la nuit, Lizzie se précipita dans l'*ohana*.

— Mateo, souffla-t-elle en montant quatre à quatre les escaliers qui menaient à sa chambre.

Il était debout à la fenêtre, le regard fixé au-dehors, immobile. Il respirait avec peine.

— Dis-moi ce qu'il se passe, Mateo.

Il se tourna lentement vers elle.

— Ils sont tous morts, Lizzie. Tous, y compris Freddy. Je suis le seul à…

Sa voix se brisa, et il s'effondra au sol.

— Je n'ai rien pu faire pour les aider.

Lizzie alla s'asseoir près de lui. Quand elle passa son bras autour de ses épaules, elle sentit une résistance, mais ne céda pas.

— Je suis prête à t'écouter si tu veux me parler.

— Hélas, il n'y a rien à dire. J'ai pris un risque. Je suis monté sur la tour alors que j'aurais dû attendre. J'ai essuyé des tirs ennemis et tous ceux qui sont venus en renfort ont été tués…

Il y avait tant de choses qu'elle aurait voulu lui dire, mais les mots étaient inutiles. Alors elle le serra peu plus fort contre elle et attendit tranquillement qu'il se ressaisisse.

Il s'écoula près de cinq minutes avant qu'il reprenne la parole.

— Personne n'est venu pendant quelques jours. Toute la zone subissait des tirs nourris et on ignorait si les soldats étaient encore en vie. Alors je suis resté allongé là, dans un état de semi-conscience, et je ne me souviens plus du moment où j'ai été secouru ou de ce qui s'est passé ensuite. Quand je me suis réveillé, j'étais en Allemagne. J'avais subi une intervention chirurgicale, mais je ne me rappelais même pas mon nom. Cela a duré des jours, ou peut-être des semaines. Puis on m'a envoyé aux États-Unis… Tu connais la suite. Un patient difficile. Qui refuse de faire le moindre effort.

— La culpabilité du survivant ? demanda-t-elle.

— Probablement.

Maintenant, tout commençait à faire sens pour elle. Il ne voulait pas aller mieux parce que quelque part, au plus profond de lui-même, il était persuadé qu'il aurait dû mourir avec ses hommes. Il ne s'agissait ni d'amnésie ni d'un refus de son statut de patient. Cet homme meurtri portait un fardeau trop lourd pour lui.

— Pourquoi maintenant ? interrogea-t-elle. Pourquoi tout cela resurgit-il ?

Elle craignait que cela ait à voir avec elle.

— Peut-être parce que je me sens en sécurité ici. La vérité, c'est que l'on ne sait jamais très bien pourquoi quelque chose refait surface, quand cela se produit. C'est ce qu'on m'explique depuis l'Allemagne. Personne ne sait vraiment de quelle manière la mémoire resurgit.

— J'aime l'idée que tu te sentes en sécurité, ici.

— Moi aussi.

7.

Avant Mateo, elle avait toujours expédié son petit déjeuner. Le plus souvent, elle prenait un café sur le chemin du travail et ne pensait pas à la nourriture jusqu'à ce que son estomac crie famine. Si cela ne se produisait pas, elle ne mangeait pas.

Mais, ce matin, elle avait envie de préparer un petit déjeuner pour Mateo comme il l'avait fait pour elle les jours précédents. C'était simple : des fruits frais, quelques toasts... Dans ce moment privilégié, elle se sentait détendue. Assez détendue pour lui demander son avis.

Ainsi, alors qu'il prenait sa deuxième tasse de café, elle lui parla de l'opportunité de quitter l'hôpital pour aller exercer dans une clinique privée. Elle savait que son père aurait rejeté cette idée, la qualifiant de stupide avant même qu'elle ait pu l'expliquer. Il le lui avait clairement dit avant que son Alzheimer s'aggrave.

— Kahawai me met vraiment la pression. Il veut que je rachète le petit cabinet de son oncle et que je l'agrandisse pour y recevoir les gens du quartier. Il m'a dit qu'il avait une place pour toi aussi.

— Es-tu heureuse à l'hôpital ?

— Je ne suis pas malheureuse. C'est juste que j'ai tant de souvenirs ici que je ne suis pas sûre de vouloir y rester. Pas plus que je ne suis sûre de vouloir partir.

— As-tu d'autres options ? demanda-t-il.

— Quelques-unes, mais rien d'excitant. Peut-être que

je suis trop difficile, ou dans une période de ma vie où je devrais m'abstenir de prendre de grandes décisions. Quoi qu'il en soit, je ne ferai rien sans raison valable. Alors, tu es prêt pour une leçon de bodyboard, aujourd'hui ?

— Le mieux qu'il puisse arriver, c'est qu'une fois que je serai dans l'eau en train de pagayer, tout me revienne et que je me rappelle toutes les médailles que j'ai gagnées en tant que surfeur de renommée mondiale…

Lizzie éclata de rire.

— Je ne me souviens pas d'avoir vu ton nom sur la liste des gagnants. C'était quel championnat ?

— Tu vois, c'est là que l'amnésie est utile, ironisa-t-il. Il me suffit de dire que je ne me souviens pas de quelque chose pour que les gens renoncent à obtenir des informations supplémentaires et me laissent tranquille. Ils supposent que je dis vrai.

— As-tu déjà pratiqué le surf, Mateo ?

— Pas à ma connaissance, dit-il plus sérieusement.

— Alors nous allons t'acheter un casque. Rose, violet, vert fluo ?

— Noir avec des rayures. Rouges, de préférence. Et tout l'équipement nécessaire, bien sûr, répondit-il, pince-sans-rire.

Il était vraiment drôle quand il voulait, et elle aimait ça, parce qu'elle avait besoin d'un peu de légèreté dans sa vie.

— Tes désirs sont des ordres !

— Et si je te disais que tu me rends nerveux ?

— Je te demanderais pourquoi, et tu me raconterais probablement un mensonge auquel je croirais…

— Sauf que je ne te mentirai jamais. Pas intentionnellement, du moins.

Soudain, il était redevenu sérieux.

— Je ne suis peut-être pas le même qu'avant, mais peu importe, je ne te mentirais jamais, répéta-t-il.

Il prit son visage entre ses mains.

— Tes yeux sont très expressifs, Lizzie Peterson. Tes

yeux me le diraient si tu me mentais un jour. Mais tu ne ferais pas ça non plus, j'en suis certain.

— Es-tu si sûr de moi ? lança-t-elle, en reculant d'un pas pour échapper à son contact troublant.

— Et si je disais que oui ? Que je te fais confiance plus qu'à n'importe qui d'autre, sauf peut-être ma propre mère ?

— Je ne sais pas ce que j'ai fait pour mériter ça, mais je serais flattée.

— Alors prépare-toi à être flattée, parce que c'est le cas.

Il se pencha et lui chuchota à l'oreille :

— Et je pense que cela n'est pas près de changer.

Elle mourait d'envie de lui demander d'en dire plus, mais elle redoutait sa réponse. Elle s'était déjà liée à un homme, et il avait fait de sa vie un enfer. Mais Mateo n'avait rien en commun avec Brad, et elle s'interrogeait sur son propre jugement. Peut-être doutait-elle d'elle-même. Et si sa réaction était due à sa peur de la solitude ?

Quoi qu'il en soit, elle n'était pas prête à poursuivre cette discussion, et elle s'éloigna de lui.

— Donne-moi une demi-heure, puis nous nous retrouverons dans le jardin et nous irons louer des bodyboards. Mais d'abord j'ai promis à Kahawai d'aller voir la clinique.

— Alors tu y réfléchis ?

— Peut-être un peu. Il faut que j'étudie soigneusement toutes les possibilités qui s'offrent à moi. Je ne suis pas du genre à…

Elle s'arrêta.

— À quoi ? acheva-t-il. À renoncer, c'est ça ? Comme moi ?

— Disons que… nous sommes différents.

— Mais les opposés s'attirent, n'est-ce pas ?

Et ils étaient opposés à bien des égards. Pourtant, elle avait l'impression qu'ils se ressemblaient, aussi.

— Qui a parlé de cela ? Tout ce que j'ai dit, c'est que je voulais aller voir la clinique. Tu es le bienvenu, si tu veux m'accompagner. À toi de choisir, dit-elle.

Tout comme elle, Mateo avait le choix et restait libre de se soigner ou d'abandonner le combat contre l'amnésie. Mais elle n'était pas sûre qu'il fût prêt à étudier toutes les opportunités qui se présenteraient à lui.

L'avenir le dirait.

La clinique était bondée quand Lizzie et Mateo y entrèrent. La file d'attente était longue, mais personne ne semblait découragé par l'attente. Le personnel était composé d'un médecin âgé, d'une assistante médicale et d'une réceptionniste. Les gens avaient apporté leur déjeuner et s'étaient installés dans le jardin pour manger.

Cela ressemblait plus à un café qu'à un cabinet médical, et Mateo aimait l'impression que cela donnait. Ce n'était pas sa façon de pratiquer, mais il s'imaginait bien Lizzie ici, travaillant à un rythme différent de celui dont elle avait l'habitude et y prenant plaisir.

— Je ne m'attendais pas à cela, dit-il, alors qu'ils se frayaient un chemin à travers la salle d'attente jusqu'à l'espace de soins, où le Dr Akoni passait d'une salle d'examen à l'autre.

Il s'adressa d'emblée à Mateo, comme si c'était lui qui venait postuler. Lizzie n'osa pas le détromper et le laissa parler.

— Ce serait merveilleux d'avoir deux médecins, lui dit-il. Le cabinet est en plein essor, mais je suis trop vieux pour continuer à ce rythme. Mon but est de passer le reste de ma vie avec ma femme pour faire ce que nous n'avons jamais eu le temps de faire. Rendre visite à nos enfants et nos petits-enfants, par exemple. Voyager… Avoir des loisirs…

— Où vont vos patients qui exigent des soins d'urgence ? demanda Mateo, en regardant certains des équipements désuets qui l'entouraient : un respirateur, un appareil à rayons X, un analyseur sanguin rudimentaire, et quelques autres gadgets qui avaient l'air aussi vieux que lui.

— Il y a quelques hôpitaux qui offrent de bons soins d'urgence sur la côte, si la situation n'est pas vitale. Et, bien sûr, nous transportons les patients par avion jusqu'à Honolulu quand c'est nécessaire.

— Ça arrive souvent ? intervint Lizzie.

— Plus souvent que je ne le souhaiterais. Il y a de bonnes cliniques dans la région, mais les lits d'hôpitaux sont plutôt une denrée rare, par ici.

— Et Malakapua Pointe ? demanda Mateo.

Lizzie secoua la tête.

— Nous ne traitons pas les urgences. Ça n'a jamais été notre vocation.

Le Dr Akoni escorta son patient suivant dans l'une des trois salles d'examen.

— Quand Malakapua a été construit, Janis Lawton avait déjà son idée du type d'établissement qu'elle voulait, expliqua-t-il. Et, alors que nous espérions la création d'un service d'urgence, elle a été très claire quant au profil de patients désiré. Ses services de soins généraux et de chirurgie ne sont pas conçus pour accueillir le genre de patients que nous traitons ici, par exemple. Nous traitons les pathologies bénignes et nous transférons les patients qui ont besoin de soins plus spécifiques. Personne ne s'attend à ce que nous pratiquions des opérations à cœur ouvert, ni même des appendicectomies.

— Ce qui fait de vous un médecin de campagne, en quelque sorte, dit Mateo.

Il regarda la patiente suivante, une petite fille dont la peau était rouge et cloquée. Elle avait l'air apathique, et il était clair qu'elle souffrait de nausées. Des signes évidents d'une insolation.

— Puis-je vous aider avec votre prochaine patiente ?

— Vous pouvez voir tous les patients que vous voulez.

Je suppose que vous êtes le médecin dont tout le monde parle… Celui qui est amnésique ?

— Amnésie partielle. Mais beaucoup de mes souvenirs sont intacts, et je sais encore reconnaître les symptômes d'une insolation.

— Vous en savez assez pour demander de l'aide si vous en avez besoin, n'est-ce pas ? fit Akoni.

Mateo acquiesça.

— Savez-vous lire une radio ? Parce que notre machine est un peu dépassée.

Mateo acquiesça à nouveau.

— Et pouvez-vous faire des points de suture ?

— Oui.

— Alors il me semble que c'est un bon début. Les blouses sont à l'arrière, ainsi qu'un stéthoscope supplémentaire. Oh ! et n'essayez pas d'orienter les patients vers…

Il hocha la tête en direction de Lizzie.

— … Vers son hôpital. Comme je l'ai dit, ils ne traitent pas les traumatismes, ni les urgences…

— Alors, comment vas-tu traiter cette enfant ? s'enquit Lizzie.

— Avec des compresses froides. Et beaucoup de liquide. Et si ça ne fait pas remonter son niveau d'hydratation assez vite, il faudra lui poser une perfusion. Il faut calmer ses nausées, aussi, et hydrater sa peau avec une pommade spéciale. Elle doit éviter de s'exposer au soleil pendant quelque temps et garder le lit pendant plusieurs jours en cas de fièvre ou de frissons, ce qui est probable. Dans ce cas, il faudra lui administrer de l'ibuprofène. C'est un cas assez simple…

— Tu es doué, dit Lizzie, vraiment impressionnée.

— Pour l'instant, reprit le Dr Akoni, si vous avez besoin de prescrire un traitement, et pas simplement d'appliquer un pansement, faites-le-moi savoir. Ou adressez-vous à Lizzie, si elle veut rester. Je ne pense pas que vous ayez besoin d'une supervision étroite à ce niveau de soins, mais c'est juste pour s'assurer que…

— Pas de problème, dit Mateo. J'ai l'impression de revivre ma période d'internat.

— Eh bien, soyez patient. Les choses vont s'arranger, déclara le vieux médecin.

Mateo hocha la tête, puis prit l'enfant par la main et la conduisit vers la salle d'examen en faisant signe à sa mère de la suivre.

— Je pourrais avoir besoin de quelqu'un comme vous ici, lui glissa le Dr Akoni avant de regagner sa salle d'examen.

— Même dans mon état ? demanda Mateo, les yeux fixés sur le tableau blanc accroché au mur de la réception, à l'ancienne, où les patients notaient leur nom lorsqu'ils franchissaient la porte.

— Même dans votre état. Si vous n'avez pas perdu vos compétences générales, tout ceci pourrait être à vous.

— Je ne suis pas sûr d'être prêt à diriger une clinique tout seul. Même une clinique de cette taille.

— Les choses changent, fiston. Quelqu'un pourrait vous proposer son aide. Tout ce que je dis, c'est qu'il ne faut pas se sous-estimer. Vous avez toutes les compétences requises pour ce poste, si vous vous en donnez les moyens.

Mateo se tourna vers Lizzie, occupée à parler à une femme dans un état de grossesse avancé.

— Ça te dérange si je reste un peu ici pour aider ? On peut peut-être remettre le bodyboard à plus tard, cet après-midi ?

Il fit un discret signe de tête en direction des chevilles gonflées de la femme, et Lizzie acquiesça d'un clin d'œil.

— Je vais peut-être rester un peu aussi. Et la première chose… Pourriez-vous me donner votre avis, Dr Sanchez ? Ma patiente approche de sa trentième semaine et elle est gênée par un œdème des pieds et des chevilles. Comme je n'ai pas rencontré de cas similaire depuis des années…

Mateo consulta le nom de la femme sur le tableau blanc,

puis trouva un dossier papier dans un vieux classeur. Il l'étudia un moment, puis hocha la tête.

— Pourquoi ne mettez-vous pas Leilani à l'aise dans la salle d'examen n° 2, puisqu'elle est ouverte ? J'arrive tout de suite.

Comme il passait devant elle, Lizzie lui glissa :

— Je sais que c'est un peu différent des premiers secours, mais…

— Je me suis occupé de femmes enceintes quand j'étais à l'étranger. Beaucoup dépendaient de nous.

— Alors tu es l'homme de la situation.

— Seulement si tu supervises ce que je fais. Je ne suis pas prêt à traiter seul autre chose qu'une coupure ou un bleu.

— Si, tu peux pratiquer une RCR, lui rappela-t-elle en entrant dans la salle d'examen.

C'était vrai. Tant de choses lui étaient revenues, comme l'origine des chevilles gonflées de Leilani. Cela ne faisait pas partie des responsabilités d'un chirurgien, mais il connaissait ces sujets. Tout lui revenait, soudain : les femmes enceintes qu'il avait soignées en Afghanistan, les complications… les incidents banals mais inquiétants. Cela le rendait nerveux et l'excitait en même temps.

Vingt minutes après avoir examiné Leilani, Mateo déclara :

— Tout semble en ordre. Votre tension artérielle est normale, votre bébé a la bonne taille et vous avez l'air d'une future maman en pleine forme.

— Et mes pieds enflés ?

Il hocha la tête.

— C'est ce qu'on appelle de l'œdème, et c'est normal, surtout le soir et par temps chaud. Ça arrive dans soixante-quinze pour cent des grossesses, et une fois que ça commence, cela dure jusqu'à l'accouchement.

— Pourquoi ? demanda-t-elle.

— Eh bien, ce gonflement est causé par vos fluides corporels, plus importants pendant la grossesse. Il en résulte une augmentation du débit sanguin et de la pression sur votre utérus déjà gros. Attendez-vous à ce que cela se produise aussi sur vos mains.

— Alors c'est normal ? insista la jeune femme.

— Parfaitement, tant que c'est sous contrôle. Cependant, si l'œdème gonfle encore et s'accompagne d'une hypertension artérielle ou d'un gain de poids rapide, cela pourrait indiquer un problème, et vous devrez en informer votre médecin.

— Y a-t-il quelque chose à faire pour éviter cela ? Peut-être prendre un traitement ?

— Je pense qu'il est préférable d'avoir recours à des remèdes naturels. Par exemple, essayez de ne pas rester longtemps dans la même position, de surélever vos jambes lorsque vous êtes assise et même couchée. Et je recommande toujours de dormir sur le côté gauche, car cela aide vos reins à éliminer les déchets et contribue à réduire l'enflure. Vous pouvez aussi pratiquer des exercices adaptés à la grossesse. Évitez les chaussettes ou les bas trop serrés. Buvez beaucoup d'eau – environ dix verres par jour. Cela aide à éliminer de votre organisme les déchets qui causent le gonflement. Et portez des chaussures confortables. Et enfin, et c'est très important, évitez l'excès de sel. Cela vous fait retenir l'eau, ce qui est exactement le contraire de ce que nous voulons obtenir.

— Ça a l'air si simple, conclut Leilani en se dirigeant vers la porte de la salle d'examen.

— Oui, et ça ne durera que quelques mois, ajouta Mateo dans un sourire, avant de raccompagner la future maman dans la salle d'attente. Faites preuve de bon sens et tout ira bien. Mais si vous pensez que quelque chose ne va pas, appelez un médecin ou une infirmière, d'accord ?

— Très bien, docteur, c'est entendu, promit Leilani avant de prendre congé.

— Elle ne reçoit pas de soins réguliers, dit-il à Lizzie, qui se tenait dans le couloir et l'observait.

— En effet, et elle n'est pas la seule. Il n'y a pas assez de médecins pour tout le monde.

Elle admirait la façon dont il s'était comporté, et il n'aurait pas pu être plus précis dans son examen et dans ses réponses aux questions de Leilani s'il avait été obstétricien.

Mateo possédait un réel don. Elle l'admirait en tant que médecin, mais aussi en tant qu'homme, chaque jour un peu plus. Et c'était cela qui lui faisait peur.

Car elle ne savait pas comment l'arrêter.

Elle n'était même pas sûre de le vouloir…

À la fin de la matinée, la file d'attente avait considérablement réduit grâce à Lizzie et Mateo, qui décidèrent de reporter leur séance de bodyboard et de passer le reste de l'après-midi à se détendre.

Mateo en était heureux. Son mal de tête était probablement dû à un effort excessif. Cela faisait longtemps qu'il n'avait pas travaillé, et il avait découvert qu'il n'était plus en aussi bonne forme qu'avant.

Il ferma les yeux un instant, et des fragments de sa chirurgie militaire de fortune lui revinrent à l'esprit. Rien de vraiment précis, sauf une infirmière d'âge mûr assise au bureau de triage avec… son tricot ?

— Quelque chose ne va pas ? demanda Lizzie quand il rouvrit les yeux.

— Elle s'appelait Mary. Elle tricotait pour son petit-enfant, je crois. C'était mon infirmière en chirurgie. Une très bonne infirmière. Elle en savait davantage que nous tous réunis.

— Ça t'est revenu comme ça, d'un seul coup ?

Il hocha la tête alors qu'ils s'asseyaient à la Cabane, sur un mur de pierre de lave entourant un amandier.

— Elle avait une énergie incroyable et nous la respections tous. Petite, un peu ronde, les cheveux gris, elle était plus rapide que tout le monde.

— C'est bon signe, Mateo.

— Mais qu'est-ce qui a déclenché ce souvenir ?

— Un événement familier, comme le fait de travailler à la clinique, ce matin. Ou alors quelque chose que quelqu'un a dit ou fait. Et si l'un des patients que tu as traités t'en avait rappelé un autre ? Je ne suis pas assez informée pour parler de ce sujet, mais peut-être que le moment est venu, tout simplement.

Ils cessèrent de parler car le serveur apportait une limonade pour Lizzie et, pour Mateo, sa boisson « habituelle », ainsi qu'il l'avait dit en passant sa commande.

— Ils te connaissent assez bien pour te servir sans même que tu précises ce que tu veux ? Je suis impressionnée !

— C'est un mélange de jus de fruits exotiques que j'aime beaucoup.

— Et le barman connaît tes goûts ? demanda-t-elle.

— Il est venu à la clinique, tout à l'heure. Il souffre d'une élongation musculaire dans le cou qu'il s'est faite en tombant sur la digue. Il s'est souvenu que je commandais souvent cette boisson, expliqua-t-il en lui tendant son verre.

— Devrais-je être jalouse ? Tu t'es déjà fait des amis ici alors que les seules personnes que je connaisse sont mes collègues de l'hôpital !

Elle prit le verre et il sentit la peau douce de sa main sur la sienne, où elle s'attarda un peu plus que nécessaire. Leurs yeux se croisèrent et restèrent rivés l'un à l'autre.

Le considérait-elle comme plus qu'un ami ? Ou lui rappelait-il ce qui était arrivé à son père, et rien d'autre ? C'étaient les questions qu'il se posait en ce moment, et il aurait voulu lui en parler franchement, mais il s'abstint par crainte de sa réponse.

Si elle n'éprouvait aucun sentiment pour lui, et qu'il ne pouvait rien espérer de plus de sa part, il serait dévasté. Et si elle lui faisait comprendre qu'elle ne parviendrait jamais à le regarder sans se rappeler son père et sa maladie, eh bien… Il n'aurait plus qu'à disparaître de son existence.

— Il n'y a pas de quoi être jalouse. Je me suis toujours fait des amis facilement. Quand j'étais enfant, je pouvais charmer n'importe qui pour obtenir tout ce que je voulais.

— Moi, au contraire, je n'ai jamais eu le temps de me faire des amis. Juste au moment où je commençais à me sentir chez moi quelque part, il fallait partir, déménager. Et maintenant… Je n'ai pas beaucoup changé, pour être honnête. C'est pour cela que je préfère être seule. Je peux faire exactement ce que je veux.

— Je n'ai jamais vraiment été seul. En grandissant, j'étais très sociable. À l'université, aussi, puis pendant mes études de médecine… Disons que j'aimais faire la fête. Après ça, je suis entré dans l'armée, un endroit où l'on n'est jamais seul.

— Mon père était très sociable, lui aussi. Il disait toujours que je n'étais pas assez extravertie et il avait raison. Mais j'ai mon travail.

— Et ça te suffit ?

Lizzie soupira, puis prit une gorgée de sa limonade.

— Est-ce que ça t'a suffi aujourd'hui, Mateo ?

— Je ne sais pas… C'était différent, mais ce travail m'a plu. J'ai pris plaisir à retrouver la médecine, même si ce n'était pas à un poste de chirurgien.

Lizzie se sentait d'humeur légère. Il n'y avait pas de raison particulière à cela, mais ce sentiment l'avait accompagnée pendant la majeure partie de la journée, et maintenant elle avait envie de savourer pleinement la douceur de cette soirée.

Mateo était parti avec quelques personnes rencontrées à la Cabane à une soirée privée donnée sur un yacht. Il lui avait demandé de l'accompagner, mais elle avait décliné. Au lieu de cela, elle avait eu l'intention de s'arrêter à l'hôpital pour discuter avec Janis, mais avait renoncé au dernier moment, préférant rentrer chez elle, mettre de la musique douce et feuilleter un magazine médical.

Le premier article qui retint son attention concernait les nouveaux traitements contre la sclérose en plaques. Il s'agissait d'un domaine en expansion où l'on obtenait des résultats prometteurs. Ensuite, elle lut un article sur la stimulation des nerfs trijumeaux pour soigner le TDAH chez les enfants qui ne l'inspira guère. Enfin, alors qu'elle parcourait un texte consacré à la prise en charge des symptômes non moteurs de la maladie de Parkinson, elle sentit que ses yeux se fermaient tout seuls.

Mais elle était trop fatiguée pour monter se coucher. Elle s'accorda donc cinq minutes de repos avant de gagner sa chambre…

— On dirait que tu passes une nuit agitée, dit une voix sur la terrasse.

Elle ouvrit les yeux et sourit en constatant qu'elle s'était assoupie.

— Les fêtes sont ennuyeuses quand on n'y connaît personne, dit Mateo en s'approchant d'elle. Les gens étaient sympathiques, mais j'ai décidé de revenir pour passer le reste de la soirée avec toi.

Il fixa ses jambes, comme hypnotisé, puis s'avança encore.

— J'ai pensé qu'on pourrait aller nager. Il n'y a personne sur la plage et il fait beaucoup plus frais dehors qu'ici. Tu veux y aller ? proposa-t-il en lui tendant la main.

Elle eut l'impression qu'il regardait ses seins, mis en valeur par sa robe hawaïenne en coton léger. Elle se sentait parfaitement réveillée, soudain.

— Pourquoi pas ? dit-elle en prenant sa main.

Comme ils descendaient les quelques marches de la

terrasse, elle remarqua qu'il portait un bermuda et une chemise blanche, et qu'il n'avait pas son maillot de bain.

— Nous n'avons pas allumé les projecteurs, dit-elle, alors qu'ils se dirigeaient vers la plage.

— Avons-nous vraiment besoin de lumière ? La lune est très grosse, ce soir…

Tout à coup, l'air se chargea d'électricité, et Lizzie comprit que c'était à elle de faire le premier geste. Alors, lentement, elle s'avança vers Mateo…

Pour elle, la séduction était un territoire inexploré… Avant, elle ne faisait que céder au désir de Brad, un désir impérieux, sans le partager vraiment. Mais Mateo n'avait pas eu besoin de mots pour lui faire comprendre qu'il attendait qu'elle prenne l'initiative.

Les doigts tremblants, elle commença à déboutonner sa chemise, laissant glisser ses doigts sur sa peau. Lizzie aimait ce regard posé sur elle et se sentait désirée comme elle ne l'avait jamais été.

— Tu me rends fou, tu sais, chuchota-t-il en arrachant sa chemise de ses larges épaules et en la laissant tomber par terre.

— C'est bien mon intention, répondit-elle d'un air mutin en lui souriant, tandis qu'il promenait ses mains sur ses épaules, ses bras, son dos.

Soudain, il l'attira à lui.

— À mon tour, maintenant…

Caresse après caresse, baiser après baiser, il la débarrassa de sa robe, et elle se retrouva en maillot de bain, sa peau contre la sienne.

Il planta ses yeux dans les siens.

— Sais-tu que c'est la première chose à laquelle j'ai pensé quand je t'ai rencontrée ? Tu étais là, les bras croisés sur la poitrine, comme d'habitude, en train de me jauger.

Et mon impression était que tu serais beaucoup mieux nue sur la plage que dans ta blouse de médecin…

— Quant à moi, ma première pensée a été que tu allais me créer des ennuis ! rétorqua-t-elle en riant.

— Tu avais raison ?

— Bien plus encore que je ne le pensais.

Elle se laissa conduire plus loin sur la plage, où ils s'arrêtèrent. Quand il eut retiré son bermuda, un silence tendu s'installa entre eux.

Si elle entrait dans l'eau avec Mateo, il n'y aurait plus de retour en arrière possible… Peut-être que quelque part au plus profond d'elle, elle savait que c'était inévitable. Mais elle n'avait pas imaginé ce qui allait suivre…

D'ordinaire, Lizzie se serait arrêtée là. Mais aujourd'hui c'était différent. Elle avait changé et se sentait prête à toutes les audaces. Irait-elle jusqu'au bout ? C'est Mateo qui répondit à cette question en l'embrassant. C'était un baiser doux et délicat, auquel elle répondit par un baiser plus appuyé – dont elle ne se serait jamais crue capable.

Elle n'en attendait pas davantage pour franchir l'étape suivante et entrer dans l'eau, où elle s'enfonça doucement, pas après pas… Même si elle ne pouvait pas avoir Mateo dans le vrai sens du terme, elle le voulait maintenant, et pour la première fois de sa vie Lizzie s'accorda ce qu'elle voulait.

Dans l'océan.

Au clair de lune.

Dans les bras de son beau chirurgien.

8.

Tandis que la lumière du matin pénétrait à travers les stores, Lizzie ouvrit les yeux et s'étira, puis se tourna sur le côté, s'attendant à y voir Mateo. Mais il avait disparu.

Après avoir fait l'amour dans l'océan, ils avaient regagné la maison, courant nus sur le sable sans se soucier d'être vus, puis avaient pris une douche pour rincer le sable collé sur leur peau avant de céder une nouvelle fois à leur passion brûlante. Ivre de plaisir, elle s'était endormie dans ses bras, plus paisible et heureuse qu'elle ne l'avait été depuis très longtemps.

Mais ils ne s'étaient fait aucune promesse. En fait, ils avaient très peu parlé. Cela n'était pas nécessaire. Entre eux, l'émotion avait été si vive que les mots n'avaient pas eu leur place. Ils savaient tous les deux qu'ils étaient en proie à un désir croissant, qui exigeait l'assouvissement. Pourtant, elle aurait aimé se réveiller à ses côtés et elle était presque déçue de s'être abandonnée au sommeil.

Elle s'habilla, puis descendit l'escalier. Elle s'attendait à voir Mateo dans la cuisine, ou peut-être sur la terrasse, mais elle ne le trouva pas. Elle remarqua qu'il avait préparé du café et des muffins tout frais.

Alors elle se mit à table, et le temps qu'elle se serve, Mateo était là, debout sur la terrasse, souriant. Il tenait deux bodyboards sous le bras.

— Tu es sûr d'avoir choisi la bonne taille ? demanda-t-elle.

— La fille du magasin de surf m'a mesuré deux fois.

— J'imagine, répondit Lizzie en fixant son torse hâlé et parfaitement musclé.

C'était agréable de voir Lizzie le regarder comme ça, surtout après ce qu'il s'était passé la veille. Mais cela le lui faisait prendre conscience qu'il ne pouvait pas lui donner ce qu'elle voulait. Elle méritait un homme en possession de tous ses moyens, pas seulement une coquille vide, quelqu'un qui ne savait plus qui il était et devrait passer le reste de sa vie à tenter de s'en souvenir.

— Comment ne pas chavirer, quand on est allongé là-dessus ?

— Tu es toujours aussi pessimiste ? Ou veux-tu me convaincre de te laisser commencer sur un paddle, ou même avec une planche de surf complète. Ce que je ne ferai pas parce que tu viens de subir une opération du cerveau. Au cas où cela t'aurait échappé.

— J'aimerais bien, dit-il en résistant à l'envie de toucher la petite zone où le chirurgien avait foré. Mais je te rappelle que ce n'était pas vraiment une opération du cerveau. Il s'agit d'une intervention peu invasive.

— Je le sais bien…

— Il y a une grosse différence entre se faire découper une partie du crâne et se faire percer un petit trou.

Il connaissait la procédure par cœur, non pas parce qu'il avait dû retirer de nombreux hématomes sous-duraux, mais parce qu'il l'avait lue des dizaines de fois après l'avoir subie. C'était simple – on faisait un trou de la taille d'une petite pièce, on y insérerait un cathéter et on injectait un produit pour briser les caillots. Au bout de quelques jours, le caillot disparaissait, rendant inutile toute autre intervention, comme une craniotomie, par exemple.

Mateo cligna des yeux pour chasser les images qui envahissaient son esprit et qui lui rappelaient trop ce qu'il avait vécu sur le champ de bataille… et qu'il ne connaîtrait plus jamais.

— En tout cas, les comptes rendus post-chirurgicaux que j'ai lus indiquent que ton intervention s'est parfaitement déroulée, souligna Lizzie pour le rassurer.

— Quand même, savoir que quelqu'un a fait un trou dans mon crâne…

— Tu n'aimes pas te considérer comme un patient ? Ou est-ce que la chirurgie du cerveau te fait peur, comme à la plupart des gens ?

— Les deux ! Je sais que je ne devrais pas me plaindre, pourtant, parce que j'ai eu de la chance, mais cela ne m'aide guère.

— Si tu acceptais d'être un patient, et donc une personne vulnérable, tu pourrais passer à l'étape suivante, et commencer à traiter les aspects émotionnels de cette vulnérabilité. Ton rétablissement prendra du temps, mais tu réussiras.

— Tu sais, il y a des moments où je déteste vraiment ton optimisme !

Elle rit.

— Moi aussi. Mais je suis comme ça. Et tant que tu es avec moi…

Ses lèvres se recourbèrent en un sourire aguicheur.

— Combien de temps cela va-t-il durer, à ton avis ?

— Commençons par un mois et voyons comment ça fonctionne.

— Un mois ? Et plus si affinités ?

— Tout est négociable, répliqua-t-elle d'un air mystérieux en se dirigeant vers la plage.

Elle était magnifique, sur les vagues, et à l'instant où elle disparut, puis émergea, il eut l'impression de voir une déesse grecque de la mer. C'était comme si elle ne faisait plus qu'un avec l'océan.

Lizzie laissa tomber sa planche de surf à côté de Mateo et lui tendit la main.

— Allez, à ton tour, maintenant ! Viens…

Mais il ne voulait pas bouger. Il avait passé la dernière heure à admirer ses gestes parfaits, qui lui semblaient infiniment plus intéressants que la perspective de tomber sans arrêt… et de se ridiculiser.

— Tu sais quoi ? Je suis bien, là, assis, à te regarder.

Lizzie s'allongea près de lui, sur l'immense serviette de plage multicolore, et prit une bouteille d'eau dans la petite glacière qu'ils avaient apportée.

— Parce que tu es un lâche ? ironisa-t-elle.

Son sourire était si contagieux qu'il lui sourit en retour.

— Parce que tu t'amuses bien, et je ne veux pas t'interrompre pour essayer de garder mon ventre à plat sur une planche.

— Ton ventre ira très bien, assura-t-elle.

Mais ce n'était pas pour son ventre qu'il s'inquiétait. D'autres parties de son corps réagissaient, y compris et surtout son cœur.

Il battait trop vite, et sa respiration était superficielle. C'était simplement une réaction naturelle, une pulsion primitive, songea-t-il, même s'il savait que c'était bien plus que ça.

— Et le reste de mon corps ? demanda-t-il.

— Fais ce que je te dis et tu n'auras aucun problème. Pour un débutant, il est préférable de choisir un endroit calme, où les vagues ne sont pas si hautes. Un ou deux mètres, mais pas plus.

Mateo se rapprocha légèrement de Lizzie.

— Il faut apprêter la planche aussi, pour qu'elle glisse bien. Elle doit déjà l'être, mais je préfère le faire moi-même car c'est essentiel pour avoir une bonne prise en main.

— Il faut cirer toute la surface ?

— Non. Juste le tiers supérieur, le tiers inférieur et les bords.

— Je comprends…

Il avait envie de bien davantage qu'une simple leçon de bodyboard. Soudain, Lizzie lui faisait prendre conscience qu'il n'avait pas profité de ces dernières années, et que son amnésie le privait d'une trop grande part de lui-même. D'une trop grande part de vie. Une peau douce contre la sienne. Le toucher de doigts délicats. De doux baisers, qui se transforment en une étreinte torride…

Il se remémora sa soirée de la veille et se demanda comment il allait faire pour tenir un mois entier. Cela ne lui faisait pas de bien, mais il ne pouvait empêcher les pensées de tourbillonner dans sa tête. D'autant que l'objet de ces pensées n'était autre que Lizzie.

Il n'avait jamais beaucoup aimé les cheveux roux auparavant ; il s'en souvenait. Mais ceux de la jeune femme l'avaient subjugué. Quant à consulter un autre médecin… C'était définitivement hors de question, car il savait très bien ce qu'il en résulterait. Lui-même n'exerçait plus, mais il s'en moquait, pour l'instant. Avec Lizzie près de lui, sa peau touchant la sienne, il se moquait de tout…

— Le plus important, c'est de rester à la surface, continua-t-elle. Tu n'as pas pris de combinaison ? Certaines personnes aiment bien en porter pour réduire les frottements de la planche, mais peut-être que ça ne te dérangera pas. Personnellement, j'aime le contact avec la planche.

— Et les palmes ? La fille du magasin de la plage m'a dit que je devais en prendre.

— Oui. Elles t'aideront à pagayer plus loin, pour pouvoir attraper de meilleures vagues. Oh ! et la corde s'attache au poignet.

— C'est compliqué d'attraper les vagues !

— C'est vrai, mais cela procure une sensation incomparable, que l'on soit debout ou allongé. Au fait, tu as trouvé un casque noir avec des rayures rouges ?

— Tout à fait.

— Et alors ?

— Et je le porterai, Lizzie, ne t'inquiète pas.

— Très bien. Alors, prépare-toi et allons-y ! Entre dans l'eau jusqu'aux genoux, puis allonge-toi et garde tes hanches en contact avec l'extrémité de la planche.

— Et mes mains ?

Il savait où il aurait voulu les poser, mais ce qu'il voulait et ce qu'elle voulait étaient deux choses différentes. Pourtant, il pouvait presque sentir ses mains courir sur son corps, comme elles l'avaient fait la nuit précédente…

— En haut de la planche. Assure-toi de bien garder tes palmes sous l'eau, puis de pagayer d'une main ou de deux, peu importe, jusqu'à la vague que tu veux attraper. Pour commencer, on va en prendre des petites.

Ça devenait sérieux. Il devait mémoriser les gestes à faire, sinon sa première tentative se transformerait en spectacle comique parce qu'il avait manqué une ou deux étapes essentielles.

— Quand tu vois une vague, pointe ta planche vers la plage et commence à battre des jambes et à pagayer. La vague fera le reste.

— Cela semble assez simple, dit-il en regardant les surfeurs, sur la plage.

Il se souvint qu'il était un aventurier, un vrai. Il avait souvent escaladé des parois rocheuses et fait du parapente. Il se jetait dans le vide et descendait en piqué, espérant éviter les cimes des arbres et les rochers. Mais glisser sur l'eau lui faisait peur. Pas à cause du risque, mais parce qu'il était vulnérable, comme le lui avait dit Lizzie. Il ne savait pas si son côté casse-cou prendrait le dessus ou s'il se comporterait comme l'une de ces personnes qu'il voyait pagayer, assises sur leur planche, trop effrayées pour s'élancer à l'assaut des vagues.

— Tu n'es pas obligé d'y aller, dit Lizzie.

— Je sais, répondit-il, en retirant sa chemise bleue à fleurs. Mais je veux quand même essayer.

Pour se prouver à lui-même qu'il en était capable et,

plus encore, pour le lui prouver, à elle. C'était important pour lui de montrer à Lizzie qu'il n'était pas juste un patient vulnérable, mais un homme courageux et sportif.

Finalement, après s'être motivé mentalement, il enfila les palmes, saisit sa planche et s'avança dans l'eau. Près de lui, Lizzie lui communiquait sa force et son énergie.

— C'est étrange, dit-il, j'ai fait des choses bien plus dangereuses que ça par le passé, mais je ne suis pas sûr d'être prêt à passer à l'étape suivante.

— Ce n'est pas facile d'affronter ses peurs, affirma-t-elle en serrant son bras d'un geste rassurant, avant de déposer un tendre baiser sur sa joue. Surtout quand on en ignore la nature.

— Et toi, de quoi as-tu peur ? s'enquit-il en regardant les vagues.

— De beaucoup de choses. De commettre une erreur médicale avec l'un de mes patients. C'est peut-être ma plus grande crainte, parce que les gens comptent sur moi, alors si je fais quoi que ce soit qui leur nuise, ou pire encore…

Elle ferma brièvement les yeux, puis secoua la tête.

— J'ai peur de monter à cheval, aussi. J'ai fait une chute quand j'étais petite et je me suis cassé une côte. Ce n'était pas un grand traumatisme, mais à ce jour je ne suis jamais remontée. Oh ! et j'ai une sainte horreur des araignées, aussi. Tant que tu ne m'auras pas entendue crier quand je vois une araignée, tu ne sauras pas ce qu'est un cri. Ici, à Oahu, il y a d'énormes bestioles, comme celles qu'on trouve dans les champs de canne, par exemple.

Elle leva les deux mains dans un geste éloquent et ne put retenir un frisson d'effroi.

Mateo éclata de rire.

— Je te protégerai des araignées si tu me protèges de moi-même.

— As-tu besoin d'être protégé de toi-même ? demanda-t-elle.

Il fit un pas dans l'eau, puis s'arrêta.

— Si je connaissais la réponse, je te la donnerais.

Puis il rassembla tout son courage et s'avança dans l'eau jusqu'à la poitrine. Lizzie le suivit et grimpa immédiatement sur sa planche, puis elle attendit que Mateo fasse de même.

— Ce n'est pas si difficile que ça, dit-il, une fois qu'il fut allongé.

— Pagaye quelques minutes avec tes mains. Habitue-toi à cette sensation. Parfois, c'est bien de flotter un peu et de laisser son esprit vagabonder.

— Tu fais ça, toi ?

— Plus maintenant, dit-elle en le rejoignant, mais je le faisais quand mon père était vivant. Il était… difficile. Parfois, j'avais l'impression de le décevoir, même si le médecin en moi savait que ses réactions étaient dues à sa pathologie.

Elle s'arrêta un moment, puis poursuivit :

— Pour moi, l'océan a des vertus thérapeutiques. Quand j'étais petite fille et que je voyageais avec mon père, nous vivions souvent près d'une plage. Je pense que c'est là que je trouvais mon équilibre.

Elle demeura pensive quelques instants, puis reprit d'un ton enjoué :

— Assez bavardé, maintenant. Tu es prêt à partir à l'assaut des vagues ?

Il prit une profonde inspiration.

— Les vagues se calment, n'est-ce pas ?

— Et j'ai l'impression qu'elles m'appellent, dit Lizzie. Tu permets ?

— Vas-y, Lizzie. Je te suis…

Pour être sûre d'attraper une bonne vague, elle pagaya un peu plus loin et trouva la vague parfaite qui la ramena presque jusqu'au rivage. C'était si naturel, pour elle ! Et pour lui ? Eh bien… Il pagaya, comme elle, trouva sa vague, mit sa planche en position et glissa du mieux qu'il put, entrant et sortant de l'eau jusqu'à ce qu'il atteigne le rivage.

— Je n'étais pas aussi gracieux que toi, dit-il en se redressant et en crachant de l'eau salée, mais je me suis bien amusé. Merci.

Lizzie lui sourit.

— Mais de rien ! Tu veux recommencer ?

— Et si je m'asseyais un peu pour te regarder faire ?

— Comme tu voudras, dit-elle en retournant dans l'eau.

Mateo ferma les yeux, en proie à un début de migraine. Cela faisait des jours qu'il n'en avait pas eu, mais celle-ci était atroce, battant de plus en plus fort, jusqu'à ce que soudain tout se mette à tourner autour de lui. Le ciel, le sable, l'eau. Lui-même…

Il chercha Lizzie du regard. Elle sortait tout juste de l'eau et lui fit signe de la main.

— J'ai la migraine, dit-il en s'approchant.

L'éclat du soleil le dérangeait. Et une vague de nausées le frappa si fort qu'il tomba sur le sable.

Lizzie se précipita et s'agenouilla près de lui.

— Cela t'est déjà arrivé ? demanda-t-elle en prenant son pouls.

— Oui, mais pas au point de défaillir.

— Et tu n'as pas pris la peine de m'en parler ?

— C'est un mal de tête. Cela arrive à tout le monde.

Elle lui souleva les paupières et étudia ses yeux un instant. Si seulement elle avait apporté sa sacoche ! Sa réponse pupillaire était lente. Il était clair que quelque chose n'allait pas, et elle ne pouvait pas risquer de le laisser ici sans surveillance pour aller chercher son matériel.

Il lui prit la main.

— Je ne me sens pas très bien…

— Je t'emmène à l'hôpital. Il faut faire une IRM pour voir ce qui se passe.

— Pour une simple migraine ? protesta-t-il. Laisse-moi un peu ici, ça ira mieux dans quelques minutes.

— Sauf si ce n'est pas une simple migraine. Je ne crois pas qu'il s'agisse d'un accident vasculaire cérébral, ni d'une inflammation d'origine neurologique, mais ça pourrait être un caillot. La douleur que tu ressens est due à des changements dans l'activité cérébrale sans doute liés à ton traumatisme antérieur. Je ne peux pas en dire plus pour le moment. Je pense qu'il est plus prudent d'aller à l'hôpital, mais à toi de choisir, Mateo.

— Tu sais… C'est cela, que je déteste chez les médecins. Ils vont trop loin.

— Que veux-tu dire ?

— C'est une migraine. J'en ai déjà diagnostiqué et traité des centaines. Mais tu vois bien au-delà de ça, n'est-ce pas ?

— Je suis payée pour cela… et bien payée. Je suis très douée pour anticiper les complications éventuelles.

Il rit, puis gémit et s'agrippa la tête.

— Écoute, Lizzie. C'est gentil à toi de t'inquiéter de mon sort, mais c'est un simple mal de tête, je t'assure.

— J'espère que tu as raison, mais au cas où ce ne serait pas le cas, veux-tu que je te laisse avec un diagnostic non confirmé ?

Elle lui prit sa main et se pencha vers lui.

— Je ne veux vraiment pas te perdre, Mateo, et ce n'est pas uniquement une préoccupation médicale. Je tiens à toi, tu sais…

Elle songea qu'elle aurait peut-être dû ne rien dire et remettre cette discussion à plus tard. Pour l'instant, tout ce qu'elle voulait, c'était que Mateo aille mieux.

— Si un incident se produisait alors que je t'ai laissé seul, je ne me le pardonnerais pas.

C'était vrai.

Tout comme le fait qu'elle était en train de tomber amoureuse de lui…

— Dans ce cas, emmène-moi à l'hôpital et fais-moi passer une IRM, dit-il.

Il essaya d'ouvrir les yeux, mais les referma aussitôt, car le soleil lui donnait la nausée.

— Fais ce que tu juges utile de faire.

Laissant échapper un soupir de soulagement, Lizzie passa un appel téléphonique, puis s'assit près de lui pour attendre les secours.

Une chose était sûre : vivre avec Mateo ne serait pas toujours facile, mais ce serait toujours un plaisir. Et elle espérait qu'ils y parviendraient parce que après lui il n'y aurait pas d'autre homme. Malgré son entêtement, c'est lui qu'elle voulait et personne d'autre.

Le moment venu, elle lui ferait part de son désir. Mais il y avait des problèmes importants à régler avant de prendre un engagement quelconque, et les obstacles qui restaient à surmonter l'effrayaient. Ni l'un ni l'autre n'en sortiraient indemnes. Deux blessés de la vie… Est-ce que ça pouvait marcher ?

— Me tiendras-tu la main quand ils me glisseront dans ce tunnel que redoutent tant les claustrophobes ? demanda Mateo.

— Appréhendes-tu cet examen ?

— Peut-être un peu.

Elle lui tendit une couverture à étaler sur ses genoux pendant qu'on le conduisait, en fauteuil roulant, dans le couloir qui menait à la salle d'examen.

— Je dis toujours à mes patients que la meilleure chose à faire est de boire une vodka… après l'intervention, bien sûr, dit Lizzie.

— Je déteste la vodka, répondit Mateo avec une grimace.

— Le sexe marche aussi, chuchota-t-elle. Ça dépend du diagnostic.

— Là, tu m'intéresses…

Lizzie tentait de plaisanter pour cacher son inquiétude, mais elle n'était pas très douée pour cela.

— Il s'agit d'une migraine, rien de plus. Tu le sais, non ? demanda Mateo.

— Non. Écoute, cela ne prendra pas longtemps, alors si l'on ne trouve rien nous rentrerons à la maison et tu pourras passer le reste de la journée à dormir. Maintenant, je vais aller voir Janis dans son bureau et discuter un peu avec elle, si ça ne te dérange pas.

— Pas du tout, chuchota-t-il, comme si le son de sa propre voix lui faisait mal à la tête.

— Cinq minutes, pas plus, dit-elle en se penchant pour lui donner un baiser. Je reviens tout de suite.

Elle ne voulait pas le laisser là, mais elle n'avait pas le choix. Elle avait besoin de prendre un peu de recul pour comprendre ses sentiments. Et d'un peu de réconfort.

Janis la rejoignit à l'extérieur de la salle de tomodensitométrie, où Lizzie s'était s'appuyée contre un mur.

— Ça ne va pas fort, n'est-ce pas ?

— En effet, avoua Lizzie. Mateo n'a pas vraiment envie de passer cet examen.

— As-tu déjà pensé qu'il avait tellement peur qu'il en perdait le sens commun ? Je veux dire, quand on le regarde, on ne peut pas le deviner, mais Mateo est… différent. C'est un médecin qui ne peut plus soigner. Il n'a pas de maison, pas d'endroit où aller, pas de projets d'avenir. Si j'étais à sa place, j'aurais peur, moi aussi.

— À un moment, j'ai cru qu'il voulait mourir.

— Il veut vivre, Lizzie, mais il ne sait pas comment faire. S'il avait voulu mourir, il ne serait pas venu chez toi. Tu lui donnes de l'espoir. Et l'amour que tu lui portes est un atout supplémentaire sur lequel il ne comptait pas. Donne-lui un peu de temps. Reste en retrait quand il en a besoin, et près de lui quand il te le demande…

Les mots de Janis résonnaient dans la tête de Lizzie lorsqu'elle retourna auprès de Mateo. Il n'était pas le seul à résister. Ni à avoir peur.

— Alors, tu es prêt ? demanda-t-elle, tandis que le technicien le conduisait dans la pièce et l'aidait à prendre sa place sur le lit de tomodensitométrie. Dix minutes et tout sera fini.

— Ou pas, dit-il d'un air sombre.

Lizzie déglutit avec peine.

— Si le résultat n'est pas celui que nous espérions, eh bien nous ferons face. Je ne bouge pas, Mateo. Donc si tu dois tout recommencer, je serai à tes côtés.

Comme elle se penchait pour l'embrasser, il la retint et lui donna un baiser fougueux, dévastateur.

— C'était… sympa, dit-elle en s'écartant, mais pas vraiment approprié, tu ne crois pas ?

Il lui sourit.

— En effet, mais je tiens à rester moi-même en toutes circonstances.

— T'a-t-on déjà dit que tu étais incorrigible ?

— Docteur Peterson ? dit une voix dans le haut-parleur. Il faut que nous fassions l'examen, maintenant. Le Dr Sanchez n'est pas notre seul patient…

Plutôt que de rejoindre ses collègues dans la salle de contrôle, Lizzie alla dans son bureau, s'étendit sur le canapé et ferma les yeux jusqu'à ce que Janis vienne lui parler.

— C'est une petite hémorragie. Au même endroit qu'avant.

— C'est à cause du bodyboard ? demanda Lizzie, les larmes aux yeux.

— Je dirais que le traumatisme initial a fragilisé son cerveau, et cela aurait pu se produire n'importe où, au cours de n'importe quelle activité.

— Je n'ai pas été assez prudente, comme avec mon père…

Ses larmes se mirent à couler, qu'elle essuya du dos de la main.

— Vous allez le garder ?

— Oui. Et nous allons le soigner, pour de bon cette fois.

— Vous allez lui poser une perfusion et l'opérer ?

— Les anticoagulants sauvent des vies. Et je pense qu'il y a beaucoup à sauver chez Mateo. Il a besoin qu'on lui montre le chemin de la guérison, aussi.

— Ce n'est pas ma mission, dit Lizzie.

— Quand on aime quelqu'un comme tu aimes Mateo, on le prend sous sa responsabilité. Cela bouleverse ton univers, Lizzie. Rien n'est plus comme avant. Mais parce que Mateo est malade, c'est à toi d'assumer la charge la plus lourde. Et d'accepter son amour, parce qu'il t'aime, tu sais.

— Nous avons encore un long chemin à parcourir avant que l'un ou l'autre puisse voir sa situation s'améliorer. Mais je suppose que c'est le bon moment pour commencer.

— Attends que l'intervention soit terminée, s'il te plaît. Je dois discuter avec Mateo, et tu sais qu'il n'est pas un patient facile…

En effet, et c'est en grande partie pour cela qu'elle l'aimait. Pour elle, Mateo était presque parfait. Bien sûr, il avait des défauts, mais ils étaient mineurs, en comparaison de ses grandes qualités humaines.

Peut-être Janis ne le voyait-elle pas, mais pour Lizzie, c'était clair comme de l'eau de roche. Et c'était l'essentiel.

Sa tête lui faisait un mal de chien, et pour ne rien arranger, il aperçut un plateau-repas sur sa table de chevet, avec une espèce de purée pâle et liquide qui lui donna la nausée, tout comme la blouse d'hôpital et les chaussons antidérapants que quelqu'un avait glissés à ses pieds.

— Cela ne vaut pas un cinq-étoiles, ici ! lança-t-il à Lizzie comme elle entrait dans sa chambre.

— On m'a dit que tu étais réveillé et de bonne humeur, comme d'habitude.

Elle l'embrassa, puis s'assit sur le bord du lit.

— Janis est venue te voir ?

— Personne n'est venu me voir à part toi.

— Eh bien, les nouvelles sont bonnes. Le caillot était petit, et probablement dû à une faiblesse de suture lors de la première intervention chirurgicale. Et ta convalescence peut avoir lieu chez moi, si tu le souhaites.

— Ce que je veux, c'est que tu m'écoutes et que tu me dises si j'ai raison ou tort en résumant la situation.

— À propos de quoi ?

— Tes sentiments pour moi. Tu es amoureuse de moi… du moins, je l'espère, mais ça te fait peur à cause de ce qui est arrivé à ton père. Tu n'es pas sûre de pouvoir à nouveau t'impliquer avec quelqu'un qui a des pertes de mémoire.

— Tu es très perspicace…

— Est-ce que je me trompe, Lizzie ?

— Pas tout à fait. Tu es très différent de mon père, mais parfois, quand je vois ton regard perdu…

— Tu l'as vu dernièrement ?

Elle réfléchit quelques instants avant de répondre :

— Pas vraiment.

— La maladie de ton père n'était pas ta faute, Lizzie.

Il lui tendit la main, puis l'attira à lui.

— Je le sais bien. Mais…

Elle se mordit la lèvre pour ne pas pleurer.

— Nous avions eu une journée très mouvementée. Il voulait aller se promener et je n'avais pas le temps. Je ne voulais pas que les soignants s'en chargent parce que c'était un moment privilégié entre nous dont je ne souhaitais pas me priver. Je lui ai promis qu'on irait plus tard… Comme s'il pouvait comprendre ce que je disais ! Environ une heure après, on m'a appelée pour me dire que papa s'était échappé. Ce n'était pas la première fois, mais il se dirigeait toujours vers l'océan, et j'avais si peur…

Eh bien, nous avons fouillé la plage pendant des heures sans trouver aucun signe de lui. Les recherches se sont poursuivies durant cinq jours. Cinq jours, Mateo ! Il est resté seul dehors pendant cinq jours. Et puis, enfin, les sauveteurs l'ont trouvé. Il était allé aux chutes de Kipu, l'un de ses endroits préférés. Quelque temps auparavant, il avait commencé à y planter des fleurs…

— Personne n'avait pensé à aller voir là-bas ?

— Si, mais papa s'était abrité et endormi dans un sous-bois. Du moins, c'est ce qu'a dit le médecin légiste. Et il y est resté pendant cinq jours. Peut-être était-ce là qu'il voulait mourir, ou peut-être qu'il attendait simplement que je vienne le chercher. On ne le saura jamais…

Elle serra les poings et ferma les yeux.

— C'est le cauchemar avec lequel je vis tous les jours. Et il y a tant d'hypothèses ! Et si je n'étais pas allée travailler ce jour-là ? Et si nous avions fait la promenade qu'il voulait faire ? Et si la soignante ne lui avait pas tourné le dos ? Et si j'avais fait installer une serrure supplémentaire sur toutes les portes ?

— On ne peut pas toujours tout prévoir, Lizzie.

— Exactement, Mateo. On ne peut pas toujours tout prévoir, ce qui veut dire que parfois il faut aller de l'avant sous peine de mourir. J'ai failli abandonner, avec toi. Je ne savais plus ce que je voulais. Pourtant, la réponse était là, sous mes yeux.

— Quelle réponse ?

— Toi, moi… Une clinique sur la plage. Tu ne peux plus opérer, et cela ne changera peut-être pas. Je crois que tu as compris que je n'avais plus envie de travailler dans un hôpital. Je veux vivre plus simplement, et la vie est trop courte pour renoncer à ses désirs.

— Tu as bien dit « toi et moi » ?

— La réalité est que, pour l'instant, tu as besoin d'être surveillé. Je ne peux pas prédire l'avenir et je ne suis même pas sûre que je le ferais si je le pouvais. Mais tu es un bon médecin et tu mérites de continuer à pratiquer ce métier. Ce n'est peut-être pas ce que tu veux, mais c'est ce que tu peux avoir. Et c'est peut-être ça, le secret du bonheur : accepter ce que nous pouvons avoir. Je pense qu'on pourrait construire une vie autour de ça, si tu es d'accord…

— Tu veux dire… moi en tant que patient, toi en tant que médecin ?

— Non. Ce n'est pas du tout ce que je veux.

— Je serais ton partenaire, alors, ton égal ? Quelqu'un que tu n'as pas à surveiller jour et nuit. ?

— Pourquoi réagis-tu comme cela, Mateo ? Je croyais…

Elle secoua la tête.

— Je me suis trompée, depuis le départ ?

Il posa sur elle un regard sombre, tourmenté.

— Tu as recueilli un sans-abri, Lizzie. Ce n'est pas difficile à comprendre, si ?

— Je pensais avoir recueilli quelqu'un qui attendait plus de la vie. J'avais tort ?

Elle luttait vaillamment contre les larmes qui menaçaient de couler. Avouer enfin ses sentiments et subir un tel revers… Sa douleur était indescriptible.

— Non, tu n'avais pas tort. Mais j'ai beaucoup réfléchi, et…

Il s'arrêta, prit une profonde respiration, puis relâcha lentement son souffle.

— Et je ne vois pas comment ça pourrait marcher avec nous. Je ne veux pas que tu t'occupes de moi comme tu t'es occupée de ton père, et je suis sûr que ce n'est pas ce que tu veux non plus. Mais j'ai bien peur que ce soit inévitable. Ça n'a rien à voir avec ce que je ressens pour toi, mais j'ai besoin de respirer.

— Je ne t'ai pas laissé respirer ?

— Si. Mais à l'avenir…

— N'en dis pas plus, Mateo. Ce que j'ai perçu comme une relation possible entre nous n'a été pour toi qu'une aide ponctuelle, une bouée de sauvetage. Mais je suis contente de t'avoir aidé, parce que ça m'a prouvé que j'en étais encore capable. C'était mon choix, et ça n'avait rien à voir avec mon père.

Elle s'éloigna du lit.

— Je ferai porter tes affaires à l'hôpital, Mateo.

— Ce n'est pas ce que je veux, Lizzie. Je veux trouver une solution pour que nous restions ensemble, pas séparés.

— Ce que tu veux, Mateo, c'est une vie sans les problèmes de chacun d'entre nous. C'est aussi ce que je voulais, au début. Mais on n'obtient pas toujours ce qu'on veut, n'est-ce pas ? Et quand on tombe amoureux, on ne peut tout simplement pas vivre sans l'autre. Aimer nous rend meilleurs. Je suis désolée que ça ne marche pas comme ça pour toi, parce que pour moi c'est le cas.

Il voulut se lever, mais il était relié à tant de fils et de tubes qu'une alarme se déclencha dès qu'il se redressa.

— Je t'aime vraiment, dit-il, mais…

— Tu devrais t'arrêter là, Mateo. Après avoir dit à quelqu'un qu'on l'aime, il ne devrait plus y avoir de mots. Pas de qualificatifs, et encore moins de « mais ».

Sur ces paroles, elle quitta la chambre, le laissant seul sur son lit d'hôpital. Alors, il repoussa son plateau-repas et remonta ses draps sur sa tête.

9.

Huit semaines plus tard

Lizzie n'était pas du matin. Et encore moins en ce moment, car elle se réveillait avec la nausée et le visage gonflé. Cela était normal, lui avait dit son médecin, mais quand elle se retrouvait, comme en cet instant, agenouillée sur le carrelage de la salle de bains, cela ne la consolait guère.

— Ne t'inquiète pas, Lizzie ! cria Janis à travers la porte. C'est parfaitement naturel. Tu ne passeras pas toute ta grossesse ainsi, et quand le bébé arrivera…

— Les bébés ! corrigea Lizzie.

Janis ouvrit la porte et jeta un coup d'œil à son amie.

— Tu n'es même pas habillée.

— Je ne m'habille pas, aujourd'hui.

— Alors qu'est-ce que je dois dire à tes patients ?

— Que grossesse et exercice de la médecine ne font pas bon ménage.

Janis poussa la porte et vint s'asseoir près de Lizzie, qui ne bougeait toujours pas.

— Quelqu'un aurait dû me prévenir, gémit-elle.

— Tu as déjà entendu parler de contraception ?

— Nous nous sommes protégés, mais ça n'a pas marché… visiblement.

Lizzie se mit sur le dos, mais ne se leva pas.

— Tu vois comme mon corps a changé, alors que je

n'en suis qu'à deux mois de grossesse. Tu crois vraiment que je suis en état de voir des patients ? Je veux dire, je suis obligée de porter une robe hawaïenne, Janis ! Tu te rends compte ?

— Il faut t'y habituer. Plus tu grossiras, plus tu apprécieras ton *muumuu*. Oh ! et si tu en veux un autre, j'ai entendu dire qu'un bel homme travaillait à mi-temps dans un magasin de surf, à quelques rues de l'hôpital… Au cas où tu ne le saurais pas, il est resté ici, Lizzie. Il travaille dur avec un coach et suit assidûment le programme de réhabilitation cognitive de Randy. Je parie qu'il aimerait bien te voir.

— Il sait où j'habite, répliqua Lizzie en s'asseyant et en s'adossant au mur.

— N'a-t-il pas le droit de savoir, pour les bébés ? demanda Janis.

— Si, mais cela se fera en temps voulu. Pour l'instant, il est tellement impliqué dans son traitement que je crois qu'il vaut mieux attendre…

— Tes sentiments pour lui ont-ils changé ?

Lizzie posa la main sur le ventre.

— Non. En fait, ils grandissent de jour en jour.

— Et tu t'attends à ce que les choses s'arrangent en restant ici, par terre, sans bouger ?

— Il y a beaucoup de choses à arranger, dit Lizzie, se levant enfin.

— Sais-tu à qui tu me fais penser quand tu parles comme ça ? lança Janis en se dirigeant vers la porte.

— Non. À qui ?

— Mateo. Tu te souviens quand il s'inventait toujours des excuses, ne faisait rien pour s'aider lui-même et frustrait tous ceux qui tentaient de lui tendre la main ?

Tandis qu'elle se hissait péniblement sur ses pieds, Lizzie réfléchit.

— Je n'acceptais pas ses excuses, n'est-ce pas ?

Janis acquiesça d'un clin d'œil, puis disparut.

Une fois habillée, Lizzie décida d'aller se promener.

Étrangement, ses pas la conduisirent près d'un magasin de surf, où le vendeur distrayait ses clients en leur racontant ses exploits sportifs. Même s'il n'avait jamais mis les pieds sur une planche de surf…

C'était un spectacle si amusant que Lizzie ne put s'empêcher de rire, pour la première fois depuis des semaines. Car cet homme insolent et farceur n'était autre le père de ses bébés, l'homme qu'elle aimait malgré son amnésie.

Lizzie fit signe à Mateo qui finit par l'apercevoir, et elle attendit qu'il se soit frayé un chemin parmi la foule pour lui sourire.

— On dirait que tu as trouvé ta vocation ! lança-t-elle en riant. Tu parlais bien de tes performances de surfeur, non ?

— Oui, ça les amuse, et c'est l'essentiel, dit-il en la prenant par le bras pour l'entraîner à l'écart.

— Justement, je voulais te voir. Pour te parler de notre dernière rencontre. J'étais bouleversé, ce jour-là, Lizzie. J'espère que tu t'en rends compte ?

— Tu aurais pu venir t'excuser, dit-elle, alors qu'ils s'asseyaient sur un banc, sous un banian.

— Je l'ai fait. Tous les jours. Qui s'est occupé du jardin de ton père, tu crois ?

— Je ne t'ai jamais vu. Quant au jardin, je…

Elle haussa les épaules.

— Je n'y avais pas pensé.

— C'est pour ça qu'il était envahi par les mauvaises herbes et menaçait de mourir par manque d'arrosage. Je sais que je t'ai blessée, Lizzie, et j'en suis désolé. Mais pendant un moment, je ne pouvais pas me supporter, et encore moins demander à quelqu'un d'autre de le faire. J'avais besoin de temps… et d'espace.

— Et ?

— Et j'ai fait tout ce que j'ai pu pour que le jour où je reviendrais vers toi, tu voies à quel point j'avais changé. Je n'étais pas assez bien, *avant*. Peut-être ne le suis-je pas non plus maintenant, mais j'y travaille. J'expérimente de nouvelles choses car j'ai oublié les anciennes.

— Comme travailler dans un magasin de surf, par exemple ?

— Pourquoi pas, après tout ? Je sais qu'il y a beaucoup de facultés que je ne récupérerai pas et je m'efforce de faire face. Certains jours sont meilleurs que d'autres. Il m'arrive d'être tellement frustré que je ne pense qu'à une chose : être dans la peau d'un autre. Celle de mon personnage de surfeur, par exemple…

— Mais tu es resté ici, à Hawaï. Pourquoi ?

— Parce que je suis tombé amoureux de la femme la plus merveilleuse, la plus têtue et la plus obstinée que j'aie jamais connue, et m'en éloigner serait la pire chose à faire en ce moment. J'essaye de me soigner pour moi, Lizzie, mais aussi pour toi. Pour construire un avenir où tu n'auras pas à t'inquiéter pour moi à chaque minute de chaque jour. Un avenir où tu n'auras pas à faire les cent pas sur la terrasse en te demandant ce qui m'est arrivé si je ne rentre pas à l'heure le soir. Tu le mérites, Lizzie. Nous le méritons tous les deux. Mais je dois y travailler, et c'est ce que je m'applique à faire.

Il lui caressa la joue du dos de sa main.

— Je suis resté ici pour faire mes preuves. Te montrer que je suis l'homme qu'il te faut et que tu n'as pas à te soucier de moi.

— C'est ce que tu es, Mateo, et ce que tu as toujours été, depuis le jour où je t'ai rencontré. Je veux dire, ça n'a pas été facile, et j'ai eu du mal à m'adapter, mais vivre toutes ces semaines sans toi… m'a rendue très malheureuse. Or je n'ai pas envie d'être malheureuse, surtout maintenant. J'ai besoin d'un partenaire, Mateo. Un égal. On ne peut pas prédire l'avenir, mais on peut vivre dans le présent, et c'est ce dont j'ai besoin en ce moment. C'est ce que je croyais, en tout cas. Mais ce besoin s'est transformé en quelque chose que je désirais plus que tout au monde, mais que tu ne partageais pas. En fait, tu m'as repoussée…

— Parce que je ne savais pas encore qui j'étais, et je suis encore frustré de ne pas parvenir à recouvrer la mémoire. Je travaille dur pour cela, mais tu as eu ton lot de malheur et je ne veux pas en rajouter.

— Non, Mateo. On n'est pas malheureux quand on aime quelqu'un comme je t'aime. J'ai fini par comprendre que c'était ton agressivité qui te permettait de t'accrocher aux bribes de souvenirs qui te restent. De lutter contre l'oubli…

— Mais j'ai toujours peur, Lizzie. Peur de mourir. Cela allait mieux quand tu étais près de moi. Quant à cette fameuse nuit en Afghanistan, je m'en souviens maintenant ! s'exclama-t-il en se frappant la tête. Dans les moindres détails. Je revois mes amis mourir en essayant de me sauver… Ensuite, j'ai passé deux jours allongé par terre avant qu'on me trouve. Ce ne sont pas de bons souvenirs, mais c'est ma mémoire et ils font partie de moi. J'en ai retrouvé d'autres, aussi, bons et moins bons. Et au fur et à mesure que les pièces du puzzle se remettent en place, je peux m'y accrocher. Mais, si tu es d'accord, je veux regagner ma place dans ta vie. Sauf si je l'ai déjà trop gâchée pour me faire pardonner…

— Tu n'as rien gâché du tout, Mateo. Je pense que nous nous sommes toujours battus pour nous comprendre et nous accepter mutuellement. Parfois avec succès, parfois moins.

Elle prit sa main et la posa sur son ventre.

— Et parfois aussi, on a des surprises…

— À quel stade en es-tu ?

— J'entre dans la neuvième semaine.

— Sais-tu si c'est un garçon ou une fille ?

— Ça pourrait être un de chaque…

— J'ai fait tout ça, moi ? s'écria-t-il, visiblement très fier de lui.

— Nous étions deux, Mateo. J'ai joué un rôle dans cette histoire, moi aussi.

Il éclata de rire.

— J'ai eu le temps de comprendre qu'être seul, même si ce n'est pas l'idéal, n'est pas aussi pénible que je le pensais. Je suppose que tu as besoin de mon aide ?

— Je porte des *muumuus*, Mateo ! Et je n'arrête pas de grignoter. Quelqu'un doit m'aider à rectifier le tir, car ce matin j'ai mangé une tarte à la mangue au petit déjeuner.

— Entière ?

Elle hocha la tête.

— J'en aurais mangé une autre si j'en avais eu une sous la main.

— On dirait que tu vas avoir besoin de cette robe informe encore un moment.

— Pas autant que j'ai besoin de toi. Tu veux bien rentrer à la maison, Mateo ? Les bébés et moi te voulons près de nous…

En guise de réponse, il l'attira contre lui et l'embrassa.

Janis, assise avec Randy à une terrasse, de l'autre côté de la rue, regardait la scène.

— On dirait que nous sommes sur le point de perdre un de nos médecins, dit-elle. Je pense que notre Lizzie ne va pas tarder à être très occupée…

Épilogue

Lizzie et Mateo se marièrent dans le jardin, parmi toutes les magnifiques fleurs plantées par le père de Lizzie.

Pour la cérémonie, la jeune femme tenait dans ses bras Robert, à qui on avait donné le nom de son père, tandis que Mateo portait Margarita, nommée d'après sa mère. Les jumeaux avaient maintenant six mois et savaient très bien se faire entendre.

— Je pense que Robert a besoin d'être changé, dit Lizzie.

— Et Margarita semble avoir faim, répondit son futur mari. On devrait peut-être s'en occuper avant le début de la cérémonie, pour ne pas être interrompus…

— D'autant plus qu'on attend ça depuis longtemps !

Lizzie tourna la tête vers la petite foule qui s'était rassemblée et vit Janis distribuer des tasses tiki remplies de son cocktail du jour. Tout le monde était prié d'y goûter.

— Je pense que Janis peut se débrouiller seule pendant quelques minutes.

Lizzie et Mateo se précipitèrent dans la maison pour s'occuper des jumeaux qui, même s'ils étaient devenus le centre de leur existence, ne les empêchaient pas de s'investir dans la clinique qu'ils avaient achetée, et d'adorer cela.

Des patients de plus en plus nombreux franchissaient chaque jour le seuil de l'établissement. Ils y avaient ajouté une nursery, qui était une bénédiction car Mateo refusait d'être séparé de sa famille, dont le Dr Lizzie Peterson ferait bientôt officiellement partie.

Lizzie avait encore du chemin à faire pour accepter qu'elle n'était pas responsable de la mort de son père, mais Mateo était là pour l'aider dans les moments difficiles. Tout comme elle le soutenait lorsque la mémoire lui faisait défaut, cédant la place à la frustration.

— Ton père sera parmi nous aujourd'hui, tu sais, dit Mateo, puisque nous allons nous marier dans son jardin.

— Parfois j'ai l'impression qu'il est encore ici, en train de s'occuper de ses fleurs. Il serait heureux de savoir que c'est toi qui as pris le relais.

Elle essuya une larme et contempla Mateo qui, une serviette jetée sur l'épaule, regardait sa fille téter goulûment son biberon.

— J'imagine que Robert a faim lui aussi, dit-elle en attrapant un nouveau biberon.

Et c'est ainsi qu'ils descendirent le sentier jusqu'à l'arche fleurie, où ils prononcèrent leurs vœux de mariage. Ils formaient une famille, désormais, et c'était tout ce que Lizzie avait toujours souhaité. Tout ce dont elle aurait jamais besoin.

Un mari, deux enfants et le paradis.

La vie parfaite.

JENNIFER TAYLOR

L'homme de sa vie

Traduction française de
MICHELLE LECŒUR

BLANCHE

HARLEQUIN

Titre original :
MR. RIGHT ALL ALONG

Ce roman a déjà été publié en 2014

1.

Passant devant l'unité pédiatrique de l'Hôpital général de Dalverston, Ryan Sullivan fit la grimace. Il ne prétendait pas être un grand artiste, mais au moins chantait-il juste ! Cela n'était manifestement pas le cas de celle qui, derrière la porte, était en train de massacrer une comptine.

Entrant dans la pièce, il fut surpris de trouver Eve Pascoe au chevet de Daisy Martin, une petite patiente de cinq ans. C'était l'heure du déjeuner ; Eve aurait dû prendre sa pause, mais, surtout, elle était la dernière personne qu'il s'attendait à entendre chanter.

Ils s'étaient connus pendant leurs études de médecine à Londres, et avaient poursuivi leur formation dans le même hôpital. À l'époque, Eve était gaie, spirituelle, drôle, chaleureuse… Tout ce qu'elle n'était plus aujourd'hui. Qu'avait-il bien pu lui arriver ces dernières années ? Ce n'était pas la première fois qu'il se posait la question. Pourquoi avait-elle changé à ce point ? Certes, elle lui répondait toujours poliment quand il engageait la conversation, mais elle était devenue très distante – et pas seulement avec lui.

Cela faisait maintenant deux mois qu'elle était arrivée au Dalverston General, mais elle n'avait participé à aucune des traditionnelles activités extra-professionnelles. Elle avait décliné les invitations aux soirées curry et cinéma sans la moindre justification. Aussi avait-elle la réputation d'être un peu snob – ce qu'il ne croyait pas du tout, même si elle venait d'un milieu très aisé. Que s'était-il donc passé ?

Et pourquoi lui portait-il tant d'intérêt ? Il en était troublé, même s'il ne pouvait s'agir que d'une curiosité amicale, sans rien de sentimental.

Soudain, Eve leva les yeux, et il prit aussitôt un air impassible. Il n'était pas homme à s'engager ni à rechercher une relation suivie. Il ne voulait rien faire qui pût causer de la peine à quelqu'un ; l'amour et ses problèmes ne faisaient pas partie de ses projets, ni maintenant ni jamais.

— Je t'ai entendue chanter, dit-il.

La voyant rougir, il sourit.

— C'était… particulier, fit-il.

— D'après la maman de Daisy, c'est sa comptine préférée, répondit-elle, sur la défensive.

Elle se leva pour se pencher au-dessus du lit, où la petite Daisy était recroquevillée. Voyant Eve sourire à l'enfant, il eut un choc. Soudain elle ressemblait à l'ancienne Eve, celle qui était à la fois joyeuse et bienveillante.

Sa curiosité fut de nouveau piquée au vif. C'était décidé, rien ne l'arrêterait, il allait découvrir la raison de son spectaculaire changement de personnalité.

— Je reviendrai te voir tout à l'heure, ma puce, dit Eve à sa petite patiente. Maintenant, ferme les yeux et fais dodo. C'est très bien.

Après une légère caresse sur les cheveux de l'enfant, elle se dirigea vers la porte et il dut s'effacer pour la laisser passer.

— Pardon.

Sans réfléchir, au lieu de partir vers la cantine comme il l'avait prévu, il lui emboîta le pas dans le couloir. Le déjeuner pouvait attendre. Pourtant, étant donné l'attitude d'Eve depuis qu'il l'avait revue, il était peu probable qu'elle lui ouvre facilement son cœur.

Cette pensée le perturba beaucoup plus qu'elle ne l'aurait dû. Certes, ils avaient été amis, et même très bon amis, mais il ne s'était jamais rien passé entre eux, il avait fait ce qu'il fallait pour cela. À une seule occasion, lors d'une fête où il l'avait embrassée sous le gui, il avait failli flancher, mais il s'était rendu compte de son erreur à temps.

À l'époque, comme maintenant d'ailleurs, Eve était très jolie, avec ses cheveux blond-roux et ses magnifiques yeux gris-vert. Mais elle était très différente des femmes qu'il fréquentait, qui avaient une certaine expérience du monde et ne cherchaient pas à s'engager. Aussi n'avait-il jamais voulu transformer leur amitié en autre chose – surtout après ce baiser. Cette nuit-là, il avait pris conscience qu'il aurait très facilement pu s'attacher à elle, ce qui était la dernière chose qu'il voulait.

Il avait donc été plutôt soulagé quand, peu de temps après, elle avait commencé à sortir avec Damien Blackwell, un des internes. Cela avait permis à Ryan de ne plus fantasmer sur ce qui aurait pu être. Eve n'était pas pour lui. Pourtant, après ce baiser, il avait eu plus de mal qu'il ne l'aurait cru à la chasser de ses pensées.

Mais, dès Damien entré en scène, plus rien n'avait été pareil : il l'avait accaparée et elle avait cessé de voir ses amis.

Ryan s'était convaincu qu'il était content de la savoir heureuse, mais elle lui avait manqué ; leur amitié signifiait beaucoup pour lui. Il avait été stupéfait d'apprendre qu'elle avait laissé tomber sa formation. Elle avait disparu du jour au lendemain, sans l'informer de quoi que ce fût. Il s'était demandé pourquoi elle avait arrêté, mais n'avait pas essayé de la contacter. Il n'avait rien à lui offrir.

Damien était-il responsable de ce changement spectaculaire en elle ? Lui avait-il pris son éclat, sa chaleur et son humour, pour en faire la femme froide et distante qu'elle était devenue ?

Ryan sentit la colère monter en lui. Quelque chose lui disait qu'il avait raison. Il ne pouvait supporter l'idée que la vie d'Eve ait pu être gâchée par cet homme. Cela le conforta dans sa décision de ne pas s'engager : il était hors de question de rendre une pauvre femme malheureuse !

Installée devant l'ordinateur du service, Eve compléta le dossier de Daisy Martin. La petite fille souffrait de drépanocytose, une maladie du sang héréditaire caractérisée par une forme très sévère d'anémie. Daisy était la plus jeune de trois enfants de parents jamaïcains, et la seule à en être atteinte. La maladie s'était manifestée quand elle était bébé, entraînant fatigue, maux de tête, souffle court et jaunisse.

Pendant quelque temps, Daisy s'était assez bien portée, mais, récemment, elle avait eu une crise qui avait nécessité son admission aux urgences pédiatriques. C'était une enfant adorable. Pourquoi devait-elle souffrir ainsi ? C'était si triste, si injuste.

Eve s'efforça de se concentrer sur son travail et d'oublier Ryan. Quand il était dans les parages, elle se sentait mal à l'aise et constamment sur ses gardes, craignant toujours de faire une gaffe. Il la connaissait depuis sa période « d'avant Damien », et avait dû remarquer à quel point elle avait changé.

Elle soupira. Quel choc elle avait eu en apprenant que Ryan travaillait au Dalverston General. Elle y avait postulé justement parce qu'elle avait peu de chance d'y retrouver quelqu'un qu'elle avait connu dans le passé. Tous ses collègues de l'époque avaient évolué professionnellement.

En abandonnant sa formation, elle avait pris un retard qu'elle devait maintenant rattraper. Pourquoi y ajouter le stress des explications, des justifications ? Elle l'avait fait auprès de Roger Hopkins, le directeur de l'hôpital, et cela avait été bien assez difficile.

C'était la raison pour laquelle elle gardait ses distances avec le reste du personnel, et particulièrement avec Ryan. Elle voulait éviter qu'il ne lui pose des questions. Ils avaient peut-être été de bons amis, mais elle n'avait pas envie de reconnaître combien elle avait été stupide, ni lui avouer sa honte. Cela aurait été trop humiliant.

— Daisy va beaucoup mieux, tu ne trouves pas ? dit Ryan, la faisant sursauter.

Il s'assit sur le bord du bureau. C'était plus fort qu'elle, elle tremblait. Même si elle avait réussi à maîtriser sa peur du contact physique quand il s'agissait de ses patients, la panique la gagnait lorsque quelqu'un s'approchait d'elle – surtout un homme.

Heureusement, ils n'étaient pas tous comme Damien. Ryan n'était ni une brute ni un maniaque du contrôle… Du moins, pas à sa connaissance. Autrefois, il avait toujours été drôle, plein d'humour et de chaleur, et il ne semblait pas avoir changé. Mais comment en être sûre ?

Au début, Damien lui avait semblé très différent, avant qu'elle ne le connaisse mieux et ne découvre de quoi il était capable.

Affolée, elle dut respirer profondément pour être en mesure de répondre. Même sa voix était tendue, et elle détestait cela. Elle ne voulait pas donner cette impression-là, passer pour une victime. Pourtant, c'était ce qu'elle était devenue. Elle avait permis à Damien Blackwell de prendre possession de sa vie, d'avoir le contrôle sur *elle*.

Il lui faudrait du temps avant de se retrouver – si cela arrivait jamais.

— En effet. Elle est bien plus vive, répondit-elle.

Après avoir tapé rapidement quelques phrases, elle sauvegarda le dossier. Puis elle se leva pour contourner le bureau, mais s'arrêta net. Elle ne pouvait pas passer à côté de Ryan sans le toucher. Même si elle avait réussi à surmonter en partie ses peurs, la pensée de sentir sa peau frôler la sienne lui coupa le souffle. Elle était capable de toucher des enfants, voire un adulte lorsque les circonstances l'exigeaient, mais devoir s'approcher de Ryan la faisait trembler des pieds à la tête.

— Est-ce que ça va ? demanda-t-il en se penchant vers elle, une lueur d'inquiétude dans les yeux. Tu es toute pâle. Tu ne vas pas t'évanouir ?

Elle s'agrippa à sa chaise.

— Je… Je n'ai pas eu le temps de prendre de petit déjeuner, dit-elle dans un murmure.

Parviendrait-elle un jour à maîtriser cette panique ? À avoir de nouveau une relation physique et à l'apprécier ? Elle avait tout essayé, voir un psy, rencontrer d'autres victimes de mauvais traitements. Mais la peur était profondément enracinée en elle, les souvenirs trop présents : d'abord un semblant d'amour, puis la violence…

— Viens, je t'invite à déjeuner, dit Ryan.

Il passa la main sous son bras pour la guider vers la porte. Perdant ses moyens, elle le repoussa avec brusquerie.

— Ne me touche pas !

Il fit un pas en arrière et la regarda fixement.

— Excuse-moi, dit-il. Je ne voulais pas te brusquer. Tu devrais vraiment aller manger quelque chose. À l'évidence, tu en as besoin.

Tournant les talons, il s'éloigna d'un pas vif, manifestement contrarié.

Encore toute tremblante, elle se laissa tomber sur sa chaise. Quelle idiote ! Pourquoi avait-elle réagi de manière aussi disproportionnée ? À présent, tout le monde dans le service allait savoir qu'elle était déséquilibrée, instable…

Cependant, elle doutait que Ryan raconte l'incident partout. Ce n'était pas son genre. Dans son souvenir, il avait toujours été gentil, l'avait toujours soutenue. Elle voulait croire que, contrairement à elle, il n'avait pas changé. Curieusement, cette pensée la réconforta.

Ryan avait beau faire, il ne parvenait pas à oublier la scène. Tout en effectuant les tournées de l'après-midi en compagnie d'Eve, il revoyait sa réaction quand il l'avait prise par le bras. La plupart du temps, les femmes étaient plutôt contentes qu'il les touche. Mais c'était de la peur qu'il avait vue dans ses yeux, et il ne pouvait trouver qu'une explication à cela : elle avait dû être victime de violences physiques.

Cette idée lui était insupportable. Il fallait qu'il sache la vérité. Si elle avait été battue par son compagnon, il voulait l'aider… À condition d'en être capable. A priori, il n'y avait aucune raison qu'elle lui fasse confiance, à lui.

Et pour le moment, il devait finir d'expliquer à Rex Manning, leur conseiller médical, le cas d'un patient de sept ans qu'ils devaient examiner avant de le laisser quitter l'hôpital.

— Parfait. J'aime voir mes patients faire des progrès rapides, dit Rex en adressant un sourire charmeur aux parents d'Alfie Hudson, qui le regardaient anxieusement.

Le garçon avait été admis pour une appendicite et s'était très bien rétabli. À présent, le conseiller médical venait recueillir les lauriers de l'opération. Peu importait que ce soit Ryan qui l'ait effectuée.

— C'est un excellent résultat, n'est-ce pas ? dit Rex.

Ryan réprima une grimace en entendant le jeune couple adresser un concert de compliments à son supérieur. Rex avait un peu tendance à jouer les vedettes, mais comment lui en tenir rigueur ? C'était un excellent praticien. Ryan fit un clin d'œil à Eve qui, à sa surprise, le lui rendit. Après son récent rejet, il s'y attendait si peu qu'il eut l'impression de flotter dans les airs.

Comment pouvait-elle avoir un tel effet sur lui ? C'était assez déconcertant. Certes, il était prêt à l'aider, mais sans trop s'impliquer dans sa vie.

Lui-même avait suffisamment à faire – des choses trop importantes pour être reportées. Finalement, il avait eu de la chance. Il était toujours là, à jouir de la vie, et il faisait ce qu'il voulait. Ce n'était pas le cas de Scott, son frère jumeau, qui n'avait pas eu l'opportunité de laisser de trace dans ce monde. C'était donc à Ryan de le faire à sa place, ce qui ne lui laissait guère de temps pour se préoccuper d'Eve.

Il avait pris sa décision lorsque Scott était mort tragiquement, à l'âge de dix-sept ans. Ryan s'était juré que son frère ne serait pas oublié et avait travaillé dans ce but durant toutes ces années. Grâce à ses efforts pour collecter des fonds, plus de trente défibrillateurs avaient été achetés et placés dans des centres commerciaux, des piscines et sur des terrains de sport. La prochaine étape était les écoles.

Personne ne devait plus mourir, comme Scott, par manque d'équipement. Aucun parent ne devait être confronté à l'horreur de perdre un enfant, comme cela avait été le cas des siens. Ryan s'était fixé cet objectif, et il le poursuivrait jusqu'à la fin – jusqu'à ce qu'il soit trop vieux pour participer à des courses ou escalader des montagnes pour rassembler des fonds.

Il n'y avait donc pas de place dans sa vie pour une relation sérieuse.

Il regarda Eve et son cœur se serra. Il savait à quoi il devait consacrer sa vie, alors pourquoi lui semblait-il soudain plus important d'aider Eve à redevenir la femme gaie et chaleureuse qu'elle avait été ?

2.

Il était 19 heures passées lorsque Eve quitta l'hôpital, après les visites du soir. Les parents de Daisy Martin avaient souhaité lui parler et elle avait passé un certain temps à les rassurer. Avec la drépanocytose, personne ne pouvait prévoir quand une crise allait se déclencher, ce qui était très dur à vivre pour les parents.

L'appartement d'Eve se trouvait près du fleuve. Elle décida de rentrer à pied plutôt que d'attendre le bus, qui serait de toute façon bondé. Il faisait chaud, le soleil venait juste de descendre derrière les collines environnantes.

À l'origine, Dalverston avait été un tranquille petit bourg, à cheval entre le Lancashire et Cumbria. Depuis une trentaine d'années, la ville s'était étendue mais elle n'en avait pas moins gardé son charme, et attirait de nombreux visiteurs. Pâques n'était que dans une semaine, et il y avait de nombreux touristes.

Jusque-là, Eve avait toujours vécu dans une grande ville. Elle s'était inquiétée de son adaptation à une vie plus rurale, mais cela s'était mieux passé qu'elle ne l'avait imaginé. Elle se sentait en sécurité ici, et c'était plus important que tout.

Arrivée au sentier qui menait au fleuve, elle choisit de prendre un raccourci : elle avait envie d'être chez elle le plus tôt possible. La journée avait été difficile et elle attendait avec impatience le moment où elle pourrait refermer sa porte sur le monde. Mais cela ne l'empêcherait pas de penser à ce qui s'était passé. Ryan n'était pas stupide, il ne manquerait pas de se poser des questions sur la manière dont elle se comportait avec lui. Allait-il lui demander des explications ? Cela dépendrait sans doute de son intérêt pour elle.

Inconsciemment, elle accéléra le pas. Elle ne pouvait supporter l'idée qu'il découvre un jour ce qui lui était arrivé. Elle en avait déjà suffisamment honte, il était inutile que d'autres sachent à quel point elle avait été stupide. Elle avait laissé Damien Blackwell diriger sa vie parce qu'elle avait cru qu'il l'aimait. Seulement, ce n'était pas de l'amour, mais quelque chose de beaucoup plus destructeur. Il lui avait fallu un certain temps avant de s'en rendre compte. À présent, elle savait qu'elle ne pouvait plus se fier à son propre jugement. Ce qui était arrivé une fois pouvait se reproduire.

Cette sombre pensée l'accompagna sur le sentier. Cependant, l'endroit était si paisible, loin de la circulation, que, pour la première fois depuis l'incident avec Ryan, elle se détendit.

Oui, elle avait eu une réaction disproportionnée, dont elle aurait normalement dû s'excuser. Mais que pouvait-elle dire ? Que la seule pensée d'un homme posant les mains sur elle lui faisait horreur ? Cela risquait d'entraîner toute une série de questions, auxquelles elle ne voulait surtout pas répondre. Pourtant, elle le savait, il serait beaucoup plus difficile de cacher la vérité à Ryan qu'à n'importe qui d'autre.

Ryan était beaucoup trop agité pour passer la soirée devant la télévision. Il était plus convaincu que jamais que quelque chose de terrible était arrivé à Eve, et cette idée le torturait. Le fait que cette femme, autrefois si douce et drôle, ait pu souffrir d'une quelconque façon n'était pas acceptable. Il voulait lui offrir son soutien, tout en devinant qu'elle le rejetterait : elle ne voulait manifestement rien de lui.

Dans l'espoir de se changer les idées, il décida d'aller courir. Dans quelques semaines, il allait participer à une course pour rassembler des fonds et il avait besoin d'intensifier son entraînement.

À peine arrivé chez lui, il se changea donc et ressortit pour emprunter le sentier qui longeait la rive du fleuve. Le temps était particulièrement agréable – un temps parfait pour courir. Il ne tarda pas à se détendre et retrouva du même coup un peu de son optimisme. Il y avait quelque chose qu'il pouvait faire pour aider Eve : la persuader de lui faire confiance. Ce serait un début.

Dans un virage, il faillit percuter Eve.

— Désolé !

Instinctivement, il lui saisit les avant-bras pour la retenir avant qu'elle ne perde l'équilibre, et sentit l'instant exact où la surprise fit place chez elle à quelque chose d'autre. Il la relâcha aussitôt, s'efforçant de réprimer la colère qui montait en lui. Personne n'aurait dû éprouver une telle peur, et surtout pas Eve !

— Je… J'ignorais que tu aimais courir, dit-elle d'une voix tremblante.

Il fut touché par ses efforts pour garder son calme, et la colère fit place à la tendresse. Si elle avait peur, elle faisait tout pour que cela ne se voie pas.

— Je ne suis pas certain d'aimer vraiment ça, mais c'est un mal nécessaire, répondit-il d'un ton léger.

Il lui parla de la course et soupira.

— Je ne voudrais pas perdre la face en abandonnant dès le début.

Elle sourit en secouant la tête.

— Je doute que cela arrive. Tu m'as l'air très en forme.

Ce simple compliment, dans sa bouche, suffit à réveiller sa libido. Elle ne voulait sans doute rien dire de spécial, et certainement pas qu'elle le trouvait attirant !

— J'aimerais avoir ta confiance, répondit-il d'un ton désabusé.

Il esquissa un sourire forcé. Depuis qu'ils s'étaient revus, il avait adopté la même attitude qu'elle et gardé ses distances. Mais s'il avait agi d'une autre manière, peut-être se serait-elle confiée à lui plus facilement ? La voix de la raison l'incitait à ne pas changer de cap, mais il choisit de faire la sourde oreille.

— Pendant l'hiver, j'ai trop traîné sur le canapé devant la télé, je suis très peu sorti courir depuis Noël, dit-il. Je ne viendrai jamais à bout des trois plus hauts sommets de Grande-Bretagne si je ne m'entraîne pas plus sérieusement.

— Je vois. Cette course est-elle plutôt un défi personnel à relever ou une œuvre charitable ? demanda-t-elle en repoussant une mèche de cheveux dorés qui lui balayait la figure.

— Réponse numéro deux, dit-il, laconique.

Il s'éclaircit la gorge et dut faire un effort pour continuer à se comporter de manière sensée. Il aimait les femmes, et elles le lui rendaient bien. Il semblait avoir une connivence naturelle avec le sexe opposé, si bien qu'il ne s'était jamais attardé sur toutes les nuances d'une relation. S'il demandait à une femme de sortir avec lui et qu'elle acceptait, ce qui était généralement le cas, il appréciait simplement les moments passés avec elle. Si leur relation devenait plus intime, c'était tant mieux. Sinon… il s'était fait une nouvelle amie.

Mais il ne s'était jamais arraché les cheveux en essayant de disséquer ses sentiments ou de calculer la part qu'y prenait l'attirance sexuelle. Il considérait toujours une femme comme un ensemble, et voilà qu'il se retrouvait rempli de désir à cause d'une mèche soyeuse qu'il aurait voulu toucher !

— Je rassemble des fonds pour équiper le lycée de deux défibrillateurs portables, dit-il d'une voix un peu précipitée.

Comme d'habitude, il voulut se concentrer sur Scott et ce qu'il lui restait à accomplir. Mais ce ne fut pas aussi efficace.

— Lorsque ce sera fait, je m'attaquerai aux écoles primaires.

Elle haussa légèrement un sourcil, et il sentit sa libido revenir au galop.

— C'est une très bonne idée, mais qu'est-ce qui t'a amené à t'impliquer dans un tel projet ? demanda-t-elle.

— Mon frère.

— Il est impliqué, lui aussi ?

— D'une certaine façon, oui.

— C'est drôle, j'ignorais totalement que tu avais un frère.

En effet, ils avaient eu beau être amis et échanger toutes sortes de confidences, il ne lui avait jamais parlé de Scott. Ils avaient discuté de travail, de leurs ambitions pour l'avenir, des musiques et des films qu'ils aimaient, mais jamais de la seule chose qui avait eu une influence déterminante sur sa vie.

À présent, il se rendait compte qu'il avait évité ce sujet parce qu'il avait souhaité que ses conversations avec Eve constituent une sorte de havre : quand il se trouvait avec elle, il oubliait tout le reste. Il n'était plus le frère de Scott ni le seul enfant qu'il restait à ses parents, mais simplement lui-même.

Eve n'avait aucune idée de ce qu'il se passait dans la tête de Ryan, et ne tenait d'ailleurs pas à le savoir : quelque chose lui disait que ce serait beaucoup trop stressant.

Elle esquissa un vague sourire – le genre de sourire sans expression pour lequel elle s'était exercée à une époque, devant le miroir de sa chambre. Après avoir réussi à quitter Damien, elle n'avait plus souri pendant des mois. Mais elle s'était vite rendu compte que c'était le meilleur moyen d'éviter que les gens ne lui posent des questions.

— Ce doit être super, d'avoir un projet commun avec ton frère.

— Sans doute… s'il était encore là.

La voix de Ryan était tellement blanche qu'elle leva la tête, et son cœur se serra quand elle vit son visage. Impossible d'ignorer la douleur qu'elle lisait dans ses yeux.

— Comment cela ?

— Scott est mort à dix-sept ans. Nous étions frères jumeaux, mais pas monozygotes.

— Oh ! je ne savais pas…

— Comment l'aurais-tu su ? Je ne t'en ai jamais parlé.

— Pourquoi ? demanda-t-elle spontanément, avant de se mordre les lèvres.

Elle était en train de tomber dans le piège qu'elle avait toujours voulu éviter : poser des questions, écouter les réponses – bref, se rapprocher d'un autre être humain. Elle voulait rester distante, détachée, indifférente, mais c'était impossible. En tout cas, avec Ryan.

Il haussa les épaules.

— Pourquoi je ne t'en ai pas parlé ? Oh ! pour toutes sortes de raisons. Parce que je voulais pouvoir apprécier nos conversations sans être toujours ramené à ce qui s'était passé. Parce que je ne tenais pas à être le frère de Scott, le jumeau qui n'était pas mort. Parce que, égoïstement, j'avais juste envie d'être moi-même.

Son honnêteté la toucha beaucoup plus qu'elle ne l'aurait voulu, et une vague de compassion la submergea. En un geste spontané, elle tendit la main vers lui, mais s'arrêta juste à temps. Malgré son envie de le réconforter, elle devait garder sa réserve.

— Ce n'était pas égoïste. Je suppose que cela a été très dur pour toi…

— Pas autant que pour Scott.

Le ton désabusé de Ryan ne réussit pas à masquer son chagrin, et elle sentit son cœur fondre.

— Je ne peux pas imaginer ce que c'est de perdre

quelqu'un qu'on aime, dit-elle d'une voix à peine audible. Mais ce n'était sûrement pas ta faute, Ryan.

— Je le sais.

Il haussa les épaules et, sous son T-shirt noir moulant, ses muscles bougèrent. Le cœur d'Eve se mit à battre de façon étrange – comme il n'avait pas battu depuis des années.

La soudaine conscience qu'elle eut de sa présence lui rappela la nuit où il l'avait embrassée, sous le gui, à la fête de Noël de l'hôpital. Cela avait commencé comme une plaisanterie. Poussé par leurs amis, il avait roulé des yeux avant de céder à leur pression et de l'embrasser. Et là… Au moment où sa bouche s'était posée sur la sienne, tout avait basculé.

Elle se rappelait encore la vague de sensations qui l'avait submergée : jamais elle n'avait rien éprouvé de semblable. Les lèvres de Ryan l'avaient enfiévrée, remplie de désir. Aussitôt, elle avait voulu aller plus loin que ce baiser.

Quand il l'avait relâchée, elle en était tout étourdie, décontenancée. Comment un simple baiser avait-il pu déclencher de telles réactions en elle ? En même temps, elle avait eu envie qu'il recommence, et qu'il l'embrasse en privé, cette fois, sans tous leurs amis autour. Mais il ne l'avait pas fait.

Au contraire, durant les jours qui avaient suivi, il était devenu distant, prenant ses pauses à d'autres moments qu'elle et trouvant des excuses peu convaincantes pour ne pas déjeuner en sa présence.

Elle s'était d'abord sentie infiniment blessée, jusqu'à ce qu'elle comprenne qu'il agissait en fait conformément à ses idées. Il ne cherchait pas de relation durable et ne voulait pas s'engager. Il était manifestement satisfait de l'avoir pour simple amie.

Et voilà que, maintenant, elle le contemplait avec des yeux écarquillés, prenant pleinement conscience de ses cheveux bruns, de ses beaux yeux sombres bordés de cils noirs, de ses traits à la fois réguliers et énergiques. Son regard glissa sur ses larges épaules, son torse musclé et sa taille svelte. Il portait un short de sport fendu sur les côtés, laissant apparaître les muscles fermes de ses cuisses. Il avait l'air en pleine forme et si incroyablement séduisant qu'elle étouffa une exclamation.

Non, elle n'allait pas recommencer ! Elle s'était déjà laissé séduire une fois par un physique avantageux et s'était retrouvée traumatisée, sa vie brisée.

Tout ce qu'elle voulait à présent, c'était en recoller les morceaux épars et tenter de se retrouver. Ryan était peut-être attirant, mais il ne se passerait rien avec lui. Jamais.

Jetant un coup d'œil à sa montre, elle soupira ostensiblement.

— Il est déjà si tard ? Il faut que j'y aille.

— Moi aussi.

Il la gratifia de l'un de ses merveilleux sourires pleins de chaleur et elle dut se faire violence pour ne pas répondre de même. Il était inutile de l'encourager.

— À demain, dit-elle avant de s'éloigner à la hâte.

Au détour du sentier, elle ralentit l'allure, le cœur battant. Elle s'était juré qu'elle ne serait plus jamais séduite par aucun homme, mais il était inutile de le nier : elle était attirée par Ryan, et devait donc prendre ses distances avec lui.

Elle poussa un grognement, consciente de la difficulté de la tâche. Comme l'éviter alors qu'ils travaillaient ensemble ? En tout cas, si elle ne voulait pas commettre une nouvelle erreur, elle devait mettre un frein à ses sentiments.

Ryan fit de son mieux pour ne plus penser à sa rencontre avec Eve au bord du fleuve, mais échoua lamentablement. Pendant la semaine, il se remémora beaucoup trop souvent ces instants passés avec elle. Certes, elle n'avait pas dit grand-chose, mais il aurait fallu qu'il soit aveugle, sourd *et* stupide pour ne pas remarquer sa réaction.

Car, soudain, elle l'avait regardé… comme un homme. De son côté, lui avait remarqué depuis longtemps qu'elle était une femme – et même une femme très attirante.

Le samedi arriva, et il remercia le ciel de ne pas avoir à aller travailler. Il était en congé tout le week-end : quarante-huit heures sans Eve. S'il ne parvenait pas à se la sortir de la tête, ce ne serait pas faute d'avoir essayé, décida-t-il.

Après le petit déjeuner, il avait l'intention d'aller courir, puis de faire quelques douzaines de longueurs de piscine. Après quoi, un peu de musculation remettrait de l'ordre dans son esprit et le ramènerait sur la voie de la raison.

Si cela ne marchait pas, il serait toujours temps de réfléchir à autre chose, mais il ne serait sans doute plus en état d'entreprendre d'autres exercices.

Eve…

Ses cheveux blond-roux, ses yeux gris-vert, ses formes appétissantes…

Poussant un juron, il ressortit de la cuisine. Mieux valait oublier le petit déjeuner : il irait courir directement, et finirait bien par se débarrasser de pensées qui l'obsédaient désormais littéralement.

Il prit le même chemin que la fois précédente. Un éclair ne frappait pas deux fois au même endroit. Pourtant, en sortant d'une courbe du chemin, il aperçut Eve qui avançait dans sa direction. Ralentissant, il réfléchit à toute vitesse. Devait-il faire demi-tour ? Mais s'il l'avait vue, il y avait de grandes chances qu'elle l'ait vu aussi. Elle ne devait surtout pas croire qu'il avait un problème avec elle. Même si c'était le cas.

Un pas, puis deux, et la décision lui échappa : il était déjà trop tard. Il s'arrêta, haletant, ce que l'effort qu'il venait de fournir ne justifiait pas.

Le simple fait de voir Eve lui coupait le souffle, lui faisait éprouver toutes sortes de sensations inhabituelles.

Enfer et damnation ! Il avait un gros problème !

Eve s'arrêta, le cœur battant la chamade. Inutile de se mentir : elle avait choisi de marcher le long de la rivière dans l'espoir d'y voir Ryan. Mais elle n'était pas prête à s'interroger plus avant. Pourquoi par exemple faisait-elle en sorte de le rencontrer alors qu'elle avait décidé de garder ses distances ? Elle verrait cela plus tard… Peut-être.

— Comme on se retrouve, dit-elle avec un petit rire qui manquait de naturel.

Ryan lui sourit et, se sentant aussitôt fondre, elle lui rendit son sourire.

— Ne serais-tu pas un peu masochiste ? lui demanda-t-elle.

Il rit à son tour.

— Peux-tu imaginer mon humiliation, si je laissais tomber après avoir persuadé tout le monde de participer ?

Elle hocha la tête.

— En effet, ce ne serait pas terrible.

— Pour commencer, Marie, la redoutable infirmière de pédiatrie, ne me le pardonnerait jamais.

— Elle participe ?

— Oui. Et elle a récolté presque trois cents livres de promesses de dons.

— C'est fabuleux ! répondit-elle, sincèrement impressionnée.

— Au total, nous devrions rassembler pas loin de dix mille livres, ce qui fait beaucoup d'argent.

— En effet. Ajoute mon nom à la liste des sponsors. Est-ce que cinquante livres suffiront ?

— C'est super, merci.

Spontanément, il lui toucha la main et elle fit de son mieux pour ne pas réagir, en vain. Une vague de panique la submergea et elle étouffa une exclamation.

Il se pencha pour la regarder droit dans les yeux, une flamme de colère dans le regard.

— J'ignore qui est responsable de la manière dont tu

as changé, Eve. Mais si je peux faire quoi que ce soit, tu n'as qu'à demander.

Il se redressa, l'air déterminé.

— Je voudrais t'aider, Eve. Laisse-moi simplement le faire.

3.

Mais que faisait-elle là ?

Désorientée, Eve jeta un coup d'œil circulaire sur la cuisine autour d'elle. À peu près toutes les couleurs de l'arc-en-ciel y étaient représentées, depuis les murs jaunes jusqu'aux placards bleu vif, en passant par la vaisselle multicolore et la bouilloire rouge. Elle s'entourait habituellement de toutes les nuances de gris, de l'argenté à l'anthracite. La couleur renvoyait aux extrêmes, à la passion, au désir – toutes choses qu'elle ne voulait plus connaître.

Elle redoutait aussi la couleur parce qu'elle reflétait ses sentiments pour Ryan. Elle ne pouvait pas le voir en noir et blanc, ni même en gris : il était imprimé dans sa tête en Technicolor, exactement comme cette pièce.

— Désolé, c'était ma mère, dit-il en la rejoignant. Elle a le chic pour téléphoner au moment qui convient le moins.

Il avait passé un survêtement noir par-dessus sa tenue de course. Il alluma la bouilloire et elle eut du mal à supporter le sifflement qui s'amplifiait à mesure que l'eau bouillait. Elle n'avait plus qu'une envie : fuir.

Il la regardait, mais il ne disait rien. Il avait perçu la panique s'insinuer en elle, elle en était certaine, mais il ne lui posa pas de questions, acceptant simplement son trouble. Pour le coup, elle se sentit mieux.

— Prends au moins une tasse de café avant de partir, dit-il. Il y en a pour quelques secondes.

Il prit deux mugs sur l'étagère et y versa une cuillerée

de café instantané qu'il recouvrit d'eau bouillante. Puis il posa le tout sur la table avec la jarre de lait — orange — et le pot de sucre – couvert de points multicolores. Puis il s'assit, la laissant décider de ce qu'elle voulait faire.

Elle avait la liberté de partir ou de rester, mais elle savait qu'il avait envie qu'elle reste. Parce qu'il s'intéressait à elle. C'était pour cela qu'il avait insisté pour qu'elle l'accompagne chez lui. Mais elle, voulait-elle qu'il s'intéresse à elle ? C'était la grande question, à laquelle elle ne pouvait pas répondre pour le moment.

— Un biscuit ? Ou que dirais-tu d'un toast ?

Elle secoua la tête et but un peu de café, soufflant d'abord sur la surface pour le refroidir. Elle détourna les yeux, pour éviter de voir ses lèvres pleines s'appuyer sur la porcelaine.

Le silence s'installa. Inconsciemment, elle se mit à compter les minutes. Combien de temps durerait-il ? Une minute ? Dix minutes ? Quand elle vivait avec Damien, elle avait appris à redouter les « blancs ».

Car s'il ne parlait pas, il réfléchissait, et elle avait fini par craindre ses pensées tout autant que ses actes. En un clin d'œil, il pouvait transformer le calme et la paix en terreur. Alors elle remplissait le silence de bavardages, de commentaires ineptes destinés à l'apaiser – mais cela marchait rarement.

À mesure que les souvenirs affluaient, les larmes lui montèrent aux yeux et elle fixa sa tasse, souhaitant pouvoir y disparaître. Non, elle n'avait pas assez de courage pour rassembler les morceaux et réapprendre à être elle-même.

— Raconte-moi, Eve. Je ne te promets pas que cela t'aidera beaucoup, mais au moins, cela te soulagera.

La voix de Ryan était si calme, patiente et dénuée de crainte, qu'elle sentit sa peur la quitter peu à peu.

Elle haussa les épaules, ses mains agrippant le mug comme une bouée.

— Que veux-tu que je te raconte ? Tu as déjà deviné, à mon avis.

— Deviner est une chose, entendre ce que tu as subi en est une autre.

Il tendit la main vers elle, mais s'arrêta en chemin et elle eut un pincement au cœur. Il ne la toucherait plus ; elle lui avait fait clairement comprendre qu'elle ne le supportait pas.

Elle aurait dû se sentir soulagée, mais comprit surtout à quel point elle avait changé. Dans le passé, il l'avait souvent enlacée ou serrée amicalement contre lui, et soudain, cette chaleur et cette gentillesse lui manquaient. Elle avait envie d'être normale. Si elle parvenait à étreindre de nouveau quelqu'un, à accepter son contact, elle pourrait redevenir celle qu'elle avait été.

— Comme tu dois t'en douter, j'ai eu une relation destructrice au cours de laquelle j'ai subi des violences, dit-elle enfin. Il m'a fallu presque deux ans pour trouver le courage de partir. Je ne suis pas encore remise de cette histoire.

— Tu as tout de même réussi à t'en aller. Beaucoup de femmes ne trouvent jamais la force de rompre les liens.

Il parlait d'une voix égale, mais elle n'était pas dupe. Il devait détester l'idée qu'elle ait pu être maltraitée. Un peu de chaleur réconfortante la gagna.

— Pourtant, j'avais toujours pensé que je ne serai jamais une femme battue, dit-elle, brûlant soudain de s'expliquer. Nous en avions vu plus d'une fois durant notre formation, tu t'en souviens ? Je n'arrivais pas à comprendre comment elles pouvaient laisser leur mari ou leur petit ami les traiter de cette manière. Mais c'est différent, lorsque cela t'arrive personnellement.

— Je me rappelle une femme qui disait qu'elle détestait ce qui lui était arrivé, et qu'elle se détestait plus encore, mais elle ne savait pas comment faire pour arrêter ça.

La voix de Ryan était toujours calme. Ils auraient aussi

bien pu être en train de discuter du prix des légumes. Mais elle savait qu'il se souciait vraiment d'elle. Du moins voulait-elle le croire.

— Je suppose qu'elle aimait son conjoint et qu'elle ne pouvait pas imaginer la vie sans lui, dit-elle.

Il hocha la tête.

— Cela fait partie du processus. L'agresseur rend sa victime si dépendante de lui qu'il devient impossible pour elle de s'imaginer sans lui.

— Ou sans elle. Il y a aussi des hommes victimes de maltraitance.

— C'est exact, mais ils sont loin d'être aussi nombreux que les femmes.

— Oui.

Soudain, elle eut la nausée. C'était toujours ainsi quand elle devait reconnaître qu'elle avait été victime de violences, même si elle savait très bien que c'était la vérité.

— Comment cela a-t-il commencé ? demanda-t-il doucement.

Elle fit un effort pour se ressaisir. Puisqu'elle était arrivée jusque-là, elle devait aller au bout.

— Exactement comme dans toutes les histoires de ce genre.

Ils échangèrent un regard et, pendant un bref instant, elle eut l'impression qu'il était proche d'elle, capable de la comprendre. Mais elle rejeta rapidement cette pensée. Il n'avait rien à voir là-dedans. C'était à elle de s'en sortir, d'apprendre à revivre, et… de se pardonner.

— Damien était terriblement charmant, drôle et sexy, j'étais complètement subjuguée. Lorsque j'ai compris à quel point c'était un obsédé du contrôle, il était trop tard. Au début, j'étais plutôt flattée qu'il veuille me voir tous les soirs, qu'il déteste que l'on soit séparés, ou que je sorte sans lui avec des amis. Je croyais qu'il n'hésitait pas à me montrer ses côtés vulnérables et, comme beaucoup de femmes, je trouvais cela touchant.

— Quand t'es-tu rendu compte que ce n'était pas la vulnérabilité qui le faisait se comporter ainsi ?

— En fait, cela s'est fait graduellement. Il a commencé par protester chaque fois que je sortais. Alors, pour avoir la paix, peu à peu j'ai cessé de voir mes amis. Et comme je refusais toujours de sortir avec eux, ils ont fini par ne plus me le proposer.

— Et il a obtenu ce qu'il voulait, en t'isolant. Attitude classique, fit Ryan, laconique.

— Exactement.

Elle esquissa un sourire désabusé.

— Je devrais peut-être écrire un article là-dessus, non ? Mais je ne crois pas que cela servirait à grand-chose. Il y a tant de femmes aussi crédules que moi…

— Ce n'est pas être crédule que de croire que quelqu'un vous aime, dit-il. C'est ce que tout le monde souhaite : aimer et être aimé.

— Et c'est aussi ce que tu désires ? demanda-t-elle sans réfléchir.

— Probablement.

— Mais, à ma connaissance, tu n'as jamais été avec quelqu'un plus d'un mois ou deux. Tu avais une réputation de coureur de jupons.

Il haussa les épaules, l'air désinvolte.

— Vraiment ?

Mais elle devina qu'il avait été atteint par sa remarque et regretta ses paroles. Elle avait bien assez à faire avec sa propre vie sans se mêler de la sienne.

— Pour finir mon histoire… Une fois que Damien a eu le contrôle sur ma vie privée, il s'est occupé de ma vie professionnelle.

Elle s'interrompit, prenant pleinement conscience de la gravité de sa phrase. Perdre ses amis avait déjà été difficile, mais abandonner sa carrière avait été pire encore. Elle avait tout laissé tomber, cédant aux menaces par crainte de contrarier Damien. Toutes ses années d'études et de dur travail avaient été réduites à néant par sa faiblesse.

— Comment s'y est-il pris pour contrôler ta vie professionnelle ? demanda Ryan après un silence.

Même si elle tenait à ce qu'il sache la vérité, elle ne voulait pas qu'il en soit trop affecté. C'était bien assez qu'elle ait à souffrir de son propre aveuglement.

— Oh ! encore une fois, rien que de très banal, répondit-elle d'un ton faussement désinvolte. Cela pouvait être un commentaire qui me faisait douter de mon jugement, ou un regard qui me faisait comprendre que j'avais tort. Si tu te souviens, c'était souvent lui qui menait les tournées de salle. Le conseiller médical était rarement là, il a eu des dizaines d'occasions de me rabaisser. Crois-moi, il a su en tirer parti.

Ryan fronça les sourcils.

— Je ne me suis rendu compte de rien. Je me rappelle qu'il te parlait de façon un peu brusque quelquefois, mais je pensais qu'il ne voulait pas avoir l'air de te favoriser. Tout le monde savait que vous étiez ensemble.

Elle eut un sourire amer.

— Je n'aurais jamais pu gravir les échelons si Damien avait eu son mot à dire.

— Tu as dû vivre un vrai cauchemar, Eve. N'as-tu jamais pensé à en parler à quelqu'un ?

— Non. Lorsque j'ai réalisé ce qui se passait, il était trop tard. J'avais terriblement honte de m'être laissé entraîner là-dedans… et aussi trop peur de Damien.

Ryan resta les yeux fixés sur son mug de café. Il le serrait si fort que les jointures de ses doigts en étaient blanches. Il dut faire un effort pour relâcher leur pression.

Eve était passée par une terrible épreuve sans qu'il s'en aperçoive, parce que, de son côté, il avait été trop occupé à éviter de s'attacher à elle. Et il ne pouvait pas s'empêcher de se sentir coupable de l'avoir laissée tomber à ce moment-là.

— Je suis désolé, Eve, dit-il doucement. Je sais bien qu'il est trop tard, mais je regrette sincèrement de ne pas avoir été là pour toi.

Levant la tête, il rencontra son regard et se sentit encore plus mal.

— Tu ne pouvais pas le deviner, Ryan. D'ailleurs, j'ai tout fait pour que tu ne sois pas au courant.

Elle éclata d'un rire amer.

— J'étais devenue experte dans l'art de dissimuler les preuves.

— Tu veux dire… Les ecchymoses ?

Il eut du mal à ne pas laisser transparaître le dégoût dans sa voix.

— Oui, répondit-elle. Pourtant, Damien prenait soin de ne pas frapper là où c'était le plus visible.

Cette fois, il ne put plus le supporter. Eve avait presque l'air de s'excuser, alors que c'était elle la victime. Et c'était à elle que les excuses auraient dû être adressées.

— De toute évidence, cet homme a de nombreux talents, dit-il en repoussant sa chaise.

Il se dirigea vers la bouilloire, sachant pourtant qu'il serait incapable d'avaler une goutte de café. Mais il fallait qu'il fasse quelque chose, il ne pouvait pas rester là, sans bouger.

Elle avait fait preuve d'un tel courage pour lui raconter son histoire… Il avait eu affaire à d'autres victimes de violences conjugales et il savait combien en parler était dur pour elles. À la honte se mêlait un sentiment de culpabilité, car elles se sentaient souvent responsables de leur sort. Il ne supportait pas qu'Eve pense la même chose d'elle…

Faisant volte-face, il chercha son regard.

— Ce qui s'est passé n'était pas ta faute, Eve. Est-ce que tu le comprends ?

Elle haussa les épaules et détourna les yeux.

— Oui et non. Intellectuellement, je le comprends, mais émotionnellement… c'est une autre histoire.

Se rasseyant, il jura entre ses dents et se pencha sur la table. Quelle frustration de ne pas pouvoir la toucher. Le pourrait-il jamais ? Serait-elle capable un jour de ne plus se crisper quand il poserait la main sur elle ?

Et tout à coup, il lui parut d'une extrême importance qu'elle y arrive. Il *fallait* qu'il la touche. Pour lui autant que pour elle. Elle avait été absente de sa vie pendant plusieurs années, mais, dorénavant, il tenait à ce qu'elle en fasse partie.

Il entendit alors des coups précipités à la porte du cottage.

— Je me demande qui cela peut être, fit-il entre ses dents.

Au cours des années, il s'était installé dans un rythme de vie confortable. S'il sortait souvent avec des femmes, il ne se donnait jamais complètement dans une relation. Une part de lui-même demeurait toujours en retrait.

C'était plus sûr ainsi. Il pouvait rester axé sur ses objectifs, c'est-à-dire honorer la mémoire de Scott en récoltant de l'argent pour éviter à d'autres familles de traverser la même épreuve que la sienne.

Mais il savait que, s'il s'occupait d'Eve, il ne pourrait pas agir de la même façon. Il faudrait qu'il se donne entièrement, et il n'était pas du tout certain que ce soit raisonnable. Quelque chose lui disait que, plus il lui donnerait, plus il voudrait lui donner encore. Et où cela le mènerait-il ?

Il avait toujours évité l'amour parce qu'il ne voulait pas ruiner la vie d'une femme. S'il tombait amoureux, se mariait et avait un enfant, ce dernier risquait de mourir, comme Scott. Même si lui-même n'était pas affecté par l'anomalie génétique qui avait causé la mort de son frère, il pouvait la transmettre à ses enfants. Aussi ne ferait-il jamais de bébé, et ne se marierait-il pas non plus. Même si, au début, sa compagne acceptait cette condition, elle risquait de changer d'avis par la suite et de chercher à le forcer à faire des enfants. Quel couple pouvait survivre à ce genre de pression ?

Avait-il pris ses distances avec Eve quelques années auparavant parce qu'il avait senti, quelque part dans son subconscient, qu'elle était la femme qui pouvait lui faire remettre en question sa décision de rester célibataire ?

Dans un éclair de lucidité, il sut que c'était la vérité. Il devait à tout prix rester sur une base amicale avec elle : elle avait suffisamment souffert.

Le cœur lourd, il ouvrit la porte et fronça les sourcils en voyant Maureen Roberts, sa voisine, sur les marches. Elle était complètement trempée et de l'eau ruisselait sur le paillasson.

— Nous avons besoin de votre aide, Ryan, dit-elle sans préambule. Un garçon est tombé dans le fleuve, il ne respire plus. Mon mari l'a sorti de l'eau, mais son portable ne marche plus, il l'avait dans sa poche de pantalon quand il a sauté, et on n'a pas encore prévenu les secours.

— Je vois. Peux-tu appeler une ambulance pour une noyade ? demanda-t-il à Eve qui les avait rejoints. Je vais essayer de ranimer ce garçon.

Sans attendre de réponse, il courut en direction du fleuve. Il pouvait compter sur Eve, il le savait. Ce dont il était moins sûr, c'était s'il pouvait compter sur lui-même et se contenter d'être ami avec elle. Saurait-il résister à l'envie d'aller plus loin que l'amitié ? Ou céderait-il à la tentation ?

4.

Ils continuèrent à tenter de ranimer le garçon longtemps après qu'il n'y eut plus d'espoir.

Une nouvelle fois, Eve prit le relais pour effectuer des pressions sur la poitrine de l'enfant tandis que Ryan lui insufflait de l'air dans la bouche. Elle eut envie de lui dire d'arrêter, qu'ils avaient fait tout ce qu'il était possible de faire. Mais elle ne trouva pas les mots. Comment lui dire qu'il n'y avait plus d'espoir, alors qu'à l'évidence, il était si important pour lui de sauver ce garçon ?

L'ambulance arriva enfin, et ce fut un soulagement de laisser faire l'équipe d'auxiliaires médicaux. Ryan les supervisa pendant qu'ils faisaient une injection d'adrénaline à l'enfant avant d'utiliser le défibrillateur. Mais le résultat était inchangé : une ligne plate, horizontale, sur l'écran. Le garçon était mort, et tout ce que l'on pouvait faire à présent, c'était avertir ses parents.

Ryan regarda l'ambulance s'éloigner avec un air déterminé. Inutile de mettre la sirène, songea tristement Eve. Elle se força à sourire lorsque Maureen, cherchant visiblement un peu de réconfort, les rejoignit.

— Nous avons fait tout notre possible, dit Eve. Sans doute était-il déjà resté trop longtemps sous l'eau avant que votre mari ne l'aperçoive.

— Je sais bien, répondit Maureen, les larmes aux yeux. Mais c'est si difficile quand il s'agit d'un enfant. Pauvres parents… Je n'ose pas imaginer ce qu'ils vont ressentir en apprenant la nouvelle. Apparemment, la famille se trouvait ici en vacances. Ils avaient loué une caravane à la ferme Fulbrook.

Le visage défait, encore sous le choc, le mari de Maureen vint la chercher.

Eve soupira et se tourna vers Ryan, resté silencieux.

— Voilà, c'est fini. Il n'y a plus rien à faire.

Il hocha lentement la tête avant de s'éloigner, s'arrêtant au passage pour laisser ses coordonnées à l'officier de police qui était arrivé. Elle fit de même, la procédure légale consistait à faire ensuite une déposition. Ce ne serait pas de gaieté de cœur : une jeune vie avait été emportée, et c'était une tragédie.

Ryan avait-il eu l'air particulièrement touché parce que cela lui rappelait la perte de son frère ? Il ne lui avait jamais raconté comment celui-ci était mort. Le suivant à l'intérieur de la maison, elle se mordit la lèvre. Elle avait beau ne pas vouloir trop s'impliquer dans ses affaires, elle ne pouvait pas simplement s'en aller quand il avait besoin d'elle. D'autant qu'il avait pris la peine de l'écouter – sans la juger, comme il aurait pu le faire. Comme par le passé, il s'était montré un véritable ami. Après lui avoir parlé, elle s'était sentie beaucoup mieux.

Une fois dans la cuisine, elle alluma la bouilloire et se tourna vers lui.

— J'ai besoin de boire quelque chose. Pas toi ?

Il haussa les épaules.

— Si tu veux.

Le visage fermé, le regard vide, il s'assit à la table, et elle l'imita. Devait-elle le questionner ? Il serait ensuite encore plus difficile de reprendre ses distances. Mais comment ne pas le faire ? Comment ne pas tenter de l'aider ? Elle s'était juré de ne plus jamais être lâche.

— Je ne voudrais pas me montrer trop indiscrète, mais je me rends compte combien ce drame t'a affecté. Cela t'a-t-il rappelé ton frère ?

Il poussa un long soupir et, s'adossant sur sa chaise, fixa le plafond en silence comme s'il cherchait à maîtriser son émotion.

— Que lui est-il arrivé ? demanda-t-elle d'un ton qu'elle s'efforça de garder neutre.

Mais elle était émue par son chagrin, et cela l'inquiéta. Elle risquait de se laisser entraîner dans une direction où elle ne voulait pas aller.

— Il a eu un arrêt cardiaque, sans avertissement. Il s'est juste effondré sur le sol, et il est mort.

— Mon Dieu, c'est affreux ! Cela a dû être un choc terrible pour tes parents et pour toi.

— C'est le moins que l'on puisse dire.

Le visage de Ryan était impénétrable, mais c'était sans doute la condition pour qu'il puisse raconter ce qui s'était passé : en gardant ses émotions sous contrôle.

— Scott était toujours en super forme. C'était un excellent footballeur — il jouait avant-centre dans notre école — et il s'entraînait sérieusement. Il voulait devenir professionnel. Il était en train de disputer un match quand il est mort.

Il s'interrompit, l'air si triste qu'elle eut un serrement de cœur et, spontanément, lui toucha la main. Elle voulait le consoler, elle aurait tant voulu pouvoir alléger sa peine.

— Je suis navrée, Ryan. Sincèrement.

— Merci, répondit-il en esquissant un vague sourire. Avec le temps, c'est devenu un peu moins dur, mais je suis encore bouleversé lorsque j'y pense.

— C'est compréhensible.

Elle retira sa main, prenant soudain conscience de son geste. Un frisson la parcourut. Mais, curieusement, elle ne fut pas envahie par la panique comme elle aurait pu s'y attendre.

— Sais-tu ce qui lui est arrivé ? demanda-t-elle, sans vouloir s'attarder sur la question.

— Oui. C'était un désordre du système électrique cardiaque, ou LQTS. Sur un électrocardiogramme, c'est une mesure qui reflète l'activité électrique dans les ventricules. Dans le cas de ce syndrome, le temps que met le système électrique à se recharger après chaque battement de cœur est plus long que la normale. Cela peut entraîner un rythme cardiaque très rapide, irrégulier, qui fait que le sang n'est pas pompé correctement au niveau du cœur. Le cerveau est privé d'oxygène, ce qui provoque une perte soudaine de conscience, voire la mort.

Il esquissa une grimace et secoua la tête.

— Désolé, tu dois déjà savoir tout ça. Mais j'ai l'habitude de me lancer dans cette explication chaque fois que je dois récolter des fonds.

— En fait, je n'ai encore jamais eu à traiter ce genre de cas. Ce doit être assez rare, non ?

— Pas tant que ça. Ce syndrome cause la mort de trois à quatre mille enfants et jeunes adultes par an, rien qu'aux États-Unis.

Elle ne put cacher sa surprise.

— Vraiment ? Je n'en avais aucune idée.

— Moi non plus, avant. Cela fait environ une personne sur dix mille atteinte de ce syndrome.

— Et personne ne savait que ton frère était touché ?

— Non. Scott pratiquait de nombreux autres sports en plus du football, il était toujours très actif. Ça a été un véritable coup de tonnerre.

— Et… Cela peut être héréditaire, n'est-ce pas ?

— Oui. Une fois que la cause de la mort a eu été établie, nous avons tous subi des tests, dans la famille. Deux cousins étaient également morts à l'adolescence – l'un en se noyant pendant qu'il nageait et l'autre durant son sommeil. On a pu faire le lien avec une anomalie génétique.

Soudain, elle dut se forcer à respirer plusieurs fois profondément pour se calmer. Ryan n'était-il pas le jumeau de Scott ?

— Et toi, est-ce que ça va ? demanda-t-elle d'une voix légèrement tremblante.

— Tout à fait. Je ne suis pas affecté directement par le gène. J'ai deux autres cousins qui ont été touchés, mais ils sont sous bêta-bloquants, et je suis content de pouvoir dire qu'ils vont bien.

— Heureusement qu'ils ont été testés. Dommage que ton frère n'ait pas montré de signes de la maladie avant.

— Ce sont des choses qui arrivent, dit-il d'une voix impassible.

— Il n'empêche, ce doit être très éprouvant, surtout après ce qui s'est passé aujourd'hui, murmura-t-elle.

Elle toucha de nouveau sa main et un léger frisson courut sous sa peau. S'agissait-il de crainte, ou de plaisir ? La deuxième possibilité ne lui paraissait pas moins dangereuse que la première.

— J'ai été un peu submergé par l'émotion, dit-il, se confiant enfin. Habituellement, je suis capable de voir les choses avec plus de distance, mais j'étais déjà un peu secoué, et cela n'a pas dû aider.

— Par ce que je t'avais raconté sur moi ?

— Oui.

Il n'avait pas cherché de faux-fuyants, se contentant d'être franc avec elle, et elle lui en fut reconnaissante. Elle n'aurait surtout pas voulu qu'il essaie de lui mentir pour l'épargner. L'honnêteté lui avait tellement fait défaut durant le temps qu'elle avait passé avec Damien. Elle avait menti à ses amis, à ses parents et à ses collègues. Et Damien avait menti encore plus.

Aussi n'en appréciait-elle que davantage la sincérité de Ryan.

— Je suis désolée, je ne voulais pas te perturber…

— Peu importe, je suis heureux que tu m'aies parlé.

Il la regarda droit dans les yeux et elle frissonna en voyant son expression. Il y avait tant de tendresse, de sollicitude et… d'autres choses dans son regard, que son cœur se mit à battre plus vite. Cela faisait des siècles que personne ne l'avait regardée de cette façon ; comme si elle était quelqu'un de précieux, de spécial. Non pas pour obtenir quelque chose d'elle, mais pour faire quelque chose *pour* elle.

Pour le coup, elle se sentit différente à l'intérieur : moins seule, moins isolée. C'était un sentiment étrange, après ces années passées à l'écart du monde, mentalement et physiquement.

— Cela m'a fait du bien, dit-elle, désireuse de se montrer aussi honnête que lui. Je me sens moins seule.

— Tant mieux.

Il lui sourit, de ce sourire qu'elle avait toujours trouvé si craquant dans le passé… et même à présent, ce qui était plutôt inquiétant.

— Oh ! il faut que j'y aille, j'ai une tonne de travail qui m'attend, dit-elle en se précipitant vers la porte.

Elle avait confié à Ryan plus de choses qu'elle n'en avait jamais raconté à personne. Même si cela l'avait effectivement aidée, n'était-elle pas allée trop loin ? Il lui serait maintenant beaucoup plus difficile de le maintenir à distance. Elle n'avait rien à lui offrir – rien qui vaille la peine d'être partagé.

— Si tu as besoin de moi, Eve, tu sais où me trouver, dit-il, depuis la porte où il l'avait suivie.

Au moment où elle allait sortir de la maison, ils échangèrent un regard. Elle eut l'impression qu'il comprenait sa crainte de s'engager dans une relation. Elle se sentit plus détendue. Ryan, lui, ne l'obligerait jamais à faire quelque chose qu'elle ne voulait pas faire.

— Merci, répondit-elle en souriant. C'est important pour moi, plus que tu ne saurais l'imaginer.

Sur ces mots, elle s'éloigna à la hâte. Il ne fallait surtout pas qu'elle commence à voir Ryan comme un preux chevalier ayant pour mission de la sauver. Elle ne voulait surtout pas devenir un fardeau pour lui.

C'était à elle seule de se retrouver. Si elle en était capable.

Le dimanche matin, Ryan se rendit au poste de police et fit sa déclaration, soulagé qu'Eve ne soit pas dans les parages.

Une fois de retour chez lui, il se mit en tenue de sport et choisit de passer par un autre chemin pour aller courir. Mieux valait ne pas risquer de la croiser de nouveau.

Il soupira en grimpant sur la colline. Comment éviter Eve, alors qu'ils travaillaient ensemble ? Il avait besoin d'espace pour respirer, reprendre le contrôle de ses émotions. Ce qu'elle lui avait raconté l'avait profondément touché et il fallait qu'il prenne un peu de recul. Sinon, il risquait de trop s'impliquer, et il ne pouvait pas se le permettre. Il n'avait rien à lui offrir, pas plus à elle qu'à n'importe quelle autre femme.

Il ne devait surtout pas l'oublier, et éviter de se laisser entraîner par les émotions inhabituelles qui se bousculaient en lui.

Le lundi, il fut soulagé de retourner travailler. Au moins, à l'hôpital, il pouvait oublier Eve pendant quelque temps. Arrivé au service de pédiatrie, il poussa la porte du bureau et la vit, assise devant l'ordinateur. Qui cherchait-il à tromper ? Il n'était pas plus capable d'oublier Eve à l'intérieur qu'à l'extérieur de l'hôpital !

Elle leva la tête et lui sourit, mais il vit de la méfiance dans ses yeux. Elle éprouvait les mêmes difficultés que lui : elle avait du mal à *le* chasser de ses pensées. Et le sachant, comment allait-il, lui, réussir à prendre ses distances ?

— Nous avons eu une admission tôt ce matin, dit-elle d'un ton très professionnel. Il faudrait que tu le voies. Il s'agit de George Porter, un garçon de dix ans qui s'est plaint de maux de tête ces derniers jours. Comme il avait de la fièvre, sa mère a pensé qu'il s'agissait d'un virus et lui a donné du paracétamol pour faire baisser la température. La nuit dernière, son état a empiré et elle l'a amené aux urgences.

— Qu'ont-ils dit ?

— Infection virale. Ils ont conseillé à la mère de continuer le traitement et l'ont renvoyé chez lui. Tôt le matin, il s'est mis à crier que sa tête allait exploser, et elle a appelé une ambulance.

— Bon. Allons le voir.

Ryan prit tout son temps pour examiner le jeune patient, sous le regard anxieux de sa mère. Il vérifia ses réactions à la lumière — qui étaient normales — puis lui palpa la base du cou et sentit une nette rigidité dans les muscles.

— Touche-lui le cou, dit-il calmement à Eve.

Il s'écarta pour lui laisser la place et réprima un tressaillement lorsque leurs bras se frôlèrent au passage. Il dut faire un effort pour ne rien laisser paraître. Réagir ainsi quand une femme le touchait n'était pas dans ses habitudes, et encore moins au travail.

Oui, il en était arrivé là ! Il ne voulait pas s'impliquer, mais il n'avait peut-être plus le choix !

5.

— Il y a effectivement une raideur à la base du cou, dit calmement Eve.

Mais son corps était traversé par toutes sortes de sensations qu'elle s'efforçait d'ignorer. Elle avait touché Ryan, et alors ? C'était un accident, contrairement à la veille où elle avait délibérément posé la main sur son bras dans l'intention de le réconforter.

Heureusement Ryan, penché sur l'enfant, ne la regardait pas. Il releva les jambes de pantalon de George et, comme lui, elle fronça les sourcils en voyant des marques rouges sur sa peau.

— Quand ces marbrures sont-elles apparues ? lui demanda-t-il.

— Elles n'étaient pas là quand il a été admis ce matin. Est-ce bien ce à quoi je pense ?

— Oui. C'est le genre d'éruption que l'on voit dans les cas de méningite méningocoquale.

Mme Porter poussa une exclamation horrifiée tandis qu'il prenait un verre d'eau sur la table de chevet et l'appuyait contre les marbrures.

— Vous voyez ? Les marques ne disparaissent pas. Il s'agit bien d'une méningite. Nous devons nous en occuper tout de suite.

Il s'excusa et referma le rideau avant de partir, laissant Eve réconforter la maman de George. Cette dernière tremblait d'une manière incontrôlable, et Eve vit le moment où la pauvre femme allait se sentir mal.

Elle remplit un second verre d'eau et le lui tendit.

— Buvez une gorgée. Si vous pensez que vous allez vous évanouir, mettez la tête entre vos genoux.

Mme Porter s'exécuta et, peu à peu, elle retrouva ses couleurs.

— Vous pensez qu'il s'agit d'une méningite ? demanda-t-elle d'une voix anxieuse.

— C'est probable, répondit doucement Eve.

— Mais pourquoi n'ont-ils rien vu aux urgences, la nuit dernière ?

— Je l'ignore.

Celui qui avait examiné l'enfant la veille s'était montré négligent en n'envisageant pas cette possibilité.

— Vous savez, parfois il est difficile de donner un diagnostic précis tant que tous les symptômes ne sont pas apparus.

Ryan fut bientôt de retour avec Marie Thomas, l'infirmière de salle, et George fut mis aussitôt sous perfusion.

— Je vais lui administrer des antibiotiques par voie intraveineuse, dit Ryan tout en insérant une canule dans le bras du jeune garçon.

Rapidement, le goutte-à-goutte se mit à circuler.

— Plus vite ils feront de l'effet, plus ils seront efficaces, dit-il.

Mme Porter eut l'air effondré.

— C'est grave, docteur, n'est-ce pas ?

— Je le crains. Nous devons prélever un échantillon de liquide cérébrospinal pour confirmer le diagnostic, mais j'en suis pratiquement certain. Je regrette seulement que ce n'ait pas été décelé plus tôt.

— Ce n'est pas votre faute, dit la mère. Si quelqu'un doit être à blâmer, c'est le médecin qui a vu mon fils aux urgences. En fait, il ne s'est guère soucié de lui, il était trop occupé à consulter son portable. Mais attendez que mon mari soit au courant. Il ne va pas laisser passer ça, vous pouvez en être sûr.

Ryan répondit avec exactement la même remarque qu'Eve au sujet de la précision du diagnostic. Dans le passé, lorsqu'ils travaillaient ensemble pendant leur formation, ils parvenaient souvent aux mêmes conclusions et avaient pris l'habitude d'en rire, chacun accusant l'autre de lire dans ses pensées.

Eve soupira. C'était une époque heureuse. Dire qu'elle avait renoncé à cette connivence pour ce qu'elle avait pris pour de l'amour… Elle avait été aveuglée par le charme de Damien, s'était laissé séduire par son bagout. À présent, elle avait plus de discernement. Du moins, elle l'espérait.

Mais elle avait été blessée que Ryan se montre distant après la fête de Noël. Elle avait vraiment cru qu'il s'était passé quelque chose de spécial entre eux quand il l'avait embrassée, puis elle s'était mise à douter tant il ne pensait manifestement pas la même chose.

Lorsque quelqu'un comme Damien avait porté son attention sur elle, elle s'était sentie flattée. Peut-être avait-il remarqué combien elle était vulnérable alors, et c'était la raison pour laquelle il avait jeté son dévolu sur elle ? Parce qu'il la trouvait malléable, crédule – bref, parce qu'elle était une victime potentielle ?

Cette idée était très dérangeante, et ne pouvait que renforcer sa décision de ne pas s'engager de nouveau. Ce qui s'était produit une fois pouvait recommencer, même si elle était persuadée que Ryan ne la traiterait jamais ainsi.

Une fois de plus, elle le voyait positivement. Si elle n'y prenait pas garde, elle allait s'attacher de plus en plus à lui.

Elle se concentra sur le cas de George et organisa son transfert au service de grande dépendance, pendant que Ryan expliquait à sa mère ce qui allait se passer. Pour un parent, entendre qu'une aiguille allait être insérée dans la colonne vertébrale de son enfant devait être atrocement stressant, mais si quelqu'un pouvait leur rendre cela moins pénible, c'était Ryan. Il avait le don d'inspirer confiance. Elle était bien placée pour le savoir, elle qui aurait dû se méfier de lui comme de n'importe quel homme. Mais elle ne pouvait s'empêcher de le voir différemment.

La journée était chargée et passa rapidement, à la satisfaction de Ryan. Il aimait être occupé, et aujourd'hui particulièrement. Ainsi, il évitait de penser à Eve. Ce serait une autre histoire quand il rentrerait chez lui.

Appuyant sur le bouton de l'ascenseur, il soupira. Il se rappela sa réaction quand elle l'avait touché : une simple pression de sa main sur son bras, et il avait été complètement chamboulé !

Quand il regagna l'unité de pédiatrie, il repéra Eve à un bout de la salle et se détourna pour ne pas être tenté de la regarder. Marie vint au-devant de lui. Avait-il su le fin mot de l'histoire à propos de ce qui s'était passé aux urgences ?

— D'après l'interne, c'est un vacataire qui s'est occupé de George, répondit-il.

— Classique, dit l'infirmière en grommelant. Dans un souci d'économie, on passe par une agence plutôt que d'employer du personnel à plein temps. Après, il ne faut pas s'étonner si tout va de travers.

— L'interne n'a pas dit cela, répondit-il.

Il entendit des pas derrière lui et se raidit. Il *savait* qu'il s'agissait d'Eve. Déjà, il sentait son délicat parfum floral.

— À propos, vous êtes partant pour ce soir ? lui demanda Marie.

— Ce soir ? fit-il distraitement.

— Pour la soirée curry, bien sûr ! Ne me dites pas que vous avez oublié un événement social comme celui-ci ?

Marie rit et il se força à l'imiter. Il fallait à tout prix qu'il cesse de se laisser ainsi emporter par ses émotions.

— Ce doit être mon âge, fit-il d'un ton léger. Je

commence à avoir des difficultés à me souvenir de certaines choses.

— Eh bien ! Qu'est-ce que ce sera quand vous aurez le mien, rétorqua-t-elle, entrant dans le jeu. Afin de rafraîchir votre mémoire défaillante, je vous rappelle que nous nous retrouvons à 19 heures au restaurant Taste of India.

— Entendu. Qu'en penses-tu ? demanda-t-il sans réfléchir à Eve qui passait à côté d'eux. Toi qui adorais le curry autrefois, que dirais-tu de venir te régaler avec nous ?

Eve reposa son tube de rouge à lèvres et se contempla un instant dans le miroir. Elle s'était donné du mal, et le résultat en valait la peine. Après s'être lavé et séché les cheveux, elle les avait laissé tomber sur ses épaules en vagues cuivrées, au lieu de les attacher dans le style strict qu'elle avait adopté depuis quelque temps.

Habituellement elle se maquillait très peu, mais une ombre à paupières verte et une touche de mascara agrandissaient ses yeux et éclairaient son regard. Un gloss couleur pêche assorti à son pull soulignait discrètement ses lèvres pleines.

Elle savait qu'elle était jolie ainsi, mais était-ce bien raisonnable d'accorder autant de soin à son apparence ? N'avait-elle pas tort de se rendre à cette soirée ? Se rapprocher de ses collègues ne ferait que lui compliquer la vie. Pour le moment, en dehors de Ryan, personne ne savait rien de son passé, mais si elle se mêlait aux autres, tôt ou tard elle serait amenée à répondre à leurs questions. Comment expliquer qu'elle avait interrompu ses études pendant quatre ans sans leur parler de Damien ?

Une vague de panique la gagna et elle se força à respirer profondément, comme elle avait appris à le faire. Au bout d'un moment, elle se sentit mieux. Cela faisait des années que Damien avait été rayé de sa vie, pourtant il influait encore sur son comportement.

Elle devait y aller, ne serait-ce que pour se prouver qu'elle pouvait se libérer de son emprise.

Comme il faisait doux, elle décida de se rendre au restaurant à pied. Elle était presque arrivée quand elle entendit quelqu'un l'appeler. En se retournant, elle vit Ryan traverser la rue.

Il sourit en la rejoignant sur le trottoir et elle ne put empêcher son cœur de s'emballer dans sa poitrine. Il était terriblement séduisant, avec son pull d'un bleu profond qui faisait ressortir son teint mat.

— Tu marchais tellement vite que j'ai cru que je n'arriverais pas à te rattraper, dit-il. Tu dois avoir terriblement faim pour être aussi pressée !

Elle rit, s'efforçant de garder l'air naturel.

— Cela fait des siècles que je n'ai pas mangé un bon curry, répondit-elle.

Il n'était peut-être pas comme Damien et ne chercherait probablement pas à la manipuler à son propre avantage, mais il était trop tôt pour qu'elle en soit certaine.

Pour l'instant, elle devait avant tout se retrouver, redécouvrir la personne qu'elle était, et c'était suffisamment difficile. Inutile d'ajouter à sa vie des complications qui risquaient de l'empêcher d'atteindre son but.

— Tu ne trouveras pas de meilleur curry que celui de ce restaurant, dit-il avec assurance. C'est un de nos repaires favoris, et je suis heureux que tu aies décidé de te joindre à nous.

Il sourit si gentiment, avec tant de compréhension, qu'elle sentit son cœur fondre.

— C'est très aimable à toi de m'avoir invitée, répondit-elle poliment.

S'il remarqua son trouble, il n'en laissa rien paraître. Elle savait qu'il ne ferait rien pour la mettre mal à l'aise, et c'était un véritable soulagement de ne pas avoir à se tenir en permanence sur ses gardes.

Depuis qu'elle avait repris la médecine, elle s'était entourée d'une barrière protectrice afin que les gens ne remarquent pas à quel point elle était vulnérable.

Avec Ryan, c'était inutile : elle pouvait être franche avec lui et n'avait pas besoin de se cacher. Elle se rendit brusquement compte que c'était la première étape pour un retour à une vie ordinaire. Une fois qu'elle se serait habituée à s'ouvrir à Ryan, ce serait plus facile de faire de même avec les autres.

Sur cette constatation encourageante, elle entra avec lui dans le restaurant. Marie était déjà là avec deux autres infirmières, et toutes les trois les accueillirent avec enthousiasme.

Eve commença alors à se détendre. C'était une sensation merveilleuse que de pouvoir relâcher toute la tension qui l'avait accompagnée ces dernières années. Pour la première fois depuis bien longtemps, elle se sentait « normale ».

Ryan faisait de son mieux, mais il ne parvenait pas à détacher les yeux d'Eve. Elle avait quelque chose de différent ce soir, semblait plus détendue, plus heureuse. Quelle était la cause de ce changement chez elle ?

Se remettait-elle enfin de ses déboires avec Damien ? Plus que jamais, elle allait avoir besoin de lui comme ami, et il serait là pour l'aider. Il était inutile de vouloir être davantage pour elle, puisque cela n'arriverait jamais.

Il se joignit à la conversation, riant avec les autres lorsque Marie raconta l'incident qui avait eu lieu avec les parents d'une jeune patiente. Ignorant ce qu'était une canule, ils avaient craint que leur fille ne soit soumise à une sorte d'instrument de torture qui allait lui triturer le bras.

— On a trop tendance à oublier que tout le monde

ne comprend pas notre jargon, alors que, pour la plupart des gens, c'est du chinois, dit-il.

— Il faudrait remettre aux parents une plaquette expliquant les différentes procédures, dit Eve.

Il approuva d'un signe de tête.

— C'est une bonne idée, cela éviterait bien des confusions.

— Si tu veux, je pourrais préparer quelque chose.

— Vraiment ?

Ravi de lui voir l'air aussi animé, il lui sourit. Elle ressemblait soudain à l'ancienne Eve, toujours gaie et pleine d'enthousiasme. Quel bonheur de constater qu'elle n'avait pas été complètement détruite par les mauvais traitements de son ex.

— À votre place, je ferais très attention, dit Marie en agitant le doigt dans leur direction.

L'avait-elle percé à jour ? Avait-elle senti qu'il était attiré par Eve, et voulait-elle prévenir celle-ci qu'elle ne devait pas attendre grand-chose de lui ? Bien qu'il eût toujours pris soin de ne blesser personne, il était conscient de sa réputation de coureur. Mais il n'appréciait guère que Marie juge utile d'en avertir Eve.

— Il n'y a aucune raison de s'inquiéter, fit-il.

— Vraiment ? répondit Marie. J'ai déjà vu cette lueur dans vos yeux, Ryan Sullivan. Et d'après mon expérience, cela ne peut signifier qu'une chose : vous avez trouvé une autre poire.

Elle se tourna vers Eve et sourit.

— Sans que vous vous en rendiez compte, il vous fera faire toutes sortes de choses que vous n'auriez jamais envisagées. Croyez-moi, Ryan est passé maître dans l'art de vous amener là où il veut !

Tout le monde se mit à rire, Eve y compris. Mais il la sentait tendue. Elle n'avait tout de même pas pris au sérieux les plaisanteries de Marie ? Il n'en était pas certain, surtout après tout ce qu'elle avait traversé.

Cela le poursuivit toute la soirée. Il ne serait pas tranquille tant qu'il ne lui aurait pas parlé. Aussi fut-il soulagé lorsque les convives commencèrent à rentrer chez eux. Il allait pouvoir dissiper ce malentendu. Il ne voulait surtout pas qu'elle pense qu'il tentait, comme son ex, de la manipuler.

Marie et les autres infirmières partagèrent un taxi, les autres rentrèrent en voiture. Il se retrouva seul avec Eve.

Elle se tourna vers lui, et il se figea devant son regard rempli de méfiance. D'un seul coup, alors qu'elle avait enfin commencé à se détendre, ils venaient de faire un immense pas en arrière.

— Eh bien, à demain, lui dit-elle, s'éloignant déjà.

Mais il n'était pas question qu'il la laisse partir sans avoir réglé cette question.

En quelques enjambées, il la rattrapa.

— Je te raccompagne à pied.

— Oh ! c'est inutile, répondit-elle, accélérant le pas.

Il se maintint sans peine à sa hauteur.

— Je voudrais revenir sur ce que Marie a dit. Tu sais qu'elle plaisantait, n'est-ce pas ?

— Bien sûr.

L'intonation de sa voix indiquait clairement le contraire, et il poussa un soupir.

— Voyons, Eve. Tu ne peux pas sérieusement croire que j'essaierais de te… manipuler ?

— Bien sûr que non.

Sa frustration augmenta.

— Si, c'est ce que tu crois. Je le sens dans ta voix.

Arrivés au croisement, ils durent s'arrêter pour attendre que le feu ne passe au vert. Il la regarda et son cœur se serra. Elle avait le visage fermé, sa jolie bouche n'était plus qu'un trait mince, ses lèvres pincées trahissaient son stress.

Il devait la convaincre qu'elle pouvait lui faire confiance. Instinctivement, il posa la main sur son bras.

— Arrête ! cria-t-elle, se dégageant avec brusquerie.

Tournant vivement les talons, elle quitta le trottoir au moment où une voiture passait.

— Eve ! Non !

Il eut juste le temps de passer un bras autour de sa taille et de la tirer en arrière. Elle tremblait de tout son corps, mais il était dans le même état.

— Te rends-tu compte que tu aurais pu être tuée ? dit-il, la fixant d'un air sévère.

Elle soutint son regard.

— Oui ! Et c'est sans doute la meilleure chose qui aurait pu m'arriver.

— Ne parle pas comme ça !

Il la saisit par les deux bras pour l'empêcher de s'échapper et de se remettre en danger.

— Tu as toutes les raisons de vivre. Ne le vois-tu pas ?

— Non, répondit-elle, les yeux pleins de larmes. Si tu veux la vérité, je n'en vois pas l'intérêt si c'est pour me sentir aussi mal.

— Mais tu ne vas pas te sentir comme ça éternellement, dit-il avec douceur.

Et soudain, rien ne lui parut plus important que de la calmer, de la réconforter, de la convaincre qu'elle avait un avenir en lequel espérer. En comparaison, rester éternellement détaché de tout pour respecter ses obligations envers son frère paraissait tout à fait secondaire.

— Un jour, tu ne souffriras plus lorsque tu repenseras à ce qui t'est arrivé. Tu seras capable de le voir comme une expérience qui a contribué à faire de toi la personne que tu es.

Lentement, ses mains descendirent le long de ses bras et il la sentit frissonner. Alors il relâcha son étreinte. Il devait lui faire comprendre que même les pires expériences pouvaient avoir des conséquences positives.

— Tu seras heureuse, Eve. Tu rencontreras quelqu'un

qui te traitera comme tu mérites de l'être, tu tomberas amoureuse, tu te marieras et tu fonderas une famille. Tout cela t'attend, il suffit juste d'y croire. Cela arrivera, Eve. Je te le promets.

6.

— Ce thé est froid. Veux-tu que je t'en prépare un autre ?

Eve sursauta. Levant les yeux, elle soupira en lisant l'inquiétude sur le visage de Ryan. Il avait insisté pour la raccompagner chez elle, et elle n'avait pas eu la force de discuter.

Ce qui s'était passé dans la rue l'avait fortement ébranlée. Même dans les moments les plus difficiles, elle n'avait jamais envisagé d'en finir avec la vie. Mais alors, pourquoi avait-elle dit cela ? Était-ce un appel au secours adressé à Ryan ? Souhaitait-elle qu'il l'aide à se retrouver ?

Avoir besoin de lui ne ferait que compliquer les choses. Il ne voulait pas s'engager. Apparemment, il n'avait pas changé depuis l'époque où ils se voyaient. Même s'il avait le désir de l'aider, elle ne devait pas s'attendre à ce qu'il veuille être plus qu'un ami.

Après tout, elle ne cherchait pas à vivre une histoire d'amour. Elle esquissa un sourire, culpabilisant de lui causer autant de souci.

— Je veux bien, merci. Je ne supporte pas le thé tiède.

Il attrapa la bouilloire.

— Comme si je ne le savais pas ! fit-il en souriant. Pour ce qui est du thé, tu as toujours été aussi capricieuse qu'une diva.

Elle le regarda, surprise.

— Pardon ?

Il rit.

— Allons, tu le sais bien. Combien de fois as-tu refusé de boire la tasse que je t'avais préparée quand nous étions de nuit ? J'avais fini par abandonner et te laisser te débrouiller.

— Tu peux parler ! Tu es exactement pareil pour le café.

Prenant une voix grave, elle l'imita.

— C'est trop fort — ou pas assez — trop chaud, trop sucré… Tu n'arrêtais pas de te plaindre !

Il croisa les bras sur sa poitrine.

— Moi, une diva ? C'est ridicule.

C'était si bon de se rappeler cette époque. Dès leur première rencontre, une réelle complicité s'était instaurée entre eux. Il avait été le grand frère qu'elle avait toujours rêvé d'avoir… Ou, du moins, c'était ce qu'elle s'était dit.

En fait, elle n'avait jamais envisagé quoi que ce fût de romantique entre eux, jusqu'à ce baiser, le soir du réveillon. À présent, elle se demandait pourquoi. Ryan était beau, il avait de l'allure, il était gentil et drôle. Pourquoi ne l'avait-elle jamais considéré comme un petit ami potentiel avant ce soir-là ? Était-ce parce qu'il avait clairement exprimé qu'il ne tenait pas à s'engager ?

Bien qu'ambitieuse, elle avait toujours souhaité rencontrer un jour l'homme de sa vie et n'avait jamais considéré le mariage comme un obstacle à sa carrière. C'était en partie grâce à sa mère, une brillante avocate qui avait réussi à trouver un équilibre entre son rôle de mère et les exigences de son métier.

Naturellement, son père y avait également contribué. Industriel de premier plan, il avait toujours soutenu et aidé sa femme. Eve avait donc grandi en rêvant de s'accomplir dans sa carrière tout en ayant une vie de famille heureuse. Pour elle, c'était un dû, quelque chose qu'elle avait considéré comme acquis.

Mais, pour cela, il lui fallait trouver quelqu'un qui soit aussi impliqué qu'elle dans leur relation, et Ryan n'avait pas rempli ce critère.

— Tiens. Il est bien chaud, pas trop sucré avec juste un nuage de lait, dit-il en posant un mug de thé devant elle avant de tourner soigneusement une petite cuiller dans le liquide fumant. Et je l'ai remué dans le sens contraire des aiguilles d'une montre.

— Merci.

Elle se força à sourire, comprenant tout d'un coup qu'il s'en était fallu d'un rien pour que Ryan et elle deviennent plus que des amis. Avec le recul, elle se rendait compte que lui aussi l'avait trouvée attirante. Mais alors, pourquoi n'avait-il pas suivi son inclination ? Avait-il pensé qu'il ne pourrait pas répondre à ses exigences, ou bien quelque chose d'autre l'avait-il empêché de le faire ?

Soudain, elle eut besoin de savoir.

— Autrefois, quand nous nous voyions, il n'y a jamais eu la moindre équivoque entre nous, n'est-ce pas ?

— Non. Nous avons toujours été amis, répondit-il.

Il s'assit et entoura son mug de ses mains – des mains qui semblaient si grandes et fortes qu'elle fut assaillie d'une vague d'émotions et eut brusquement envie de les toucher. Le monde ne serait-il pas moins effrayant si Ryan lui tenait la main ?

— Pourquoi ? demanda-t-elle.

Il lui jeta un coup d'œil méfiant qui l'intrigua. À l'évidence, sa question le gênait.

— Je ne te plaisais pas, c'est ça ?

— Non, ce n'est pas ça.

Il resta un moment les yeux fixés sur son mug, comme s'il réfléchissait à la réponse qu'il allait lui donner, et elle retint sa respiration. Tout ce qu'elle voulait, c'était qu'il lui dise la vérité. Elle n'aurait pas voulu qu'il mente sur ce sujet.

— Je crois qu'en réalité, j'ai eu peur, dit-il enfin.

Elle sentit son cœur battre plus vite en voyant l'expression de ses yeux. Il ne lui mentait pas, mais elle n'était plus si sûre d'avoir envie de connaître la vérité. Car, ensuite, il serait trop tard : elle serait obligée d'y faire face.

Ryan sentit ses paumes devenir moites. Il n'était pas question qu'il mente à Eve, mais il ne pouvait pas non plus lui dire toute la vérité. S'il lui révélait pourquoi il avait juré de ne jamais se marier, elle chercherait peut-être à lui démontrer qu'il avait tort, et il ne voulait pas se laisser influencer. Il savait ce qu'il avait à faire, il devait absolument s'y tenir.

— Je craignais, s'il se passait quelque chose entre nous, de ne pas atteindre le but que je m'étais fixé, dit-il d'une voix légèrement hésitante.

— Et quel était ce but ?

— Rassembler des fonds au nom de Scott, et éviter à d'autres familles le sort que la mienne avait connu. Je n'avais pas le temps de fréquenter quelqu'un. Je ne l'ai toujours pas, d'ailleurs.

— Je vois. Est-ce pour cette raison que tu es devenu distant après m'avoir embrassée, le soir du réveillon ?

— Oui.

— Mmm. Ton frère aurait-il vraiment souhaité que tu mettes ta vie entre parenthèses à cause de lui ?

C'était une chose à laquelle il avait souvent réfléchi, mais il en revenait toujours à la même chose : pourquoi tomber amoureux et s'attacher à quelqu'un s'il ne pouvait pas prendre le risque d'avoir une famille ?

— Sans doute pas, répondit-il honnêtement. Mais c'est quelque chose dont je ressens le besoin.

Il poussa un long soupir.

— Après la mort de Scott, j'ai cru devenir fou, je me suis mis à faire n'importe quoi. Je pense qu'inconsciemment je défiais la mort pour qu'elle me prenne comme mon frère. Heureusement, je me suis calmé avant qu'un autre drame n'arrive. Mes parents avaient commencé à récolter des fonds, et je me suis engagé auprès d'eux. Cela m'a aidé, d'avoir un objectif. Peut-être que ce sera différent dans quelque temps, qui sait ? Mais pour le moment, c'est important pour moi de trouver de l'argent pour ces défibrillateurs.

— C'est un but très louable, dit-elle doucement.

Son approbation le mit mal à l'aise. Mais, à moins de tout lui raconter, il ne pouvait pas y faire grand-chose.

D'un seul coup, il ressentit un besoin urgent de mettre fin à cette soirée fertile en émotions. Il avait besoin de rentrer chez lui et de rassembler ses idées. Elle avait raison : il avait été attiré par elle dans le passé – tout comme il l'était maintenant. Mais elle méritait bien mieux que ce qu'il pouvait lui donner, elle avait droit à un mariage heureux, une famille unie, tout ce dont une femme pouvait rêver. Il lui serait plus utile comme ami que comme amant.

Ce n'était qu'une maigre consolation. En rentrant chez lui, il se surprit à rêver à ce qu'aurait pu être sa vie sans toutes ces restrictions. Même si Eve n'était pas encore prête pour vivre une nouvelle histoire, il aurait pu attendre. Et une fois qu'elle aurait été prête… ils auraient fait ce que font tous les amants.

Toutes sortes d'images affluèrent à son esprit : il l'embrassait, la caressait, laissait courir ses mains sur elle. Il frissonna de désir, tant son besoin était fort de la toucher, de sentir son corps souple sous le sien.

Il avait fait l'amour à de nombreuses femmes — même si elles n'étaient pas autant que la rumeur le prétendait — mais faire l'amour à Eve… Ce serait très différent. Spécial. Car avec elle, il ne s'agirait pas d'une simple expérience physique. Il n'engagerait pas seulement son corps, mais aussi son esprit. Ce serait l'expérience la plus merveilleuse, la plus remplie de sens qu'il ait jamais connue.

Mais cela n'arriverait pas. Jamais.

Il se secoua. Il le fallait. Pourtant, brusquement, il se

sentit terriblement vide. Et seul. Sans Eve dans sa vie, il n'aurait rien, mais, dans le cas contraire, ce serait elle qui souffrirait. Il ne pouvait pas lui faire cela, il ne pouvait pas lui gâcher un avenir qu'elle tentait si difficilement de reconstruire.

S'il l'aimait vraiment, il devait l'aider à se retrouver. Et la laisser partir.

Eve raccompagna Daisy Martin et ses parents à la sortie du service pédiatrique. La petite fille allait beaucoup mieux, et elle lui fit signe avant de disparaître dans l'ascenseur.

Mentalement, Eve croisa les doigts, souhaitant ne pas la revoir de sitôt après tout ce qu'elle avait enduré.

— C'étaient les Martin ? demanda Ryan, qui l'avait rejointe.

Il était toujours le même, bienveillant et plein d'égards envers les patients, et drôle avec le personnel. Cependant, elle avait noté un changement chez lui depuis qu'il l'avait raccompagnée chez elle, et cela la chiffonnait.

Elle ne voulait surtout pas qu'il s'inquiète pour elle. Cela ne servait à rien. Justement, depuis ce soir-là, elle allait beaucoup mieux, elle était plus positive et maîtrisait mieux ses émotions. Il lui semblait avoir effectué un grand virage. C'était une sensation si merveilleuse qu'elle eut envie de la partager avec lui. Peut-être ainsi se sentirait-il mieux à son tour.

— Oui, répondit-elle. Les Martin ont l'intention d'aller à la Jamaïque rendre visite à la grand-mère de Daisy. Je pense que c'est une excellente idée. La chaleur lui fera beaucoup de bien.

Il acquiesça en souriant.

— Pour ma part, je ne serais pas non plus contre une quinzaine de jours au soleil. Il faisait glacial hier soir, quand je suis allé courir sur la colline.

— Quand dois-tu participer à cette course ? demanda-t-elle tandis qu'ils regagnaient le bureau.

— Le week-end de Pâques.

— Mais c'est à la fin de cette semaine !

Il fit la grimace.

— Je ne te le fais pas dire. En rentrant chez moi hier soir, je soufflais comme une vieille locomotive. Cela augure mal de mes chances.

— Oh ! je suis certaine que tu y arriveras, dit-elle d'un ton encourageant.

Il esquissa une moue dubitative avant de se concentrer sur l'écran de son ordinateur.

— Bon sang ! fit-il.

— Quelque chose ne va pas ?

— C'est le moins que l'on puisse dire. J'ai un e-mail de Harry Summers, qui ne pourra pas participer à la manifestation de ce week-end. Il a trébuché hier soir aux urgences et s'est fait une méchante entorse.

Il poussa un grognement.

— Ce devait être notre médecin. Si on ne trouve pas quelqu'un pour le remplacer, on ne pourra pas participer.

— Est-ce vraiment nécessaire ? demanda-t-elle. Après tout, vous avez tous une formation médicale.

— Oui, mais notre principal sponsor a insisté pour que nous prenions quelqu'un qui s'occupe uniquement des éventuels blessés. Ils tiennent à être couverts en cas de problème.

— Je suppose qu'ils ont engagé pas mal d'argent ?

— Cinq mille livres, plus cinq mille supplémentaires si nous leur faisons de la publicité après le challenge.

— C'est beaucoup d'argent ! Je comprends qu'ils ne tiennent pas à le perdre.

— Exactement. Il faut absolument que je trouve quelqu'un qui veuille bien sacrifier son week-end…

Il s'interrompit et la fixa.

— Tu ne travailles pas à Pâques, n'est-ce pas ?

— N-non.

— Alors, tu veux bien venir ? Tu me rendrais un immense service. En si peu de temps, je doute de trouver quelqu'un d'autre de libre. Je ne peux pas annuler, ce serait une catastrophe. Tu veux bien, Eve ? S'il te plaît…

7.

Le samedi suivant, à 6 heures du matin, le temps était glacial. Eve piétinait dans l'espoir de ramener un semblant de sensation dans ses doigts de pied engourdis. Ryan lui avait recommandé de porter des vêtements chauds et elle pensait avoir suivi ses conseils, mais, à l'évidence, c'était insuffisant. Si elle attendait longtemps comme ça, elle allait finir avec une pneumonie !

Un bruit de moteur lui fit tourner la tête et elle poussa un soupir de soulagement en voyant un minibus arriver. Ryan venait la chercher en premier, elle pourrait se réchauffer un peu dans le bus, le temps qu'il passe prendre tout le monde.

Il s'arrêta devant elle et sortit du véhicule, le sourire aux lèvres.

— Prête pour le grand voyage ? demanda-t-il en prenant de son sac.

— Tout à fait.

Pendant qu'il rangeait ses affaires dans le coffre, elle s'engouffra dans le minibus et frissonna de plaisir en recevant une bouffée d'air chaud.

— J'allais me transformer en glaçon, dit-elle quand il la rejoignit.

— Il fait froid pour un mois d'avril.

Il la parcourut du regard et fronça les sourcils.

— Tu n'as rien de plus chaud que cette veste ?

— Je crains que non.

Elle se blottit dans son siège, cherchant à s'imprégner de sa chaleur.

— Là où nous allons, cela ne suffira pas, dit-il en faisant demi-tour.

— Où vas-tu ? demanda-t-elle, aussitôt inquiète.

— Te chercher des vêtements chauds, bien sûr.

Il lui sourit.

— On ne va tout de même pas laisser notre médecin remplaçant revenir avec des gelures.

Elle rit, et eut chaud au cœur en voyant la sollicitude dans ses yeux. Il se souciait d'elle, cela se voyait parfois à des petits riens.

— Je doute que nous trouvions des boutiques ouvertes à cette heure de la journée, dit-elle.

— Mais il n'est pas question d'aller faire du shopping, répondit-il en s'engageant dans une rue bordée de magnifiques maisons victoriennes.

Il s'arrêta devant la dernière de la rangée.

— Nous allons faire une descente dans la garde-robe de ma mère. Ce sera beaucoup moins cher.

Avant qu'elle ait eu le temps de protester, il était sur le trottoir. Elle ne savait que penser. Ce n'était pas le fait de porter les vêtements de quelqu'un d'autre. Mais sa famille n'allait-elle pas croire qu'ils étaient ensemble ?

À vrai dire, cette idée ne lui déplaisait pas, et était même plutôt tentante. Mais était-ce parce qu'elle voulait être avec Ryan, ou bien parce qu'elle se sentirait plus « normale » en ayant un petit ami, de surcroît aussi séduisant ? Parce qu'elle serait ainsi comme tout le monde, et non plus une victime ?

— Ryan ! Que fais-tu ici à cette heure de la matinée ?

Eve s'arrêta sur le seuil de la porte de la cuisine, terrassée par la timidité. Aucun doute à avoir : à en juger par leur ressemblance, la personne assise à la table était la mère de Ryan.

Apercevant Eve, elle se leva pour venir à sa rencontre et l'accueillit avec un sourire chaleureux.

— Bonjour ! Vous devez être Eve. Ryan m'a dit que vous aviez accepté de l'aider pour sa manifestation du week-end.

— Euh… Oui, en effet, répondit-elle, lui rendant son sourire.

— On ne peut pas rester longtemps, maman, dit Ryan. Nous devons encore passer prendre les autres, mais nous avons un petit souci…

La question fut rapidement réglée. Patricia Sullivan les entraîna dans une chambre et ouvrit son placard en grand.

— Vous êtes sûre que cela ne vous dérange pas ? demanda Eve en balbutiant. C'est un peu malpoli de débarquer ainsi chez vous pour vous emprunter des vêtements.

Patricia balaya ses scrupules d'un revers de main et l'entraîna avec elle.

— Au contraire, je suis ravie de participer un peu. Ryan se démène tellement pour récolter des fonds…

Elle empila des vêtements sur le lit.

— Il faut penser au froid, mais aussi à la pluie, dit-elle fermement quand Eve protesta qu'elle n'avait pas besoin d'autant d'affaires. Vous ne voulez tout de même pas finir avec une pneumonie ?

C'était exactement ce qu'elle avait pensé et elle se détendit un peu. Elle semblait aussi en accord avec la mère de Ryan qu'avec Ryan lui-même. C'en était même dérangeant, car cela risquait de la mener à un degré d'intimité qu'elle ne pouvait pas se permettre.

Elle aida Patricia à mettre les vêtements dans un grand sac et le porta au rez-de-chaussée, où Ryan les attendait.

Il lui prit le sac des mains en souriant.

— On dirait que maman a encore fait des miracles.

— C'était vraiment gentil de sa part, répondit Eve en se tournant vers Patricia, qu'elle embrassa spontanément sur la joue. Merci infiniment.

— Je suis contente d'avoir pu vous aider, dit Patricia en la serrant contre elle.

Curieusement, Eve ne ressentit aucune panique. C'était un grand pas dans la bonne direction.

Ryan emporta le sac dans le minibus et elle allait le suivre quand Patricia la retint.

— Veillez sur lui, Eve. Je sais qu'il donne l'impression de pouvoir affronter toutes les difficultés de la vie, mais, à l'intérieur, il est toujours blessé. Perdre son frère a été une terrible épreuve pour lui, et je prie pour qu'un jour il soit capable d'aller de l'avant.

— Je ferai mon possible, répondit Eve, la gorge nouée.

— Merci.

Patricia l'étreignit de nouveau, puis les regarda s'éloigner en agitant la main.

Eve lui fit signe à son tour, profondément émue.

Jusque-là, tout avait tourné autour d'elle : son histoire avec Damien, son besoin de reconstruire sa vie… Mais voilà qu'elle avait la possibilité d'aider Ryan. Savoir qu'elle aussi avait quelque chose à lui offrir, que ce n'était pas à sens unique, était gratifiant. Ce serait sûrement bénéfique pour tous les deux de recréer leur… amitié.

Cependant, quelque chose lui disait que cela ne lui suffirait pas toujours. Quant à Ryan, c'était une autre histoire. Elle n'avait aucune idée de ce qu'il ressentait.

Après être passé prendre les autres membres de l'équipe, Ryan fit route vers le nord sans plus attendre. Il voulait couvrir la plus grande partie du trajet à la lumière du jour.

Steve, le compagnon de Marie, ayant proposé de leur servir de chauffeur, Ryan se retrouvait libre de faire ce qu'il voulait et laissa son esprit vagabonder.

Eve s'était comportée avec tant de naturel avec sa mère qu'il y voyait un signe très encourageant, et pas seulement pour elle. Si Eve allait mieux, il irait forcément mieux lui aussi.

— Alors, qu'est-ce qu'on fait une fois arrivés à Fort William ? demanda-t-elle en se penchant sur ses notes.

— Nous avons réservé des chambres pour la nuit dans une pension de famille, nous nous y rendrons directement pour nous installer et nous préparer.

Elle fronça les sourcils.

— De quel équipement avez-vous besoin pour l'ascension ?

— Il nous faut à chacun un bonnet, des gants, des chaussettes de rechange, un imperméable, des pansements adhésifs et une couverture de survie, fit-il, mourant d'envie de lisser les plis de son front du bout des doigts.

Elle était si jolie quand elle lui souriait, comme maintenant. Il réprima un soupir. Il aurait aimé la faire sourire plus souvent. Seulement, tout en étant désireux de l'aider, il ne souhaitait pas qu'elle s'attache trop à lui, ni avoir l'exclusivité de ses sourires. Même si cela le déprimait, il ne devait pas oublier qu'il n'avait rien à lui offrir.

Il fut heureux que Marie les interrompe. Elle voulait savoir combien de temps il leur faudrait pour atteindre le sommet du Ben Nevis, la montagne la plus haute d'Écosse, premier des trois sommets qu'ils devaient escalader.

— Environ cinq heures, répondit-il en se tournant pour la regarder.

Au passage, sa cuisse frôla celle d'Eve. Immédiatement, il sentit son corps s'enflammer et réprima un grognement. Comment allait-il vivre les prochaines heures, si un simple contact déclenchait de telles réactions en lui ?

— À quelle heure partons-nous ? demanda Marie, sans se douter de ce qui se passait.

— À 4 heures de l'après-midi. Nous devons être de retour vers 19 heures, car nous aurons ensuite six heures de route avant d'arriver à Scafell.

Il s'écarta légèrement afin de laisser un peu plus

d'espace entre Eve et lui. Son corps brûlait toujours et il ne pouvait rien y faire.

— C'est le meilleur parcours, dit-il. Nous commençons par la plus haute montagne, tant que nous sommes encore dispos.

— Cela paraît sensé. Mais je ne suis pas certaine de penser la même chose après l'effort, dit Marie d'un ton désabusé.

Il rit. Lui aussi appréhendait cette ascension. À cause de la pression à l'hôpital, il n'était pas suffisamment entraîné. Il aurait détesté devoir lâcher l'équipe – et lâcher Eve.

Avec un soupir, il se tourna vers elle et sentit, malgré ses yeux fermés, qu'elle ne dormait pas. Était-elle aussi tendue que lui ? Mais pourquoi ? Parce qu'elle était en contact avec un homme en général, ou bien parce qu'il s'agissait de lui en particulier ? Était-elle aussi consciente de sa présence qu'il l'était de la sienne ?

Il savait qu'elle était attirée par lui, et c'était la dernière chose qu'il souhaitait, car cela ne pouvait les mener nulle part.

Désespéré, il ferma les yeux à son tour. Il avait beau savoir ce qu'il avait à faire, sa tête et son cœur l'entraînaient dans des directions opposées. S'il avait écouté son cœur, il aurait courtisé Eve, jouissant de chaque instant passé avec elle. Mais ensuite, il serait si profondément attaché à elle qu'il ne voudrait jamais se libérer !

Prenant une profonde inspiration, il décida de renforcer ses défenses. C'était la seule solution.

La pension se trouvait dans les faubourgs de Fort William. Eve suivit Ryan à l'intérieur.

La propriétaire, une sexagénaire avenante, les accueillit aimablement avant de leur faire signer un vieux registre et de tendre plusieurs clés à Ryan.

— Je vous laisse vous organiser entre vous. Il y a

du thé et du café dans chaque chambre, n'hésitez pas à vous servir. Je vous ai aussi laissé une liste de pubs et de restaurants, si vous voulez manger en ville ce soir. Le petit déjeuner est servi de 7 heures à 9 heures.

— 7 heures, ce sera parfait, dit Ryan.

Lorsque Mme Mackinnon les eut laissés, ils se répartirent par paires. Naturellement, Marie et Steve partageaient la même chambre, comme Penny Groves et Tamsin Brown, deux collègues infirmières. Jack Williams et Owen Archer, les deux internes, étaient également ensemble.

Il ne restait plus que Ryan et elle. À la perspective de se retrouver dans la même chambre que lui, elle se sentit toute retournée. Il dut remarquer son embarras, car il alla frapper à la porte du bureau de Mme Mackinnon et lui expliqua le problème.

— Auriez-vous une chambre supplémentaire ? Eve est une remplaçante et elle préférerait avoir sa propre chambre.

— Je regrette, toutes mes chambres sont louées pour la nuit. Et je doute que vous trouviez de la place dans une autre pension, c'est Pâques.

Naturellement, personne ne voudrait changer de place, se dit Eve.

— Je vais dormir dans le bus, comme ça tu auras la chambre pour toi, lui dit Ryan. Et il est inutile de protester. Tu m'as rendu service, c'est donc tout à fait normal. Je serai très bien dans le minibus.

Cela, elle en doutait fortement. Comment l'imaginer, plié entre les sièges, avec son grand corps ?

Penny les rejoignit, l'air penaud.

— Vous n'allez pas me croire. J'ai oublié mes chaussures de marche.

Ryan éclata de rire.

— Ce sont des choses qui arrivent. Je peux vous emmener en ville en acheter d'autres, si vous voulez.

— Vraiment ? fit Penny, ravie.

Son sourire s'élargit quand elle vit passer Jack.

— Ryan propose de m'emmener en ville acheter des chaussures, vous voulez venir ?

— Volontiers, répondit Jack, souriant à son tour.

À en juger par le regard que ces deux-là échangeaient, Eve aurait juré qu'il y avait quelque chose entre eux.

Cette pensée la déprima. Habituellement, cela ne la dérangeait pas de voir des couples heureux, mais, aujourd'hui, c'était différent. Lorsque Ryan lui proposa de les accompagner, elle déclina la proposition : elle n'avait aucune envie de tenir la chandelle. Naturellement, si elle et Ryan avaient été ensemble, cela aurait été différent.

Elle se secoua et monta dans sa chambre défaire son sac : affaires de toilette, dessous, et pull pour sortir dîner.

S'asseyant sur le lit, elle soupira. Inutile de se mentir : former un couple avec Ryan était une perspective beaucoup plus séduisante qu'elle ne l'aurait cru. Elle s'imaginait avec lui, sortant et s'amusant ensemble. Ils auraient aussi très bien pu s'amuser à l'intérieur !

Une vague de chaleur lui parcourut le corps, et elle fut très étonnée de ne plus être terrifiée à l'idée de partager l'intimité de quelqu'un. Avait-elle surmonté une grande partie de son problème ? Elle l'espérait de tout son cœur. Elle voulait être capable de se tourner vers le futur sans se sentir salie par le passé.

À l'évidence, c'était Ryan qui avait déclenché le processus de guérison. Ferait-il partie de son avenir ? Rien n'était moins sûr.

Prenant sa trousse de toilette, elle disposa ses affaires sur l'étagère de la salle de bains. Mieux valait se concentrer sur des choses concrètes plutôt que de rêver à un futur qui ne se matérialiserait probablement jamais. C'était l'erreur qu'elle avait commise avec Damien : elle avait imaginé la vie merveilleuse qu'ils pourraient avoir et était restée accrochée à son rêve, longtemps après qu'il eut été évident qu'il ne se réaliserait pas. Elle n'allait pas recommencer pour se retrouver avec une vie en miettes.

8.

Le soir, toute la petite troupe décida d'aller dîner au pub, à quelques pas de la pension. Cela leur évitait de prendre le minibus.

Il faisait encore très froid, beaucoup plus froid que ne l'avait escompté Ryan. Inquiet pour la suite des événements, il préféra ne rien dire pour ne pas gâcher l'atmosphère. Si le guide qu'il avait réservé émettait des réserves, il annulerait l'ascension, en espérant que leurs sponsors seraient toujours là pour les soutenir à leur prochaine tentative.

— La première tournée est pour moi, annonça-t-il en souriant.

Ils étaient tous assis autour de la table et il s'efforça de ne pas laisser son regard s'attarder sur Eve, mais c'était impossible. En fait, il la buvait des yeux : elle était adorable, avec son pull moelleux, couleur pêche, qui soulignait doucement ses formes, et son jean délavé recouvrant ses jolies jambes. Elle avait de nouveau lâché ses cheveux, et il dut résister à l'envie de les caresser. Tout en elle était douceur, gentillesse et féminité. Et, malgré tous ses efforts, il ne pouvait s'empêcher d'être sous le charme.

— Allô, Ryan ! Est-ce que vous me recevez ?

Il sursauta. Marie le tapotait énergiquement sur le bras.

— Désolé, j'étais perdu dans mes pensées…

— Ah, oui, vraiment ? dit-elle en jetant un coup d'œil appuyé du côté d'Eve.

Mieux valait changer rapidement le cours de la conversation.

— Alors, Marie, qu'est-ce que vous prenez ? Vous semblez avoir besoin d'un rafraîchissement alcoolisé.

Il nota les commandes et se rendit au bar. La jeune et jolie serveuse proposa de leur apporter les boissons, et il prit au passage quelques menus.

— Choisissez ce qui vous plaît, dit-il en se rasseyant à table.

Eve lui sourit quand il lui tendit un menu et il sentit son cœur fondre. Mais il était ridicule de penser qu'il avait droit à un traitement spécial. Après tout, elle avait le même sourire pour Jack et Owen.

Cela le refroidit. Il passa sa commande à la serveuse quand elle leur apporta les boissons, et répondit presque machinalement lorsqu'elle se mit à flirter avec lui.

Tamsin s'esclaffa lorsqu'elle s'éloigna, visiblement à contrecœur.

— On dirait que vous n'avez toujours pas perdu la main, Ryan. Et vous, les garçons, prenez-en de la graine ! fit-elle en se tournant vers Jack et Owen. Cela pourrait vous servir un jour.

Tout le monde éclata de rire, y compris Ryan qui dut se forcer un peu. Eve riait aussi, mais quelque chose lui dit qu'elle ne trouvait pas cela drôle. Parce que cela lui rappelait la conduite de son ex ? Il avait la réputation d'être très coureur, lui aussi. Ryan ne pouvait pas supporter d'avoir la moindre chose en commun avec cet homme. Peut-être était-ce ainsi qu'Eve le voyait ?

Cette pensée l'obséda pendant tout le dîner. La cuisine était bonne, mais il remarqua à peine ce qu'il mangeait. Ce fut un soulagement lorsque tout le monde eut terminé et décida de retourner à la pension. Eve marchait en tête avec Tamsin et Marie, et il n'eut pas l'occasion de lui parler. Penny et Jack traînaient derrière. À coup sûr, ils feraient l'objet de nombreuses taquineries le lendemain matin. Et cela n'avait pas l'air de les préoccuper particulièrement.

Pourvu qu'Eve atteigne un jour ce stade, où aucun commentaire sur sa relation avec un homme ne l'affecterait ni ne réveillerait de terribles souvenirs. En attendant, elle n'était jamais totalement libre du passé, et cela pouvait durer encore des années. Elle ne méritait pas cela, vraiment pas.

Lorsqu'ils arrivèrent devant la pension, Ryan s'était attardé en arrière. Mieux valait éviter les questions embarrassantes des autres s'ils découvraient qu'il prévoyait de dormir dehors.

Il attendit que Penny et Jack soient rentrés avant de rouvrir le minibus, salué par une bouffée d'air froid. Dormir là n'avait rien d'enthousiasmant, mais il survivrait. Et il valait mieux cela que de perturber Eve.

Eve se tournait et se retournait depuis une heure dans son lit, sans résultat : impossible de dormir. Elle ne cessait de penser à Ryan. Il faisait très froid, il allait geler dans ce bus. Or il avait besoin d'une bonne nuit de sommeil pour relever son défi. S'il abandonnait pour cause d'épuisement, elle ne se le pardonnerait jamais !

N'y tenant plus, elle sauta du lit, enfila sa veste par-dessus son pyjama, et sortit. Aucun bruit ne parvenait des autres chambres.

Dehors, elle aperçut une lumière dans le minibus et soupira, se sentant plus coupable que jamais. De toute évidence, Ryan ne dormait pas.

Elle monta à l'intérieur et le vit, pelotonné sur une rangée de sièges. Il était tout habillé et avait même ajouté plusieurs épaisseurs de vêtements pour tenter de faire barrage au froid.

Quand il l'entendit, il se redressa et la regarda, surpris.

— Eve ! Que se passe-t-il ? Tu as un problème ?

— Non. Je n'arrive pas à dormir parce que je m'inquiète

pour toi, dit-elle sans détours. Ce n'est pas juste, Ryan. Tu as besoin de te reposer si tu veux être en forme demain.

— Tout va bien, répondit-il d'un ton peu convaincu.

— C'est ridicule ! Tu ne peux pas rester ici, il fait beaucoup trop froid et ce n'est pas confortable.

— Qu'est-ce que tu proposes ? Que nous échangions nos places ? Pas question. Je ne te laisserai pas faire ça.

— Dans ce cas, il ne nous reste plus qu'à nous comporter comme des adultes et à partager la chambre.

— Pardon ?

Il eut l'ait si choqué qu'elle eut un bref instant de doute. Mais non, c'était la seule solution sensée.

— Tu as bien entendu. Nous allons partager la chambre. Ce sont des lits jumeaux, nous ne serons donc pas vraiment ensemble.

Déjà, elle s'éloignait.

— Je laisse la porte ouverte pour toi.

Elle regagna la chambre à la hâte et se recoucha. Ryan et elle étaient amis. Ce serait bien le diable s'ils ne parvenaient pas à partager la même pièce pendant une nuit !

Un craquement de parquet la fit sursauter, et Ryan apparut.

— Tu es vraiment sûre de le vouloir, Eve ?

En fait, elle n'avait jamais envisagé de partager une chambre avec lui, ni avec un autre homme. Cette idée la terrifiait. Mais s'il ratait son défi à cause d'elle, elle le regretterait toujours.

— Tout à fait, répondit-elle avec aplomb. Sinon, je ne te l'aurais pas proposé.

— Dans ce cas… Merci.

Il commença à se déshabiller, et fut vite en T-shirt. Troublée, elle laissa son regard errer sur son dos musclé. Cela faisait bien longtemps qu'elle ne s'était pas retrouvée dans une chambre avec un homme portant le minimum de vêtements !

Roulant sur le côté, elle ferma les yeux, décidée à ne

plus le regarder. Mais il lui restait ses autres sens… Elle l'entendit retirer ses chaussures, puis son pantalon. C'était encore pire sans le voir, car son imagination prenait le relais. Allait-il dormir complètement nu ? Beaucoup d'hommes préféraient ne rien porter au lit. Ryan était-il l'un d'eux ?

Elle enfouit son visage dans l'oreiller pour résister à la tentation de se le représenter dans le plus simple appareil. Mais elle se rappelait sa longue silhouette, ses larges épaules, son torse puissant, ses hanches étroites et ses cuisses…

— Bonne nuit, Eve, dit-il. Dors bien.

Roulée en boule sur le côté, elle fit de son mieux pour ignorer la vague de chaleur qui la submergeait. Il *fallait* qu'elle dorme, au moins pour ne plus avoir ces images devant les yeux.

Elle entendit un froissement de drap et étouffa un grognement. Jamais elle ne parviendrait à s'endormir avec Ryan couché à un mètre à peine.

Il poussa un long soupir.

— Ça ne marchera pas, Eve. C'était stupide de le croire.

Le sommier craqua et il fut debout.

— Je vais retourner dans le bus. Au moins, toi, tu pourras dormir.

— Pas question ! répondit-elle en s'asseyant pour allumer la lampe.

Ryan n'était pas nu, mais le slip qu'il portait laissait peu de place à l'imagination.

— Tu ne dormiras pas dans le bus, dit-elle avec détermination. Je suis désolée, mais… Je ne me suis plus trouvée dans une chambre avec quelqu'un depuis…

Elle s'interrompit, incapable de continuer.

— Je comprends tout à fait, Eve.

Il vint s'asseoir sur le bord de son lit. Il y avait une telle douceur dans son regard qu'elle sentit les larmes lui monter aux yeux. Personne ne s'était intéressé à ce qu'elle ressentait depuis longtemps.

— Ne pleure pas… Je m'en veux de t'avoir bouleversée.

— Ce n'est pas toi, c'est cette situation. Je voudrais tellement être capable de réagir autrement…

— Mais tu as fait des progrès. Ce matin, tu as embrassé ma mère. C'est un grand pas en avant, non ?

— Oui, c'est vrai, dit-elle lentement. Je ne l'aurais jamais fait il y a seulement quinze jours.

— Exactement.

Du bout des doigts, il essuya ses larmes et lui sourit.

— Eve… Tu as beaucoup progressé, je suis fier de toi. Je sais qu'un jour tu viendras à bout de tout ça, et je serai là pour m'en réjouir avec toi.

— Tu es vraiment gentil, Ryan, dit-elle d'une voix tremblante d'émotion. Je ne sais pas pourquoi tu veux m'aider, mais je te remercie.

— C'est tout simple : parce que nous sommes amis et que tu comptes pour moi. À présent, j'ai une suggestion qui pourrait nous permettre à tous les deux de trouver le sommeil. Mais je ne suis pas certain qu'elle te plaise, aussi je te demande d'être franche avec moi.

— Qu'est-ce que c'est ? demanda-t-elle prudemment.

— Essayons de dormir ensemble, dans le même lit. Seulement *dormir*, évidemment. De cette façon, chaque fois que je bougerai, tu ne te demanderas pas ce que je fais en craignant le pire !

Il rit et elle se surprit à faire de même.

— Sauriez-vous lire dans mes pensées, docteur Sullivan ?

— Je te promets de ne rien tenter, dit-il, redevenant sérieux. Alors, qu'en penses-tu ?

Elle se mordit la lèvre, puis se décida.

— On peut essayer. Si cela ne marche pas, tu pourras toujours retourner dans ton lit.

Il souleva la couette et se glissa à côté d'elle. Quand il la frôla, elle sentit son corps se crisper.

Mais c'était Ryan, il ne lui ferait jamais de mal. Au bout d'un moment, elle réussit à se détendre. Fermant les yeux, elle laissa son esprit vagabonder, surprise de ressentir un tel confort. Être allongée près de lui n'était pas du tout effrayant. Au contraire, elle se sentait merveilleusement bien, en sécurité. Il lui semblait être de nouveau *elle-même*.

Il était 6 heures du matin et le soleil pénétrait déjà par la fenêtre. Ryan s'étira langoureusement. Il n'aurait jamais cru se sentir aussi bien après une nuit dans le bus…

D'un seul coup, il recouvra ses esprits et ouvrit grand les yeux. Il lui fallut encore une seconde pour réaliser ce qu'il voyait à côté de lui : la nuque d'Eve exposée, sans défense, ses cheveux blond-roux répandus sur l'oreiller. Comme il aurait voulu pouvoir poser les lèvres sur sa peau douce, et la réveiller à la chaleur de ses baisers… Et quelle n'aurait pas été sa réaction !

Il étouffa un grognement. Elle lui avait fait confiance, cette nuit. Elle avait de nouveau fait un tel pas en avant qu'il ne tenterait rien qui puisse lui faire perdre cette confiance. Sortant du lit avec précaution, il se dirigea vers la salle de bains. Une douche froide lui ferait le plus grand bien.

Dix minutes plus tard, rafraîchi, il regagna la chambre. Eve était réveillée et il se félicita d'avoir pris la plus grande serviette : l'eau froide avait malheureusement sur lui des effets très passagers.

— Bonjour, Eve. J'ai le plaisir de t'annoncer que nous avons une merveilleuse matinée, dit-il en ouvrant les rideaux. C'est une journée parfaite pour grimper.

— Tant mieux.

Elle s'assit et, rejetant ses cheveux en arrière, les attacha avec un élastique. Ryan se retint juste à temps de protester. Il n'avait pas à faire de commentaires sur sa coiffure. Amis, ils étaient, amis ils devaient rester, même si son corps n'était pas emballé par cette idée.

D'ailleurs, la douche froide n'était déjà plus qu'un souvenir, aussi prit-il fébrilement son sac.

— Je retourne dans la salle de bains le temps de m'habiller. Ce ne sera pas long.

Une fois seul, il s'appuya contre la porte, soulagé. Heureusement, il y avait peu de chances qu'elle ait remarqué pourquoi il avait effectué une sortie aussi précipitée.

Il enfila son T-shirt. S'il s'était agi d'une réaction purement physiologique, il l'aurait gérée sans problème, mais il savait au fond de lui qu'il y avait autre chose.

Ce n'était pas seulement le physique d'Eve qui l'attirait, mais aussi ce qu'elle était : une femme courageuse, humaine et drôle, qui lui volerait son cœur s'il n'y prenait pas garde.

Prenant une profonde inspiration, il finit de s'habiller. Il fallait qu'il soit fort et qu'il résiste : avant tout, il devait la protéger. Tomber amoureux d'elle, ou la laisser tomber amoureuse de lui était *la* chose à ne pas faire. Cela risquait de ruiner de nouveau sa vie.

9.

Après le petit déjeuner, ils descendirent les bagages et payèrent la note. Ryan insista pour régler la chambre en entier, ce qui mit Eve mal à l'aise. Certes, il voulait lui témoigner sa reconnaissance pour avoir remplacé Harry Summers à la dernière minute, mais elle se demanda ce que le reste du groupe devait en penser.

Personne n'avait fait de commentaire quand Ryan et elle avaient partagé la chambre, mais ils devaient se poser des questions sur leur relation.

Tout le monde rangea ses affaires dans le minibus, puis ils chargèrent des tonnelets d'eau à l'arrière. Mme Mackinnon leur avait permis de les remplir dans sa cuisine. Eve se demandait bien pourquoi il y avait besoin d'une telle quantité, et elle interrogea Ryan.

— On se déshydrate énormément en altitude, répondit-il en refermant les portières du minibus. Chacun emporte ses bouteilles, c'est plus pratique de procéder ainsi. Il faudra faire aussi des provisions d'eau pour la prochaine manifestation de cette année, au Sahara.

— Tu en organises encore une ! dit-elle tandis qu'ils montaient dans le véhicule.

— Je l'espère.

Elle s'installa près d'une fenêtre et il s'assit à côté d'elle.

— Ce n'est pas encore finalisé, principalement à cause des troubles dans la région. Espérons que le calme reviendra bientôt.

Aussitôt, elle fut inquiète. Elle ne pouvait supporter qu'il se mette ainsi en danger. Mais avait-elle le droit de s'exprimer sur ce sujet ? Finalement, elle ne dit rien.

Tout le monde était d'excellente humeur et bavardait avec entrain quand ils arrivèrent au centre d'accueil du Glen Nevis, où ils devaient retrouver leur guide.

Pendant le déjeuner, Steve avait annoncé qu'il retournerait à Fort William avec le minibus une fois l'équipement débarqué. Il avait besoin de sommeil, car il devrait conduire toute la nuit.

Quand ils eurent tout déchargé, Ryan se tourna vers Eve.

— Il voudrait mieux que tu repartes avec Steve, dit-il. Le centre d'accueil ferme à 5 heures de l'après-midi à cette époque de l'année, ce n'est pas la peine que tu restes à attendre dans le froid. Nous pensons être de retour vers 9 heures, tu pourras nous rejoindre à ce moment-là.

— Et s'il y a un accident ? protesta-t-elle. C'était inutile que je vienne si je ne suis pas là quand on a besoin de moi.

— S'il se passe quoi que ce soit, j'appellerai Steve et il te ramènera. Tom Fraser m'a assuré que certains portables fonctionnaient mieux que d'autres et qu'il pourrait appeler au secours si nécessaire.

Elle était déçue d'être d'aussi peu d'utilité, et il dut s'en apercevoir.

— Tu ne t'en tires pas aussi bien que tu le crois, dit-il avec un petit sourire. Steve et toi serez chargés de préparer de bonnes choses à manger pour notre retour. J'espère que tes talents de cuisinière suffiront à satisfaire six grimpeurs affamés.

— Je ferai de mon mieux, répondit-elle en riant. Je crains cependant d'être assez limitée. Que diriez-vous d'un plat de nouilles ?

Il secoua la tête d'un air désespéré.

— Ça ne va pas le faire du tout.

Ils éclatèrent de rire et Marie, qui passait près d'eux, leur sourit.

— Mmm. Je commence à me demander si l'accident de Harry n'était pas prémédité, fit-elle. Vous avez l'air d'être très bien ensemble, tous les deux.

Elle s'éloigna avant qu'ils n'aient pu réagir. C'était justement ce qu'Eve avait craint : que le reste du groupe commence à s'interroger sur Ryan et elle.

— Désolé, dit-il. Marie n'a pas de mauvaises intentions, mais elle a tendance à tirer des conclusions un peu hâtives.

— Il fallait s'y attendre, dit-elle avec une gaieté forcée.

— Probablement. Mais je ne voudrais pas que tu te sentes mal à l'aise si certains pensent que nous sommes ensemble. Si c'est le cas, je ferai en sorte que les choses soient claires.

— Je doute qu'ils te croient après la nuit dernière. Nous avons dormi dans la même chambre.

— Mais il ne s'est rien passé.

Il lui toucha la main, et sa voix était sincère.

— Merci de m'avoir fait confiance, Eve. Cela signifie beaucoup pour moi.

— Merci de m'avoir donné confiance en toi, répondit-elle avec la même sincérité.

Elle plongea son regard dans le sien, et, d'un seul coup, ce fut comme si un énorme poids de peur venait de s'envoler.

— C'était important pour moi aussi, Ryan.

— J'en suis heureux.

Il allait enchaîner quand une vieille voiture cabossée s'arrêta sur le parking. Un grand homme aux cheveux d'un roux flamboyant en sortit d'un bond et s'avança vers eux.

— Docteur Sullivan ? demanda-t-il en roulant les *r* à la manière écossaise. Je suis Tom Fraser, votre guide.

Ils se serrèrent la main et se concentrèrent aussitôt sur l'ascension. Eve s'écarta discrètement, les laissant à leur discussion. Elle se sentait toute bizarre – comme si quelque chose de capital venait de se produire en elle.

Se mordant la lèvre comme à son habitude, elle regagna le bus et demanda à Steve de la ramener à Fort William.

La peur qu'elle portait en elle depuis si longtemps avait soudainement disparu. Ne plus sentir ce poids qui l'épuisait mentalement était étrange. Pour la première fois depuis des années, elle se sentait libre. Se débarrasser des contraintes qui avaient pesé sur sa vie était à la fois grisant et légèrement inquiétant.

Elle jeta un regard par-dessus son épaule, et sentit son cœur fondre en voyant Ryan. C'était lui, le responsable du changement qui venait de s'opérer en elle, et elle lui en serait à jamais reconnaissante. Elle n'était peut-être pas encore redevenue complètement la personne qu'elle avait été, mais elle s'en rapprochait de plus en plus. Un jour, elle se retrouverait.

Ryan serait-il encore là pour assister à cette métamorphose ? Elle l'espérait de tout son être. Mais elle ne devait pas lui donner son cœur. Après l'avoir vu flirter avec la serveuse, il était clair qu'il aimait toujours s'amuser. Croire qu'il était maintenant prêt à s'engager aurait été une erreur.

Elle soupira. Elle aurait pu être comblée, avec Ryan dans sa vie, mais ce n'était rien de plus qu'une chimère.

Comme Ryan s'y attendait, l'ascension fut très difficile, malgré sa préparation. Il s'efforçait de suivre Tom Fraser, lancé à la conquête du Ben Nevis, et les muscles de ses mollets lui faisaient mal. Le reste du groupe était maintenant silencieux, chacun gardait son souffle pour la montée.

Lorsque enfin ils atteignirent le sommet, ils s'arrêtèrent pour admirer la vue qui s'offrait à eux. Ils étaient entourés de montagnes, et la plupart des sommets étaient recouverts de neige – y compris le Ben Nevis.

Tout le monde poussa des exclamations émerveillées, mais Ryan était si ému par le paysage qu'il ne put articuler un son. Ces montagnes se dressaient là depuis des milliers d'années, et cela ne faisait qu'accentuer le sentiment, qu'il avait depuis la mort de Scott, de la brièveté de l'existence humaine. Il aurait pu partager ce moment avec son frère, s'imprégner avec lui de la magnificence éternelle de la vue.

À cet instant, il eut comme une révélation. Avait-il raison de mener la vie qu'il avait choisie ? Même s'il risquait de transmettre le gène responsable du LQTS, il devait y avoir un moyen de s'en sortir. D'autres couples le faisaient, pourquoi pas lui ? S'il pouvait accepter l'idée qu'un problème apparaisse quand il concevrait un enfant – et s'y préparer… Alors, il pourrait avoir tout ce dont il avait toujours rêvé : une femme à aimer et, un jour, une famille.

Fermant les yeux, il poursuivit son rêve. En fait, il ne voulait pas n'importe quelle femme. Il voulait *Eve*. Il voulait vivre avec elle, l'aimer, avoir des enfants d'elle, et vieillir avec elle. Peut-être un jour auraient-ils même des petits-enfants, et il les imaginait eux aussi ; il pouvait presque les entendre rire. C'était si net que, pendant un moment, il faillit croire que c'était possible – avant de recouvrer son bon sens.

Il ne pouvait pas faire vivre Eve dans la crainte que leur enfant ait hérité de cette maladie génétique. Il ne pouvait décemment pas lui imposer ce stress. Aucune femme ne devait connaître une telle épreuve, et Eve encore moins qu'une autre. Pas après tout ce qu'elle avait traversé.

Le cœur lourd, il détourna son regard du magnifique panorama.

— Bon, il est temps de redescendre si nous ne voulons pas perdre trop de temps, dit-il d'un ton abrupt.

Sans attendre les réactions, il emboîta le pas à Tom. C'était sûrement cette vue qui avait déclenché ce trop-plein d'émotions en lui. En fait, il devait continuer à poursuivre le même but, il n'était pas question qu'il change d'avis, pour quelque raison que ce fût. Ni pour qui que ce fût.

À leur retour, Eve et Steve les attendaient. Ils avaient préparé des mugs de chocolat chaud, que tout le monde but avidement. Tom les quitta presque aussitôt, manifestement pressé de rentrer chez lui. Eve fit dorer du bacon sur le réchaud de camping, en fourra des petits pains et les enveloppa dans un film transparent pour qu'ils puissent être emportés dans le bus.

— Ça sent bon, merci, lui dit Ryan, s'efforçant de sourire.

Mais à l'intérieur, il se sentait encore à vif. Plus rien ne devait importer pour lui que de la protéger.

En montant dans le minibus, il fit exprès de s'asseoir à côté d'Owen. Car, s'il devait passer six heures d'affilée près d'Eve, il ne se débarrasserait jamais de ses idées folles.

Malgré elle, Eve fut blessée que Ryan choisisse de s'asseoir près d'Owen. Avait-elle fait quelque chose ? Elle se glissa sur le siège à côté de Tamsin. Puis elle se rassura. Ryan voulait probablement discuter de la deuxième partie du défi avec Owen, c'était aussi bête que cela.

Elle mangea son sandwich au bacon, puis, lorsque Steve eut éteint les lumières à l'intérieur du bus, essaya de dormir. Presque tout le monde somnolait déjà, mais Ryan veillait toujours, elle le savait. Elle l'entendait bouger de temps en temps, cherchant sans doute une position plus confortable. Décidée à l'ignorer, elle se pelotonna dans la veste polaire que Patricia Sullivan lui avait prêtée et chercha le sommeil, mais c'était impossible. Chaque fois qu'il bougeait, elle tressaillait. Pas moyen de le chasser de son esprit.

Se forçant à garder les yeux fermés, elle finit par s'assoupir. Pour se réveiller en sursaut lorsque le bus fit une violente embardée. Les bagages rangés dans les filets se retrouvèrent pêle-mêle dans l'allée.

Steve ralluma les lumières et elle croisa son regard effaré.

— Désolé, les amis, dit-il d'une voix forte. Il y a une voiture en travers de la route, j'ai dû faire un écart pour l'éviter. On dirait qu'elle a eu un accident.

Ryan réagit immédiatement.

— Allons voir s'il faut leur venir en aide, dit-il.

Il se précipita dans l'allée avec la sacoche médicale, et tout le monde le suivit. Une voiture était couchée au milieu de la route. Eve eut un frisson d'appréhension en imaginant ce qui se serait passé si Steve n'avait pas eu d'aussi bons réflexes.

Ils étaient cinq à l'intérieur de la voiture : un jeune couple à l'avant, une femme d'un certain âge et deux petits enfants à l'arrière. La femme était à moitié couchée sur la petite fille. On entendait les enfants crier, mais les adultes ne bougeaient pas. Ils étaient soit inconscients, soit en état de choc.

Ryan prit la tête des opérations.

— Steve, appelez les urgences. Indiquez notre position grâce au satellite. Nous leur donnerons plus de précisions sur les blessés quand nous les aurons examinés.

— Entendu !

Steve regagna le bus en courant, tandis que Ryan et Jack tentaient d'ouvrir les portières de la voiture. Mais c'était une fermeture centralisée.

— Il faut réveiller le conducteur, dit Ryan, montrant aussitôt l'exemple en cognant contre la vitre.

Au bout de quelques secondes, l'homme se redressa et regarda autour de lui.

— Débloquez les portières ! lui cria Ryan.

Eve poussa un soupir de soulagement lorsque la voiture fut ouverte. Pendant que Ryan et Jack s'occupaient du conducteur, elle ouvrit la portière arrière et sourit au petit garçon attaché sur son siège. Il devait avoir deux ans et avait l'air absolument terrifié.

— Ce n'est rien, mon ange. On va te sortir de là et tu te sentiras mieux.

Glissant une main derrière sa tête, elle vérifia qu'il n'y avait pas de gonflement, signe d'un traumatisme crânien, et fut soulagée de ne rien trouver. Le siège auto avait apparemment rempli sa mission et lui avait épargné de sérieuses blessures.

Elle le détacha avec précaution et Ryan, qui l'avait rejointe, l'aida à l'extraire du véhicule.

— Je vais l'emmener dans le bus pour poursuivre mon examen, dit-elle.

— Parfait. Nous devons sortir la femme avant de pouvoir examiner la fillette. Peux-tu demander à Steve de venir ? Jack et Owen sont occupés avec le conducteur et la passagère avant. Elle n'est pas très en forme.

Eve hocha la tête et passa le message à Steve en regagnant le bus. Marie l'aida à installer confortablement le petit garçon sur le siège avant et Eve vérifia qu'il n'y ait pas de fractures des bras ou des jambes, ni de gonflement dans le ventre pouvant indiquer d'une hémorragie interne.

À présent, l'enfant ne pleurait plus. Il resta tranquillement allongé pendant qu'elle l'examinait.

— Tu es un gentil petit garçon, lui dit-elle en souriant. Peux-tu me dire comment tu t'appelles ?

— Finlay.

— Quel joli prénom !

Elle lui ébouriffa ses boucles brunes, heureuse de constater qu'il n'avait pas de blessure grave.

— Moi, je m'appelle Eve et cette dame, c'est Marie. Elle s'occupera de toi pendant que je vais aider ta sœur. D'accord ?

La femme âgée était maintenant allongée sur le sol, inconsciente. Son teint ne lui disait rien qui vaille.

Ryan secoua la tête.

— Le pouls est très rapide et elle ne respire pas bien. Il faut qu'elle soit transportée d'urgence à l'hôpital.

Pendant que Steve passait l'appel, Eve aida Ryan à poser une minerve.

— Je crains un hémothorax, dit-il. Elle a pu se casser une côte en heurtant le siège auto et, s'il y a du sang dans la cavité pleurale, ce n'est pas bon pour le poumon. Elle a besoin d'être sous moniteur.

Il donna des instructions à Penny et se tourna vers Eve.

— Maintenant, au tour de la petite fille. À propos, comment va le garçon ?

— Bien, répondit-elle en souriant. Il a réussi à me dire son prénom.

— C'est bon signe.

Ryan lui rendit son sourire et un flot de chaleur la pénétra quand elle vit son regard empreint de tendresse. À cet instant, elle fut certaine qu'elle comptait pour lui, et pas seulement en tant qu'amie. Elle eut le cœur plus léger, et en même temps se sentit si pleine de toutes sortes d'émotions que, pendant un bref instant, elle fut tout étourdie. Ce n'était pas le moment de s'abandonner, mais, quand ils auraient fait tout ce qu'ils pouvaient pour les blessés, elle prendrait le temps d'y réfléchir.

Un sentiment de joie s'empara d'elle quand elle aida Ryan à sortir la petite fille de la voiture. Peut-être ne lui faudrait-il pas aussi longtemps qu'elle le craignait pour s'affranchir de son passé, si elle avait Ryan l'y aidait.

10.

Les secours étaient intervenus remarquablement vite, mais le petit groupe avait tout de même une bonne heure de retard sur son planning. Ryan échangea encore quelques mots avec les auxiliaires médicaux qui emmenaient le conducteur et les enfants à l'hôpital, puis regagna le bus. Les deux femmes avaient déjà été transportées en hélicoptère, leurs blessures étant beaucoup plus sérieuses.

— Nous pouvons repartir, dit-il. La police a mon téléphone et me contactera plus tard pour prendre ma déposition. Ils ont aussi promis de nous donner des nouvelles de la famille.

L'accident avait refroidi l'ambiance dans le bus, mais il fallait espérer que cela n'affecterait pas leur performance. Ils avaient travaillé dur pour atteindre ce niveau et ne pouvaient pas se permettre d'échouer si près du but.

— Haut les cœurs ! lui murmura Eve à l'oreille. Ça ira mieux quand nous serons arrivés à la prochaine étape. Ils sont encore tous un peu sous le choc, mais ils ne vont pas tarder à se ressaisir.

— Tu crois ?

Il se tourna vers elle et se sentit tout de suite mieux. Un simple sourire d'Eve suffisait à lui remonter le moral.

— J'en suis sûre. Ce sont tous des gens épatants. Un peu de repos, et ça ira mieux.

— J'espère que tu as raison.

Autrefois elle avait toujours été quelqu'un de très positif, et il fit mentalement une prière pour qu'elle redevienne cette ancienne Eve qu'il aimait tant. Peut-être ainsi pourrait-il retrouver en même temps une partie de lui-même qui manquait depuis qu'elle avait disparu de sa vie.

C'était la première fois qu'il y réfléchissait, et ce fut un choc. Oui, Eve lui avait manqué, beaucoup plus qu'il n'avait voulu se l'avouer.

Soudain, il se rendait compte à quel point elle avait compté pour lui. Et elle aurait pu compter beaucoup plus s'il n'avait pas pris ses distances avec elle après le baiser qu'ils avaient échangé. S'il ne s'était pas éloigné d'elle, il ne serait sans doute rien arrivé avec Damien.

La vie d'Eve aurait pu être très différente s'il avait eu le courage d'admettre ses sentiments. Mais comment aurait-il pu le faire, sachant qu'il ne pouvait pas lui donner ce qu'elle souhaitait ? Sans doute avait-elle subi une terrible épreuve avec son ex, mais cela ne se serait pas mieux passé avec lui.

Il ferma les yeux, profondément atteint par cette conclusion. Ce n'était pas lui qu'il fallait à Eve. Plus vite il l'accepterait, mieux cela vaudrait. Mais il ne pouvait pas lui confier ce qu'il éprouvait, car elle risquait de vouloir le convaincre que ses craintes étaient sans fondement. Et il savait très bien qu'elles ne l'étaient pas.

Ils atteignirent le pic Scafell avec plus d'une heure de retard sur l'horaire prévu. Ryan tentait d'accélérer le mouvement en encourageant tout le monde à descendre rapidement du bus, et Eve se tint un peu à l'écart pour ne pas le gêner.

Elle fronça les sourcils en l'entendant parler un peu durement à Penny, qui avait oublié de remplir sa bouteille d'eau. Il paraissait très tendu. Était-ce vraiment la crainte de ne pas réaliser le défi dans les temps qui le contrariait à ce point ? Ils n'avaient que vingt-quatre heures pour faire les trois sommets, et l'accident les avait encore retardés. Pour Ryan, ne pas obtenir l'argent des sponsors serait un désastre.

— Bon. Nous devrions être de retour vers 8 h 30, lui dit-il après un coup d'œil à sa montre. Inutile de préparer des plats chauds, des sandwichs conviendront très bien.

Elle acquiesça, mais ne voulut pas le laisser repartir sans rien dire.

— Sois prudent, Ryan. Je ne voudrais pas avoir à te remettre d'aplomb parce que tu as voulu aller trop vite.

— Je m'en sortirai, répondit-il d'un ton bref avant de s'éloigner.

Elle rougit. Il n'avait manifestement que faire de son avis. Lorsque les autres lui dirent gaiement au revoir, elle eut du mal à sourire en retour.

Elle alluma le réchaud pour faire du café. Avait-elle dépassé la mesure ? Probablement. Ryan avait toujours été très indépendant, il n'avait pas l'habitude de se faire dorloter. Mais était-ce la seule raison de son attitude envers elle ? Il y avait autre chose. Elle ne voulait pas être en froid avec lui – surtout sans savoir ce qu'elle avait bien pu faire de travers.

Elle soupira. Avec Damien, elle avait été habituée à avoir toujours tort. C'était toujours sa faute à elle, il n'y était jamais pour rien. Et elle ne voulait plus revivre cela. Si elle avait contrarié Ryan, elle lui demanderait de lui dire comment, et ce serait la fin du problème.

Lorsque le petit groupe de grimpeurs fut de retour quatre heures plus tard, Eve était en effervescence. Elle distribua les sandwichs et monta dans le bus avec l'intention de mettre les choses au clair avec Ryan. Mais, une fois de plus, il choisit de ne pas s'asseoir à côté d'elle et rejoignit Steve. Tout le monde était épuisé, et il y eut peu de bavardages pendant le trajet vers le nord du pays de Galles.

Comme le trafic était fluide, ils rattrapèrent une partie du retard, mais la pression n'était pas redescendue. Ce n'était pas le bon moment pour avoir une conversation avec Ryan, mais elle se promit que ce n'était que partie remise. Elle avait besoin de savoir exactement où elle en était avec lui.

Regardant le groupe s'éloigner, elle se frictionna les bras. Comment Ryan avait-il pu devenir aussi important pour elle en si peu de temps ? Il y avait à peine une semaine, elle avait pris la résolution de le tenir à distance, mais il n'en était plus question. Il faisait maintenant partie intégrante de sa vie, elle avait besoin de son soutien et de sa gentillesse. Besoin de lui.

Était-il possible qu'elle soit en train de tomber amoureuse ? Elle n'avait qu'une certitude : ce qu'elle éprouvait pour lui, elle ne l'avait encore jamais ressenti pour aucun homme.

Ils escaladèrent le Snowdon et redescendirent juste à temps, mais uniquement parce que Ryan avait poussé chacun au bout de ses limites. Voyant l'épuisement sur leurs visages, il se sentit plus coupable que jamais.

Ces gens — ses amis — avaient donné généreusement de leur temps pour soutenir son projet, et il les remerciait de leurs efforts en se comportant comme un négrier.

— Je ne sais pas quoi vous dire, si ce n'est : merci de tout cœur, dit-il. Félicitations à tous.

— Et moi, je vous répondrais bien « Ce fut un plaisir », mais ce serait mentir, rétorqua Marie, se laissant tomber à terre pour masser ses mollets douloureux. Cette semaine, je peux d'ores et déjà vous annoncer que je ne serai bonne à rien.

Il éclata de rire.

— Ça m'apprendra à vous traiter aussi durement.

Quand Eve les rejoignit, il s'efforça de contrôler les battements de son cœur, mais c'était impossible. Il suffisait qu'il la regarde pour que son cœur s'emballe et que sa respiration s'accélère. Quant à d'autres parties de sa personne… Mieux valait les ignorer.

— Bien. À moins que vous n'ayez envie de refaire les ascensions dans l'autre sens, je suggère de regagner la pension. Je ne sais pas pour vous, mais je rêve d'un bon bain chaud.

Un murmure d'approbation salua sa suggestion.

Au moment où il allait refermer la porte du compartiment à bagages, quelqu'un l'appela et il poussa une exclamation en découvrant le couple qui se précipitait vers lui. La dernière fois qu'il avait vu Sarah et David, c'était à Londres, pendant leurs études de médecine.

— Ça alors !

Il serra la main de David et embrassa Sarah sur la joue.

— À vous voir ensemble, je suppose que tu n'as pas encore envoyé ce garçon sur la touche ? demanda-t-il, moqueur.

— En fait, on s'est même mariés l'année dernière, répondit-elle en riant. Alors je doute de pouvoir me débarrasser de lui maintenant.

— Félicitations, dit-il avec chaleur, sincèrement heureux pour eux.

Il aperçut Eve, qui s'apprêtait à monter dans le bus.

— Regarde qui est là, appela-t-il. David et Sarah, tu te souviens d'eux ?

— Bien sûr.

Elle leur serra la main, mais il la sentit très mal à l'aise. Quel était le problème ? À l'époque, ils s'entendaient tous très bien, et à présent, ces deux-là semblaient être les dernières personnes qu'elle aurait souhaité voir.

— Quelle surprise de te retrouver ici, Eve, dit Sarah d'un air curieux. J'avais entendu dire que tu étais partie à l'étranger. Quand es-tu rentrée ?

— Il y a environ six mois, répondit Eve, laconique.

— Et j'ai eu la surprise de la voir débarquer un jour à l'hôpital de Dalverston, dit Ryan.

— Oh ! tu as repris tes études de médecine ? Je suis ravie pour toi, Eve, dit Sarah. Tous les deux, vous avez toujours été les meilleurs amis du monde, n'est-ce pas ? Nous étions tous persuadés que vous finiriez par former un couple parfait, jusqu'à ce qu'Eve commence à fréquenter Damien. À propos, es-tu toujours en contact avec lui ?

— Non, je ne l'ai pas vu depuis longtemps.

Cette fois, Ryan reconnut la panique dans sa voix. Et soudain, il comprit ce qui n'allait pas : Eve mourait de peur. Elle était terrifiée à l'idée que son ex puisse la retrouver.

Il réprima un juron. Quel imbécile de ne pas avoir deviné plus tôt.

Claquant la porte du compartiment à bagages, il prit Eve par le coude.

— On a été ravis de vous revoir, les amis, mais nous devons malheureusement repartir. On se reverra peut-être.

— Sait-on jamais ? répondit gaiement David en s'éloignant.

Puis il se retourna.

— Je dirai à Damien que je t'ai vue, Eve. Il cherchera peut-être à te joindre.

Déjà, le couple était allé retrouver leurs amis.

Ryan jeta un coup d'œil au visage livide d'Eve ; elle était sur le point de s'évanouir.

— Viens.

Il l'aida à monter dans le véhicule, la tenant toujours sous le coude. Par chance, le siège avant était vacant. Il lui attacha sa ceinture, car elle ne semblait pas en état de le faire. Elle restait assise là, les yeux perdus dans le vague. Si son état régressait, il ne se le pardonnerait jamais.

Et si Damien la recontactait, suite aux informations de David ? Il ne put supporter cette idée. Quelle que fut la somme qu'il récolterait pour avoir relevé le défi qu'il s'était fixé, cela ne signifierait rien si Eve en ressortait fragilisée !

Des chambres avaient été réservées dans les faubourgs de Betws y Coed. Eve sortit du bus avec les autres et les suivit à l'intérieur. Malgré leur fatigue, ils étaient tous de bonne humeur et elle fit de son mieux pour se joindre à eux, mais c'était impossible. Elle ne cessait de penser à la possibilité que Damien la retrouve.

Elle en avait fini avec lui – à présent, elle en était sûre. Mais la seule idée de le revoir lui donnait la nausée.

À la réception, Ryan demanda la clé de sa chambre. Elle eut à peine le temps de protester que, déjà, il l'emmenait au premier étage et lui ouvrait la porte.

— Je vais aller chercher tes affaires, mais je voulais d'abord m'assurer que tu allais bien, lui dit-il doucement.

Il referma la porte derrière eux pour qu'elle puisse parler en toute liberté.

— Merci, répondit-elle simplement, sentant les larmes lui monter aux yeux.

Elle n'était pas encore au bout du tunnel. Tant qu'elle continuerait à avoir peur de Damien, elle ne serait pas complètement libérée de lui.

— Ne pleure pas, murmura-t-il.

— Je déteste ça, dit-elle en réprimant un sanglot. Je déteste le fait qu'il puisse me faire si peur !

— Je sais, ma chérie. Je te comprends.

Il la prit dans ses bras, et elle sentit le frisson qui le traversait.

— Accroche-toi à l'idée qu'un jour tu sera capable de penser à lui sans rien ressentir.

— Tu crois vraiment que cela arrivera ?

— J'en suis certain.

Lui relevant le visage, il plongea son regard dans le sien.

— Tu es forte et courageuse. Un jour, tout ça ne te semblera plus qu'un mauvais rêve.

Doucement, du bout de son pouce, il caressa ses lèvres tremblantes.

— Ce sera plus facile, Eve, je te le promets. Je ferai tout pour ça.

En voyant l'expression de ses yeux, elle retint sa respiration. C'était un mélange de tendresse et de quelque chose d'autre – quelque chose qui fit battre son cœur plus vite, mais cette fois, ce n'était pas de la peur.

Il allait l'embrasser. Elle eut un bref sentiment de panique, puis il posa sa bouche sur la sienne. Elle était chaude et si douce que la panique s'envola d'un coup.

C'était Ryan et il ne lui ferait jamais de mal. Il la protégerait toujours.

Elle sut qu'elle se rappellerait ce moment-là toute sa vie. Elle n'avait plus rien à craindre : Ryan était là pour la soutenir et l'aider. Et peut-être, un jour, pourrait-elle l'aider à son tour.

Ce fut cette pensée qui fit fondre ses dernières réserves. Prenant sa tête dans ses mains, elle l'attira vers elle et lui rendit son baiser. Après une seconde d'hésitation, il l'embrassa avec passion. Visiblement, il en avait besoin autant qu'elle !

Quand ils s'écartèrent l'un de l'autre, ils respiraient tous les deux bruyamment. Elle sentait son sang battre dans ses veines, la remplissant de vie et de chaleur. C'était une sensation merveilleuse, après avoir vécu effacée aussi longtemps.

Elle appuya son front contre son épaule et le sentit trembler.

— Je n'avais pas prévu ça, Eve. Je t'assure.

— Je sais. Moi non plus, au cas où tu te poserais la question.

Il rit doucement.

— Donc, tu n'as pas de vues sur moi ? Je suis dépité.

— Mmm. Toi, dépité ? Ça m'étonnerait.

Elle rit à son tour, contente qu'il soit capable de la taquiner après un moment d'émotion aussi intense.

— J'imagine que ton ego a eu sa dose de femmes ayant des vues sur toi.

L'expression de Ryan devint sérieuse.

— Aucune d'elles n'a jamais rien signifié pour moi, contrairement à toi.

On frappa à la porte et il s'écarta de nouveau pour aller ouvrir, tandis qu'elle lissait ses cheveux en arrière.

Qu'avait-il voulu dire ? Qu'elle comptait pour lui ? Qu'il l'aimait ?

Elle ne devait pas se laisser emporter par l'ardeur du moment. Elle avait éprouvé un choc en revoyant Sarah et David, et réagissait sans doute de manière disproportionnée.

Ses sentiments pour Ryan n'étaient pas liés aux événements passés. Certes, il l'avait aidée à débloquer ses émotions, mais ce qu'elle ressentait à cet instant n'avait rien à voir avec cela.

Ses sentiments pour lui étaient purs, rien ne pouvait les entacher.

11.

De retour à l'accueil, Ryan fut confronté à un nouveau problème : il n'y avait pas assez de chambres. Pourtant, il était certain d'avoir réservé le nombre correct. Avant que tout le monde ne s'énerve, il ressortit la copie de confirmation qu'il avait reçue par e-mail.

M. Jones, le propriétaire, secoua la tête.

— Je ne sais pas ce qui s'est passé, docteur Sullivan. Le problème, c'est que je n'ai plus de chambre disponible. Nous sommes complets, en cette saison.

— Avez-vous autre chose à nous proposer ? demanda Ryan, pressé de retourner voir Eve.

Ce baiser échangé avait été merveilleux, mais il avait eu tort. Cela aurait pu facilement les mener plus loin s'ils n'avaient pas été interrompus. Et s'ils avaient fait l'amour, il n'aurait jamais pu s'en tenir à sa décision. Il aurait dû rester avec elle, en sachant qu'il ruinerait sa vie.

— La seule chose que je peux vous proposer, c'est la cabane, dit M. Jones. Vous pouvez y loger à deux. Habituellement, on ne la loue pas à cette époque de l'année, mais elle ne sera pas longue à préparer. Elle est habituellement réservée aux familles. L'aménagement y est plutôt basique.

— Je la prends. Désolé, mais il n'y a pas d'autre solution, dit Ryan en se tournant vers le reste du groupe. C'est moi qui aurai la cabane, avec Eve, et vous pourrez vous partager les chambres.

— Je suppose qu'elle n'a rien contre le fait de vivre à la dure ? demanda Marie d'un air innocent.

— Bien sûr que non, répondit-il d'un ton ferme.

En fait, il n'en avait aucune idée, et aurait peut-être dû la consulter avant.

Quand il retourna dans la chambre, Eve était assise sur le lit. À peine eut-il posé les yeux sur elle qu'il sentit son cœur fondre.

— Ça va mieux ? demanda-t-il, l'air faussement détendu.

— Oui, merci.

Il lui expliqua la situation.

— Le confort de la cabane est assez rudimentaire, paraît-il.

Elle haussa les épaules en prenant son sac.

— Ça ira très bien. On ne risque rien à essayer.

Était-ce son imagination, ou avait-elle instauré une certaine distance entre eux ? Peut-être, comme lui, avait-elle décidé de ne pas se laisser entraîner trop loin par ses émotions. Après tout, elle avait autant à perdre que lui.

Il fallait qu'elle consacre tous ses efforts à la reconstruction de sa vie. Elle non plus n'avait pas de temps pour une relation.

La cabane était beaucoup plus agréable qu'Eve ne s'y était attendue. Elle sourit en faisant le tour du mobilier, simple mais confortable. Les murs étaient de bois de cèdre, conférant à l'ensemble un aspect chaleureux et accueillant. Des meubles peints dans différentes nuances de vert ajoutaient au charme de l'endroit.

Il y avait une petite cuisine, une salle de bains, ainsi que deux chambres. La plus grande, dans la mezzanine, offrait une vue magnifique sur les bois.

Se tournant vers Ryan, elle rit de plaisir.

— Mais c'est adorable ! s'exclama-t-elle.

— C'est charmant. Et très calme, on est en retrait de la route. Me voilà soulagé.

Elle lui sourit, et son cœur fit un bond de joie quand il lui répondit. Il semblait avoir oublié ce qui l'avait perturbé. Peut-être avait-il eu aussi des doutes sur ce baiser échangé ?

De son côté, elle ne savait plus vraiment ce qu'elle voulait. Elle verrait cela plus tard.

Elle se dirigea vers la cuisine. Ouvrant le mini-réfrigérateur, elle en retira un carton de lait.

— On dirait que notre hôte nous a fourni quelques provisions de base, dit-elle. Si je faisais du thé pendant que tu vas chercher les bagages ?

— Bonne idée.

Quand il fut de retour, tout était prêt. Elle versa le thé et lui offrit des biscuits au gingembre trouvés dans le placard.

— Désolée, il n'y avait pas de petits pains au lait, fit-elle d'un ton léger.

— Non ? Très mauvais point, répondit-il sur le même ton.

Elle prit un air désespéré.

— Oh ! mon Dieu. Je ne sais pas si je vais supporter d'être aussi maltraitée.

— Je crois que tu survivras. Tu es beaucoup plus forte que tu n'en as l'air, dit-il en retrouvant son sérieux.

— Vraiment ?

Il avait dû entendre le doute dans sa voix, car il posa sa tasse et la regarda longuement.

— Oui, vraiment. Tu ne serais pas arrivée là où tu es si tu n'avais pas été forte, en plus d'être courageuse.

— Je n'étais pourtant pas très fière quand je suis tombée sur Sarah et David, avoua-t-elle. J'aurais voulu disparaître sur place.

— Parce que tu craignais que Damien ne puisse te retrouver ? demanda-t-il d'un air compréhensif.

— Oui. C'est ridicule, mais à la pensée de le revoir, j'ai perdu tous mes moyens.

— Peut-être parce que tu as encore des sentiments pour lui ?

— Peut-être, répondit-elle distraitement en fronçant les sourcils.

Comment lui expliquer ce qu'elle ressentait pour son ex ? En même temps, elle ne voulait pas l'ennuyer avec ses problèmes.

À sa surprise, il se leva brusquement.

— Encore une fois, je suis sûr que tu t'en sortiras, Eve. Quelle chambre préfères-tu ? Que dirais-tu de la mezzanine ? Tu auras un superbe panorama, de là-haut. Je vais t'apporter tes bagages.

— Je… Oui, merci.

Il lui monta son sac sans lui accorder le moindre regard. Puis il emporta ses affaires dans l'autre chambre et ferma la porte derrière lui, la laissant plus décontenancée que jamais. Avait-il dit quelque chose ?

Elle poussa un soupir. C'était probablement son imagination. Mais elle était tellement sensible à tout ce qui venait de lui que la moindre parole prenait une importance démesurée. Elle avait besoin d'un peu d'équilibre dans sa vie, de prendre du recul, de voir la situation telle qu'elle était. Ryan était son ami. Et, malgré ce baiser, il entendait bien le rester.

Ryan resta dans sa chambre le plus longtemps qu'il put. Eve allait finir par s'inquiéter s'il continuait à se terrer ainsi. Allait-il enfin admettre le choc qu'il avait eu en découvrant qu'elle avait toujours des sentiments pour son ex ? Pas question !

La trouvant assise sur le canapé en train de lire un magazine, il eut un sourire forcé.

— Alors, on apprécie quelques minutes de paix et de tranquillité ?

— Mmm. Cela fait du bien, après toute cette agitation, non ? répondit-elle froidement.

Voulait-elle lui faire comprendre que leur baiser ne signifiait rien pour elle ?

— En effet. Nous avons tout de même réussi à atteindre notre objectif, dit-il tranquillement.

— Tu t'es vraiment démené pour combler le retard de l'accident, dit-elle avec plus de chaleur.

Il sentit son cœur devenir plus léger.

— Il faut dire que nous avions une super-équipe.

En fait, un simple encouragement suffisait pour que ses émotions reprennent le dessus. Cela prouvait bien à quel point il était impliqué avec Eve, et combien il serait dangereux de continuer à la voir à leur retour à Dalverston.

S'il voulait être capable de la protéger, il devait se tenir à distance. Mais c'était moins important qu'il ne l'avait cru puisque, apparemment, elle était encore amoureuse de son ex.

Il ne pouvait tout simplement pas supporter l'idée qu'elle aime un autre homme. Il connaissait les statistiques : de nombreuses victimes de violences renouaient avec leur agresseur. Mais comment Eve pouvait-elle commettre cette erreur ?

Il devait l'aider à se reprendre.

— Qu'est-ce que tu feras si Damien te recontacte ?

Elle ne répondit pas.

— Voyons, Eve… Tu n'es pas assez folle pour retourner avec lui ?

— Bien sûr que non ! s'exclama-t-elle, visiblement choquée. Comment peux-tu croire une chose pareille, après ce qu'il m'a fait ?

— Beaucoup de femmes le font, répondit-il simplement.

— Eh bien, pas moi.

Elle enserra son torse de ses bras et il la vit trembler.

— Je ne veux plus jamais le voir ni lui parler, dit-elle.

— Parce que tu crains de ne pas être capable de lui résister ? demanda-t-il, le cœur serré.

— Non. Parce que la seule pensée de me retrouver près de lui me rend malade.

Sa voix chevrotait.

— Lorsque j'ai quitté Damien, je suis allée me réfugier dans la maison de mes parents, en Dordogne. Je croyais être en sécurité là-bas, hors d'atteinte, mais j'avais tort. Il a fini par me retrouver.

— Que s'est-il passé ? demanda-t-il calmement, alors qu'intérieurement il avait la nausée.

— Il a voulu me persuader de retourner avec lui, me promettant qu'il ne me ferait plus jamais de mal. Il était très convaincant.

Elle haussa les épaules.

— Mais il a tout gâché en se mettant en colère quand j'ai refusé.

Ryan serra les poings.

— Il t'a frappée ?

— Non. Je ne lui en ai pas laissé l'occasion. Par chance, le jardinier travaillait ce jour-là et j'ai menacé Damien de lui demander d'appeler la police. Il n'a pas demandé son reste, fit-elle avec un sourire amer.

— Dieu merci ! répondit-il, frissonnant à la pensée de ce qui aurait pu se passer. C'est la dernière fois que tu l'as vu ?

— Oh ! oui. Je me suis dit que je devais mettre davantage de distance entre nous, et je suis partie en Floride. Une de mes amies vivait là-bas et venait d'avoir des jumelles. Elle avait besoin de quelqu'un pour s'occuper d'elles quand elle reprendrait le travail. J'y suis restée deux ans, dit-elle en souriant. Deux années très heureuses. En m'occupant des filles, j'ai su ce que je voulais faire : finir mes études de médecine. Lorsque les jumelles ont eu l'âge de fréquenter le jardin d'enfants, je suis rentrée en Angleterre, et j'ai atterri à Dalverston.

— Alors, si Damien te recontacte, tu es presque sûre de l'envoyer paître ?

— J'en suis absolument sûre.

Elle leva la tête, et il lut la détermination dans ses yeux.

— Je ne suis plus amoureuse de lui, à supposer que je l'aie jamais été.

— Que veux-tu dire ?

— J'ai fini par me rendre compte que mes sentiments n'étaient pas ce qu'ils semblaient être. Au début, je ne nie pas que j'ai été très attirée par lui. Il était charmant, sophistiqué, spirituel – mais en fait, j'étais surtout flattée de ses attentions. Pour être honnête, je ne crois pas l'avoir vraiment aimé.

Le cœur d'Eve battait à grands coups sourds. Ryan se leva et parcouru les quelques mètres qui les séparaient. Quand il lui tendit sa main, elle la prit, sentant la force de ses doigts quand il les referma autour des siens. Il l'aida à se relever et resta là, à attendre.

Elle se tendit vers sa bouche jusqu'à ce que leurs lèvres se rencontrent et ce fut le plus doux des contacts. Elle avait à la fois chaud et froid, était excitée et effrayée, et se sentait merveilleusement vivante.

C'était comme si elle avait dormi, toutes ces dernières années, et mis sa vie entre parenthèses, ses émotions en sommeil. Jusqu'à ce moment. Certes, le baiser qu'ils avaient échangé auparavant avait commencé à libérer ses sentiments, mais ce fut cette ébauche de baiser, léger comme un papillon, qui déclencha tout.

— Eve.

La voix de Ryan était douce comme une brise d'été, et elle frissonna. Posant la main sur son large torse, elle sentit son cœur battre à coups précipités sous sa paume. Il battait vite, parce qu'il ressentait la même chose qu'elle.

Se haussant sur la pointe des pieds, elle appuya sa bouche

sur la sienne et sentit un grand frisson le parcourir. Ils le partageaient pleinement, ce moment. Il ne durerait pas, mais, pendant quelques minutes, ils ne seraient plus deux entités séparées, mais un couple. Une paire. Ce que l'un ressentait, l'autre le ressentait aussi, et c'était fantastique.

Elle savait que Ryan percevait la moindre émotion qu'elle éprouvait. Auparavant, qu'il sache combien elle était vulnérable l'aurait terrifiée, mais plus maintenant. Pas avec lui.

Il ne lui ferait jamais de mal. Il la protégerait toujours, elle se le répétait comme un leitmotiv.

— Je veux que l'on fasse l'amour, dit-elle dans un murmure. Je veux me sentir de nouveau femme. Et je crois que c'est aussi ce que tu veux, n'est-ce pas, Ryan ?

— Oui !

Le mot claqua avec force, si spontané et plein d'émotions qu'elle en fut étourdie. Ryan la désirait, et c'était tout ce qui comptait.

Elle lui tendit la main et il la porta à ses lèvres, l'embrassant au creux de la paume. En silence, il l'entraîna dans l'escalier. Ils n'avaient plus besoin de mots, ni de questions ou de réponses.

Tous deux savaient ce qu'ils voulaient. C'était simple : ils voulaient faire l'amour ensemble.

Quand ils atteignirent la chambre, elle lâcha la main de Ryan et ôta son pull, qu'elle laissa tomber par terre. Puis ce fut le tour de sa chemise – un doux bruissement de tissu troublant à peine le silence. Le reste suivit et elle se retrouva avec juste ses dessous de coton blanc, qui n'avaient rien d'affriolant. Mais Ryan n'en paraissait pas moins séduit.

D'un mouvement de tête, elle rejeta les cheveux en arrière et le regarda. Son désir augmenta quand elle vit l'expression de ses yeux : il avait envie d'elle, terriblement.

— À ton tour, dit-elle d'une voix éraillée.

Soutenant son regard, il se débarrassa de son pull et

de son T-shirt, qui rejoignirent la pile de vêtements. Puis ce fut le tour des boots, des chaussettes et du jean. Elle retint sa respiration quand elle se retrouva devant son torse nu : tout en lui n'était que muscles et énergie, contrastant avec son propre corps qui n'était que rondeurs et douceur. Leurs différences étaient frappantes.

Quand il lui prit la main, elle résista instinctivement.

— Eve ?

Elle sut que, si elle lui disait qu'elle avait changé d'avis, il l'accepterait aussitôt. Mais était-ce vraiment ce qu'elle voulait ? Regrettait-elle d'avoir commencé ? Souhaitait-elle s'arrêter ?

Il la regarda avec une infinie tendresse.

— Quoi que tu décides, cela me va, Eve. Je veux juste que tu sois heureuse.

Elle sut alors clairement ce qu'elle voulait : qu'il la prenne dans ses bras, qu'il l'aime et lui fasse sentir à quel point être femme pouvait être bon.

Lui prenant la main à son tour, elle l'entraîna vers le lit.

12.

Ryan sentit chaque muscle de son corps frémir. Il n'avait jamais rien senti d'aussi intense en faisant l'amour, d'aussi dévorant, d'aussi… important ! Avec Eve, c'était très différent de tout ce qu'il avait connu auparavant.

Gagné par l'anxiété, il la regarda s'asseoir sur le lit et, s'agenouillant devant elle, prit son visage dans ses mains. Elle n'avait peut-être pas besoin d'être rassurée, mais lui, si ! Il voulait effacer tous les mauvais souvenirs de la mémoire d'Eve, et il n'était pas sûr d'en être capable ; son expérience était peut-être insuffisante. Si Eve détestait qu'il lui fasse l'amour, ou simplement qu'il la touche, il ne se le pardonnerait jamais.

— Arrête, dit-elle.

Sa voix était douce, mais étrangement ferme.

— Tu crains que de mauvais souvenirs ne me reviennent à la mémoire, n'est-ce pas ?

— Oui, répondit-il franchement. Je ne voudrais pas t'effrayer, ma chérie.

— Cela n'arrivera pas.

Elle se pencha pour l'embrasser légèrement sur la bouche, et, quand elle le regarda, ses yeux étaient clairs et sans peur.

— Tu n'es pas lui, Ryan. Tu es toi. Et j'ai confiance en toi.

Soulagé, il la serra contre lui. D'un seul coup, la confiance lui revint et il sut que tout se passerait bien.

Poussant un grognement, il laissa sa main glisser dans son dos et toucha sa peau, douce comme de la soie. Il se sentait en osmose avec elle, échangeant sa chaleur contre la sienne. Plus encore, il avait l'impression qu'ils partageaient chacune de leurs sensations. Cela ne lui était jamais arrivé auparavant. Il n'y avait jamais eu une telle proximité, ni une telle intensité. C'était uniquement avec Eve qu'il vivait ce moment magique.

Les yeux humides, il se pencha pour l'embrasser, exprimant avec ses lèvres tout ce qu'il n'avait pas su lui dire. Oui, il l'aimait, mais ne pouvait pas le lui avouer. Il voulait Eve pour toujours et ne pourrait pas l'avoir.

Ils auraient pour eux cette unique nuit. Même si ce n'était pas suffisant, il voulait en faire quelque chose de spécial : une nuit précieuse et rare, dont le souvenir l'accompagnerait tout au long des mornes années qui s'annonçaient.

Eve ferma les yeux, savourant le contact de la bouche de Ryan qui lui picorait le visage de petits baisers. Partout où ses lèvres le touchaient, elle sentait brièvement leur chaleur et frissonnait de plaisir. Elle n'avait plus peur.

Il trouva de nouveau ses lèvres et elle laissa échapper un soupir de volupté. Dans le passé, elle avait pris l'habitude de simuler ses sensations, craignant que Damien ne devine à quel point son contact lui répugnait. Mais à présent, il n'y avait rien de faux, de calculé. Elle sentait le désir monter en elle, plus fort à chaque seconde, jusqu'à envahir tout son corps. Ce qu'elle éprouvait pour Ryan était à la fois magique et réel.

Elle tendit les bras et l'attira sur elle, frissonnant quand elle sentit le poids de son corps. Elle portait toujours ses dessous de coton, et, sous le tissu blanc, il commença à caresser la pointe de ses seins qui se tendit. Puis il défit le soutien-gorge et elle poussa un gémissement quand il mit le mamelon dans sa bouche. Elle était incapable d'endiguer le flot de sensations qui la parcouraient.

— Ça va ? demanda-t-il, s'écartant pour interroger son regard.

Ce qu'il vit dut le rassurer, car il sourit.

— Tu n'as pas besoin de répondre, murmura-t-il.

Alors, elle laissa ses sens la guider, et des vagues de chaleur se succédèrent en elle quand la main de Ryan s'approcha du véritable cœur de sa féminité.

Ses doigts caressaient doucement le coton blanc et elle gémit de nouveau. Elle ne se rappelait pas avoir été aussi excitée auparavant. Seul Ryan était capable de déclencher un tel désir en elle, de lui faire sentir combien il était bon d'être femme.

Quoi qu'il arrive dans le futur, elle conserverait précieusement le souvenir de ce moment, et était heureuse qu'il se soit produit.

Il fit glisser sa culotte le long de ses cuisses, puis se retrouva nu à son tour avant de sortir un préservatif de son portefeuille.

Elle étouffa une exclamation devant la puissance de son érection : il la désirait follement, elle ne pouvait pas en douter.

Avec douceur, il prit son visage entre ses mains et plongea son regard dans le sien.

— Il n'est pas trop tard pour s'arrêter, Eve. Si ce n'est pas vraiment ce que tu veux, dis-le moi.

Touchée par sa sollicitude, elle posa la main sur sa joue.

— Merci.

— De quoi ? demanda-t-il en l'embrassant, le regard plein de tendresse.

— De me donner le choix, murmura-t-elle. Mais je n'ai pas besoin de choisir…

À peine eut-elle le temps d'achever sa phrase qu'il fondit sur sa bouche.

Les yeux clos, elle savoura le goût de sa langue qui se glissait entre ses lèvres, juste avant qu'il ne pénètre en elle.

Son corps s'ouvrit aussitôt pour le recevoir et elle le sentit frissonner. Avait-il craint qu'elle ne le repousse au dernier moment ? Puis tout se brouilla dans sa tête, et plus rien n'exista pour elle que ce qui se passait dans l'instant.

Quelque chose qui semblait venir du plus profond d'elle-même se répandit dans tout son corps, jusqu'à la consumer totalement. Confiante, elle laissa Ryan l'emmener dans des dimensions où elle n'était encore jamais allée.

Ce qu'elle vivait avec lui transformait à jamais son existence. Elle ne serait plus jamais la même, maintenant que Ryan lui avait fait l'amour.

La conscience revint lentement à Ryan, son cœur reprit peu à peu un rythme moins frénétique. Il resta étendu sur le dos, les yeux fermés, mais les autres sens plus en éveil que jamais. Il entendait les battements du cœur d'Eve allongée près de lui, et s'étonna de n'y avoir jamais prêté attention auparavant avec les autres femmes. Avec Eve, c'était différent. C'était l'amour.

Une vague de tristesse le submergea et, craignant de ne pas pouvoir la contenir, il ouvrit les yeux. Il avait su depuis le début que, si merveilleux que faire l'amour avec Eve fût, il n'y avait pas de futur possible. À présent, il devait s'assurer qu'elle aussi l'avait compris.

— Comment te sens-tu ? lui demanda-t-il doucement.

C'était la chose la plus difficile qu'il eût jamais eu à faire et, soudain, il craignit de tout gâcher. Il n'aurait pas pu supporter de la blesser, alors qu'il tentait désespérément de la protéger.

— Merveilleusement bien.

Elle se tourna vers lui et lui sourit. Il sentit son cœur fondre en voyant de la joie dans ses yeux. Ce qu'elle pensait était évident, et c'était entièrement sa faute. Il aurait dû fixer les règles dès le départ, s'assurer qu'elle avait compris où tout cela les menait – c'est-à-dire nulle part.

— Voilà que tu recommences, Ryan.

Il fronça les sourcils.

— Que veux-tu dire ?

— Tu as peur que je n'accorde trop d'importance à ce qui vient de se passer.

— Je ne veux pas que tu souffres, Eve. Tu en as déjà assez enduré.

Il ne voulait pas lui mentir. Elle avait droit à la vérité, même s'il ne pouvait pas la lui révéler entièrement.

— Ce que j'essaie de te dire… C'est que je tiens beaucoup à toi.

Lui prenant la main, il la garda dans les siennes. Ses émotions n'avaient jamais été aussi à vif. Il n'aurait pas fallu grand-chose pour qu'il s'abandonne et lui avoue son amour pour elle, son désir ardent de faire partie intégrante de son avenir – et elle du sien. Mais c'était impossible. Et il ne devait pas la laisser le persuader qu'il avait tort ; il ne pouvait pas prendre ce risque.

— Je le sais.

À son tour, elle prit ses mains dans les siennes, et il sentit sa résolution faiblir. Il ne devait pas céder à la tentation de la prendre dans ses bras, de lui avouer ses véritables sentiments et de se laisser convaincre.

S'il le faisait, ils pourraient tout avoir : l'amour, le mariage et le bonheur – tout ce dont les couples rêvaient…

Excepté les enfants.

— Moi aussi, je tiens beaucoup à toi, Ryan. Mais nous savons tous les deux que ce n'est pas le bon moment.

Elle soupira en caressant la paume de sa main avec son pouce.

— C'est trop tôt. En tout cas, pour moi, dit-elle.

— À cause de ce qui t'est arrivé ? demanda-t-il.

Il avait bien conscience qu'elle lui ouvrait la porte de sortie dont il avait besoin, et, pourtant, il ne pouvait le supporter. Car elle venait de lui dire qu'elle était toujours marquée par son passé.

— Indirectement, répondit-elle.

Elle parut réfléchir un instant.

— Cela peut paraître fou, mais ce n'est pas ce que j'ai traversé avec Damien qui me soucie le plus. C'est le fait que j'éprouve toujours le besoin de me retrouver. J'avais tant de projets, tu sais… Tant de choses que je voulais accomplir. Tu te souviens, on en discutait souvent pendant notre formation. Et je me suis rendu compte que je le voulais toujours. Je veux exercer le métier que j'aime, et je veux me marier et avoir une famille, un jour. Je veux tout ce dont je rêvais, tout ce que j'ai perdu. Et je ne crois pas que je puisse le faire en ayant une aventure dès maintenant. Sincèrement, je ne pense pas être assez forte.

Bien sûr, il comprenait son raisonnement et l'approuvait. En même temps, cela lui faisait mal de savoir qu'il ne passait qu'au second plan, que les sentiments d'Eve n'étaient pas aussi forts que les siens.

Il chassa vite ces idées égoïstes de son esprit. Après tout, ne faisait-il pas la même chose ? Il soumettait ses émotions à la raison, cherchant ce qu'il y avait de mieux pour eux deux.

— Si c'est ce que tu veux, c'est très bien ainsi, répondit-il avec effort.

— Mais tu me comprends, n'est-ce pas ? demanda-t-elle, l'air inquiet. Tu comptes énormément pour moi, Ryan. Ce serait si facile de laisser les choses se faire… Mais là…

Elle toucha son cœur.

— … Je sais que je le regretterais. J'ai d'abord besoin de me retrouver pour avoir quelque chose à t'offrir.

— Je comprends, mon cœur.

Il se pencha pour l'embrasser sur les lèvres, puis se redressa. S'il ne partait pas tout de suite, il serait capable de lui dire qu'elle se trompait, qu'il l'aimait et l'aiderait à réaliser tous ses rêves.

Excepté un, très important. Si elle restait avec lui, elle ne deviendrait jamais maman.

Les jambes de Ryan tremblaient quand il descendit l'escalier. Même si c'était dur, il pouvait accepter de n'être jamais père. Mais il n'accepterait pas qu'Eve ne soit jamais mère.

— Je crois que nous avons tous les deux besoin d'air, dit-il brusquement. Si tu te reposais un peu ? On doit retrouver les autres à 7 heures pour dîner, il y a largement le temps.

— Entendu.

Il était sur le point de s'éloigner quand elle le rappela, et il s'arrêta à contrecœur.

— Ce qui vient de se passer, Ryan… C'était magique.

— Pour moi aussi, dit-il avant de s'enfuir.

Une fois de retour dans sa chambre, il respira profondément plusieurs fois. Il fallait qu'il y arrive, il n'avait pas le choix. Il devait aller de l'avant et vivre de son mieux, même si ce n'était qu'une existence de second ordre, sans Eve à ses côtés pour la partager avec lui.

Ils furent de retour à Dalverston le lundi, pour le déjeuner. Eve, la première à être déposée, leur fit de grands signes d'au revoir avec un large sourire. Elle espérait que personne ne remarquerait à quel point elle était triste.

En voyant le minibus s'éloigner, elle dut se retenir de courir derrière – de rattraper Ryan. Elle n'avait plus qu'à se convaincre qu'elle avait fait ce qu'il fallait.

L'appartement lui parut si froid et si tranquille qu'elle frissonna. Elle laissa son sac de voyage près de la porte, trop fatiguée pour le défaire tout de suite. Pendant ces quelques jours, elle s'était habituée à avoir du monde autour d'elle et avait apprécié leur compagnie. Mais une personne surtout lui manquait – et continuerait à lui manquer tant qu'elle ne se serait pas remise de ce qui s'était passé la veille, sur la mezzanine.

Et si elle avait commis une erreur ? Cette pensée la remplit de doutes. Et elle ne voulait pas affronter l'avenir avec des doutes.

Elle alla se faire du thé dans la cuisine et s'assit à la table, le temps qu'il refroidisse. Elle n'avait pas prévu de parler à Ryan comme elle l'avait fait. C'était sorti tout seul. Peut-être avait-elle senti que lui-même se posait des questions. Mais elle ne voulait de toute façon pas se précipiter pour le regretter ensuite.

Peut-être l'aimait-elle, mais, tant qu'elle ne serait pas redevenue un être à part entière, elle ne pourrait pas s'engager. Exiger de lui qu'il l'aime comme elle était actuellement n'aurait pas été juste. Ils devaient être sur un pied d'égalité, tous les deux sûrs de *qui* ils étaient. Leur relation ne fonctionnerait pas si Ryan devait lui servir d'étai, de soutien permanent.

Elle emporta son sac dans sa chambre : il fallait qu'elle prenne sa vie en main. Pourquoi ne pas commencer par le simple fait de ranger ses bagages ? Elle avait perdu trop de temps à être à la dérive et refusait d'en perdre davantage. Et si elle parvenait à son but… Qui savait ce qui pourrait alors se passer ?

L'espoir se glissa en elle. Peut-être. Peut-être qu'une fois qu'elle se serait retrouvée, elle et Ryan pourraient recommencer.

S'il y était disposé.

S'il l'aimait.

Ryan commençait tôt le mardi matin et arriva à l'hôpital peu avant 6 heures. Marie était dans la salle du personnel et l'accueillit avec un large sourire.

— Comment vont vos jambes ? lui demanda-t-elle. Les miennes sont raides comme des piquets.

— Les miennes aussi, dit-il en rangeant sa veste dans le vestiaire. J'ignorais que des muscles pouvaient être douloureux à ce point.

— Parfait. J'aurais détesté être la seule à souffrir !

Il hocha la tête.

— En tout cas, tout le monde a fourni un sacré effort…

— À propos, avez-vous été contacté par la police écossaise au sujet des blessés ?

— Oui. Le père et les deux enfants sont sortis de l'hôpital, mais les deux femmes sont toujours en soins intensifs.

Il s'interrompit à l'arrivée d'Eve.

— Bonjour, leur dit-elle en souriant avant de se diriger vers son vestiaire.

Il eut du mal à lui répondre. Comment pouvait-il faire comme si tout allait bien, alors qu'il avait le cœur brisé ? Il avait passé la nuit la plus misérable de toute son existence, à penser à Eve et à tout ce qui était arrivé – et aussi à tout ce qui n'arriverait jamais. Il en revenait toujours au même point : Eve et lui ne pourraient pas être ensemble. Jamais.

— Bon. Je vais voir ce qui s'est passé pendant notre absence, dit-il.

Et il tourna les talons, de crainte de commettre l'irréparable et de dire quelque chose qu'il n'aurait pas dû.

Eve et lui ne pourraient pas vivre ensemble, ils ne pourraient pas être un couple. Sa tête le savait, mais pas son pauvre cœur. Et s'il l'écoutait, il n'agirait pas correctement.

Il se plongea de nouveau dans l'atmosphère de l'hôpital. George Porter, le garçon atteint de méningite, allait beaucoup mieux et devait sortir le jour même, ce qui était une excellente nouvelle. La plupart des autres enfants avaient également vu leur état s'améliorer, mais il y avait eu de nouvelles admissions pendant le week-end, qui réclamaient toute son attention.

Réprimant un soupir, il ouvrit le premier dossier. Au

moins, pendant qu'il était concentré sur les besoins des enfants, il ne pensait pas à ses propres problèmes.

Enfin, ça, c'était la théorie. Restait à voir si cela fonctionnait en pratique.

13.

— Pouvez-vous de nouveau m'expliquer comment Charlie s'est fait ces blessures, madame Lawrence ?

Eve sentit la tension dans la voix de Ryan et fronça les sourcils. Il était évident que quelque chose le dérangeait, mais elle ignorait quoi. Elle consulta le dossier d'admission du jeune Charlie Lawrence, âgé de six ans, dans l'espoir d'y trouver une indication.

Le petit garçon avait été amené aux urgences la veille au soir. Le médecin de service lui avait fait passer une radio, qui avait révélé une mauvaise fracture du fémur gauche. Charlie avait été emmené directement en salle d'opération, où Ray McNulty, le chirurgien orthopédique du service de pédiatrie, l'avait réduite. Rien que de très banal.

Mais alors, pourquoi Ryan approfondissait-il ce cas ?

— Nous avons déjà expliqué ce qui s'était passé, dit Brian Lawrence avant que sa femme n'ait pu répondre. Tout est dans les notes, docteur.

Ryan esquissa un sourire froid, tandis que son regard transperçait l'homme.

— Je sais. Cependant, les faits ont tendance à être modifiés quand on les retranscrit.

Il se tourna vers Amy Lawrence.

— Donc, vous étiez seule à la maison avec lui quand Charlie est tombé dans l'escalier, c'est bien ça ?

— Je, euh… Oui, c'est exact.

Amy Lawrence regarda son mari et Eve remarqua à

quel point elle semblait nerveuse. Comme si elle craignait de répondre de travers.

Elle comprit ce qui se passait et son cœur se serra. Ryan ne croyait pas que Charlie s'était cassé accidentellement la jambe.

— J'étais sorti boire un verre avec des amis, dit Brian Lawrence.

Il se tourna vers Eve et la gratifia d'un sourire charmeur.

— Classique, non ? Le seul soir où je sors, il se passe quelque chose ! dit-il en ébouriffant les cheveux de Charlie.

Elle serra les poings en voyant le petit garçon tressaillir. Son père dut le remarquer aussi, et donna à son fils une tape censée être amicale sur la joue.

— Je te l'ai toujours dit. Ne joue pas dans l'escalier, tu risques de te faire mal.

Eve ouvrit la bouche, incapable de rester sans réagir alors qu'il terrorisait l'enfant. Avait-il, sous le coup de la colère, fait tomber Charlie dans l'escalier, lui fracturant la jambe ? Cela paraissait de plus en plus probable.

— Monsieur Lawrence, commença-t-elle.

— Pouvez-vous joindre M. McNulty, docteur Pascoe ? dit brusquement Ryan. Je voudrais vérifier qu'il n'y a pas eu de complications durant l'opération. Cela pourrait avoir un impact sur la durée d'hospitalisation de Charlie.

Elle hocha la tête en silence. Il avait eu raison de l'interrompre. Si elle accusait sans preuves Brian Lawrence de maltraiter son enfant, cela pouvait avoir des conséquences désastreuses. Elle alla téléphoner dans le bureau. Ray McNulty était au bloc, mais sa secrétaire promit de lui demander de rappeler dès qu'il serait libre.

Alors qu'elle venait juste de raccrocher, Ryan la rejoignit. Il avait l'air lugubre.

— Tu penses que le père est responsable des blessures de Charlie ?

— Absolument. As-tu vu la réaction du pauvre gamin quand il l'a touché ?

— Oui. C'est là que j'ai compris. Qu'est-ce qui t'a fait soupçonner quelque chose ?

— C'est sa troisième visite à l'hôpital depuis Noël.

— Vraiment ? Je n'ai rien lu de semblable dans ses notes. Pourquoi les urgences ne l'ont-elles pas signalé ?

— J'ai bien l'intention de le savoir. Si ce pauvre enfant est passé à travers les mailles du filet, combien y en a-t-il eu d'autres ?

Elle frissonna. Cette situation lui était un peu trop familière. Il dut le remarquer et soupira.

— Je sais que ce doit être dur pour toi, Eve. Tu n'es pas obligée de participer, tu sais.

— Bien sûr que si ! s'exclama-t-elle. Je ne peux pas faire comme si ces problèmes n'existaient pas. Je dois faire face à ce genre de situation, sinon je ne pourrai pas exercer mon métier correctement. D'ailleurs, avoir une expérience directe de la maltraitance me donne plutôt un avantage. Je pourrais venir en aide à la mère de Charlie si elle aussi a subi des violences.

Il fronça les sourcils.

— Tu en es sûre ? Il ne faudrait pas que tu en fasses trop. N'oublie pas que tu te remets à peine d'une mauvaise expérience.

— J'arrêterai si je sens que c'est trop pour moi, répondit-elle, touchée par son désir manifeste de la protéger.

Marie arriva à cet instant et, tandis que Ryan lui expliquait ses inquiétudes, Eve, plus optimiste pour la première fois depuis son retour, retourna dans le service.

Il s'intéressait vraiment à elle. Peut-être était-elle allée trop vite en lui disant qu'elle n'était pas disponible pour une relation amoureuse. Après tout, s'il était à ses côtés pendant qu'elle reconstruisait sa vie, cela l'aiderait énormément. Savoir qu'il l'attendait était le meilleur des encouragements.

Mais était-ce ce que lui voulait ?

Il avait toujours fui les engagements, et rien ne semblait

l'avoir fait changer. Sinon, il aurait sûrement insisté davantage pour qu'elle lui donne une chance ?

Elle soupira en se rappelant le dernier week-end. Ryan tenait sans doute à elle. Peut-être même l'aimait-il à sa façon, mais ce n'était probablement pas suffisant pour qu'il reconsidère sa décision de rester célibataire.

Qui savait ? Un jour, il changerait d'avis quand il rencontrerait la femme qu'il lui fallait. Mais il était clair que ce ne serait pas elle.

La journée s'écoula rapidement. Entre ses patients habituels et le cas de Charlie Lawrence, Ryan fut heureux d'avoir l'esprit pleinement occupé.

Eve était une amie et ne serait jamais autre chose. Le problème, c'était qu'il ne parvenait pas à l'accepter, ni à croire qu'elle ne serait jamais à lui. L'effacer de sa vie de cette façon était trop douloureux. Il ne s'en remettrait jamais, il le sentait : un avenir sans Eve ne l'intéressait pas.

Il rentra chez lui très abattu. Habituellement, il était quelqu'un de très positif, mais son horizon personnel lui semblait bien obscur.

Il se prépara un sandwich et l'emporta dans le séjour, où l'attendait une énorme pile de revues médicales. Il devait s'informer sur les derniers développements dans le domaine pédiatrique s'il voulait poser sa candidature au poste de conseiller médical. S'il ne pouvait avoir ni femme ni enfants, au moins pourrait-il avoir une carrière !

À peine avait-il parcouru la moitié du premier article que l'on sonna à la porte. Il alla répondre en traînant les pieds. Encore un démarcheur qui voudrait lui vendre quelque chose dont il n'avait pas besoin.

Il ouvrit d'un geste brusque et s'arrêta net, nez à nez avec Eve.

— Qu'est-ce que tu fais ici ? demanda-t-il sèchement.

— Je suis venue rapporter les vêtements de ta mère, répondit-elle, soudain toute rouge.

Il aurait volontiers avalé sa langue : il avait vraiment le chic pour mettre les visiteurs à l'aise !

Elle lui tendit un sac plein à craquer.

— Peux-tu la remercier de ma part, et lui dire que j'ai lavé tout ce que j'avais porté ? demanda-t-elle avant de pivoter sur ses talons.

Il n'était pas question qu'il la laisse repartir sans s'être excusé.

— Je suis désolé, Eve. Le moins que l'on puisse dire est que je ne t'ai pas réservé le meilleur accueil, mais tu m'as pris par surprise. Veux-tu rentrer un moment ? S'il te plaît.

— Je suis seulement passée rendre le sac, répondit-elle d'une voix tremblante.

Elle faisait de son mieux pour ne rien laisser paraître, mais il comprit une chose. Elle lui avait dit qu'elle avait besoin de temps pour se retrouver, mais cela ne signifiait pas qu'il ne comptait pas pour elle.

Cette idée le remplit de chaleur et de joie, et il posa la main sur son bras.

— Cela ne t'empêche pas de prendre une tasse de thé, n'est-ce pas ? dit-il avec un sourire persuasif, voyant l'hésitation dans ses yeux.

— Si tu es sûr que je ne te dérange pas…

— Au contraire, tu me rends service.

— Comment ça ? demanda-t-elle en le suivant dans le couloir.

— Cela me donne une excuse pour ne pas lire tous ces articles médicaux, répondit-il en lui montrant la pile de journaux dans le salon.

Elle rit.

— Voilà qui n'est pas très professionnel, docteur Sullivan. Je suis consternée par votre attitude.

— Moi aussi, dit-il d'un ton léger.

Il l'entraîna dans la cuisine.

— Je dois être quelqu'un de très superficiel, mais la plupart de ces articles m'ennuient à mourir, je l'avoue.

— À mon avis, il est difficile de trouver quelqu'un de moins superficiel que toi, dit-elle.

— Merci. Je te demanderai une lettre de recommandation si je cherche un emploi.

Il avait parlé sur le ton de la plaisanterie, mais ce qu'elle avait dit l'avait touché. Elle aussi s'intéressait à lui.

Pourtant, elle n'était venue que pour lui rapporter des affaires, pas pour le voir.

Ou bien ?...

Avait-elle une autre raison de lui rendre visite ? Elle aurait pu lui redonner les vêtements au travail et s'épargner ainsi un déplacement.

Peut-être avait-elle changé d'avis et voulait-elle lui dire qu'elle s'était trompée, qu'elle désirait qu'ils soient ensemble ? Et dans ce cas, qu'allait-il lui répondre ? Resterait-il sur ses positions, ou bien la tentation serait-elle trop forte ?

De toute façon, c'était elle qui importait le plus, et il devait se focaliser sur ses besoins. Elle n'aurait jamais d'enfant s'il restait avec elle. Était-ce cela qu'il voulait ? Qu'elle renonce à l'un de ses plus beaux rêves à cause de lui ?

— Ryan ?

Il sursauta.

— Qu'est qui ne va pas, Ryan ?

Sa voix était douce, mais insistante, et il sut qu'il ne pourrait pas éternellement lui cacher la vérité. Il devait tout lui dire. Et ensuite camper fermement sur ses positions.

Lorsque Ryan s'assit près d'elle à la table, Eve était pleine d'appréhension. Quoi qu'il ait à lui dire, ce ne serait pas réjouissant. Elle devait l'écouter, même si ce n'était pas ce qu'elle avait envie d'entendre.

Stoïque, elle attendit qu'il commence, tout en souhaitant

n'être jamais venue chez lui. Elle avait trouvé le prétexte des vêtements plutôt que d'admettre qu'elle voulait le voir. Mais, au moment où elle avait posé les yeux sur lui, elle avait compris qu'il ne lui serait pas possible de remettre sa vie en ordre seule. Ryan en faisait partie à présent, et elle avait besoin qu'il soit là – besoin de lui. Elle n'avait plus qu'à le persuader qu'il avait tout autant besoin d'elle.

En attendant, elle devait être prête à écouter ce qu'il avait à dire, sans se laisser envahir par ses émotions.

— Dis-moi ce qu'il se passe, Ryan. Je me rends compte que quelque chose ne va pas, et j'ai besoin de savoir ce que c'est.

Pendant un moment, il demeura silencieux, tête baissée. Il semblait si triste qu'elle faillit pleurer. Elle rassembla tout son courage pour ne pas lui dire de se taire si cela devait le faire tant souffrir. Mais elle ne pouvait pas faire cela. Il fallait qu'il lui parle, et elle devait l'écouter. Ils n'avaient plus le choix.

— Je t'ai raconté que mon frère était mort du LQTS, dit-il finalement d'une voix sans timbre, dépourvue de toute émotion.

Elle ne s'était pas du tout attendue à cela.

— Oui, répondit-elle calmement. Tu disais aussi que tu n'étais pas atteint.

— C'est exact, je ne le suis pas.

Il fixa de nouveau ses mains, et elle sentit son estomac se nouer. Ils avaient atteint le point crucial, le cœur du problème, et elle n'était pas certaine de pouvoir supporter ce qu'il avait à dire. Mais il avait besoin de son soutien. Il fallait qu'elle soit forte – qu'elle soit tout ce qu'elle avait été dans le passé, et qu'elle craignait de ne plus être aujourd'hui.

Soudain, il se décida.

— Je ne suis pas affecté par la maladie, mais je suis porteur du gène.

Il inspira profondément et elle vit ses mains trembler.

En un geste instinctif, elle les recouvrit des siennes pour lui apporter un peu de réconfort.

— Cela signifie que je peux le transmettre à mes enfants, dit-il.

Lui prenant les mains à son tour, il les tint serrées contre sa poitrine.

— Je ne pourrai jamais fonder ma propre famille, Eve. Je ne peux pas prendre le risque qu'un de mes enfants hérite de cette maladie. C'est aussi pour cela que je ne me marierai jamais. Je ne laisserais jamais une femme m'épouser en sachant que nous n'aurons pas d'enfants. Ce ne serait pas juste… Surtout envers toi.

14.

Eve restait assise, immobile. Elle avait l'impression que le temps s'était arrêté, pourtant elle entendait le tic-tac régulier de la pendule sur le mur. Ryan ne pourrait jamais être père. Il n'aurait pas d'enfant qu'il aimerait et dont il s'occuperait. C'était ce qui pouvait lui arriver de plus terrible, après la mort de son frère.

Les larmes coulaient librement sur ses joues, mais elle les remarqua à peine. Son cœur saignait pour lui, et pour elle aussi. Elle avait toujours souhaité avoir une famille, rêvé de devenir mère. Même dans les moments les plus sombres, ce rêve ne l'avait jamais quittée. Il lui avait donné de l'espoir et l'avait encouragée à regarder vers le futur – un futur qui, un jour, aurait été plein d'amour et de rires.

Et voilà que ce rêve tombait en poussière. Car, si Ryan ne pouvait pas avoir d'enfants, elle n'en aurait pas non plus.

— Ne pleure pas, ma chérie, dit-il d'une voix brisée. Je ne peux pas le supporter.

En entendant sa voix pleine de souffrance, elle se ressaisit. C'était suffisamment dur pour lui, de savoir qu'il ne serait jamais papa, elle n'avait pas à en rajouter.

Elle s'essuya les yeux d'un revers de main, tandis qu'il ne disait plus rien, comme résigné. Mais alors… Était-ce la fin pour eux ? Ou bien y avait-il un moyen de contourner ce problème ?

Soudain, elle entrevit une lueur d'espoir.

— Je ne fais pas autorité en la matière, mais es-tu certain qu'il n'y a aucune possibilité ?

— Tu veux dire, comme tester un fœtus pour voir s'il a hérité du gène ?

Il haussa les épaules.

— Même si c'était possible, je ne souhaite à aucune femme de subir un avortement pour cette raison, ni de vivre dans cette crainte.

Elle comprenait ce qu'il ressentait. La perspective de devoir mettre fin à une grossesse la remplissait elle aussi d'horreur.

— Et la fécondation in vitro ? Ainsi, seul un fœtus testé négatif serait implanté.

— Je ne me suis pas penché sur la question. Mais, même si c'était possible, tu sais aussi bien que moi que ce procédé n'est pas simple. En plus de tous les médicaments que la femme doit prendre pour stimuler l'ovulation, il y a le stress d'attendre qu'ils aient produit un fœtus qui convienne.

Il secoua la tête.

— Je n'imposerais pas cela à une femme, Eve. Surtout si elle a la possibilité de tomber enceinte sans toutes ces histoires.

— Aucune femme ne saura si elle peut tomber enceinte avant d'avoir essayé, répondit-elle en toute logique.

— Mais il n'y a aucune raison de penser que *tu* ne peux pas tomber enceinte, n'est-ce pas ?

Il prit son visage dans ses mains. Ses yeux étaient remplis d'une insondable tristesse.

— Je ne pourrais pas te faire ça, ma chérie. Je ne pourrais pas te faire passer par tout ce stress, et cet éventuel désespoir.

— Mais ce serait ma décision, Ryan. Et je le ferais les yeux ouverts, en sachant ce qui m'attend.

— Ce serait encore pire. Me dire que tu m'aimes assez pour faire un tel sacrifice me conforte dans ma décision. Je t'aime, Eve. Et si les circonstances avaient été différentes, je t'aurais déjà demandée en mariage. Mais si nous restons ensemble, nous ne pourrons pas fonder de famille, et tu ne pourras jamais avoir d'enfant. Et ce n'est pas juste.

Il se leva, lui signifiant qu'il avait tout dit. Elle l'imita et se dirigea vers la porte, les jambes tremblantes.

De toutes les épreuves qu'elle avait connues dans sa vie, celle-ci était la plus terrible : elle venait de perdre l'homme qu'elle aimait, et c'était sans espoir de retour.

La semaine s'écoula sans que Ryan en eût vraiment conscience. Il lui semblait qu'il était resté bloqué sur ce moment terrible où il avait annoncé à Eve qu'ils ne pourraient jamais être ensemble.

Il repassait constamment dans sa tête la scène, et tout ce qu'ils s'étaient dit. Malgré ses efforts, il ne parvenait pas à enfouir cela dans un coin sombre de son esprit. Eve avait été prête à prendre un risque, et il avait refusé.

Et s'il acceptait ? N'y avait-il pas un moyen de contourner le problème, comme elle l'avait suggéré ?

Mais s'ils essayaient de faire un bébé, et que cela s'achève dans la douleur ? Le supporterait-elle ? L'aimerait-elle encore après un tel chagrin ?

Le questionnement était sans fin, mais la réponse toujours la même : il devait la laisser partir.

Le seul endroit de répit qu'il lui restait, c'était au travail. Concentré sur ses patients, il n'entendait plus sa petite voix intérieure et passait donc de plus en plus de temps à l'hôpital. Il rencontrait Eve, bien sûr. Et la voir rentrer de plus en plus dans sa coquille était terriblement perturbant.

Même Marie le remarqua et lui en parla, mais que répondre ? Il était le seul responsable de ce glissement, qui s'aggravait de jour en jour. Il avait voulu aider Eve, et avait seulement réussi à la faire replonger. Il se sentait infiniment coupable.

Les services sociaux avaient pris en main le cas du petit Charlie Lawrence. Ryan donna des instructions pour que M. et Mme Lawrence soient surveillés quand ils venaient lui rendre visite. Il avait décidé de garder le petit garçon tant que les assistantes menaient leur enquête. Il n'avait plus qu'à espérer qu'elles sauraient ce qui s'était réellement passé avant qu'il ne doive faire sortir l'enfant. Ce petit bonhomme avait besoin d'être protégé.

Le vendredi, il apprit avec soulagement qu'Eve travaillait tard ce jour-là. Comme elle n'arrivait pas avant 18 heures, s'il partait à temps, ils n'auraient même pas à se croiser.

Sur les coups de 5 heures de l'après-midi, il était déjà prêt à partir, ce qui n'échappa pas à Marie. Elle haussa les sourcils en le voyant enfiler sa veste.

— Mmm. Chaude soirée en perspective, fit-elle. Un nouveau rendez-vous ?

Il esquissa un léger sourire.

— Comment avez-vous deviné ?

Le seul rendez-vous qu'il aurait voulu, c'était avec Eve.

— Et qui est l'heureuse élue ? insista Marie.

— Il n'est pas question que je vous le dise. Sachez seulement qu'effectivement, la soirée sera chaude…

Il se retourna et vit Eve les yeux fixés sur lui. Elle avait dû tout entendre, à en juger par son expression.

Le cœur de Ryan se serra. Sans un mot, elle ouvrit son vestiaire et y rangea ses affaires. Elle rejoignit le service à la hâte et il resta un peu en arrière pour ne pas risquer de provoquer une scène.

Comment lui faire comprendre qu'il s'agissait juste d'une plaisanterie avec Marie ? Et d'ailleurs, à quoi bon ? Peut-être était-il préférable qu'elle croie qu'il était passé à autre chose. Il soupira en allant prendre l'ascenseur.

Eve n'aurait pas cru que découvrir que Ryan fréquentait de nouveau quelqu'un aurait été aussi douloureux.

Il avait prétendu qu'il l'aimait, mais de toute évidence, leurs conceptions de l'amour étaient très éloignées l'une de l'autre !

Réprimant un sanglot, elle alla faire le tour des lits, parlant aux enfants l'un après l'autre. On ne lui avait rien signalé d'urgent, mais elle préférait être prête à toute éventualité. Pour ce qui était de Ryan, elle n'avait certainement pas prévu qu'il recommencerait aussi sec à fréquenter d'autres femmes…

Elle termina par le lit de Charlie Lawrence. Ils l'avaient installé tout près du bureau des infirmières pour pouvoir garder un œil sur lui. C'était un enfant adorable, elle l'aimait beaucoup.

— Alors, comment vas-tu ce soir, Charlie ? lui demanda-t-elle gaiement.

— Très bien, répondit-il avec un sourire timide. Marie m'a donné une console de jeux, c'est super !

Il lui expliqua les règles du jeu auquel il jouait. Ses doigts couraient sur les boutons, et, quand il atteignit un bon score, il rit de plaisir. Il avait l'air beaucoup plus heureux qu'à son arrivée, et elle se prit à espérer que les services sociaux règlent le problème. Ce n'était pas juste que cet enfant vive dans la terreur.

Les visites du soir commençant un peu plus tard, elle retourna au bureau pour entrer les notes de Rex Manning dans l'ordinateur. Contrairement à Ryan, qui tapait tout lui-même, il confiait ce travail aux étudiants. Elle apprenait beaucoup de choses en lisant les observations du conseiller médical.

Elle était si absorbée par son travail qu'elle sursauta quand Penny entra dans la pièce, l'air anxieux.

— Pouvez-vous venir, Eve ? Le père de Charlie Lawrence est en train de faire des siennes, j'aurais besoin d'aide.

— Bien sûr, répondit-elle en se levant. Savez-vous ce qui s'est passé ?

— Il est arrivé de très mauvaise humeur, répondit Penny en la précédant jusqu'à la salle.

Elle fronça les sourcils. Même à distance, il était clair que Brian Lawrence était en rogne. Il lançait des regards furieux à sa femme, qui se recroquevillait sur sa chaise. Quant au petit garçon, il se pelotonnait sous ses couvertures, se faisant le plus discret possible.

Il fallait rapidement prendre le contrôle de la situation.

— Appelez la Sécurité et demandez-leur d'envoyer quelqu'un d'urgence, dit-elle à Penny. Je vais voir si je peux calmer le jeu avant qu'ils n'arrivent.

— Soyez prudente, lui dit l'infirmière d'un air inquiet. Je ne voudrais pas que cet homme se défoule sur vous…

— Tout ira bien, dit-elle avec assurance, alors que son estomac se nouait d'appréhension.

Elle avait trop connu ce genre de situation pour que cela n'ait pas d'effet sur elle, mais elle refusait de se laisser déstabiliser. Il n'était pas question que cet homme terrorise sa femme et son fils au sein même de l'hôpital.

Amy Lawrence parut soulagée en la voyant, et Eve lui adressa un sourire rassurant.

— Bonjour, madame Lawrence. Est-ce que Charlie vous a montré la console sur laquelle il a joué ? Il se débrouille vraiment bien.

— Euh… Oui. Il adore ces jeux, répondit-elle avec une gaieté forcée.

Eve se tourna vers Brian Lawrence, qui menaçait toujours sa femme du regard.

— Pourquoi ne pas vous asseoir, monsieur Lawrence ? Je suis sûre que Charlie serait plus à l'aise.

— Je n'ai pas besoin de vos conseils, grogna l'homme.

Il fit un pas vers elle, et elle se retint de toutes ses forces de reculer. Si elle montrait la moindre trace de peur, la situation risquait de dégénérer.

Elle pria silencieusement pour que la Sécurité arrive rapidement.

— Peut-être pas, mais vous allez devoir soit vous calmer, soit partir, dit-elle d'un ton ferme.

— Je ferai comme je l'entends, répondit-il, nullement impressionné.

Il se rapprocha encore, et son visage rouge de colère fut bientôt à quelques centimètres du sien.

— Ce sont les gens comme vous qui créent des problèmes, en se mêlant de ce qui ne les regarde pas, dit-il, pointant un doigt accusateur sur elle. C'est vous qui avez alerté les services sociaux. Ils sont venus chez moi aujourd'hui me poser toutes sortes de questions. Ce que je fais chez moi ne regarde personne, c'est ce que je leur ai répondu avant de les jeter dehors. Et ils ont eu le culot de me dire qu'ils reviendraient avec la police ! Je ne le tolérerai pas, vous m'entendez ? Vous allez regretter de les avoir appelés !

Avant qu'elle n'ait eu le temps de réagir, il la saisit par le bras, la poussa à l'intérieur du bureau des infirmières et claqua la porte, faisant vibrer la vitre de verre.

À l'évidence, il ne se contrôlait plus, et elle sentit la peur s'insinuer en elle. Elle recula, mettant la largeur du bureau entre eux. Si elle tentait de sortir, il aurait probablement recours à la violence. En revanche, si elle gardait son sang-froid, elle parviendrait peut-être à le calmer. Elle devait éviter de le contrarier, jusqu'à l'arrivée de la Sécurité.

C'était simple en théorie, mais on ne pouvait avoir aucune certitude, avec un homme comme Lawrence. Comme elle l'avait appris à ses dépens dans le passé, il suffisait de très peu de choses pour que la situation ne se dérègle.

Tout à coup, elle se mit à souhaiter que Ryan soit là. Lui saurait quoi faire, il réglerait le problème. Mais il était absent. Il devait être en compagnie de son rendez-vous galant, et elle se retrouvait seule.

Ryan était en train de se préparer des œufs brouillés quand le téléphone sonna. C'était toujours comme ça quand il se faisait à manger.

Coinçant le récepteur contre son oreille, il continua à remuer avec la fourchette.

— Sullivan.

— Ryan, c'est Penny. Je suis désolée de vous appeler chez vous, mais nous avons un gros problème.

— Pourquoi, que se passe-t-il ? demanda-t-il en glissant les œufs dans une assiette, qu'il porta sur la table.

— Brian Lawrence s'est enfermé dans le bureau des infirmières. Les agents de sécurité sont là, mais ils n'arrivent pas à le persuader de sortir.

Il l'entendit pousser un long soupir.

— Et ce n'est pas le pire, dit-elle. Il a pris Eve avec lui et refuse de la relâcher.

— Quoi ?

Ses jambes vacillèrent et il dut s'asseoir.

— Racontez-moi tout depuis le début…

Plus Penny parlait, plus il était rempli d'horreur. Comment croire ce qu'il entendait ?

Eve était en danger, il ne fallait surtout pas qu'il lui arrive quoi que ce soit.

— J'arrive, dit-il. Quelqu'un a-t-il prévenu la police ? Sinon, téléphonez-leur immédiatement. De mon côté, j'appelle Rex Manning. Il faut qu'il s'occupe de faire évacuer les enfants.

Il le joignit tout de suite et lui expliqua brièvement la situation. Rex appela Roger Hopkins, le directeur de l'hôpital.

Cinq minutes plus tard, Ryan roulait en direction de l'hôpital. Agrippé à son volant, il pria pour que rien n'arrive à Eve. Après tout ce qu'elle avait subi dans le passé, elle devait être terrifiée.

S'il ne s'était pas conduit comme un idiot en prétendant avoir un rendez-vous, il n'aurait pas quitté l'hôpital aussi tôt et rien de tout cela ne serait arrivé. Il se moquait bien des autres femmes. Seule Eve l'intéressait, et il allait tout faire pour qu'elle le sache !

15.

— Cela ne vous mènera à rien, monsieur Lawrence. Vous ne faites qu'aggraver votre cas, dit Eve, s'efforçant de maîtriser le tremblement de sa voix.

Ils étaient enfermés depuis près d'une heure, mais il ne semblait pas prêt à abandonner et faisait les cent pas, lançant des coups d'œil furieux aux gens qui s'étaient rassemblés de l'autre côté de la vitre.

— Taisez-vous ! cria Lawrence en la fixant avec colère. Tout est votre faute. Si vous n'aviez pas alerté les services sociaux, rien de tout ça ne serait arrivé !

Elle faillit éclater de rire. C'était classique, chez les hommes comme Lawrence, de blâmer les autres plutôt qu'eux-mêmes.

— Vous pourrez donner votre version quand ils vous interrogeront, répondit-elle avec calme.

— Je n'ai pas à me justifier. Je traite mon enfant comme je l'entends.

Elle ne répondit pas, préférant ne pas le contrarier. En regardant à travers la vitre, elle s'aperçut que la plupart des lits de la salle avaient été déplacés.

À cet instant, elle réprima une exclamation en apercevant Ryan et Rex Manning. Tous deux avaient l'air sombre.

— Monsieur Lawrence, je vous informe que nous avons prévenu la police, dit Ryan. Il vaudrait mieux pour vous que vous sortiez avant qu'elle n'arrive.

— Je sortirai quand j'en aurai envie, cria Lawrence.

D'un geste vif, il arracha Eve de sa chaise et la poussa sans ménagement contre la vitre.

— Si vous entrez de force, je vous promets qu'elle va le sentir passer, dit-il.

— Ce n'est pas en menaçant le Dr Pascoe que vous allez arranger votre affaire, dit Ryan d'une voix glaciale.

Mais sous la fermeté qu'il affichait, Eve sentit sa peur pour elle, et cela lui fit chaud au cœur. Ryan tenait vraiment à elle, elle en était sûre à présent. Aussitôt elle se sentit mieux.

— Si vous la laissez sortir, je vous promets de dire à la police que vous avez coopéré, dit Ryan.

Lawrence éclata d'un rire bref.

— Oh ! vraiment ? Vous savez très bien que la police n'en a rien à faire. Le Dr Pascoe est ma monnaie d'échange et elle va m'aider à sortir d'ici… Oh ! et j'ai également l'intention d'emmener mon fils avec moi.

Il abaissa le store vénitien avant de lâcher Eve.

Elle s'assit en silence, s'efforçant de garder son calme. Lawrence ne semblait pas décidé à la libérer de sitôt, à moins qu'il ne retrouve son bon sens. Mais elle avait le cœur plus léger : au moins, Ryan était là, il ferait tout pour qu'elle s'en sorte sans incident…

Résumant la situation à l'officier de police, Ryan avait du mal à contenir son inquiétude. Eve était réellement en danger avec ce forcené, il fallait qu'elle sorte de là le plus vite possible. Le policier alla faire le point avec ses collègues : ils devaient élaborer un plan qui assurerait sa sécurité.

Le cœur lourd, Ryan se tourna vers Rex Manning.

— On doit pouvoir faire quelque chose pour la libérer, non ?

Rex secoua la tête.

— Si on tente quoi que ce soit, Eve risque d'être blessée. Mieux vaut laisser la police intervenir.

Tandis que Rex rejoignait Roger Hopkins, Ryan interrogea Penny.

— Comment vont les enfants ? Avez-vous trouvé de la place pour tous ?

— Difficilement, répondit l'infirmière. On les a répartis dans tout l'hôpital, du mieux que l'on a pu.

— Et Charlie et sa mère ? Ont-ils été installés dans le service de grande dépendance, comme je l'avais suggéré ?

— Oui. Charlie a l'air plutôt calme, mais sa mère est bouleversée. Je vais lui apporter une tasse de thé pour la réconforter.

— Bonne idée. Pendant que vous la préparez, je vais aller lui parler.

Une femme officier de police, qui se trouvait à l'entrée du service de grande dépendance, le laissa passer après avoir vérifié son badge.

Mme Lawrence lui demanda des nouvelles d'Eve.

— Elle est toujours entre les mains de votre mari, dit-il à voix basse pour ne pas être entendu de Charlie. Il a l'intention de l'utiliser pour négocier, et projette d'emmener Charlie avec lui.

— Non ! s'écria Amy Lawrence, livide. Vous ne pouvez pas le laisser prendre Charlie. Qui sait ce qu'il est capable de lui faire ?

— Votre mari est-il responsable de sa fracture à la jambe, demanda Ryan.

— Oui. Ainsi que de nombreuses autres blessures.

Elle secoua la tête d'un air las.

— J'aurais dû le quitter la première fois qu'il a frappé Charlie. Il me promettait tout le temps qu'il ne recommencerait pas, mais il n'a jamais tenu parole. Si Charlie faisait quelque chose qui le contrariait, il explosait aussitôt.

— Est-ce qu'il vous frappe, vous aussi ?

— Non. Il est jaloux de notre fils. Il pense que je l'aime

plus que lui. Cela allait encore quand Charlie était bébé, je le mettais dans son berceau si Brian était de mauvais poil. Mais ensuite, ça n'a plus été possible. Je suis sur les nerfs chaque fois que mon mari rentre du travail, je crains toujours qu'il ne s'en prenne à Charlie pour un oui ou pour un non.

Ryan soupira. Il ne parvenait pas à comprendre ce genre d'attitude. S'il avait un enfant, il l'aimerait sans réserve et Eve serait comme lui, il le savait.

Il fut pris de court : c'était la première fois qu'il envisageait la possibilité d'avoir un bébé. Car, tout d'un coup, cela ne lui paraissait plus une chose impossible.

Si Eve et lui avaient un enfant, ils l'aimeraient, sans conditions. Ils joindraient leurs efforts pour que, même si leur fils ou leur fille avait hérité du gène de la maladie, il ou elle puisse jouir d'une longue et heureuse vie. Après tout, il existait des médicaments qui contrôlaient cette maladie, et ses cousins, qui en bénéficiaient, se portaient très bien.

Quand il reprit le chemin de la salle, la tête lui tournait. C'était comme si toutes les objections au fait d'avoir une famille avaient été balayées d'un seul coup. Avec stupéfaction, il se rendait compte qu'il pouvait tout avoir – le mariage et les enfants, tout ce à quoi il avait cru devoir renoncer… Si Eve était prête à courir le risque.

Elle était seule à pouvoir prendre cette décision.

À 9 heures du soir, le problème était loin d'être résolu. Eve avait des élancements dans la tête tant elle était tendue. Elle ferma les yeux pour ne pas être gênée par le néon du plafond.

Brian Lawrence avait cessé de faire les cent pas et se tenait près de la porte. Il paraissait enfin s'être calmé.

— Je veux sortir d'ici ! explosa-t-il soudain.

Elle ouvrit brusquement les yeux.

— Vous voulez vous rendre ? demanda-t-elle, secrètement soulagée.

— Pas du tout.

Il s'approcha du bureau et la prit par les deux bras, la forçant à se lever.

— Je vais partir et vous emmener avec moi.

Il éclata d'un rire mauvais.

— En fait, je vais m'évader grâce à vous.

Lui passant son bras autour du cou, il l'entraîna jusqu'à la porte. Elle tenta vainement de se dégager : il ne fit que resserrer son étreinte.

D'un coup de pied, il poussa la porte et toisa les gens qui attendaient de l'autre côté. Elle aperçut plusieurs policiers, ainsi que Roger Hopkins et Rex Manning. Mais il n'y avait pas trace de Ryan, et son cœur se serra. Était-il possible que, la situation n'évoluant pas, il soit retourné à son rendez-vous ? Comment croire cela ?

— Si quelqu'un essaie de m'arrêter, c'est elle qui paiera, fit Lawrence d'un ton menaçant quand un policier fit un pas en avant. Je pars en emmenant le docteur, et Charlie, avec moi.

Il jeta un coup d'œil circulaire à la salle vide, semblant seulement remarquer que les enfants n'étaient plus là.

— Où est-il ? demanda-t-il d'une voix forte.

— Votre fils va très bien, répondit Rex Manning. Si vous laissez partir le Dr Pascoe, je vous emmènerai le voir.

Lawrence éclata d'un rire méprisant.

— Vous me prenez pour un imbécile ? Si je la relâche, ce sera fini.

Son étreinte se resserra autour du cou d'Eve, qui dut chercher de l'air.

— Vous feriez mieux de me dire rapidement où est Charlie, dit-il, menaçant.

— Dans le service de grande dépendance, répondit un des policiers.

L'étreinte se desserra autour du cou d'Eve, et elle inspira

une grande bouffée d'air. Des points noirs dansaient devant ses yeux et sa gorge lui faisait mal. Elle fit un énorme effort pour ravaler sa peur quand Lawrence l'entraîna vers la porte. Il devait connaître les lieux, car il tourna immédiatement à droite.

Du coin de l'œil, elle eut juste le temps de percevoir un mouvement très rapide et se retrouva par terre. Stupéfaite, elle vit Ryan aux prises avec Lawrence. Il y eut une courte lutte puis deux policiers accoururent et maîtrisèrent rapidement le forcené.

Ryan tomba à genoux près d'elle.

— Est-ce que ça va ? demanda-t-il, haletant.

— Je… Je…

Sous le choc, elle ne pouvait articuler un mot et il la regardait avec inquiétude.

— Eve, ma chérie, parle-moi !

Ses mains tremblantes entourèrent son visage.

— J'ai juste besoin de savoir que tu vas bien.

Elle se sentit envahie par le soulagement. Après avoir échappé à Lawrence, elle prenait soudain conscience à quel point elle s'était trompée. Non seulement Ryan tenait à elle, mais il l'aimait. Vraiment.

— Tout va bien, répondit-elle d'une voix rauque.

Des larmes de joie coulèrent sur ses joues et elle sourit à travers elles.

— Je vais parfaitement bien, maintenant.

Sans rien dire, il la prit dans ses bras et la serra longuement contre lui, comme s'il ne voulait plus jamais la relâcher. Cela tombait bien, c'était exactement ce qu'elle désirait.

Indifférente aux gens qui se trouvaient autour, elle le regarda droit dans les yeux.

— Je t'aime, Ryan. Et quels que soient les problèmes que nous rencontrerons, je t'aimerai toujours.

— Je t'aime aussi.

Il l'embrassa longuement, sa bouche lui disant tout ce qu'elle avait besoin de savoir.

Sans doute devraient-ils faire des compromis et réfléchir de nouveau à la possibilité d'avoir une famille. Mais elle savait qu'elle pourrait le faire, tant qu'il serait près d'elle. Il était tout pour elle, elle ne pouvait pas supporter de le perdre.

Leur baiser fut interrompu par une toux discrète qui les ramena sur terre. Ryan rit en l'aidant à se relever.

Un policier s'approcha et dit à Eve qu'il allait avoir besoin de son témoignage. Ils se rendirent au bureau, où elle raconta en détail ce qui s'était passé. Puis elle répéta son histoire à Roger Hopkins. Quand elle eut fini, elle était épuisée. Mais elle n'avait pas achevé sa journée de travail.

Elle se leva en soupirant. Elle n'avait qu'une envie : rentrer chez elle et dormir.

— Bien, tout est arrangé, dit Ryan en réapparaissant. Tu peux partir, je reste à ta place.

— Oh ! mais je…

Elle tenta de protester, mais il la fit taire d'un baiser. Elle se voyait très bien obéir souvent à ce genre d'injonction !

— C'est très égoïste de ma part, dit-il. Je préfère te savoir en sécurité au lit.

— Dans ce cas, je n'ai guère le choix, répondit-elle en souriant, surprise de se sentir soudain aussi confiante.

C'était comme si tous ses doutes s'étaient évanouis. Elle était sûre de ce qu'elle devait faire et savait ce qu'elle voulait : la même chose que Ryan.

— D'accord. Je rentre chez moi, mais à une condition.

— Laquelle ?

— Que tu me rejoignes dès que tu auras fini.

Le soleil pénétra par la fenêtre de la chambre, déposant un rayon doré sur la peau d'Eve. Couché sur le côté, Ryan regardait sa main suivre les douces rondeurs de son corps.

Il était rentré directement chez elle après le travail, utilisant la clé qu'elle avait laissée sous le paillasson pour entrer. Il avait pensé la trouver endormie, mais elle l'attendait. Ils avaient fait l'amour aussitôt, sans perdre de temps, tant l'urgence était grande pour eux de se retrouver.

Tous deux savaient à quel point ils avaient été près de se perdre et ils avaient eu besoin de réaffirmer leur amour.

À présent, il voulait être sûr qu'elle comprenait ce que cela signifiait s'ils restaient ensemble.

Il eut un pincement au cœur en y pensant.

— Je t'aime, dit-elle dans un murmure.

Sa voix était tendre, profonde, et il frissonna. Avait-il raison d'accepter son amour ? Et si un jour, elle regrettait d'être tombée amoureuse de lui… ?

— Ça y est, tu recommences, Ryan. Tu tritures le problème dans tous les sens.

Elle posa sa main sur sa joue.

— Parce que je t'aime, je suis prête à tout affronter, dit-elle.

— Même si nous avons un enfant atteint de la maladie ? demanda-t-il avec anxiété.

— Oui, même ça, répondit-elle avec une tranquille assurance. Je l'aimerai comme je t'aime. Et nous serons ensemble pour faire face au problème.

Il avait très envie de la croire, mais…

— Es-tu certaine de pouvoir supporter cette pression, Eve ? Je sais par quoi mes parents sont passés. Ils avaient beau être assurés que je ne risquais rien, ils s'inquiétaient constamment pour moi. Je ne voudrais pas que tu traverses tout ça, mon amour.

— Même si ce n'est pas facile, j'y arriverai, du moment que nous sommes ensemble. Si c'est ce que tu veux, bien entendu ?…

Il fronça les sourcils.

— Naturellement. Il n'y a rien que je veuille davantage.

— Vraiment ?

Elle se mordit la lèvre.

— Je sais que tu voyais quelqu'un d'autre, alors je préférerais que tu sois tout à fait sincère…

Il éclata de rire et, la soulevant dans ses bras, l'embrassa éperdument.

— Je n'ai personne d'autre, Eve. J'ai juste voulu faire l'intéressant devant Marie, je ne voulais pas admettre que j'avais le cœur brisé par notre séparation.

— Oh.

Il lui prit de nouveau les lèvres, et une nouvelle vague de désir les submergea.

Cette fois, ils firent l'amour lentement, avec une profondeur et une intensité qui leur fit monter les larmes aux yeux.

— Avec toi, je me sens complète, dit-elle tout bas. C'est comme si je me redécouvrais, et que je retrouvais celle qui m'a manqué pendant si longtemps. Je sais que j'ai pris la bonne décision, je ne la regretterai jamais. Je pourrai tout affronter, tant que tu seras à mes côtés.

Elle l'embrassa tendrement.

— Je t'aime tant… Je comprends que tu sois inquiet, mais c'est inutile. Je sais ce que je fais, Ryan. Pour la première fois depuis des années, je sais que je suis capable d'affronter les aléas de la vie.

— Tu en es sûre ? demanda-t-il d'un air dubitatif.

— Absolument. L'ancienne Eve est de retour, celle qui savait toujours ce qu'elle voulait.

Elle déposa un baiser léger sur sa bouche et lui sourit.

— Et c'est toi que je veux !

Cinq ans plus tard

— Non ! Posez ça… Oh !

Les jumeaux dirigèrent le tuyau d'arrosage sur Eve, la trempant jusqu'aux os, et elle poussa une exclamation.

Elle fit mine de les attraper, mais ils avaient déjà pris leurs jambes à leur cou et disparu au fond du jardin. Adam et Liam étaient deux jeunes chenapans de trois ans, qui n'étaient jamais aussi heureux que quand ils faisaient des farces.

— O-oh. Ou bien tu as décidé de prendre une douche, ou bien ce sont les garçons qui t'ont eue.

Ryan sortit de la maison, une lueur d'amusement dans les yeux. L'entourant de ses bras, il l'embrassa, se moquant bien de ses vêtements trempés.

Elle se rappela leur joie lorsque les tests avaient révélé qu'aucun des enfants n'avait hérité du gène. Auparavant, Ryan avait été très inquiet, surtout quand ils avaient su qu'elle attendait des jumeaux. Mais Adam et Liam étaient deux petits garçons heureux et en pleine santé, malgré une certaine tendance à chercher les ennuis !

— Tes fils sont de vrais petits monstres ! dit-elle quand il la relâcha.

— Comment se fait-il que ce soient les miens quand ils ne sont pas sages, et les tiens le reste du temps ?

— Parce que c'est comme ça, répondit-elle avec aplomb.

Alors il la souleva dans ses bras pour la porter jusqu'au petit bassin que leurs fils étaient en train de remplir. Elle poussa un cri perçant.

— Ryan Sullivan, tu n'as pas intérêt à… Ryan, non !

L'eau froide la fit frissonner. Se relevant aussitôt, elle ramassa un seau en plastique jaune et le remplit.

— Tu vas le regretter…

Il tenta de l'éviter, mais elle fut plus rapide et l'eau l'atteignit en plein torse.

S'emparant du tuyau d'arrosage, il la poursuivit jusqu'à la maison et la rattrapa dans un grand éclat de rire.

— Bon. Nous sommes quittes, nous sommes trempés tous les deux, dit-elle.

Il la regarda avec tendresse et la prit dans ses bras.

— Sais-tu combien je t'aime, Eve Sullivan ?

— Assez pour laisser tomber ce tuyau ?

— Pour cette fois, j'y consens, répondit-il en l'embrassant.

Elle soupira de bien-être et ferma les yeux. Elle avait Ryan et leurs merveilleux petits garçons, et un métier qu'elle adorait. Elle avait tout ce dont elle avait rêvé et, pour parfaire le tout, elle s'était également retrouvée.

Nouant les bras autour du cou de Ryan, elle l'embrassa à son tour. Elle était la femme la plus heureuse du monde !

HARLEQUIN BLANCHE

Retrouvez en juin 2020, dans votre collection BLANCHE

Réunis par un secret, d'Emily Forbes - N°1491

SÉRIE : SAGES-FEMMES DE LONDRES - 3/4

Lui... Face au nouveau médecin du Queen Victoria, Chloe retient son souffle. Loin d'être un inconnu pour elle, Xander Jameson est l'homme avec lequel elle a vécu une liaison passionnée, quatre ans plus tôt. Depuis, Chloe s'est efforcée de le chasser de ses pensées et, grâce à ses responsabilités de sage-femme et de maman, elle y est parvenue, ou presque. Car comment aurait-elle pu oublier Xander, alors que le regard de sa petite Lily le lui rappelle chaque jour ?

Une sage-femme à conquérir, de Sue MacKay

SÉRIE : SAGES-FEMMES DE LONDRES - 4/4

Un aller simple pour Londres. Décidée à prendre un nouveau départ, Izzy saute dans un avion pour gagner le Queen Victoria, où elle exercera son métier de sage-femme. Quel plaisir pour elle d'y retrouver bientôt son meilleur ami, le Dr Raphaël Dubois ! Si leur collaboration professionnelle se révèle toujours aussi efficace, leur relation personnelle est mise à l'épreuve. Car Izzy éprouve peu à peu des sentiments inédits et bien trop troublants pour Raphaël...

L'amour à tout prix, d'Annie Claydon - N°1492

Alors qu'elle participe à une compétition sportive visant à récolter des fonds pour l'hôpital où elle est infirmière, Hannah doit faire équipe avec le Dr Matt Lawson. Loin de l'enchanter, cette perspective l'inquiète. Maman d'un petit garçon de six ans, Hannah sait qu'elle n'a pas de place dans sa vie pour les relations amoureuses... Mais saura-t-elle résister au charme de cet homme aux yeux si bleus qu'elle a l'impression de s'y noyer ?

Une infirmière en Thaïlande, de Meredith Webber

Mer turquoise et forêt tropicale : le cadre dans lequel Kenzie occupe son nouveau poste d'infirmière est tout simplement grandiose. Sur cette île du golfe de Thaïlande, elle espère donc se ressourcer... et oublier les hommes ! Or, dès sa rencontre avec le sublime Dr Alexander McLeod, petit-fils d'une de ses patientes, Kenzie sent ses résolutions vaciller. Et son cœur battre soudain trop vite, trop fort...

eur mission : sauver des vies.
eur destin : trouver l'amour.

HARLEQUIN
www.harlequin.fr

BLANCHE

HARLEQUIN

Un père pour son fils, de Deanne Anders - N°1493

Bien malgré elle, Lacey éprouve des sentiments pour le Dr Scott Boudreaux – des sentiments interdits. Non seulement Scott est le meilleur ami de son mari disparu, mais surtout il passe sa vie à rechercher des sensations fortes, tandis que Lacey aspire à une existence paisible pour son petit garçon et elle-même. Alors pourquoi ne peut-elle s'empêcher d'imager Scott dans le rôle d'époux, et de père pour son fils ?

Dans les bras du Dr Brothers, de Janice Lynn

Le Dr Justin Brothers est l'archétype du play-boy. Admiré de toutes les femmes de l'hôpital, le séduisant chirurgien fait également battre le cœur de Riley, au grand désarroi de cette dernière. Alors que, après son mariage avorté, elle se croyait immunisée contre ce type d'homme trop sûr de lui, voilà qu'elle se réjouit chaque fois qu'elle travaille avec lui au bloc opératoire. Se pourrait-il que Justin soit celui qui puisse la rendre heureuse ?

Sous le charme du patron, de Joanna Neil - N°1494

L'amour entre collègues, non merci ! Saskia a appris la leçon dans son précédent poste et, maintenant qu'elle a tout quitté pour s'installer dans les îles Scilly, elle jure qu'on ne l'y reprendra plus. Mais dès qu'elle croise le regard de son nouveau patron à l'hôpital local, l'irrésistible Dr Beckett, qui est également le voisin de la maison qu'elle loue, Saskia se rend compte qu'elle va peut-être devoir revenir sur sa parole…

Une seconde chance à saisir, de Susan Carslisle

Sa vie d'aujourd'hui, Laura Akins s'est battue pour l'avoir. Elle a dû élever seule sa petite Allie, âgée à présent de huit ans, tout en poursuivant ses études d'infirmière. Alors, le jour où elle tombe sur Mark Clayborn, son amour de jeunesse, Laura est profondément troublée par les sentiments qu'il ravive en elle… Mais est-elle vraiment prête à faire de nouveau confiance à Mark, au risque qu'il lui brise le cœur une seconde fois ?

Une incroyable surprise, de Carol Marinelli - N°1495

Après sa dernière déconvenue amoureuse, Candy n'a plus qu'une envie : profiter de la vie sans se poser de questions. Le beau Dr Guy Steele, son nouveau collègue à l'hôpital, est la distraction idéale. Mais Candy se rend rapidement compte qu'elle est, bien malgré elle, tombée sous le charme de Guy… Et elle découvre, quelques semaines plus tard, qu'elle est enceinte de jumeaux ! Une double surprise qui la lie soudain au médecin de ses rêves…

L'épreuve d'une chirurgienne, d'Amber McKenzie

Kate est bouleversée. Sa brillante carrière de chirurgienne, dont elle est si fière, est en péril ; et le seul qui puisse l'aider aujourd'hui est l'avocat qu'on lui a commis d'office, et qui n'est autre que Matt McKayne, l'homme qui lui a brisé le cœur dix ans plus tôt. Le revoir ne fera que rouvrir une plaie à peine cicatrisée, Kate le sait, mais elle n'a pas le choix : quoi qu'il lui en coûte, elle va devoir faire confiance à celui qu'elle n'a jamais pu oublier…

Leur mission : sauver des vies.
Leur destin : trouver l'amour.

Composé et édité par HarperCollins France.

Achevé d'imprimer en avril 2020.

BLACK PRINT

Barcelone

Dépôt légal : mai 2020.

FSC www.fsc.org MIXTE Papier issu de sources responsables FSC® C108412

Pour limiter l'empreinte environnementale de ses livres, HarperCollins France s'engage à n'utiliser que du papier fabriqué à partir de bois provenant de forêts gérées durablement et de manière responsable.

Imprimé en Espagne.